HEYNE<

Das Buch
Seit der König von Tarn die Macht über die Ebene der Klane erlangt hat,
fristen die einst stolzen Nomaden ein erbärmliches Dasein. Hohe Steuerab-
gaben, grausame Gesetze und Hungersnöte drohen die letzten Klanfamilien
auszulöschen. Eines Abends entdeckt Valorian, unbeugsames Oberhaupt eines großen Klans, eine Gruppe tarnischer Soldaten. Ohne langes Zögern
teilt der junge Mann sein erlegtes Wild mit ihnen, um an Informationen zu
gelangen. Und tatsächlich: Als Wein und Wildbret die Zungen der Männer
lösen, erfährt er, dass es fern der kargen Ebene einen Pass zu den fruchtbaren
Weiten von Ramtharin geben soll. Beflügelt von dem Gedanken, sein Volk
in ein neues Land zu führen, begibt er sich auf die gefährliche Suche nach
dem sagenhaften Wolfsohrenpass.
Doch dann schlägt das Schicksal zu: Als Valorian in stummer Verzweiflung
über die Not seines Klans das Schwert in den Himmel reckt und die Götter
um Bescheid anfleht, fährt ein Blitz in seine Klinge. Während sein Körper
versengt am Boden liegt, wehrt sich Valorians Seele mit aller Macht gegen
den Tod. Da erscheint ihm Amara, Göttin des Lebens und der Fruchtbarkeit. Die Göttin verspricht ihm eine Belohnung, wenn er als ihr Krieger
nach Gormoth zieht, in das steinerne Gefängnis der verstoßenen Seelen, und
dort ihre gestohlene Krone birgt. Als Waffe schenkt sie ihm die Gabe der
Magie. Eine Gabe, mit der Valorian das Schicksal seines Volkes für immer
verändern kann ...

Die Autorin
Mary H. Herbert wurde 1957 in Ohio geboren. Bereits während ihrer
Schulzeit schrieb sie erste phantastische Kurzgeschichten und setzte ihre
schriftstellerische Tätigkeit auch während des Studiums in Montana, Wyo-
ming, und im englischen Oxford fort. Heute lebt die Bestsellerautorin mit
ihrem Ehemann und zwei Kindern in Georgia.

Im Heyne Verlag liegen bereits zwei Romane um Gabria und ihre Gefährten
vor: *Die letzte Zauberin* (01/13682) und *Die Tochter der Zauberin* (01/13940).

MARY H. HERBERT

Valorians Kinder

Roman

Deutsche Erstausgabe

WILHELM HEYNE VERLAG
MÜNCHEN

HEYNE ALLGEMEINE REIHE
01/13975

Titel der amerikanischen Originalausgabe
VALORIAN
Deutsche Übersetzung von Michael Siefener

Umwelthinweis:
Dieses Buch wurde auf chlor- und
säurefreiem Papier gedruckt

Deutsche Erstausgabe 6/2004
Redaktion: Angelika Kuepper
Copyright © 1993 by Mary H. Herbert
Die Originalausgabe erschien by TSR, Inc.
Copyright © 2004 der deutschsprachigen Ausgabe by
Wilhelm Heyne Verlag, München,
in der Verlagsgruppe Random House GmbH
Printed in Germany 2004
Umschlaggestaltung: Nele Schütz Design, München
Gesetzt aus der AGaramond
Satz: Buch-Werkstatt GmbH
Druck und Bindung: Bercker, Kevelaer
http://www.heyne.de

ISBN 3-453-87768-3

Für meine Eltern Bond und Mary Houser,
von ganzem Herzen.
(Und vielen Dank dafür, Mom und Dad, dass ihr nicht böse
auf mich wart, als ich den gesamten Familienurlaub
damit verbracht habe, den Herrn der Ringe *zu lesen.)*

Prolog

Lady Gabria erhob sich mit den übrigen Klanleuten und beobachtete voller Stolz, wie sechs junge Krieger hintereinander durch die gewaltige Doppeltür der Häuptlingshalle traten. Diese Männer hatten gemäß der alten Tradition des Khulinin-Klans die Aufnahmeriten für den Werod, die Kampfeinheit des Klans, vollzogen und folgten nun dem Priester Surgarts, des Gottes der Schlacht und des Krieges, in die Halle, um vor ihrem Häuptling Lord Athlone den Treueid abzulegen.

Gabria schlang die Finger fest ineinander, gerade so als wollte sie auf diese Weise die Freude im Zaum halten, die sie zu überwältigen drohte. Es war ein feierlicher Augenblick für die sechs jungen Männer; Gabria durfte sie nicht in Verlegenheit bringen, indem sie ihre Aufregung laut kundtat. Aber es fiel ihr schwer, sich zurückzuhalten.

Die Riten der Krieger stellten für den Klan immer einen Anlass zum Feiern dar, doch dieses Jahr war ein besonders wichtiges, denn auch Gabrias ältester Sohn Savaron sollte nun seine Weihe erhalten. Wenn alles gut ging, würde Savaron in wenigen Jahren Wertain sein und später der Häuptling des Klans werden. Sie war sehr froh über diese Thronfolge und darüber, dass der Klan ihren Sohn so bereitwillig anerkannt hatte. Savaron war ein fähiger, mutiger und kluger Mann, der bereits dieselbe Charakterstärke wie seine Eltern unter Beweis gestellt hatte. Überdies hatte er ihre Gabe der Zauberei geerbt.

Gabria dachte über die Ironie dieser Tatsache nach, während die Krieger zum Thronstuhl des Häuptlings schritten und sich vor Lord Athlone verbeugten. Vor zwanzig Jahren, noch vor der Geburt ihres Sohnes, wäre ein solches Ereignis niemals möglich gewesen. Die Klans hatten über zweihundert Jahre hinweg jegliche Magie geächtet und jeden zum Tode verurteilt, der diese natürliche Kraft anzuwenden gedachte. Erst als Lord Medb vom Klan der Wylfling ein altes Zauberbuch entdeckt und alles daran gesetzt hatte, Valorians zwölf Klans zu unterwerfen, hatte man allmählich eingesehen, dass es ein Fehler gewesen war, der Magie den Rücken zu kehren. Allein Gabria hatte es gewagt, Lord Medbs bösen Zaubereien mit ihrer eigenen Magie gegenüberzutreten. Sie hatte ihn besiegt und damit den Klans den hindernisreichen und zuweilen schwierigen Weg zu einer neuerlichen Hinwendung zur Magie geebnet.

Mithilfe ihres Gemahls Athlone, welcher der Häuptling des mächtigsten Klans in der Ebene von Ramtharin und ebenfalls ein Zauberer war, hatte Gabria zwanzig Jahre lang darum gekämpft, dass die Magie ihren angestammten und ehrenvollen Platz im Gefüge der Klans zurückerhielt. Das war keine leichte Aufgabe gewesen. Nur allmählich waren die Klangesetze so geändert worden, dass sie den Zauberern wieder günstig gesonnen waren und gleichzeitig all jene schützten, welche die angeborene Gabe der Magie nicht besaßen. Doch ganzen Generationen von Klanangehörigen war beigebracht worden, dass Magie verdammenswert, böse und verderblich sei. Selbst nach zwanzig Jahren waren die alten Vorurteile unter den Leuten noch tief verwurzelt.

Glücklicherweise standen die Khulinin der Zauberei inzwischen aufgeschlossen gegenüber. Nach dem anfänglichen Entsetzen darüber, dass ihr Häuptling ein Zauberer war, hatten sie die Magie bald genauso hingenommen wie er selbst, nämlich als Gabe und Segen der Götter. Nun waren die Khulinin zwanzig Jahre nach der Rückkehr der Magie Zeuge, wie ein weiterer Zauberer sich anschickte, seinen Treueid abzulegen und in die Fußstapfen seines Vaters zu treten.

Die jungen Männer knieten vor dem Thron ihres Häuptlings nieder und verneigten die entschlossenen, sonnengebräunten Gesichter. Schweigen legte sich über die Menge, als der Priester Surgarts eine Maske aus den Falten seines Gewandes zog und sie hoch über den Kopf hob, sodass die Augenlöcher auf die knienden Krieger niederschauten. Die Maske bestand aus purem Gold und war liebevoll auf Hochglanz poliert worden. Sie stellte den wertvollsten Schatz des Khulinin-Klans dar, denn es war die Totenmaske des Kriegshelden Valorian.

Ein warmes, pulsierendes Gefühl des Staunens erfüllte Gabria beim Anblick der leuchtenden Maske, deren Gesicht ihr so vertraut und beinahe so lieb war wie das ihres Gemahls. Sie hatte die alte Maske vor vielen Jahren in den Ruinen der Zaubererstadt Moy Tura gefunden und sie voller Stolz zum Khulinin-Treld gebracht. Der Mann, nach dessen Gesicht sie geformt war, hatte vor mehr als vierhundert Jahren gelebt, doch sein Vermächtnis übte noch immer einen großen Einfluss auf die Klans in der Ebene von Ramtharin aus. Die Khulinin verwendeten die Maske häufig dazu, Valorians Gegenwart bei besonderen Zeremonien heraufzubeschwören, und Gabria war sich sicher, dass er an den Riten des heutigen Tages und besonders an ihrem Sohn Gefallen gefunden hätte; denn Savaron würde helfen, die Gaben Valorians an sein Volk weiterzureichen.

Vor dem Angesicht des Klans und dem rätselhaften Antlitz der Totenmaske wiederholten die sechs Krieger nacheinander die uralten Treuegelübde und erhielten die ersten Kriegergeschenke von ihrem Lord: den traditionellen Salzbeutel und einen Dolch. Als der Letzte seinen Eid gesprochen hatte, stellten sich die sechs Männer nebeneinander, erhoben die Schwerter zur hölzernen Decke und stießen den Kriegsschrei der Khulinin aus.

Ihre Rufe waren kaum verhallt, als Savaron sich zu seinem Vater umdrehte und laut sagte: »Eine Gefälligkeit, mein Lord! Ich bitte um meine erste Gefälligkeit.«

Lord Athlone war von der Bitte seines Sohnes überrascht, doch er nickte und fragte sich, was der junge Mann wohl im Sinn habe.

»Es ist noch früh«, sagte Savaron mit einem Grinsen. »Somit bleibt genügend Zeit für eine Geschichte, bis das Fest beginnt.«

Die Khulinin bekundeten lautstark ihre Zustimmung. Sie waren jederzeit geneigt, einer der wundersamen Geschichten ihrer Barden zu lauschen. Doch Savaron hob die Hand, woraufhin die Menge schwieg. Er trat zu dem Priester Surgarts, sah dem Mann forschend ins Gesicht und streckte die Hand nach der Totenmaske aus. Der Priester nickte kurz, bevor er die kostbare Last dem Krieger überreichte.

Zu jedermanns Überraschung winkte Savaron dem Klanbarden in seiner Nähe lediglich zu und schritt dann durch die Menge zu seiner Mutter Gabria. »Ich möchte die Geschichte von Valorian hören«, sagte er laut und legte ihr die goldene Maske in die Hände.

Sprachlos drückte Gabria die schwere Maske an die Brust; sie war zu überrascht, um ein Wort darauf zu sagen. Savaron kannte ihre tiefe, beständige Ehrfurcht vor Valorian, und er wusste um ihre jahrelangen Bemühungen, all die alten Geschichten über den Kriegshelden zu einer einzigen, gewaltigen Erzählung zusammenzufassen. Aber warum wollte er diese gerade jetzt hören? Hatte ihn der Anblick der Maske mit ehrfürchtigem Erstaunen erfüllt, oder spürte er einfach, dass der rechte Zeitpunkt für die Geschichte gekommen war?

Gabria warf einen Blick auf die Klanleute und sah die Neugier in ihren Gesichtern. Sie hatte nie zuvor von Valorian erzählt, denn es hatte beinahe zwanzig Jahre gedauert, um die Mythen und Legenden über ihn zu sammeln und die verstreuten Erinnerungen, Fragmente und halb vergessenen Lieder zu einer schlüssigen Geschichte zu verbinden. Selbst jetzt war sie nicht sicher, ob sie diese Geschichte mit jemandem außer ihrem Sohn teilen wollte.

Savaron aber betrachtete ihr Schweigen als Zustimmung und führte sie zum Thronsessel, den Lord Athlone bereitwillig für seine Gemahlin räumte. Die beiden Männer holten sich Stühle heran und setzten sich zu Gabrias Füßen, während die anderen Klanmitglieder näher rückten.

Gabria zögerte lange und starrte auf das Maskengesicht in ihrem Schoß. Die Augenhöhlen erwiderten ihren Blick dunkel, leer und leblos. Sie erinnerte sich flüchtig daran, dass diese Augen einmal so blau wie der Herbsthimmel gewesen waren, und hielt die Erinnerung fest, während sie ihre Gedanken sammelte.

»Auf dass Euch meine Worte erfreuen mögen, mein Lord Valorian«, flüsterte sie. Dann erhob Gabria die Stimme, sodass alle sie hören konnten, und hob an:»Die Reise begann mit einem toten Reh ...«

Eins

Valorian kauerte reglos hinter einem Geröllhaufen und horchte auf die Stimmen im Tal unter ihm. Nach einigen atemlosen Augenblicken hob er langsam den Blick über den Rand des Felsens und spähte hinunter in das enge, bewaldete Tal. Die Männer befanden sich unmittelbar unter ihm und hatten es sich zwischen den dunklen, regennassen Bäumen so bequem wie möglich gemacht. Einige magere Pferde waren in der Nähe angebunden und kauten lustlos an einem dürren Heuballen herum.

Dichter Sprühregen verdeckte die Einzelheiten ihrer Gesichter und Kleidung, doch Valorian sah genug, um den Beruf der fünf Männer zu erraten. Sie alle trugen das schwarze Adlersymbol der Zwölften Legion des Kaisers von Tarn. Doch eigentlich sollte sich die Legion auf der anderen Seite des Dunkelhorngebirges befinden. Was machte diese kleine Gruppe so weit von ihrem Standort entfernt?

Valorian beobachtete die Soldaten noch eine Weile, dann schlüpfte er wieder zwischen die Felsen. Er setzte sich auf den Boden, lehnte sich zurück und strich nachdenklich über die vier Tage alten Stoppeln auf seinem Kinn. Die Männer dort unten stellten für den Jäger eine ernste Schwierigkeit dar. Gewöhnlich mied er die Soldaten Tarns wie die Pest. In den vielen Jahren seit dem Eindringen des tarnischen Heeres in sein Heimatland Chadar hatte Valorian die Soldaten als gnadenlose, gierige Schufte kennen gelernt, die ihrem Kaiser dabei halfen, die eroberten Länder fest und unbarmherzig im Griff zu halten. Wenn er allein zu ihnen hinunterginge, würden sie ihn eher töten, als mit ihm zu reden.

Der Jäger wagte einen weiteren Blick über den Felsblock.

Die Männer standen dicht beieinander und versuchten vergeblich, ein Feuer zu entfachen. Valorian schürzte die Lippen. Diese Narren packten es völlig falsch an, und nach ihren verhärmten Gesichtern und schmutzigen Gewändern zu urteilen, lief es für sie schon seit einiger Zeit nicht sehr gut.

Valorian stieß einen Seufzer aus, drehte sich um und schaute den Hang hinauf, wo sein Hengst außer Sichtweite in einem kleinen Wäldchen stand. Auf dem Rücken des Pferdes lag seine Beute, das Ergebnis von vier Tagen schwieriger Pirsch und beinahe erfolgloser Jagd: ein einziges dünnes, abgezogenes Reh. Dieses Tier bedeutete für ihn und seine Familie die erste frische Nahrung seit vielen Tagen.

Doch vielleicht besaßen die Männer dort unten im Tal eine größere Beute, die es wert war, ihnen allein und unbewaffnet gegenüberzutreten: Informationen.

Valorian wusste, dass die Zwölfte Legion in der tarnischen Festung Ab-Chakan stationiert war, die im Osten auf der anderen Seite des Dunkelhorngebirges in einem aufregenden Land lag, das Valorian nur aus erlauschten Geschichten kannte. Dieses Land wurde die Ebene von Ramtharin genannt und als weites, leeres Reich des Grases und endlos sich wellender Berge beschrieben – ein Land, das für sein nomadisches Volk und dessen Pferde hervorragend geeignet wäre. Unglücklicherweise hatte das Reich von Tarn vor beinahe siebzig Jahren seinen Machtbereich über diese Ebene bis zum fernen Meer von Tannis ausgedehnt und hielt es noch immer im Namen des Kaisers besetzt.

Doch inzwischen verlor das Reich allmählich seinen Einfluss auf die fernen Provinzen. Feinde suchten die Grenzen heim, einige Stämme im Westen lehnten sich auf und zwangen den Kaiser dazu, schwach bestückte Legionen auszusenden, welche die Aufstände niederwerfen sollten. Ferner hatten drei Jahre schlechtes Wetter das Getreide vernichtet, von dem die große Hauptstadt Tarnow lebte. Auch die Tarner selbst wurden unberechenbar. Um alles noch schlimmer zu machen, war der alte Kaiser, der die Größe seines Reiches verdoppelt und Schrecken unter den Reihen seiner Feinde verbreitet hatte, gestorben und der Thron an seinen schwachen und unfähigen Sohn gefallen. In nur achtzehn Jahren hatte das Reich ein Viertel seiner Randprovinzen verloren und war gezwungen worden, viele seiner Festungen aufzugeben. In Ab-Chakan befand sich die letzte tarnische Garnison östlich des Dunkelhorngebirges und die einzige in der Ebene von Ramtharin.

Vielleicht wussten jene Soldaten dort unten auf der kalten, feuchten Lichtung wichtige Neuigkeiten zu berichten. Sie mussten einen guten Grund haben, so weit von ihrer Garnison entfernt zu sein, und nichts überwand das Schweigen eines Mannes so leicht wie eine gute Mahlzeit und ein wärmendes Feuer. All diese Gedanken durchfuhren Valorian, während er seine Entscheidung überdachte. Dann schlüpfte er mit einem verzweifelten Fluch auf den Lippen aus seinem Versteck und lief den Hügel hinan auf sein Pferd zu. Das Fleisch würde seiner Familie nur kurzfristig weiterhelfen, doch die Informationen, an die er womöglich gelangte, mochten seinem ganzen Klan für lange Zeit nützlich sein.

Hunnul, der Hengst, stand still in den sich sammelnden Schatten der Nacht und wieherte leise, als Valorian den Hain betrat. Der Jäger hielt inne, streichelte die starke, schwarze Flanke des Pferdes und lächelte traurig.

»Nach all der Arbeit verschenken wir unsere Beute nun an irgendwelche tarnischen Soldaten, Hunnul.«

Der große Hengst schnaubte. Er beobachtete seinen Herrn mit dunklen, feuchten Augen, in denen ungewöhnliche Klugheit und Zuneigung aufleuchteten.

»Vielleicht bin ich verrückt«, murmelte Valorian, »aber sie kommen aus der Ebene von Ramtharin! Ich versuche schon so lange, etwas über dieses Land in Erfahrung zu bringen.« Mit schroffen Bewegungen verstaute der Jäger Bogen und Kurzschwert in seinem Gepäck und behielt nur das Jagdmesser im Gürtel. Dann schwang er sich vor den eingewickelten Rehkadaver in den Sattel und zog tief die Luft ein, um das leichte Zittern in seinen kalten Händen zu besänftigen. »Los geht's«, sagte er zu dem Pferd. »Wir müssen Tarner beköstigen.«

15

Gehorsam trat das Pferd zwischen den Bäumen hervor und suchte sich seinen Weg den felsigen Berghang hinunter. Die drückende Dämmerung ließ sich unter einem düsteren Schleier aus Sprühregen und Nebel im Tal nieder und ermöglichte es Valorian, fast bis zum Rand des Soldatenlagers zu reiten, bevor ihn jemand bemerkte und einen Warnruf ausstieß.

Die übrigen Soldaten wirbelten überrascht herum. Sie mochten zwar dreckig und zerzaust sein, doch Valorian bemerkte sofort, dass sie ihre Ausbildung in der Zwölften Elitelegion nicht vergessen hatten. Innerhalb eines einzigen Atemzuges hatten die fünf Männer ihre Schwerter gezogen und standen Rücken an Rücken in einem engen Kreis zusammen. Ihre Gesichter waren grimmig und düster und die Waffen einsatzbereit.

»Schön, dass ich euch treffe!«, rief Valorian mit aller Freundlichkeit, die er aufzubringen vermochte. Er krümmte den Rücken, um so harmlos wie möglich auszusehen, und schob die Kapuze seines Mantels zurück. Hunnul blieb am Rand der Lichtung stehen.

Die fünf Soldaten bewegten sich nicht und starrten den Jäger böse an.

»Wer bist du?«, wollte einer der Männer wissen.

Zur Antwort band Valorian das Reh hinter seinem Sattel los und warf es vor Hunnul auf den Boden. Er erlaubte den hungrigen Männern, für einen Augenblick das Fleisch anzustarren, bevor er langsam abstieg. Die Soldaten rührten sich nicht von der Stelle.

»Ich heiße Valorian«, sagte der Jäger zu ihnen und öffnete seinen Mantel, damit sie sehen konnten, dass er unbewaffnet war.

Die Männer beäugten seinen Lederhelm mit dem Eisenband, den langen Wollmantel, die Weste aus Schaffell, das zerfetzte Hemd und die nicht minder zerrissene Hose. Sie machten sich nicht die Mühe, hinter Schmutz und Flecken den großen, schlanken Mann mit dem von tagelangem Hungern ausgemergelten Gesicht und den tief eingesunkenen, klugen

Augen zu erkennen. »Ein Klanmann«, schnaubte einer der Soldaten herablassend. Die fünf Tarner entspannten sich sichtbar.

Valorian unterdrückte die aufkeimende Wut über ihre Geringschätzung und versuchte zu lächeln. Das Ergebnis war bestenfalls spärlich zu nennen. Er wusste, dass die Tarner und die Chadarianer sein Volk verachteten. Fearrals Klanleute galten als unordentlich, schwach, feige und bedeutungslos. Das einzig Nützliche an ihnen – und das Einzige, was sie vor der Sklavenarbeit auf den Galeeren oder in den Salzminen des Kaisers bewahrte – war ihre Kunst, Pferde zu züchten und abzurichten. Valorian hatte die Reaktion der Soldaten auf seine Herkunft vorausgesehen, doch das hieß nicht, dass er ihre Haltung billigte. Was ihn wirklich ärgerte, war die Tatsache, dass ihre Verachtung nicht ganz unbegründet war.

Der Tarner, der zuvor gesprochen hatte, trat aus dem Kreis und zielte mit der Schwertspitze auf Valorians Brust.

Der Jäger wich nicht zurück, sondern blieb reglos stehen, bis die Spitze eine Haaresbreite vor seinen Rippen anhielt. Er zwang sich dazu, Augen und Mund furchtsam aufzureißen.

Der Soldat betrachtete den Klanmann misstrauisch vom Helm bis zu den Stiefeln. Der Tarner war ein großer Mann, so groß wie Valorian selbst; unzählige Schlachten hatten ihn stark und roh gemacht. Das harte, zerfurchte Gesicht war säuberlich rasiert, und Uniform sowie Waffen waren trotz der deutlichen Anzeichen einer langen Reise gepflegt.

Valorian erkannte an den Abzeichen auf der Schulter des Mannes, dass es sich um einen Sarturian handelte, einen Führer von acht bis zehn Mann innerhalb einer Legion. Valorian knirschte mit den Zähnen, schluckte den Zorn über die Erniedrigung herunter und neigte den Kopf vor dem Soldaten. »Ich habe ein Reh, das ich mit dir zu teilen gedenke, General.«

»Ich bin kein General, du dämlicher Hund!«, knurrte der Mann. Die Spitze seines Schwertes sank langsam vor Valorians Brust nieder.

»Teilen, hah!«, zischte ein kleiner, säbelbeiniger Soldat. »Wir sollten ihn umbringen. Dann bleibt mehr für uns übrig.«

17

Der Sarturian warf dem Klanmann einen forschenden Blick zu und wartete auf dessen Reaktion.

Valorian zuckte die Achseln; noch immer hielt er den Blick auf den Boden gerichtet. »Ihr könnt mich zwar töten, doch wer zündet euch dann ein Feuer an und brät euer Fleisch?«

»Ein guter Einwand«, sagte ein dunkelhaariger Tarner. »Wir haben nicht viel Glück mit unserem Feuer.«

Der Kreis der Soldaten brach auseinander, als sie auf das Reh zugingen und es hungrig besahen.

»Er soll es braten, Sarturian. Danach können wir ihn immer noch töten«, forderte der kleine Tarner.

Der Führer stieß einen Laut der Verärgerung aus und rammte sein Schwert zurück in die Scheide. »Genug! Die Zwölfte Legion übt keinen Verrat. Du und dein Reh dürfen sich zu uns gesellen, Klanmann.«

Valorian hob ganz kurz den Blick und sah dem tarnischen Sarturian in die Augen. Er empfand einen Hass gegen die Tarner, der von fünfunddreißig Jahren bitterer Erfahrung gespeist war. Sein gesunder Menschenverstand befahl ihm, fortzuschauen und sich wieder hinter einer Fassade von Schwäche und Harmlosigkeit zu verbergen, doch einen Herzschlag lang überwand sein Stolz jegliche Vernunft. Als er bemerkte, wie sich die Augen des Tarners verengten, kam Valorian wieder zur Besinnung, erstickte seinen Stolz und senkte den Blick. Er presste die Kiefer zusammen und wandte sich ab, bevor er das Bild des glaubwürdigen, harmlosen Klanmanns weiter beschädigte. Dann ging er zu seinem Pferd und packte die Satteltaschen aus.

Der Sarturian stand eine Weile da, als hätte er sich in tiefen Gedanken verloren. Sein Gesicht hatte sich verfinstert. Schließlich deutete er auf seine Männer und sagte: »Helft ihm, wenn ihr heute Abend noch etwas zu essen haben wollt.«

Die vier anderen Männer gehorchten; der in ihren Eingeweiden wühlende Hunger spornte sie an. Zwei Soldaten schleppten den Rehkadaver an den Rand der Lichtung, während die anderen beiden Valorian beim Abschnallen des Sattels halfen.

»Ein schönes Pferd«, bemerkte der kleine Legionär. Er packte Hunnuls Kopf und fluchte, als der Hengst die Nase ruckartig aus dem ungewohnten Griff befreite. Das Pferd trug weder Zügel noch Halfter, sodass der Soldat keinen Halt am Maul fand.

Valorian ließ sich mit seiner Antwort Zeit. Hunnul *war* ein schönes Pferd, vermutlich sogar das schönste in ganz Chadar. Der Hengst war mit seinen langen Beinen, dem hohen Widerrist und dem wundervollen Ebenmaß ein großartiges Tier – und Valorians ganzer Stolz. Das Pferd entstammte sorgfältiger Zucht, war liebevoll aufgezogen worden und hatte die bestmögliche Ausbildung erhalten. Seltsamerweise war es völlig schwarz; es besaß nicht ein einziges weißes oder braunes Haar. Ein solches Pferd wurde von den Soldaten der Legion des Schwarzen Adlers hoch geschätzt.

Valorian zuckte gleichgültig die Achseln vor dem Soldaten, warf dem Mann einige Bündel in die Arme und sagte:»Er ist nicht übel, aber ziemlich bösartig.« Bevor der Soldat eine Bewegung machen konnte, sprach er einen Befehl.

Der Hengst schüttelte die lange Mähne. Mit einem Wiehern drehte er sich um und galoppierte in die Dunkelheit.

Die fünf Soldaten sahen dem Pferd verblüfft nach.

»Hast du etwa vor, zu Fuß nach Hause zu gehen?«, fragte der Sarturian.

Valorian beachtete die Bemerkung nicht weiter und nahm sein Gepäck auf.»Er wird da sein, wenn ich ihn brauche.«

Die Männer wechselten überraschte und zweifelnde Blicke, doch Valorian ließ ihnen keine Zeit, über den großartigen Hengst nachzusinnen. Er trieb sie sofort zur Arbeit an; sie mussten das Reh ausweiden und mehr Feuerholz suchen. Aus einer seiner Satteltaschen holte er ein dünnes Bündel getrockneten Zunder, mit dem er das Feuer entfachen würde, und ein kleines Beil. Mit der Erfahrung von mehr als dreißig Jahren machte Valorian eine Stelle am Boden für das Feuer frei, errichtete ein kleines Gerüst aus ineinander gedrehten Zweigen und Ranken, welche die Glut vor dem Regen schützen sollten, und sammelte die nötigen Zutaten für das Feuer.

Die Soldaten sahen ihm zu, wie er rasch den Zunder, der aus einer Hand voll getrocknetem Flaum, Gras und winzigen Zweigen bestand, auf dem freigeräumten Boden aufschichtete. Mit dem Messer spaltete er die Enden einiger größerer Zweige und steckte sie in den Scheiterhaufen; dann holte er sein kostbarstes Reisewerkzeug hervor: eine kleine, glühende Kohle, die er sorgfältig in einem ausgehöhlten Kürbis aufbewahrte. Einen Augenblick später hatte der Jäger ein Feuer entfacht, das fröhlich auf der feuchten Lichtung loderte.

Die tarnischen Soldaten grinsten vor plötzlicher Erleichterung.

»So gut wie Magie«, sagte einer der Männer und klopfte Valorian auf die Schulter.

»Magie!«, grunzte der Saturian. »Du solltest deine Zeit nicht mit solchem Unsinn verschwenden. Magie ist nur etwas für selbstbetrügerische Priester und Narren.«

Der Klanmann lehnte sich auf den Absätzen zurück. »Was weißt du über Magie?«, fragte er neugierig. Im Gegensatz zu den meisten Tarnern glaubten die Klanleute nicht an magische Kräfte, sondern nur an die Macht ihrer vier Gottheiten.

Der Anführer deutete mit einem abgebrochenen Reisigzweig auf das Feuer. »Es gibt keine Magie, Klanmann – nur Geschicklichkeit.«

»Sag das bloß nicht zu General Tyrranis«, meinte der dunkelhaarige Soldat mit einem einfältigen Grinsen. »Ich habe gehört, dass er alles daransetzt, das Geheimnis der Magie zu ergründen.«

»Halt den Mund!«, zischte der Sarturian.

Bei der Erwähnung von General Tyrranis biss Valorian die Zähne zusammen. Der General war der kaiserliche Statthalter der gewaltigen Provinz, die auch Chadar und das Vorgebirge umfasste, in welchem Valorians Volk zu leben gezwungen war. Die Behauptung, Tyrranis sei verhasst, war stark untertrieben. Er war eine ehrgeizige, unbarmherzige Mischung aus listigem Politiker und gnadenlosem Soldat, welcher jeden zerschmetterte, der sich ihm in den Weg zu stellen versuchte. Er beherrschte seine Provinz mit so viel Gewalt und Angst, dass das Volk unter seiner Knute keinen Gedanken an einen Aufstand zu verschwenden wagte. Valorian hatte Gerüchte gehört, denen zufolge sich der Ehrgeiz des Generals bis auf den kaiserlichen Thron erstreckte; daher war seine Begehrlichkeit nach Magie nicht überraschend.

Vielleicht würde sich Tyrranis mit ein wenig Glück bei irgendeinem verwegenen Experiment auf der Suche nach etwas, das es gar nicht gab, selbst töten, dachte Valorian.

Als er bemerkte, dass der Saturian ihn beobachtete, wich jeglicher Ausdruck aus seinem Gesicht. Rasch machte er sich an die Arbeit; er hatte nicht vor, länger als unbedingt nötig bei diesen Männern zu bleiben. Er wollte sie an seinem Mahl teilhaben lassen und auf diese Weise ihre Zungen lösen, damit sie über wichtigere Dinge redeten – zum Beispiel darüber, warum sie in Chadar waren, was die Garnison von Ab-Chakan gerade machte und wo es einen guten Zugang zur Ebene von Ramtharin gab.

So rasch wie möglich schürte Valorian das Feuer und briet die ausgelösten Rehstücke über den glühenden Kohlen. Die Soldaten fielen über das Essen mit der Gefräßigkeit hungriger Wölfe her.

Als sie ihr Mahl beendet hatten, war der Rehkadaver fast vollkommen vom Fleisch befreit und der Regen in schweren Nebel übergegangen. Die Soldaten lehnten sich zurück, lachten, schwatzten und tranken aus ihrer letzten Weinflasche. Niemand bot Valorian Wein an oder schenkte ihm die geringste Beachtung, als er im Dunkel eines Baumes saß und an einem Rest Wildbret nagte.

Der Klanmann verspürte ein schwaches Schuldgefühl, weil er sich den Magen mit Fleisch voll geschlagen hatte, während seine Familie vermutlich wässerige Suppe und die letzten Krusten des alten Brotes aß. Der Winter war hart gewesen, und es gab nur noch sehr wenig Schlachtvieh in den Herden. Die Familie zählte auf ihn und andere Männer, dass sie Fleisch in die heimischen Kochtöpfe brachten. Valorian hoffte, dass einer der anderen Jäger Erfolg gehabt habe. Schließlich verdrängte er die

Gefühle und richtete seine ganze Aufmerksamkeit auf die Gespräche der Soldaten.

Fleisch und Wein hatten ihre Anspannung vertrieben und ihnen die Zunge gelöst, sodass sie sich nun freimütig über ihre Ängste und Sorgen unterhielten. Sie achteten den Klanmann für so gering, dass sie seine Gegenwart vergessen zu haben schienen.

Für eine Weile redeten die fünf Männer bloß über die täglichen Beschwernisse eines Soldaten: schlechtes Essen, harte Arbeit, Einsamkeit. In den warmen Mantel eingehüllt und erschöpft von der tagelangen Jagd, lauschte Valorian ihren Gesprächen mit wachsender Müdigkeit. Die Augen fielen ihm zu. Er fragte sich, wie er die Unterhaltung wohl auf die Ebene von Ramtharin lenken konnte, als der kleine Legionär etwas sagte, das ihn sofort hellwach machte.

»Ich weiß nicht, wie es euch anderen geht, aber ich bin froh, diesen einsamen Steinhaufen verlassen zu können.« Der Mann nahm einen tiefen Schluck aus der Weinflasche und reichte sie weiter. »Bin ich froh, aus Ab-Chakan fortzukommen!«

»Wie kannst du nur so etwas sagen?«, meinte ein anderer Soldat mit triefendem Spott in der Stimme. »Ich werde diesen Ort sehr vermissen – die Kälte, den Wind, die Hitze und die Flöhe im Sommer, und Meile um Meile keine Stadt in Sicht. Warum sollten wir das alles für ein bequemes Quartier in Tarnow eintauschen?«

Einer der Männer schlug gegen das Adlersymbol auf seiner Brust, grinste und sagte: »Beim heiligen Stier, bin ich froh, Tarnow wiederzusehen! Seit zehn Jahren bin ich nicht mehr zu Hause gewesen.« Der Mann, ein dunkelhaariger Soldat, glitt von seinem Sitz, legte sich auf den Rücken und streckte sich zu voller Größe aus. »Sag mal, Sarturian, hat General Sarjas schon verraten, wann wir abgezogen werden?«

Ein Grunzen stahl sich von den Lippen des Sarturians, als er die Weinflasche wieder in die Finger bekam. »Glaubst du etwa, der Kommandant der Zwölften Legion bespricht seine Pläne mit einem einfachen Sarturian?«

»Nein, aber du hast doch bestimmt ein Gerücht gehört. Du bist schon lange genug dabei, um zu erraten, was die Offiziere vorhaben.«

Der Sarturian verlagerte sein Gewicht und schnaubte. »Niemand versteht die Offiziere. Ich glaube aber, dass wir die Garnison im Spätsommer verlassen werden. Die Versorgungswagen der Legion müssen den Wolfsohrenpass überquert haben, bevor ihnen der erste Schnee den Weg abschneidet.«

Drei der Legionäre grinsten sich an. Es gelang ihnen nur selten, ihrem verschlossenen Sarturian Neuigkeiten zu entlocken. Nun war die Gelegenheit einfach zu gut, um sie verstreichen zu lassen.

Unter dem Baum lehnte sich Valorian mit klopfendem Herzen zurück. Er konnte kaum glauben, was er da hörte. So verharrte er reglos, wagte kaum zu atmen, schloss die Augen und betete darum, dass die Soldaten weiterredeten.

»Was glaubst du, auf welchem Weg wir heimwärts ziehen werden?«, bedrängte der kleine Soldat seinen Anführer. »Auf dem nördlichen durch Chadar nach Actigorium oder auf dem südlichen durch Sarcithia nach Sar Nitina?«

Es entstand ein so langes Schweigen, dass die Soldaten bereits glaubten, der Sarturian werde ihnen darauf nicht antworten. Schließlich aber zuckte er die Achseln und sagte: »Ich würde mein ganzes Geld auf die südliche Route verwetten. Sie ist zwar länger als der nördliche Weg durch Chadar, aber auf ihr gehen wir nicht General Tyrranis in die Falle. Er würde all seine Frauen verkaufen, um eine ganze Legion unter seine Befehlsgewalt zu bringen. Wenn wir ohne Verspätung nach Tarnow zurückkehren wollen, nehmen wir besser den Weg über Sar Nitina.« Er genehmigte sich einen tiefen Schluck Wein, wie um anzuzeigen, dass das Gespräch für ihn beendet war, und reichte die Flasche weiter zum nächsten Mann.

»Warum sind wir dann nach Actigorium unterwegs, um diesen ach so großartigen Tyrranis zu treffen?«, fragte einer der Soldaten.

Der dunkelhaarige Tarner kicherte. »General Sarjas sieht die

Dinge nicht so klar wie unser Sarturian. Vielleicht sollen wir uns um die schriftliche Erlaubnis des Generals für die Durchquerung von Chadar für den Fall bemühen, dass Sarjas sich doch für diese Route entscheidet. Stimmt das etwa nicht?«, wollte er wissen.

Der Sarturian hob eine Augenbraue. »Du bist ziemlich vorlaut, Callas.«

Callas verzog die Lippen zu einem triumphierenden Grinsen. »Also habe ich Recht! Nun, mir soll es egal sein, welchen Weg wir nehmen, solange wir nur aus dieser Ebene verschwinden. O Götter, wie ich die Städte vermisse!« Plötzlich bemerkte er, dass der vierte Soldat still vor dem Feuer saß und finster dreinblickte. »Was ist mit dir, Marcus?«, höhnte er. »Du hast noch kein einziges Wort gesagt. Bist du etwa nicht froh, nach Hause zu kommen?«

»Nicht auf diese Art!«, sagte der ältere Mann verbittert. »Die Zwölfte Legion war noch nie auf dem Rückzug. Jetzt aber geben wir eine ausgezeichnete Festung auf, weil unser allgewaltiger Kaiser nicht einmal das bewahren kann, was ihm sein Vater hinterlassen hat!«

»Behalte solche Gedanken für dich, Marcus«, brummte der Sarturian. »Derartiges Gerede kann dich den Kopf kosten.«

Der alte Soldat machte eine wütende Handbewegung. »Es ist aber die Wahrheit, und das weißt du auch! Ab-Chakan ist die letzte besetzte Festung in der Ebene. Wenn wir sie aufgeben, wird Tarn die gesamte Ebene von Ramtharin verlieren.«

Der kleine Legionär schüttelte den Kopf. »Die Ebene hat uns nichts als Gras, Kupfer, Felle und ein paar erbärmliche Sklaven gebracht. Das können wir auch anderswo finden. Es ist besser, eine ferne, unergiebige Provinz zu verlieren als unser Heimatland.«

»Der Verlust der Provinz ist nicht so schlimm«, stimmte Marcus ihm zu. »Es ist der Preis dafür, der mich wütend macht – der Verlust an Ehre und Stolz für die Legion sowie der Verlust an Vertrauen in das Reich und an Achtung vor ihm. Der Mann, der auf dem Thron von Tarn sitzt, wirft ein gewal-

24

tiges Gebiet einfach fort, und das aus Dummheit, Schwäche und …«

»Das reicht!«, gebot ihm der Sarturian scharf. »Du brauchst deine Ansichten nicht durch ganz Chadar zu brüllen.«

Die Soldaten verstummten. Obwohl Valorian die Augen geschlossen hielt, spürte er, dass die Aufmerksamkeit sich plötzlich ihm zugewandt hatte. Er hörte, wie einer der Soldaten leise fragte: »Was ist mit dem Klanmann? Töten wir ihn, oder lassen wir ihn laufen?«

»Lasst ihn laufen. Das Fleisch war sein Leben wert«, antwortete der Sarturian.

»Was ist, wenn er alles gehört hat?«

Der Anführer stieß ein scharfes, verächtliches Lachen aus. »Er ist nur ein Klanmann. Er kann nichts damit anfangen, und der Rest des Reiches wird es sowieso früh genug erfahren.«

Selbst der Hohn des Saturians konnte das dünne Lächeln auf Valorians Lippen nicht ganz unterdrücken. Der Jäger war nun hellwach, doch er stellte sich weiterhin schlafend, während sich die tarnischen Soldaten unter ihren Decken verkrochen und das Feuer erstarb.

Als die Männer schnarchten und Nebel und Dunkelheit sich auf der Lichtung verdichteten, erhob sich der Klanmann von seinem Platz unter dem Baum. Er nahm seinen Sattel und schlüpfte still in die Nacht.

In der Morgendämmerung fand Valorian Hunnul auf einer Wiese im Tal, nicht weit entfernt von der Lichtung, wo sich die tarnischen Soldaten allmählich regten. Der Jäger pfiff nach dem Hengst und beobachtete zufrieden, wie das große Pferd auf ihn zutrabte; Mähne und Schweif flogen wie schwarzer Rauch. Rasch sattelte er Hunnul und wendete das Tier gen Süden, fort von seinem heimatlichen Stall.

Als Valorian im schwachen Schutz eines Dickichts einzuschlafen versuchte, dachte er mit wachsender Erregung über das nach, was er in dieser Nacht von den Soldaten gehört hatte, und entschloss sich, seine Jagd auszudehnen. Das Winterlager seiner Familie lag hoch im Norden, und er war schon länger als geplant unterwegs. Seine Frau Kierla machte sich gewiss schon Sorgen. Aber er hatte noch immer kein Fleisch, und irgendwo – im Süden, wie er glaubte – gab es einen Pass; es war der einzige Pass, von dem er gehört hatte, er sei niedrig und breit genug, um Karren und Wagen den Weg durch das hohe Dunkelhorngebirge zu ermöglichen. Er würde im Süden jagen. Wenn ihm die Götter hold waren, würde er vielleicht sowohl Fleisch als auch den Pass finden.

Weitere zwei Tage lang ritt der Jäger südwärts auf die Grenze zwischen Chadar und Sarcithia zu und drang dabei so tief wie nie zuvor in das Landesinnere ein. Er betrachtete die unvertrauten Gipfel mit dem geübten Auge eines Mannes, der im Schatten der Berge geboren wurde, entdeckte aber nichts, was einem befahrbaren Pass gleichkam. Er suchte nach Wild, das seine Familie ernähren konnte, fand aber nicht einmal einen einzigen Hufabdruck. Der Regen fiel immer noch aus einem tief hängenden, trüben Wolkendach, ließ die Bäche über die Ufer treten, verwandelte die Erde in Schlamm und wusch alle Wildfährten fort. Valorians Kleider und Gepäck waren durchweicht, und selbst sein Waldläufergeschick vermochte es nicht, das nasse Holz zum Brennen zu bewegen.

Am dritten Tag führte er Hunnul tiefer in das Vorgebirge hinein. Während des ganzen Morgens ritten sie höher und höher bis zu einem kahlen Grat, der einen ungehinderten Blick auf die lange Bergkette gewährte.

»Wenn wir nicht bald etwas finden, Hunnul, müssen wir mit leeren Händen heimkehren«, bemerkte Valorian, als sich das Pferd den steilen Hang zu dem Grat hochkämpfte.

Erst als Hunnul den Kamm erreicht hatte, blieb er stehen und schnaubte wie zur Antwort. Er hob und senkte die Flanken vor Erschöpfung, und die Nüstern leuchteten rot.

Valorian streichelte den dampfenden Hals des Hengstes. Für ihn war nichts Seltsames daran, mit seinem Pferd wie mit einem guten Freund zu reden. Hunnul war ein kluges Tier und schien viel von dem zu verstehen, was sein Herr sagte. Der Jäger bedauerte nur, dass der Hengst keine Antwort geben konnte. Da Valorian so viel Zeit auf dem Pferderücken verbrachte, wäre es schön, bisweilen mit jemandem zu reden.

Der Klanmann erlaubte seinem Pferd eine kurze Rast, während er angewidert das Land ringsum betrachtete. Es gab nicht viel zu sehen. Überall hing der Regen. Er verbarg die Berge hinter undurchdringlichen Wolkenschleiern und machte jede Hoffnung zunichte, den Pass oder ein Wild zu erspähen.

Valorian schlug mit der Faust gegen den Sattelknauf. »Bei allen Göttern!«, rief er. »Es regnet schon seit vierzehn Tagen! Wann hört es endlich auf?«

Ein plötzlicher Donnerschlag ließ ihn zusammenzucken. Überrascht starrte er in den stahlgrauen Himmel. Der Frühling hatte gerade erst begonnen; es war noch zu früh für ein Gewitter. Doch alle Klanleute wussten, dass der Donner von den Rössern des Nebiros verursacht wurde; er war der Bote des Totengottes. Vielleicht war Nebiros höchstselbst ausgesandt worden, um eine Seele zu holen.

Ein Blitz zischte über den Himmel, gefolgt von einem gewaltigen Donnerrollen. Plötzlich heulte der Wind über den Grat und schnappte nach Valorians Umhang. Hunnul legte die Ohren an und tänzelte seitwärts.

Valorian spürte, wie sich seine Muskeln vor Spannung strafften. Gewitter hatte er noch nie gemocht. »Na los, mein Junge. Wir sollten diesen Kamm verlassen und irgendwo Unterschlupf suchen.«

Das Pferd gehorchte sofort. Sie fanden einen Felssturz an einem Hang in der Nähe, der ihnen einen gewissen Schutz vor Wind und Regen bot. Blitz und Donner hielten noch lange an, bis die Berge unter der tosenden Gewalt erzitterten.

Gereizt stand Valorian neben Hunnuls dampfender Flanke und aß den letzten Rest seines Reisebrotes, während er trüben, dumpfen Gedanken nachhing. Als der Regen am späten Nachmittag immer noch fiel, entschied Valorian widerstrebend, dass es Zeit zur Rückkehr nach Hause sei, obwohl er noch keine Beute gemacht hatte. Er würde ein andermal versuchen, den Pass zu finden.

Schließlich ging der Regen in ein leichtes Nieseln über, und der Wind erstarb allmählich zu launischen Böen. Blitz und Donner schienen weiter südwärts zu wandern.

Traurig und müde lenkte der Klanmann sein Pferd erneut zu dem Kamm und warf einen letzten Blick auf die Berge. Die Wolken hatten sich nach dem Abzug des Gewitters ein wenig verzogen und enthüllten nun die eindrucksvolle Kette des Dunkelhorngebirges.

Valorian kniff die Lippen zusammen. Er hasste diese Berge. Solange die hohen Gipfel seinem Volk den Weg nach Osten versperrten und das Reich von Tarn es aus dem Westen vertrieb, hatte es keine Hoffnung auf ein Überleben. Wenn der Klan weiterbestehen wollte, musste er entkommen. Er musste einen Weg durch die Berge und aus der Umklammerung der Tarner finden.

»Es bleibt uns nichts anderes übrig, als diesen Pass ausfindig zu machen, Hunnul«, sagte Valorian eindringlich. Der Hengst stellte die Ohren auf und lauschte. »Wenn wir ihn entdecken, kann ich Lord Fearral den Beweis dafür erbringen, dass es den Weg durch die Berge wirklich gibt. Dann wird er sich nicht länger dagegen sträuben, die Klans zusammenzubringen und nach der Ebene von Ramtharin zu suchen!«

Der Klanmann schwieg eine Weile. Dann breitete er die Arme aus und fuhr fort: »Stell dir das einmal vor, Hunnul! Ein Reich aus Gras und Himmel, das nur darauf wartet, in Besitz genommen zu werden. Keine Tarner, keine Zölle oder Steuern, kein General Tyrranis. Die Freiheit, Pferde zu züchten und Familien zu gründen. Die Freiheit, wieder so zu sein, wie wir einst waren! Wenn ich bloß Lord Fearral überzeugen könnte …«

Valorian verstummte und starrte trübe auf den Schleier aus Wolken und Regen im Süden. Wenn die Klanleute wirklich den Spott und die Verachtung des tarnischen Reiches verdienten, dann war Lord Fearral einer der Gründe dafür.

In den Zeiten von Valorians Großvater waren die Klans ein stolzes Volk gewesen, welches die fruchtbaren Länder von Chadar in großen, lose miteinander verbundenen nomadischen

28

Gruppen durchstreift hatte, denen jeweils ein Häuptling vorstand. Sie waren feurige Krieger, ausgezeichnete Viehzüchter und den sesshaften Stämmen der Chadarianer, welche die Flussufer und Täler des Landes bewohnten, gute Nachbarn gewesen.

Das Klanleben war dem sanften und natürlichen Lauf der Dinge gefolgt, bis die Heere Tarns in Chadar eingefallen waren. Die Klanleute hatten wild entschlossen versucht, ihr Land zu verteidigen, doch die Chadarier hatten sich ergeben und jegliche Hilfe verweigert. Die zahlreichen, schwer bewaffneten Fußtruppen hatten den berittenen Klankriegern hohe Verluste beigebracht, ganze Lager voller Frauen und Kinder abgeschlachtet und die Überlebenden in die kahlen und unfruchtbaren Bluteisenberge im Norden des Dunkelhorns getrieben. Seitdem lebten die Klanleute dort eingepfercht, ausgestoßen und von der Außenwelt abgeschnitten.

Seit jener Zeit vor etwa achtzig Jahren hatten die Klans etliche ihrer Traditionen und viel von ihrem Stolz verloren. Sie waren zu einem einzigen Klan zusammengeschmolzen, der aus ein paar versprengten Familien bestand und einem alten Häuptling huldigte. Ihre saftigen Weiden, großen Herden und in Generationen angehäuften Reichtümer waren verloren. Sie schlugen sich als Jäger, Sammler und kleine Diebe durch. Beinahe alles, was sie besaßen, ging als Tributzahlung an General Tyrranis.

Valorian wusste um die Sinnlosigkeit eines Kampfes gegen das Reich von Tarn um das, was sie verloren hatten, doch er gab die Hoffnung für sein Volk nicht auf. Wenn sie auf ihrem Land nicht überleben konnten, mussten sie sich eben eine neue Heimat suchen.

Die Schwierigkeit lag darin, Lord Fearral, den Onkel seiner Frau, zu überzeugen. Der furchtsame greise Häuptling war so engstirnig wie eine alte Kuh. Valorian hatte schon mehrfach den Lord zu überreden versucht, die zerstreuten Familien zusammenzuscharen und sie in ein neues Land zu führen. Fearral hatte sich geweigert. Ohne klare Hoffnung und genauere Berichte über den Zielort wollte der in die Jahre gekommene Lord nicht einmal den Versuch eines Aufbruchs wagen. Das

Dunkelhorngebirge sei zu gefährlich, um solch eine tollkühne Reise zu rechtfertigen, sagte er Valorian immer wieder. Außerdem würde General Tyrranis dem Klan niemals erlauben, seinen Platz in den Bergen zu verlassen. Der Häuptling war unerbittlich.

Doch wenn Valorian nun Neuigkeiten über den Pass durch das Gebirge berichten konnte, würde Fearral vielleicht Späher aussenden und Pläne schmieden.

Wenn er doch bloß den Pass finden und dadurch Sicherheit erlangen könnte! Aus einem plötzlichen, von tiefen Gefühlen herrührenden Drang legte er die Hand auf sein Schwert. Er stieß den alten Kriegsschrei seines Volkes aus, zog die Waffe und reckte sie in den Himmel.

»Hört mich, ihr Götter!«, rief er. »Unser Volk stirbt! Zeigt mir einen Weg, wie ich es retten kann. Helft mir, den Wolfsohrenpass zu finden!«

In diesem Augenblick brach aus dem südlich des Gebirgskamms tobenden Gewitter ein unglaublich grelles Gleißen hervor. Heiß und tödlich schnitt es wie ein göttlicher Pfeil durch die kühle Luft und schoss aus dem Kern des Gewitters hinaus. Einen Herzschlag später neigte sich der Blitz erdwärts und fand leitendes Metall als Ziel.

Mit unirdischer Macht schlug er in den Helm und das erhobene Schwert den Klanmannes ein. Seine Gewalt brannte sich durch Valorians Arm und Kopf in den Körper und fuhr bis in das Pferd hinein.

Valorian krümmte sich nach hinten und war eine ewige Sekunde lang mit der Macht der Götter verbunden; dann explodierte seine Welt in Feuer und Licht. Der Donner grollte um ihn herum, doch Valorian hörte ihn nicht. Ross und Reiter waren tot, noch bevor ihre Körper auf den Boden schlugen.

Zwei

Das Erste, was Valorian bemerkte, war eine gewaltige, unaussprechliche Stille. Sie drückte sich mit einer seltsamen Schwere gegen seine Sinne und war so leer und reglos wie der Tod. Verschwunden waren die Geräusche von Wind und Regen, von knirschendem nassen Leder und das Klappern von Hunnuls Hufen über den Steinen. Es gab einfach gar nichts mehr.

Unendlich langsam hob er den Kopf und öffnete die Augen. Die Welt, die er gekannt hatte, war noch da; doch sie schien in einem fahlen, leicht funkelnden Licht zu verblassen, so wie ein Traum kurz vor dem Aufwachen. Valorian erkannte mit Entsetzen, dass er aufrecht stand, doch er fühlte nichts – weder das Gewicht auf den Beinen noch die durchweichte Kleidung auf der nassen Haut oder einen Kopfschmerz vom Sturz.

Plötzlich durchfuhr ihn die Erkenntnis so heftig wie zuvor der Blitz. Mit einem Schrei wirbelte er herum und sah seinen Körper verrenkt und reglos neben der unbeweglichen Gestalt seines Pferdes liegen. Ein Rauchfetzen stieg aus seinem zerschmetterten Helm auf.

Ein Gefühl wie von zerspringendem Glas erschütterte Valorian bis ins Innerste seiner Seele. Wut erfüllte ihn, und er brüllte mit aller Macht: »*Nein!* Das darf nicht wahr sein!« In der unirdischen Stille klang seine Stimme seltsam, doch es war eine Erleichterung, wenigstens irgendein Geräusch zu hören. Er rief noch einmal, nur um die beängstigende Stille zu durchbrechen.

Etwas bewegte sich in seiner unmittelbaren Nähe. Er drehte sich um und stand vor Hunnul. Der schwarze Hengst war aus der schweren Verwandlung, die sie durchgemacht hatten, unberührt hervorgegangen; er wieherte aufgeregt und drängte sich eng an seinen Herrn. Der Sattel – oder eher das Abbild des Sattels – hing noch mit allem Gepäck auf Hunnuls Rücken.

Die tröstliche Gegenwart des Hengstes besänftigte Valorian ein wenig. Er streckte die Hand aus und berührte Hunnul; seine Finger spürten das warme, schwarze Fell. Doch dann drückte Valorian etwas härter zu, und seine Hand fuhr geradewegs durch das Pferd hindurch.

Verängstigt und wütend schüttelte Valorian die Faust gen Himmel und rief: »Wir sind tot! Beantwortet ihr auf diese Weise ein Gebet, ihr heiligen Götter? Warum ausgerechnet jetzt? Warum *wir?*«

Der Klanmann hielt plötzlich inne. Ein schwacher Laut drang durch die Stille – ein Laut wie ferner Donner. Allmählich wurde er stärker und kam aus einer Ferne näher, die keine Richtung hatte.

Valorian zog heftig die Luft ein. »Die Vorboten.« Er hätte wissen müssen, dass sie kommen würden. Sie ritten auf Nebiros' Rossen und waren die Gesandten Sorhs, des Totengottes, die jede Seele geleiteten, welche die Welt der Sterblichen verließ. Sie führten die soeben Verschiedenen in das Reich der Toten, wo sie von Lord Sorh gerichtet wurden.

»Nicht jetzt«, schrie Valorian. »Ich gehe nicht mit. Ich kann nicht, Hunnul. Ich werde meine Frau und meine Familie nicht den Tarnern und dem Hungertod überlassen, wo ich ihnen doch endlich die Hoffnung auf ein Entkommen überbringen könnte.« Noch während er sprach, wurden die nahenden Geräusche zu deutlichen, donnernden Hufschlägen.

Aus dem gleißenden Licht, in dem die Bergkette verschwunden war, galoppierten vier weiße Reiter auf bleichen Rössern mit der Geschwindigkeit herabstoßender Adler auf ihn zu.

Der Jäger sah sich verärgert nach einer Waffe oder irgendeinem anderen Gegenstand um, mit dem er die Vorboten abwehren konnte. Er sah sein Schwert in einigen Schritten Entfernung von seinem toten Körper liegen, und mit mehr Hoffnung als Gewissheit sprang er darauf zu. Er schloss die Hand um den Griff und hielt ihn fest. Das Schwert fühlte sich ziemlich wirklich an.

Die aus gefälteltem Eisen geschmiedete und mit Silber verzierte Waffe war schwarz verbrannt und die Spitze durch die Macht des Blitzes verkrümmt. Doch das störte Valorian in diesem Augenblick nicht. Der Griff fühlte sich noch immer beruhigend an, und die Klinge sang, als er sie in weitem Bogen durch die Luft schwang.

Der Klanmann schrie vor Erleichterung, sprang auf sein Pferd und schwang die Waffe den herankommenden Rössern entgegen. »Sorh ehrt mich, indem er gleich vier von ihnen schickt«, rief er Hunnul zu, »doch sie müssen leider ohne mich zurückkehren.«

Angesteckt von der Erregung seines Herrn, tänzelte Hunnul zur Seite. Gemeinsam beobachteten sie, wie die vier unsterblichen Gesandten aus dem Himmel herangaloppierten, um Valorian und sein Pferd in Sorhs Reich zu führen. Als die Vorboten näher kamen, erkannte Valorian, dass sie männlich waren und Kriegsrüstungen trugen, welche in dem eisigen Licht glänzten, doch anscheinend waren sie unbewaffnet. Er betrachtete sie neugierig. Kein lebender Mensch wusste, wie die Vorboten aussahen, denn wenige, sehr wenige Seelen starben und kehrten ins Leben zurück. Valorian kannte niemanden, dem dies widerfahren war. Dennoch hieß es, dass manche es geschafft hatten, und ihr Erfolg verlieh Valorian Hoffnung. Vielleicht ließen ihn die leuchtenden Reiter gehen, wenn er ihnen Widerstand bot.

Die vier Reiter hatten ihn beinahe erreicht, als er plötzlich Hunnul die Sporen gab und den Kriegsschrei seines Klans ausstieß. Der Hengst sprang auf die weißen Pferde zu; er kreischte und schnappte wie ein Geschöpf des Wahnsinns. Valorians Gesichtszüge waren steinern vor Wut, als er sein Schwert nach rechts und links den Reitern entgegenschleuderte. Seine Waffe fuhr durch zwei der Vorboten und traf auf nichts anderes als Luft. Trotzdem schien sie sein Angriff zu überraschen.

Sie ließen von ihm ab, sammelten sich in einiger Entfernung und beobachteten ihn. Ihre Gesichter – wenn sie überhaupt welche hatten – waren hinter den Visieren ihrer Helme verborgen. Ihre Körperhaltung drückte Wachsamkeit und zugleich auch Entspannung aus. Sie schienen vorsichtig zu sein, aber Valorians Angriff hatte sie offenbar nicht wirklich erzürnt. Die meisten Seelen leisteten keinen so erbitterten Widerstand.

Blitzartig erkannte Valorian mit Sorge und Wut, dass sie ihn nicht bekämpfen oder überwältigen mussten. Sie brauchten bloß zu warten. Den Vorboten stand dazu die gesamte Ewigkeit zur Verfügung.

Valorian bemerkte noch etwas anderes. Das Land um ihn herum war beinahe verschwunden. Die Berge und Gipfelkämme verblassten; zurück blieb nur der kleine Flecken aus Fels und Erde, auf dem die beiden Leichname lagen. Ihn umgab nichts als das sanfte Licht. Valorian lenkte Hunnul zurück zu den am Boden liegenden Körpern. Er wusste instinktiv, dass sie jede Gelegenheit verloren, in die Welt der Lebenden heimzukehren, wenn sie sich von ihren sterblichen Überresten entfernten.

»Valorian!«

Der Klanmann zuckte unter dem Klang seines Namens heftig zusammen.

»Sorh ruft nach dir.«

Es war einer der Vorboten. Seine Stimme war tief, männlich, zwingend. Valorian verspürte den starken Wunsch, seinem Befehl zu gehorchen. Doch er bezwang diesen Drang mit aller Kraft.

»Nicht jetzt!«, rief er. »Es gibt für mich noch zu viel zu tun.«

»Was du unvollendet zurückgelassen hast, wird von jemand anderem weitergeführt werden. Deine Zeit ist abgelaufen.«

»Nein!«

»Du musst mit uns kommen, Valorian.« Die Rösser der Vorboten machten einen Schritt auf ihn zu.

Unvermittelt und ohne Vorwarnung erhob sich um Valorian und die Todesreiter ein starker Wind. Wie ein lebendes Geschöpf heulte und brüllte er und fuhr zwischen den erschrockenen Klanmann und seine Begleiter.

Valorian glaubte eine Stimme in dem tobenden Wind zu vernehmen: »Sagt Sorh, er muss warten.«

Plötzlich trug der Wind Valorian und Hunnul mit riesenhaften, unsichtbaren Händen in die Lüfte und fort von dem kleinen irdischen Flecken. Der Mann war zu erstaunt, um sich dagegen zu wehren. Der mächtige Wind besaß keine nachteilige Wirkung auf seine Seele, machte ihn jedoch atemlos, als er ihn mit unglaublicher Geschwindigkeit hinter die leuchtende, unvertraute Grenze des Totenreichs führte. Die Welt der Sterblichen und der Vorboten lag nun hinter ihm.

Unter Valorian versuchte der Hengst zu wiehern. Hunnul war verängstigt, vermochte aber im Griff des rauschenden Windes keinen einzigen Muskel zu rühren.

Allmählich legte sich der Wind. Seine Macht löste sich langsam auf, und das gewaltige Tosen erstarb, bis kaum mehr als eine Brise übrig blieb. Die unsichtbaren Hände des Windes setzten Valorian und Hunnul äußerst sanft ab und zogen sich in einer Bö zurück, die wie Gelächter klang.

Ross und Reiter stießen die Luft in tiefer Erleichterung aus. Hunnul stampfte mit dem Huf auf und schnaubte, als wollte er sagen: »Gut so.«

»Große Götter«, rief der Klanmann aus und starrte umher. »Was war denn das?«

Doch ihm wurde keine unverzügliche Antwort zuteil. Er und Hunnul standen auf etwas, das wie eine ausgedehnte, öde Ebene aus grauem Stein aussah – anscheinend aus Granit, dem Stoff der ungeborenen Berge. Der Himmel über ihnen – wenn es denn der Himmel war – hatte eine blassgraue Färbung und war genauso leer. Weit und breit war nichts anderes zu sehen.

Valorian bemerkte, dass er noch immer sein Schwert in der Hand hielt. Er stieß es kurz in die Luft und schob es dann zurück in die Scheide aus Schafsfell an seiner Hüfte. Auf dieser seltsamen steinernen Ebene würde ihm keine Waffe helfen. Etwas oder jemand sehr Mächtiges hatte ihn absichtlich hergebracht. Er konnte nur abwarten, was als Nächstes geschehen mochte. Der Klanmann schwang das Bein über Hunnuls Mähne, glitt vom Pferd und stellte sich neben den Kopf des Tieres.

Gemeinsam betrachteten sie die Steinwelt um sich herum.

35

»Und nun?«, murmelte Valorian verdutzt.

Hunnul wieherte leise und deutete mit der Nase auf etwas am Boden vor seinen Hufen.

Valorian schaute kurz auf die Stelle und bückte sich, um einen eingehenderen Blick darauf zu werfen. Irgendwie hatte eine winzige grüne Pflanze zarten Halt im Stein gefunden. Während der Mann sie ansah, wurde sie größer und bohrte ihre kleinen Wurzeln immer tiefer in den Felsen. Der Granit brach unter der Kraft der Wurzeln auf. Winzige Blätter sprossen aus dem Stängel, öffneten und entfalteten sich. Ranken reckten sich in den Himmel. Tiefer und tiefer gruben sich die Wurzeln in den harten Fels, und Valorian sah, wie die Massen der zerbrechlich wirkenden, haarähnlichen Wurzeln den Granit zu Sand zerstießen. Er keuchte vor Erstaunen und trat einen Schritt zurück. Erregung, Verwunderung und Angst überfielen ihn. Er erbebte unter seinen Gefühlen.

Rasch wuchs die Pflanze – ohne Wasser, Erde und echtes Sonnenlicht. Sie streckte ihr Gezweig und Blattwerk in freudigem, zitterndem Leben gen Himmel und brach urplötzlich in glänzendes Blühen aus. Die Blüten waren von jeder nur vorstellbaren Färbung, schimmerten hell vor Morgentau und erfüllten die Luft mit einem köstlichen, überirdischen Duft, der süß und verlockend war.

Valorian sperrte den Mund auf und kniete nieder. »Die Blume, die den Stein zerschmettert«, keuchte er. Die Macht des Lebens. Die Macht der Göttin Amara.

Während sich die Wahrheit in seinen Gedanken allmählich verdichtete, schimmerte die Pflanze immer stärker in einem perlmutterartigen Glanz. Stängel, Blätter und Blüten erzitterten und verwandelten sich vor den Augen des Mannes in die Gestalt einer Frau.

Für Valorian war sie eine wunderbare Frau: groß und schön, mit starken Gliedern, breiten Hüften und einer edlen Statur. Die lange, schwere Haarmähne hing ihr wie ein wirbelnder Mantel aus blassem Frühlingsgrün bis zur Hüfte. Die Augen waren so braun und tief wie die Erde selbst. Sie trug einen Umhang, dessen Farbe unmöglich zu beschreiben war, denn bei jeder ihrer Bewegungen erzitterte er in allen Regenbogenfarben und bedeckte ihren Körper vom Hals bis zu den Füßen wie dünnste Seidenfäden.

Valorian verneigte sich tief vor ihr.

Amara, die Göttin des Lebens und der Geburt, der Verjüngung des Frühlings und der Anmut der Fruchtbarkeit, die von den Klanleuten so sehr geliebte Mutter des Alls, trat vor und zog den Jäger auf die Beine.

Er sah ihr ehrfürchtig ins Gesicht und spürte, wie ihre Liebe ihn mit Trost und Wärme einhüllte. In der Freude ihrer Gegenwart fielen Angst und Wut von ihm ab.

»Amara«, flüsterte er.

Ein Lächeln erhellte ihr Gesicht, und Valorian wunderte sich, wie alterslos sie war. Ihre Augen waren so alt wie die Knochen der Berge, doch ihre Wangen und ihr Lächeln glühten wie der junge Morgen.

»Mein Sohn, bitte geh ein Stück des Weges mit mir«, sagte die Göttin zu Valorian. Dann wandte sie sich an das Pferd: »Hunnul, du musst ebenfalls mitkommen, denn dies geht euch beide an.« Mit einer Hand an Valorians Arm und der anderen auf der Schulter des Hengstes lief die Göttin langsam über die verlassene Steineebene.

Zunächst sagte sie nichts zu ihren beiden Gefährten, sondern schritt nur majestätisch neben ihnen her. Valorian achtete ihr Schweigen, obgleich tausend Fragen in ihm brannten.

Ohne ein besonderes Ziel schlenderten sie noch ein wenig weiter, bis sich Amara nach dem Mann und dem Pferd umdrehte. Sie schien die beiden von Kopf bis Fuß zu messen und dabei ihr Innerstes aufzudecken, bis sie schließlich zufrieden nickte.

»Valorian«, sprach die Göttin mit ernster Stimme, »ein Unglück ist mir widerfahren. Zu meinem großen Kummer habe ich einen Besitz verloren, der mir sehr lieb und für deine Welt von großer Bedeutung ist.«

Valorian sagte nichts darauf, sondern hob nur eine Augen-

37

braue, um seine ungeteilte Aufmerksamkeit anzudeuten. Offensichtlich hatte Amara ihn den Vorboten für ihre höchsteigenen Zwecke entzogen, doch er konnte sich nicht vorstellen, worum es sich dabei handeln mochte. Wozu brauchte eine so mächtige Göttin wie Amara einen einfachen, sterblichen Klanmann? Er hielt den Kopf leicht geneigt, betrachtete aufmerksam ihr Gesicht und lauschte ihren Worten.

»In der Zeitrechnung deiner Welt geschah es vor vierzehn Tagen. Mein Bruder Sorh öffnete die Bergfeste Ealgoden, um die Seele eines außerordentlich abscheulichen Sklavenjägers einzusperren, und machte dabei den Fehler, einigen Gorthlingen die Flucht zu ermöglichen.«

Valorian zog die Luft scharf ein.

»Genau«, sagte die Göttin nur. Ein Ausdruck des Abscheus verdunkelte die Schönheit ihres Gesichts. »Die kleinen Untiere waren schnell wieder eingefangen, aber da hatten sie schon großen Schaden auf dem Berggipfel angerichtet, den wir zu unserer Wohnstatt erkoren haben. Einer der Gorthlinge stahl meine Krone und nahm sie mit in den Berg.«

Der Klanmann umfasste den Griff seines Schwertes fester. Er wusste nicht, welches Gefühl in ihm stärker war: die Empörung über das Verbrechen gegen die Allmutter oder das Entsetzen über den Gedanken, der allmählich in ihm Gestalt annahm. »Habt Ihr Lord Sorh darum gebeten, Euch die Krone zurückzugeben?«, fragte er förmlich.

»Selbstverständlich. Aber mein Bruder steht in andauerndem Wettstreit mit mir. Was ich mit Leben segne, zieht er in den Tod. Wir kämpfen unablässig gegeneinander. Er ist der Ansicht, dies sei bloß ein weiteres Spiel, und ich müsse die Krone selbst holen.«

»Was Ihr nicht könnt«, bemerkte Valorian. Er glaubte zu wissen, was sie von ihm wollte – und das ängstigte ihn.

Die Göttin richtete den Blick ihrer uralten Augen auf ihn. »Wie du bereits richtig gefolgert hast, kann ich es nicht, Valorian. Ich habe nur sehr wenig Einfluss auf Sorhs Häscher, und deshalb wage ich nicht, selbst zu gehen.« Sie deutete aufgebracht gen Himmel, wobei ihr Gewand erregt schimmerte. »Die Krone, welche die Gorthlinge gestohlen haben, ist eine der drei göttlichen Insignien, die ich trage. Mein Zepter gebietet über die Winde, und mein Reichsapfel beherrscht die Wolken, doch es ist meine Krone, welcher die Macht über den Lauf eurer Sonne innewohnt. Wenn meine Insignien nicht in Einklang miteinander stehen, kann ich die natürlichen Kräfte des Wetters nicht richtig regieren.«

»Ist das der Grund dafür, warum es in letzter Zeit so viel geregnet hat?«

Amara senkte den Arm. »Ja! Ohne die Macht der Sonne, die Wind und Regen ausgleicht, wird deine Welt bald untergehen.«

Valorian gab darauf keine Antwort. Ein ganzes Heer unangenehmer Gedanken marschierte durch sein Hirn. Die Vorstellung, den heiligen Berg Ealgoden zu betreten, ängstigte ihn. Dieser Berg im Reich der Toten war sowohl die Heimstatt der Götter, die den Gipfel bevölkerten, als auch das Gefängnis der verdammten Seelen. In seinem dunklen Herzen namens Gormoth hielten die schrecklichen Gorthlinge Sorhs die Seelen der Unwürdigen in ewigen Qualen gefangen. Niemand suchte freiwillig die Gorthlinge innerhalb des Ealgodens auf. Sollte Valorian die Flucht nicht gelingen, würde er auf ewig im Innern des Berges gefangen sein.

Dennoch meinte er, einen Versuch wagen zu müssen, nicht nur um der geliebten Göttin seines Klans, sondern auch um seines Volkes willen. Er mochte zwar schon tot sein, könnte jedoch niemals Frieden finden, wenn er nicht einmal den Versuch unternähme, seine Klanangehörigen aus einer dem Untergang geweihten Welt zu erretten.

Ein plötzliches Funkeln erhellte seine blauen Augen, als ihm ein neuer Gedanke kam. Wenn er erfolgreich war, würde er von der Göttin vielleicht eine Belohnung erhalten. Es gab einiges, was die Göttin seines Lebens dem Klan schenken konnte.

Doch da waren immer noch Sorhs Gorthlinge! Beim Schwerte Surgarts! Ihm blieb nur zu hoffen, dass das große Vertrauen der Göttin in ihn nicht unangemessen war. Er holte tief Luft.

»Ich werde Eure Krone finden«, sagte er mit fester Stimmme.

Amara schenkte ihm ein langes, wissendes Lächeln. »Vielen Dank, Klanmann.« Sie wandte sich an Hunnul und legte die Fingerspitzen auf sein weiches Maul. Der Hengst rührte sich nicht von der Stelle. »Was ist mit dir, würdiges Kind des Windes? Gehst du mit?«

Valorian hätte nie geglaubt, dass das Pferd die Worte verstehen könnte, doch Hunnul nickte und wieherte zur Antwort.

Zufrieden trat die Göttin einen Schritt zurück. »Er ist ein guter Hengst. Er wird dir überallhin folgen.« Ihre sanfte Stimme verhärtete sich plötzlich zu einem Befehl. »Steig nun auf, mein Sohn. Ich muss dir etwas geben, bevor du gehst.«

Valorian gehorchte sofort. Nun, da er seinen Entschluss gefasst hatte, wollte er nicht länger darüber nachdenken, ob er das Richtige tat. Er sprang in den Sattel und sah die Göttin mit unbeweglicher Miene an.

»Lord Sorh wird dir keine Schwierigkeiten machen; ich werde mich darum kümmern«, sagte Amara. »Die Gorthlinge jedoch stellen eine ernste Gefahr dar. Dein Schwert wird dir in den Tunneln von Gormoth nichts nützen. Deshalb gebe ich dir eine bessere Waffe in die Hand.« Die Göttin erhob die Arme und rief: »Bei der Macht des Blitzes, der dich hergebracht hat, ernenne ich dich zum Zauberer.« Unvermittelt streckte sie die Hände nach Valorian aus, und dieser keuchte auf, als ein weiterer Lichtblitz auf ihn zuschoss. Er konnte nicht ausweichen; der Blitz traf ihn mitten in die Brust.

Doch der neuerliche Schlag verletzte ihn nicht. Er durchdrang Valorians Körper, zischte bis in den tiefsten Grund seiner Seele, wärmte sein ganzes Sein, stärkte ihn und verlieh ihm eine seltsame neue Kraft.

Überrascht hob er die Hände und sah, dass ein blassblaues Licht seinen Körper wie eine zweite Haut umschloss. »Was … was ist das?«, fragte er zögerlich.

»Du hast nun die Macht, Magie zu wirken, Klanmann.«

»Magie!«, wiederholte er verblüfft. »So etwas gibt es nicht.«

Amara breitete die Hände aus, als wollte sie die ganze Ebene

umfassen. Ihr Haar zitterte wie Sommergras. »Natürlich gibt es
Magie! Als die Welt erschaffen wurde, blieb ein Stäubchen jener
Macht, welche die Schöpfung befeuerte, in jedem natürlichen
Ding zurück. Magie durchdringt sowohl deine Welt, Valorian,
als auch unser Reich der Unsterblichkeit. Du hast ihre Auswirkungen gesehen. Magie erschafft Regenbogen und all das Unerwartete, das ihr Wunder nennt. Sie ist verantwortlich für Geschöpfe, die du nie zuvor gesehen hast und nur aus Legenden
kennst. Sie ist immer da gewesen und wird immer da sein.«

»Aber warum haben die Menschen bisher weder etwas von
dieser Kraft gewusst noch sie zu beherrschen gelernt?«, fragte er.

»Einige wissen um die Existenz der Magie. Niemand jedoch
konnte sie beherrschen. Bis jetzt.«

Valorian starrte zweifelnd seine Hände an. Die blaue Aura
verblasste und war im nächsten Augenblick verschwunden.
»Wie kann ich diese Kraft anwenden?«, fragte er mit deutli-
chem Zweifel in der Stimme.

»Gebrauche deine Willensstärke«, erklärte die Göttin geduldig. »Werde dir darüber klar, was du erreichen willst, stell dir
dein Ziel deutlich vor und beuge die Magie deinem Willen. Es
hilft, wenn du einen Zauberspruch formst, der dein Vorhaben
zum Ausdruck bringt. Du kannst zerstörerische Blitze und
schützende Schilde erschaffen, die Erscheinungsformen der
Dinge verändern oder große Gegenstände bewegen. Dazu
musst du nur deine Einbildungskraft nutzen. Allein deine eigenen Schwächen und Stärken setzen dir Grenzen.«

»Einbildungskraft«, murmelte Valorian. Dieses Gespräch
überstieg sein Fassungsvermögen, doch er wollte nicht mit der
Göttin herumstreiten, ohne zuvor die neue Magie versuchsweise anzuwenden. So schloss er die Augen und richtete all seine
Gedanken auf das Bild eines kleinen Blitzes. Er spürte gar
nichts und bemerkte keinerlei Veränderung an sich. Nichts geschah. Offenbar war dies nicht der richtige Weg.

»Die Magie ist hier, Klanmann! Richte all deine Gedanken
auf sie!«, hörte er Amaras schneidende Stimme.

Er fuhr zusammen und verbannte alle Gedanken bis auf jenen an den Kraftblitz – einen gleißenden, zischenden Blitz, der die Gorthlinge verängstigen und ihn sicher aus Gormoth herausführen würde.

Etwas regte sich in ihm. Valorian spürte, wie ein seltsames Gefühl der Macht, das er nie zuvor erfahren hatte, seine Gedanken erfüllte und durch seinen Körper strömte. Langsam hob er den rechten Arm und streckte die Hand aus. Zu seiner Überraschung schwoll die merkwürdige Macht an. Er öffnete die Augen gerade noch rechtzeitig, um einen blauen Blitz aus seinen Fingern schießen und über die Ebene zischen zu sehen. Der Lichtpfeil war weder groß noch blendend grell, aber er selbst hatte ihn erschaffen. Valorian beobachtete mit offenem Mund, wie der Blitz in der Ferne verblasste.

Amara hielt den Kopf schräg und wirkte zufrieden. »Gut gemacht, Valorian. Du wirst es noch lernen.«

Der Klanmann verneigte sich vor ihr. Auf seinem Gesicht zeichneten sich Entsetzen, Erregung und das Gefühl des Erfolgs ab. »Eine Frage noch, Herrin Amara.« Sie nickte knapp. »Warum habt Ihr mich ausgewählt?«, wollte er wissen. »Sicherlich gibt es bessere Krieger und mutigere Männer als mich.«

Sie lachte; es war ein warmer Laut voller Zuneigung. »Vielleicht gibt es bessere, Valorian. Aber mein Kämpe muss genauso klug wie mutig sein. Es wäre nicht weise, blindlings in das Nest der Gorthlinge hineinzurennen.«

Ohne Vorwarnung zerschmolz die Göttin plötzlich zu einer glühenden Wolke aus strahlendem Licht und funkelnden Farben und erhob sich weit über den Kopf des Klanmannes. Sie glitzerte in der grauen Luft wie ein leuchtender Stern.

»Wartet!«, brüllte er »Wohin muss ich gehen? Wie kann ich Euch wieder finden?«

»Die Vorboten werden dich führen«, rief Amaras Stimme, »und ich werde dich finden, wenn die Zeit gekommen ist.«

Hunnul wieherte ein durchdringendes Lebewohl.

Valorian sah zu, wie die glimmernde Wolke hoch in den trüben Himmel aufstieg und dann mit der Geschwindigkeit eines Kometen dahinschoss. Angesichts ihres Fortgangs erhoben sich gemischte Gefühle in seinem Herzen, von denen Furcht nicht das geringste war. Nun, da die Göttin und ihr liebevoller Trost verschwunden waren, überkamen ihn düstere Vorahnungen wegen seiner voreiligen Versprechungen. Kein Mann im Vollbesitz seiner geistigen Kräfte würde freiwillig die widerlichen Kavernen des Ealgodens betreten und auf ein unversehrtes Entkommen hoffen. Es war schlichtweg unmöglich. Trotzdem hatte er versprochen, sich dorthin zu begeben, und musste auf die eine oder andere Weise versuchen, erfolgreich zu sein. Vielleicht gelang es ihm mithilfe dieser seltsamen neuen Macht der Magie.

Abermals hörte er die donnernden Hufe der Rösser, auf denen die Vorboten heranpreschten. Wie gewaltige weiße Phantome ritten sie schnell und gleißend aus dem Himmel. Die Pferde hielten wiehernd und tänzelnd unmittelbar vor dem Klanmann an.

Diesmal neigte Valorian widerstrebend den Kopf vor ihrem Ruf. Hunnul trat in die Mitte der weißen Rösser, und der Klanmann und seine Begleiter galoppierten über die weite Steinebene.

Drei

Schneller als Sturmwolken jagten die Vorboten dahin und trugen den schwarzen Hengst allein durch die Kraft ihres Schwungs mit sich. Unvermittelt erhob sich vor ihnen eine Mauer aus dunklem Nebel; sie ritten ohne Halt hindurch. Valorian warf einen Blick über die Schulter und sah, dass die Steinebene – was oder wo auch immer sie gewesen sein mochte – verschwunden war. Er und seine Begleiter stürzten sich in eine Wolkenwand, die unermesslich und vollkommen lichtlos war. Es gab keine anderen Laute als die schwachen Erschütterungen, welche die Pferdehufe in der Luft verursachten, und kein anderes Licht als das blasse, phosphoreszierende Leuchten der vier Vorboten. Valorian konnte kaum Hunnuls Haupt in der Dunkelheit ausmachen. Das betäubende Fehlen jeglicher Empfindungen raubte ihm die Orientierung. So heftete er den Blick starr auf die angelegten Ohren des Hengstes.

Bevor Geist und Augen Zeit hatten, sich ganz darauf einzustellen, hatten die Pferde den Nebel bereits hinter sich gelassen und galoppierten in das Reich der Toten. Der Klanmann keuchte auf und schloss die Augen vor dem plötzlichen hellen Licht. Auch Hunnul taumelte und wäre gestürzt, wenn Valorian nicht sein Gewicht verlagert und damit dem verschreckten Pferd geholfen hätte, das Gleichgewicht zu wahren. Der Hengst hielt an und bewegte den Kopf verwirrt auf und ab.

Valorian musste blinzeln, bevor er schließlich die Augen öffnen und sich verwundert umschauen konnte. Die vier Vorboten waren noch an seiner Seite und warteten geduldig darauf, dass er ihnen folgte. Die Wand aus dunklem Nebel war verschwunden und durch etwas ersetzt, das wie eine gewaltige grüne Wiese aussah. In weiter Ferne erkannte er einen einzelnen Berg, der sich wie ein riesiger Wächter über die Ebene erhob. Das Licht, das die Gegend erhellte, strahlte so hell und glänzend aus der Bergspitze hervor wie die Sonne in der Welt der Sterblichen. Der Klanmann wusste sogleich, dass jener Berg der geheiligte Ealgoden war, auf dem die Götter in ewiger Pracht wohnten und über ihr Volk wachten.

Ehrfürchtig trieb Valorian Hunnul vorwärts. Zwei der Vorboten nahmen ihren Platz vor dem Klanmann ein, die anderen beiden folgten ihm. Während sie langsam über die gewaltige Wiese ritten, wunderte sich Valorian über die überirdische Schönheit dieses Ortes. Nie zuvor hatte er eine so ausgedehnte, makellose Grasfläche gesehen. Sie war sanft gewellt, baumlos und mit einem dichten Mantel aus grünem Gras und herrlich gefärbten Blumen überzogen, die kaum bis zu Hunnuls Fesseln reichten. Der Himmel war von einem lebhaften Blau, und das Licht aus dem Gipfel schien warm und sanft.

Es fehlten nur Wind, Insekten, tierisches Leben und Menschen. Ihre Abwesenheit erschien Valorian seltsam, denn er war an die lebendigen Wiesen der irdischen Welt gewöhnt. Nach einer Weile störten ihn die Stille und die Leere. Er wollte gerade den schweigenden Vorboten Fragen stellen, als eine Bewegung seine Aufmerksamkeit erregte.

Mehrere Leute näherten sich über einen Hügelgrat zu seiner Rechten. Sie sahen ihn und winkten freudig; ihre Erregung war trotz der großen Entfernung deutlich zu erkennen. Eine Person löste sich aus der kleinen Gruppe und rannte auf Valorian zu. Ihre weit ausholenden Schritte kamen Valorian vertraut vor. Er beobachtete, wie sie näher kam. Nun rannten weitere Leute aus allen Richtungen auf ihn zu – Männer, Frauen und Kinder, einige zu Fuß, ein paar zu Pferde, und alle winkten sie und riefen ihm freudig etwas zu. Er starrte sie in wachsender Überraschung an, bis er schließlich den Blick wieder auf die einzelne, rasch näher kommende Person richtete.

Ihr dunkles Haar löste sich zu langen Wellen auf, und nun wusste Valorian, wer es war: seine jüngste Schwester, die im Al-

45

ter von vierzehn Jahren gestorben war. Ihr folgten ihre Eltern, ein weiterer Bruder und ihre Großeltern. Sie alle waren schon seit vielen Jahren tot, doch Valorian hatte bis zu diesem Augenblick nicht bemerkt, wie sehr er sie vermisst hatte.

Er trieb Hunnul auf sie zu. »Adala!«, rief er glücklich. Er wollte gerade abspringen und sie begrüßen, als neben seinem Ohr eine leise, eindringlich warnende Stimme erscholl. Erschrocken richtete er den Blick auf die Vorboten hinter ihm, dann auf den Himmel und schließlich auf die Wiesen um ihn herum. Niemand war Valorian so nahe, dass er dessen Stimme hätte vernehmen können, doch die Warnung hallte klar und deutlich in seinem Kopf wider. Es war gewiss Amara, die ihn vorantrieb, und mit einem Mal wusste er, dass er von den lieblichen Wiesen und der Freude seiner Verwandten verzaubert zu werden drohte, wenn er absteigen und Pferd und Begleitung verlassen würde, um sich zu der herankommenden, ihn grüßenden Menge zu gesellen. Er würde sein Ziel aus den Augen und somit jede Möglichkeit verlieren, der Göttin zu helfen. Auf diese Weise würde er unbeabsichtigt seine Welt zum Untergang verdammen. Widerstrebend, aber entschieden setzte er sich im Sattel zurecht und trieb Hunnul voran.

»Valorian, du alter Bursche! Endlich bist du gekommen!«, rief Adala fröhlich. Ihr junges, hübsches Gesicht strahlte ihn an, während sie neben Hunnul herlief. »Du hast ein Pferd dabei, du glücklicher Faulpelz. Offenbar haben sie dich mit allen Ehren begraben. Und gleich vier Begleiter! Sorh erweist dir große Ehre, wenngleich ich nicht weiß, warum.«

Valorian grinste sie an. Adala hatte immer schon gern geschwatzt. Alles, was sie tat, hatte sie mit einer ausufernden Fröhlichkeit getan, die jede ihrer Bewegungen und Regungen befeuert hatte. Sie hatte selbst die biestige kleine Stute geliebt, die sie eines Tages mit dem Kopf voran gegen einen Baum geschleudert hatte.

Inzwischen hatten Valorians Vater, seine Mutter und sein Säuglingsbruder ihn eingeholt, und auch andere Leute sammelten sich um ihn. Die gesamte schwatzende Menge lief neben den Pferden her, redete auf ihn ein und stellte ihm Fragen. Valorian sah auf sie hinunter und erschrak darüber, wie viele der Gesichter er erkannte. Hier waren Freunde, Bekannte, sogar einige Feinde und auch Verwandte, die ihm nur von Erzählungen her bekannt waren. Er winkte ihnen zu und lächelte, doch er stieg weder ab, noch hielt er an.

»Valorian!«, erhob sich eine Stimme über die anderen. »Wie geht es dir, mein Sohn?«

Der Klanmann nickte erfreut und grüßte den Mann, der neben Adala herlief. »Ich bin hier, Vater. Das sollte deine Frage beantworten.«

Der alte Mann, der noch immer so kernig und gesund wie an jenem Tag aussah, als er mit drei tarnischen Soldaten aneinander geraten war, lachte und schlug seinem Sohn auf das Bein. Valorian spürte es kaum. Der Tod hatte offensichtlich sein Gefühlsvermögen eingeschränkt.

»Siehst du dieses Pferd, Vater?«, rief Adala. »Ist es nicht eine Schönheit? Was hast du getan, Valorian? Hast du es gestohlen?«

»Sei still, Adala«, gebot ihre Mutter. »Wir können später reden, wenn er von Lord Sorh zurückkehrt.«

Valorian zuckte zusammen. Nun hatte er gerade seine Familie wieder gefunden und durfte ihr von seiner wahren Mission nichts erzählen.

Noch bevor er etwas erwidern konnte, wollte sein Vater wissen: »Sag mir zwei Dinge, Valorian: Wie geht es deinem Bruder? Und hast du deine Pflicht dem Klan gegenüber erfüllt, bevor du ihn verlassen hast?«

Valorian wollte aufstöhnen. Warum musste sein Vater gerade jetzt den Finger auf die Wunde legen? Wenigstens konnte er zuerst die gute Nachricht verkünden.

Vielleicht war er schon fort, bevor sein Vater den Rest zu hören verlangte.

»Als ich Aiden zum letzten Mal sah, war er glücklich und zufrieden. Er will heiraten.«

»Aiden? Er hat das Mannesalter unversehrt erreicht? Dank sei Surgart!«, rief sein Vater aus.

47

Adala schnaubte unfein. »Diese Wildkatze im Schafspelz? Heiraten? Das arme Mädchen.«

Valorian musste lächeln. Auch er hatte oft die Hoffnung aufgegeben, dass Adalas Zwillingsbruder jemals erwachsen werden würde. Aiden war so wild und verwegen wie seine Schwester.

»Als du gestorben bist, hat er dich schrecklich vermisst«, sagte Valorian zu Adala. »Ich glaube, einige seiner darauf folgenden Taten hatten ihren Grund in seiner Trauer.«

Sie schwieg einen Augenblick lang; ihr leuchtendes Lächeln versank in Traurigkeit, doch dann hellte sich ihr Gesicht wieder auf, und sie rannte neben Hunnul her. »Wenigstens bist du jetzt bei uns. Darf ich auf deinem Pferd reiten?«

»Vielleicht irgendwann einmal«, antwortete Valorian unbestimmt. Er deutete auf die scheinbar endlosen Wiesenflächen. »Gibt es noch mehr als das hier?«

»Bei den Göttern, natürlich«, sagte sie. »Das hier ist nur ein kleiner Teil. Das Reich der Toten hat viele Orte und noch weitaus mehr Bewohner. Du kannst aus deinem ewigen Leben machen, was du willst.«

»Genug geschwätzt, Mädchen«, sagte ihr Vater gereizt. »Weich mir nicht aus, Valorian. Hast du mit Kierla einen Sohn gezeugt?«

»Nein«, erwiderte Valorian geradeheraus und kniff dann die Lippen zusammen. Dieses Gespräch wollte er nicht fortführen. Sein Vater hatte Kierla als Frau für ihn ausgesucht, als er kaum dem Kindesalter entwachsen war. Sie sieht wie eine gute Zuchtstute aus, hatte der alte Mann gesagt, langer Körper, breite Hüften, stattliche Brüste. Sie würde viele Kinder in Valorians Zelt bringen. Valorian hatte sein Herz an eine andere verloren, doch er hatte Kierla widerstrebend zur Frau genommen, um seinem Vater zu gefallen. Zu seiner großen Überraschung hatte sich diese Heirat als die beste Entscheidung seines Lebens herausgestellt.

Der einzige Fehler bestand darin, dass Kierla keine Kinder geboren hatte. In den fünfzehn Sommern ihrer Ehe war sie nicht ein einziges Mal schwanger gewesen. Einige Leute hatten

Valorian geraten, sie zu verstoßen und sich eine andere Frau zu nehmen, doch das hatte er abgelehnt. Er und Kierla hatten eine gegenseitige Liebe entwickelt, welche das Fehlen von Kindern wettmachte. Obwohl er wusste, dass sie einen Säugling in ihren Armen schmerzlich vermisste und gegangen wäre, wenn er sie darum gebeten hätte, hatte er nicht einmal einen Gedanken daran verschwendet. Kierla besaß Stärken, welche sie und ihn stützten, und ein Gemüt, das sein Herz erfreute. Es war eine Schande, dass sein Vater dies nie verstehen würde.

»Was?«, bellte der alte Mann »Warum diese nutzlose …«

Er wurde von seiner Frau unterbrochen, die ihm die Hand auf den Arm legte. »Das hat doch jetzt keine Bedeutung mehr, mein Gemahl. Nun sollte unser Sohn Lord Sorh seine Aufwartung machen.«

Während sie redete, streckte Valorian die Hand aus und berührte sanft ihr Haar, das noch immer so grau wie an ihrem Todestag war, doch das Gesicht, das sie ihm nun zuwandte, strahlte vor Frieden und Genügsamkeit.

»Mutter«, sagte er sanft, »es ist möglich, dass ich nicht zurückkomme.«

»Warum nicht?«, rief Adala.

Seine Eltern sahen ihn mit fragenden Augen an.

»Ich gehe als Amaras Kämpe nach Gormoth im Ealgoden und stelle mich den Gorthlingen«, entgegnete er.

Die gesamte Menge verstummte plötzlich.

»Nein, das darfst du nicht tun«, keuchte Adala schließlich. Der Friede auf dem Gesicht seiner Mutter wich krankhafter Angst.

»Sei kein Narr, Valorian!«, rief einer seiner Onkel. »Kein Mensch kann gegen einen Gorthling bestehen.«

Sein Großvater deutete wütend auf den Berg. »Diese Geschöpfe sind böse. Weißt du das denn nicht? Sie werden dich vernichten.«

Nur sein Vater sah ihn mit dem durchdringenden Blick eines alten, weisen Adlers an. »Wenn Amara dich erwählt hat«, sagte er nachdrücklich, »dann musst du gehen.«

Valorian nickte und erwiderte mit seinen kalten, blauen Augen den Blick des Vaters. »Die Göttin hat mir eine Waffe gegeben«, sagte er, um seine Eltern zu beruhigen. »Ich bin nicht völlig wehrlos.«

Der alte Mann ballte die Faust. »Gebrauche sie weise, und wir werden dich bei deiner Rückkehr wiedersehen.«

»Vielen Dank, Vater«, sagte Valorian. Es war Zeit, weiterzureiten. Er hatte Angst, dass ihn die Wiedervereinigung mit seiner Familie trotz Amaras Warnung im Ohr hier festhalten könnte. So winkte er seinen Verwandten und Freunden zum Abschied zu und trieb Hunnul zum Galopp an. Die vier schweigenden Vorboten setzten sich mit ihm in Bewegung.

»Möge Surgart mit dir sein, Bruder«, rief Adala und winkte wild.

»Amara auch«, brüllte sein Vater.

Allzu rasch fiel die Menge der Wohlwollenden auf der grünen Wiese zurück, und Valorian ritt allein mit seinen Begleitern weiter. Vor ihm erstreckte sich die Grasfläche in sanften, ununterbrochenen Wellen bis zum Fuß des Heiligen Berges, der in einsamem Glanz dem Himmel entgegenstrebte.

Selbst aus dieser Entfernung erkannte Valorian, dass der Gipfel weitaus größer war als bei jedem kümmerlichen Berg in der Welt der Sterblichen. Seine riesigen, grau-schwarzen Wälle beherrschten die Umgebung, und die massigen, zerklüfteten Felsspitzen ragten weit hinauf in die dünne Luft. Ein Schleier aus Wolken und Nebel verbarg die oberen Bereiche des Gipfels, auf dem die Götter und Göttinnen wohnten, doch das ewige Licht an der höchsten Stelle brannte klar und hell.

Während sich Valorian auf Hunnul dem Berg näherte, bemerkte er, dass sie einem dünnen Pfad im Gras folgten. Dieser Weg führte schnurgerade auf die Berghänge zu und leuchtete blass in dem heiligen Licht. Valorian wusste, dass sie auf einem der vielen Pfade der Toten ritten, die zu Sorhs Thron führten. Sorgenvoll betrachtete er den Pfad und überlegte, wie er von ihm abweichen und seine Suche nach dem Eingang zu Gormoth beginnen konnte. Die Vorboten würden es nicht zulas-

50

sen, wenn er einfach ausscherte, und es würde ihm sicherlich nicht gelingen, ihnen zu entwischen. Doch der Weg zum Hof Lord Sorhs war keinesfalls das, wonach ihn verlangte.

Nach dem ewigen Gesetz war er als neu angekommene Seele verpflichtet, sich dem Totengott zu stellen, bevor er seinen Platz im Totenreich einnehmen durfte. Unter gewöhnlichen Umständen hätte er sich diesem Zwang gebeugt. Doch die Umstände konnte man wohl kaum als gewöhnlich bezeichnen! Würde Valorian dem Totengott gegenübertreten, bevor er Amaras Krone gerettet hätte, so würde Sorh ihn womöglich zurückhalten und ihn an der Ausführung seines Versprechens hindern, oder er würde den Klanmann einfach nicht mehr gehen lassen. Valorian wollte auf keinen Fall eine ganze Ewigkeit im Streitgespräch mit den Göttern zubringen, während seine Welt in der Wut entfesselter Stürme unterging.

Er stieß einen Seufzer aus, machte es sich auf seinem Sattel bequem und wartete ab. Solange ihn die vier Vorboten begleiteten, konnte er wenig tun, außer ihnen folgen und auf eine Gelegenheit zum Entwischen hoffen.

Kurze Zeit später erkannte Valorian, dass sich noch andere Leute auf diesem Pfad befanden. Nicht weit vor ihm geleitete ein einzelner Vorbote einige zu Fuß gehende Männer – den Kleidern und ihrer dunklen Hautfarbe zufolge waren es Tarner. Vor ihnen lief eine weitere Gruppe aus Männern, Frauen und einem Kind neben ihrer Begleitung her. Valorian warf einen Blick über die Schulter und sah weit hinter sich eine blonde Frau von chadarianischem Geblüt, die auf einem braunen Pferd ritt und einen Säugling im Arm hielt. Sie alle bewegten sich wie Valorian auf den Ealgoden zu, um vor den Gott der Toten zu treten – welchen Namen auch immer er bei ihnen haben mochte.

Allmählich wurde der Weg steiler. Die grünen Wiesen blieben zurück und machten umgestürzten Felsbrocken, steinigen Hängen und granitenen Stürzen Platz. Bald führten weitere Pfade aus allen Richtungen heran und vereinigten sich mit Valorians Weg. Der Klanmann sah noch mehr Leute: einige weitere Klanangehörige, mehrere Chadarianer, einen Sarcithianer und etliche, deren Abstammung er nicht kannte; sie alle kamen in Begleitung her. Die Vorboten sind heute ziemlich fleißig, dachte er bei sich.

Erst jetzt bemerkte er, dass seine eigenen Begleiter fort waren. Sie waren ohne ein Wort oder einen Anlass verschwunden und hatten ihn allein auf dem Pfad zurückgelassen. Überrascht hielt er den schwarzen Hengst an und schaute sich in der wilden Berglandschaft um. Nirgendwo entdeckte er ein Anzeichen der Vorboten.

Vielleicht hatte Amara Valorians Schwierigkeiten bemerkt und sie fortgelockt. Ohne ihre störende Gegenwart konnte er seine Suche nach dem Eingang in das Reich der Gorthlinge aufnehmen. Er wünschte, Amara hätte ihm verraten, wo eine Tür zu finden war. Überall in diesem gewaltigen Berg mochte der verborgene Eingang liegen.

Hunnul wieherte und riss Valorian aus seinen Gedanken. Die junge Frau ritt mit ihrem Säugling vorbei. Sie nickte Valorian höflich zu, und das Kind gluckste, doch der Vorbote in ihrer Begleitung beachtete den Klanmann nicht. Sie ritten weiter und verschwanden hinter einem Felshaufen.

Valorian wartete nur so lange, bis niemand mehr zu sehen war; dann stieg er ab und bog mit vorsichtigen Schritten von dem schimmernden Pfad ab. Nichts geschah. Der Pfad lag noch immer wie verlassen da, es wurde kein Alarm gegeben, und seine Begleiter kehrten nicht zurück. Erleichtert führte er Hunnul von dem Pfad fort und in die zerklüfteten Bergflanken hinein, wo er seine Suche begann.

Er ist gekommen, Lord Sorh.

Das dunkle, reglose Antlitz des Totengottes wandte sich dem knienden Vorboten zu und nickte kurz. Also hatte Amara ihren Kämpen gefunden. *Wer ist es?*

Ein Klanmann namens Valorian, erwiderte der Begleiter.

Ach ja. Der Sohn Daltors. Für seine Aufgabe wird er den Mut seines Vaters und die Zurückhaltung seiner Mutter benötigen. Das

52

könnte spannend werden. Der Gott lehnte sich auf seinem riesigen Thron zurück und legte die Fingerspitzen zusammen. *Lasst dem Mann ein wenig Zeit für seine Suche und enthüllt ihm erst dann den Eingang. Ich möchte ihm Gelegenheit geben, sich zu beweisen.*

Der Vorbote verneigte sich und entfernte sich rückwärts aus der Gegenwart des Gottes.

Die Göttin Amara trat aus den Schatten von Sorhs Halle und stellte sich vor ihren Bruder. Gegen die unerschütterliche Ernsthaftigkeit ihres Bruders wirkte sie wie eine Sonne in einer düsteren, kalten Grotte. *Du wirst dich nicht in diese Angelegenheit einmischen?*, fragte sie.

Ich werde es nicht tun, wenn auch du dich zurückhältst.

Einverstanden.

Sorh rief die übrigen Götter herbei. *Surgart und Krath, ihr seid meine Zeugen!*

Der Kriegsgott und die Schicksalsgöttin trafen zusammen ein und gesellten sich zu Amara.

Wir haben es gehört, sagte Surgart zu ihnen.

Krath stimmte ihm zu. *Der Mann geht allein.*

So sei es.

Valorian wusste nicht, wie viel Zeit vergangen war, seit er den Pfad der Toten verlassen hatte. Doch was war Zeit, verglichen mit der Ewigkeit? Es gab weder Nacht und Sterne noch Tag und Sonne, die ihm den Weg wiesen. Stattdessen schien das endlose goldene Licht von dem hoch aufragenden Berg mit seinen undurchdringlichen Wällen.

Dem Klanmann war bewusst, dass er und Hunnul den riesigen Gipfel bereits dreimal umrundet hatten. Kletternd und stolpernd hatten sie sich einen Weg zwischen herabgestürzten Felsbrocken und durch tiefe Schluchten erkämpft. Bisher hatten sie nichts gefunden. Die einzigen Pfade führten hoch zu Sorhs Thron. Es gab keine Fußspuren, keine platt getretenen Stellen, Spalten oder anderen Anzeichen für einen Zugang nach Gormoth. Der Berg war ebenso unerschütterlich und unzugänglich wie Sorh selbst.

Als sie die vierte Umrundung des Berges beendet hatten, brachte Valorian Hunnul müde zum Stehen und starrte auf den Felshang. Er schüttelte den Kopf. Dies war der seltsamste Berg, den er je gesehen hatte. Hier gab es keinen Wind, kein tierisches Leben, weder Hitze noch Kälte, kein Eis, sondern nur Stein.

Die Besteigung des Gipfels hätte eigentlich einfach sein müssen, doch Valorian war noch nicht lange genug tot, um sich an die Seltsamkeiten seiner unsterblichen Existenz gewöhnt zu haben. Er hatte kein richtiges Gefühl in den Gliedern, und körperliche Anstrengung erschöpfte ihn nicht, doch selbst im Reich der Toten schienen einige Naturgesetze zu gelten. Er konnte nicht einfach um den Berg herumgleiten, sondern musste zusammen mit Hunnul den beschwerlichen Pfad nehmen. Nach all den langwierigen Umkreisungen war er dieses fruchtlosen Kampfes müde.

Dabei hoffte er, die Suche nicht noch höher oben fortsetzen zu müssen. Der Weg wurde zu steil und zu schwierig für den Hengst, und sie befanden sich erst auf halbem Weg zum Gipfel. Er wollte sein Reittier nicht gern hier zurücklassen. Wenigstens brauchte er nicht zu befürchten, dass sie zu Tode stürzten. Wenn sie wirklich fielen, würden sie vermutlich einfach erneut hochklettern müssen.

Der Klanmann führte das Pferd über eine schlüpfrige Böschung zu einer breiten, flachen Felsbank. Nicht weit entfernt verlief der Pfad der Toten, den sie vor einiger Zeit verlassen hatten. Valorian sah den Berg hinauf bis zu dem Nebelvorhang, welcher das Reich der Götter verbarg. Hatte Sorh bemerkt, dass er in den Reihen der neuen Toten fehlte, die vor dem Thron des Gerichts standen? Hatte eine der Gottheiten wahrgenommen, dass er wie eine Fliege über die Mauern ihrer Behausung kroch? Er lehnte sich gegen Hunnuls Flanke und wünschte, er wäre woanders.

Plötzlich berührte Hunnul ihn mit seiner sanften Schnauze am Arm. Verwirrt blickte Valorian auf und sah einen Vorboten den nahen Pfad hinabreiten; er führte einen anderen Mann, einen sarcithianischen Plünderer, zu Fuß mit sich. Valorian drückte Hunnul zurück in den Schatten eines großen Geröll-blocks und außer Sichtweite des Vorboten, dann spähte er vorsichtig hinter dem Rand des Felsens hervor. Die Vorboten geleiteten die Seelen hinauf zu Sorh und nicht fort von ihm, es sei denn ... Valorian schlich sich näher an den Pfad heran und sah gerade noch, wie der leuchtende weiße Reiter von dem Hauptpfad abbog und einen Weg einschlug, den nur er sehen konnte. Der tote Mann folgte ihm.

Valorian zog scharf die Luft ein. Der Vorbote geleitete sicherlich eine Seele zum Eingang nach Gormoth, dem Nest der Gorthlinge! Wenn er ihnen folgen konnte, würden sie ihn zum Eingang führen. Rasch trieb Valorian Hunnul auf den Bergpfad und hinunter zu der Stelle, wo der Vorbote den Weg verlassen hatte. Dort erkannte Valorian zwischen den Felsen eine äußerst schwache Spur, die von den zahllosen verdammten Seelen, die jenen Weg genommen hatten, in den Stein getreten worden war. Der Pfad führte jäh aufwärts, überquerte einen steilen, mit Geröll übersäten Hang und endete plötzlich vor einer gewaltigen Felswand.

Valorian beobachtete hinter einem Vorsprung, wie der Vorbote und die hilflose Seele vor dem bloßen Stein anhielten. Mit lauter Stimme rief der Begleiter ein einziges Wort. In der Wand erhob sich ein tiefer, volltönender Laut, und Valorian starrte mit offenem Mund auf den großen, wie eine Tür geformten Spalt, der im Stein erschien. Er war bereits an der Felswand vorbeigekommen, hatte den Eingang aber nicht bemerkt. Der Lärm verwandelte sich zu einem mahlenden Ächzen, als die Tür aufschwang und eine Öffnung enthüllte, die so groß war, dass mehrere Pferde gleichzeitig hindurchreiten konnten. Hinter der Tür erstreckte sich ein Tunnel – ein Loch aus stygischer Düsternis.

Die sich öffnende Tür versetzte den Sarcithianer neben dem Vorboten in Schrecken. Sein Verzweiflungsschrei durchbrach die Bergesstille. Der Mann wirbelte herum und versuchte zu fliehen.

Doch der weiße Reiter war schneller. Ein Blitz aus leuchtender Energie schoss aus seiner erhobenen Hand und traf den Mann, bevor er noch zwei Schritte tun konnte. Die Kraft wickelte sich wie ein Seil um seine Brust und fesselte die Arme an die Seiten. Der Verdammte kreischte und wand sich; sein Gesicht hatte sich vor Grauen verzerrt. Der Vorbote aber beachtete ihn nicht weiter.

Die Energie zog den Sarcithianer unerbittlich auf die offene Tür zu. Der Verdammte zerrte wie ein Wahnsinniger an seinen Fesseln, doch die magische Kraft verankerte sich in der Türschwelle, zog den Mann hinüber und verschwand; nun stand er am Anfang des unheilvollen schwarzen Tunnels, der nach Gormoth führte. Ein hohes, freudiges Gekicher schallte aus der Finsternis. Die Seele erstarrte vor Schreck.

Der Vorbote senkte die Hand und sprach: »Wegen deiner Verbrechen wirst du in alle Ewigkeit nach Gormoth verbannt. Jenseits dieses Portals gibt es keine Hoffnung mehr.«

Bevor der Sarcithianer etwas dagegen tun konnte, schloss sich die schwere Steintür mit einem Donnern und besiegelte sein Schicksal für alle Zeiten. Die Echos erstarben, der Berg brütete wieder in Schweigen. Der Vorbote ritt denselben Weg zurück, auf dem er gekommen war, und schenkte dem zwischen den Felsen kauernden Klanmann keinerlei Beachtung.

Entsetzt über das Grauen, dessen Zeuge er geworden war, sackte Valorian gegen den Fels. Je länger er darüber nachdachte, desto schwankender wurde sein Entschluss, durch jene abstoßende Tür zu treten. Schließlich fühlte er sich genauso schwach und verzweifelt wie einer der Verdammten. »Amara«, rief er stumm, »warum verlangt Ihr, dass gerade ich das mache?«

Er zwang sich dazu, auf Hunnul zu steigen, und ritt zum Fuß der Felswand. Wie betäubt starrte er den grauen Stein an und kämpfte gegen seine Angst an. Er konnte keinen Rückzieher machen, weil er der Göttin sein Wort gegeben hatte, doch nie zuvor in seinem Leben hatte er etwas so Schwieriges getan, wie den Befehl zum Öffnen der Tür auszusprechen, den er von dem Vorboten abgelauscht hatte. Allein das Wissen, dass er sich

56

selbst dazu entschieden hatte, nach Gormoth zu gehen, verlieh ihm die Stärke weiterzumachen.

Mit allem Mut, den er aufzubringen vermochte, zwang sich Valorian zu einem klaren Kopf, sprach den seltsamen Befehl des Vorboten und hoffte, dass er dieselbe Wirkung zeigte. Er wartete einige Augenblicke, doch die Tür bewegte sich nicht. Er rief den Befehl noch einmal und bemühte sich dabei, den genauen Ton des Vorboten zu treffen, doch das Portal blieb fest verschlossen. Seine Hoffnung wandelte sich in Verzweiflung. Was konnte er schon erreichen, wenn er nicht einmal in den Berg hineinkam?

Er wollte gerade absteigen und gegen die Tür hämmern, als ihm ein neuer Gedanke kam. Der Vorbote hatte gegen die Seele des toten Mannes eine seltsame Kraft eingesetzt, eine Kraft, bei der es sich vermutlich um Magie handelte. Daraus schloss Valorian, dass der Vorbote zum Öffnen der Tür ebenfalls Magie angewandt haben könnte.

Entschlossen hob er den Kopf. Es war sicherlich einen Versuch wert. Amara hatte ihm die Kraft der Zauberei verliehen, und nun war es an der Zeit, ihren Gebrauch zu üben. »Werde dir darüber klar, was du erreichen willst«, hatte sie gesagt. Er schloss die Augen, richtete all seine Gedanken auf die Tür und sprach laut und deutlich den Befehl des Vorboten.

Eine unvertraute Kraft schien in ihm zu knistern und aus seinem tiefsten Innern aufzusteigen. Es entstand eine lange, zögerliche Stille, doch dann barst das große Steinportal auf und schwang zur Seite. Vor Valorian gähnte die Dunkelheit. Als er in den schwarzen Rachen des Tunnels blickte, war er nicht sicher, ob er über seinen Erfolg erfreut oder entsetzt sein sollte. Zumindest hatte der Zauberspruch gewirkt.

Valorian zog widerwillig sein Schwert und sagte: »Los geht's, Hunnul.«

Diesmal weigerte sich der große Hengst. Er legte die Ohren dicht an den Kopf, verzog das Maul und tänzelte einige Schritte zurück.

Der Klanmann konnte dem Pferd deswegen keinen Vorwurf

machen. Ein kalter, stinkender Luftzug voller Schwefel und Verwesung quoll aus dem Eingang. Die Dunkelheit dahinter war vollkommen.

Valorian starrte in den Tunnel und dann hoch zu dem Licht auf dem Berggipfel. Seine Mundwinkel hoben sich in einem flüchtigen Lächeln. Ermutigt durch seinen Erfolg mit der Tür schloss er die Augen und richtete sein ganzes Verlangen auf Licht: auf ein kleines, helles, bewegliches Licht, das ihm den Weg durch die Tunnel weisen, Hunnul beruhigen und vielleicht die Gorthlinge überraschen würde.

Er spürte erneut die seltsame Kraftwelle in sich und öffnete die Augen. Das Licht war da, aber es war nicht so, wie er es sich vorgestellt hatte. Es war zu klein und schwach. Er bemühte sich abermals, alle Gedanken auf seinen Wunsch zu richten, und formte die unvertraute Kraft zum ersten Mal in einen richtigen Zauberspruch. Zu seiner Freude verwandelte sich das kleine flackernde Licht in einen hell leuchtenden Ball, der knapp über seinem Kopf in der Luft hing.

Hunnul schnaubte misstrauisch. Doch als Valorian das Licht vor sich in den Schacht schickte, kam das große Pferd widerwillig herbei. Schritt für Schritt und mit Beinen, die so starr wie Glas waren, näherte sich Hunnul dem Eingang. Dann traten sie über die Schwelle nach Gormoth, und die Tür schloss sich hinter ihnen mit einem lauten Dröhnen.

Vier

Das donnernde Dröhnen hallte tief und schwingend durch den Tunnel. Die Wände und der Boden erzitterten. Hunnul hielt vor Entsetzen und Überraschung inne. Valorian versuchte seine eigene Anspannung zu unterdrücken, während er den nervösen Hengst beruhigte. Argwöhnisch betrachtete er den glatten Boden, die grob behauenen Wände und die gewölbte Decke über ihm. Nichts war zu sehen im düsteren Schein seines Lichts. Vor ihm führte die Schwärze des Tunnels tief hinunter in die Eingeweide des Berges. Es gab keinen Laut, keine Bewegung, keinerlei Anzeichen von Leben; selbst der Mann, der vor kurzem hier eingetreten war, schien verschwunden zu sein. Doch Valorian spürte, dass etwas in der Nähe war. Es lag eine Kälte in der Luft, die ihm in Mark und Bein fuhr und ihm die Nackenhaare sträubte. Argwöhnisch packte er sein Schwert, schob den Lichtball mit seinen Geisteskräften voran und trieb Hunnul tiefer in die unerbittliche Finsternis hinein.

Sie gingen scheinbar ewig lang weiter. Zunächst verlief der Tunnel gerade, dann machte er einen Knick nach rechts und bog sofort wieder nach links ab. Diesen unsteten Verlauf behielt er bei und schlängelte sich im Zickzack durch den Berg, bis Valorian nicht mehr wusste, in welche Richtung sie liefen; er bemerkte nur, dass es immer weiter abwärts ging. Es gab weder seitliche Öffnungen noch Gabelungen; dieser Tunnel schien der einzige Weg in den Berg zu sein und führte unwiderruflich zu einem Ziel, das nur die Götter und die Gorthlinge kannten.

Der Tunnel blieb leer und still. Der einzige hörbare Laut war das verhaltene Klappern von Hunnuls Hufen auf dem Boden, doch der Klanmann wusste, dass sie nicht allein waren. Das Gefühl einer fremden Gegenwart ganz in der Nähe wurde mit jedem Augenblick stärker. Irgendetwas beobachtete sie, das spürte er. Es prickelte in seinem Rücken, und sein Körper war starr vor Anspannung, während er alle Sinne auf die ihn umgebende Dunkelheit richtete. Manchmal bemerkte er eine flüchtige Bewegung am Rand des Lichtkreises; es war, als ob sich etwas eilig vor der seltsamen magischen Beleuchtung davonmachte. Bestimmt waren die Gorthlinge – falls es sich bei diesen Wesen um sie handelte – ziemlich überrascht, dass eine Seele ihr Reich mit einem Schwert, einem Pferd und einem magischen Licht betrat. Er hoffte bloß, dass ihr Erstaunen sie noch eine Weile in Schach hielt.

Der kalte, stinkende Luftzug war nun stärker, und der Berg schien schwer auf den Eindringlingen zu lasten. Hunnul ging immer weiter abwärts. Er schwenkte die Ohren wie ein Reh und blähte die Nüstern zu roten Schalen auf. Der Hengst war so angespannt, dass er beinahe auf den Hufspitzen lief.

Valorian verlor jedes Zeitgefühl. Er wusste nicht, wie lange sie schon in der übel riechenden, kalten Dunkelheit umherirrten oder wie weit sie gekommen waren. Sein Sinn für die Wirklichkeit war zu einem schmalen Lichtkreis zusammengeschrumpft, der von unsichtbarem Bösen und eingebildeten Schrecken umgeben wurde.

Nach einer Weile vernahm er raues Geflüster in der Schwärze hinter ihm. Ein klapperndes Geräusch wie von vielen Füßen ertönte im Tunnel, und hin und wieder krachte es, als ob ein Felsbrocken losgebrochen wäre. Einmal glaubte Valorian einen Angstschrei irgendwo in der Finsternis zu hören, doch es war unmöglich zu sagen, aus welcher Richtung er kam, und der schreckliche Ton wurde rasch wieder erstickt. Valorian schluckte schwer und fragte sich, wohin die Seele des toten Mannes gegangen war – und wo die Gorthlinge steckten.

Hunnul fiel beinahe in einen Galopp. Das Klappern seiner Hufe umtönte sie, verbarg aber nicht das Gewisper und Geschlurfe in dem Schacht hinter ihnen. Plötzlich schoss etwas

60

Kleines aus der Schwärze hervor und zerrte hinterhältig an Hunnuls Schwanz. Der Hengst kreischte wütend auf und trat einen winzigen Augenblick zu spät mit dem Huf aus. Das Geschöpf war bereits wieder in der Dunkelheit verschwunden, bevor Mann und Pferd es hatten erkennen können.

Valorian zerbiss einen Fluch zwischen den Zähnen. Diese Reise wurde immer unerträglicher. Er hielt es kaum mehr aus, tiefer und tiefer in die Falle zu reiten, während ihm eine unsichtbare Bedrohung folgte. Er wollte stehen bleiben und kämpfen, seine Feinde sehen und sie in die Flucht schlagen. Doch die boshaften Kreaturen der Dunkelheit blieben unsichtbar. Er hatte keine andere Wahl, als weiterzureiten.

Vorsichtig setzten er und Hunnul ihren gewundenen Weg zur Mitte der Bergfestung fort. Bald wurden die Geschöpfe hinter ihnen kühner. Ihr Geflüster verwandelte sich in böswilliges Gelächter, das Valorians schwindende Selbstbeherrschung auf eine harte Probe stellte. Steine flogen aus dem Dunkel herbei und schlugen vor Hunnuls Hufen auf oder trafen Valorian schmerzhaft am Rücken. Kleine und flinke Schatten schossen am Rand von Valorians Lichtkreis vorbei.

»Kommt heraus und kämpft, ihr Würmer!«, schrie er und reckte das Schwert gegen die spottenden Schatten. Sie aber lachten ihn bloß mit ihren rauen, wilden Stimmen aus.

Nach einem scheinbar langen Ritt stieß Hunnul plötzlich ein warnendes Schnauben aus. Bevor Valorian sich regen konnte, waren ihm drei kleine Wesen von der Decke auf Kopf und Schultern gesprungen. Sie rissen ihm den Helm ab und klammerten sich an seinem Haupt fest. Seine Seele erbebte unter ihren scheußlichen Berührungen. Sie stanken nach Bösartigkeit, und ihre winzigen, kraftvollen Finger gruben sich ihm wie brennendes Gift in Haut und Haare. Sie konnten ihm weder das Blut aussaugen noch seine Seele ernsthaft verletzen, doch sie konnten ihm quälende Schmerzen zufügen.

Fluchend legte sich Valorian das Schwert auf die Schenkel und versuchte, die Geschöpfe mit der Kraft seiner Hände fortzuzerren. Sie hatten sich in ihn verkrallt und kreischten und

brüllten, doch schließlich gelang es ihm, zwei von ihnen abzuschütteln und gegen die Steinmauern zu schleudern. Sie prallten unverletzt von den Felsen ab und rannten schwatzend in
die Finsternis. Der Dritte hing noch immer auf seiner Schulter.

Der Klanmann schaute sich um und starrte einen winzigen
Augenblick lang in das schrumpelige, verkommene Gesicht eines Gorthlings. Sein Kopf sah aus wie der eines mumifizierten
Kindes, die Augen waren groß und stumpf und wie ein Strudel
aus Grauen und Verzweiflung. Schaudernd stach Valorian mit
dem Schwert nach dem boshaft grinsenden Gesicht. Die Klinge schnitt tief in den Schädel des Wesens und warf es zu Boden,
doch es sprang sogleich wieder auf die Beine und verschwand
so flink wie eine Ratte.

»Gorthlinge!«, spuckte Valorian verächtlich aus. Irgendwo
tief im Innern des Tunnels hallte ein harsches, böses Lachen aus
der undurchdringlichen Finsternis.

Der Mann und das Pferd warteten nicht den nächsten Angriff ab. Sie eilten atemlos und verängstigt weiter, während trockene, gutturale Stimmen sie anknurrten und verspotteten.

»Närrische Sterbliche«, zischten die Stimmen. »Ihr glaubt
vielleicht, dass ihr euer eigenes Spiel spielt, aber ihr gehört uns.«

»Sie stellen uns auf die Probe, Hunnul«, sagte Valorian
barsch. »Sie sind sich über unsere Fähigkeiten noch nicht im
Klaren.« Plötzlich bemerkte er, dass der Lichtball während des
Kampfes mit den Gorthlingen schwächer geworden war. Rasch
richtete er seine gesammelten Gedankenkräfte auf die Kugel,
kanalisierte seine noch unvertraute magische Macht und lenkte
sie in das Licht. Zu seiner großen Erleichterung brannte es nun
wieder hell und beruhigend.

In diesem Augenblick bemerkte er etwas am Rand des erneu-
erten Lichtkegels. Eine Masse kleiner, plappernder Gestalten
ergoss sich hinter ihm in den Tunnel und sammelte sich zum
Angriff. Er und Hunnul konnten niemals so viele Wesen
gleichzeitig abwehren.

Das Bild von Amaras Lichtblitz zuckte durch seine Gedanken. Rasch hob Valorian die Hand und schickte einen eigenen

kleinen Blitzpfeil mitten unter die Kreaturen. Die Wesen stoben auseinander und brüllten vor wütender Überraschung.

»Lauf!«, rief er Hunnul zu.

Der Hengst galoppierte den Tunnel hinunter und rollte dabei angsterfüllt mit den Augen. Valorian duckte sich und hielt sich verzweifelt an dem rennenden Pferd fest. Er betete, dass es hier keine plötzlichen Schluchten oder Hindernisse gebe. Das Licht blieb in dem dunklen Schacht wie ein Leitstern bei ihnen, und Valorian dankte seiner Göttin bei jedem Schritt für die Macht, die sie ihm verliehen hatte.

Hinter sich hörte er die Gorthlinge kreischen und schreien, während sie das Pferd den unterirdischen Pfad entlanghetzten. Der Mann wusste, dass den Geschöpfen seine Flucht im Grunde gleichgültig war, denn letztlich waren er und Hunnul in Gormoth gefangen. Die Gorthlinge hatten alle Zeit der Ewigkeit, sie wieder einzufangen und zu überwältigen.

Valorian unterdrückte ein Zittern und verbannte diesen Gedanken aus seinem Kopf. Sollten die Gorthlinge doch glauben, dass er und Hunnul niemals entkommen konnten! Vielleicht würden die kleinen Bestien dann unachtsam werden. Er und der schwarze Hengst mussten sich bloß so lange außerhalb der Reichweite ihrer Klauen halten, bis sie die Krone und einen Weg hinaus gefunden hatten.

Unglücklicherweise schien das nicht gerade leicht zu sein. Die engen Biegungen und Kurven des Tunnels erschwerten den Lauf des Pferdes. Hunnul musste immer wieder abbremsen, um nicht gegen eine der Felswände zu rennen oder das Gleichgewicht zu verlieren. Die Gorthlinge hinter ihnen holten auf. Sie waren klein, aber schnell und sehr vertraut mit dem schwarzen Tunnel.

Plötzlich prasselte ein Steinregen auf den Mann und das rennende Pferd nieder. Hunnul stolperte, und bei dieser unerwarteten Bewegung fiel Valorian über den Kopf des Pferdes. Der Klanmann stürzte auf den steinernen Boden und blieb benommen liegen, während die Steine um ihn herum aufschlugen. Die Gorthlinge lachten von der Decke herab.

Ein besonders großer Brocken verfehlte Valorians Kopf nur um Haaresbreite, und das laute Krachen von Stein gegen Stein brachte ihn wieder zur Besinnung. Verzweifelt zog er sich in den Sattel. Er wollte Hunnul gerade vorantreiben, als ihn einige der flinksten Gorthlinge einholten. Die Geschöpfe krochen an Hunnuls Hinterläufen hoch und griffen Valorian wie gefährliche Raubkatzen an.

Wieder einmal musste er sein Schwert in die Scheide stecken und sie mit bloßen Händen abwehren. Drei der Gorthlinge krallten sich in seinem Rücken fest. Valorian zog rasch seinen Mantel aus, wickelte ihn um die Wesen und schleuderte sie so weit wie möglich fort. Inzwischen hatte Hunnul das Gleichgewicht wiedererlangt und galoppierte voran. Ein weiterer Gorthling hing noch an Valorians Arm und versuchte, an das Schwert zu kommen. Er kletterte an Valorians Unterarm entlang und langte mit zischenden Geräuschen nach der Waffe.

Valorian wollte gerade das Bein des Untiers packen, als es zu seiner großen Überraschung vor Schmerzen aufschrie und zurückzuckte. Ohne weiteren Angriff sprang es fort und rannte schreiend in den Tunnel.

Valorian starrte verwundert auf seinen Arm. Was, in Sorhs Namen, hatte den Gorthling verletzt? Nichts, was er oder Hunnul getan hatten, war geeignet gewesen, ihm Schaden zuzufügen. Warum also war es geflohen? Valorian untersuchte seinen Arm, so genau es ihm bei den unregelmäßigen Bewegungen seines Pferdes möglich war, doch er entdeckte nichts Ungewöhnliches.

Außer vielleicht einer Sache. Zwischen den Falten seines schweren Winterhemdes glitzerte der goldene Armreif, den ihm seine Frau zur Verlobung geschenkt hatte. Es war sein wertvollster Besitz, den er immer am Oberarm trug. Als er seinen Mantel ausgezogen hatte, war der Armreif unbedeckt gewesen, und der Gorthling hatte ihn berührt. War es möglich, dass die Gorthlinge Angst vor Gold hatten?

Wenn das stimmte, hätte Valorian am liebsten eine ganze Truhe voller Gold gehabt. Ein kleiner Armreif würde gegen einen ganzen Schwarm Gorthlinge nicht viel ausrichten. Trotzdem war es eine Erkenntnis, die er im Gedächtnis behalten musste.

Während er über die Wirkung des Goldes nachdachte, trabte das Pferd weiter in den Berg hinein. Der Weg schien nun gerade zu verlaufen, aber er fiel steil ab und zwang den Hengst dazu, langsamer zu werden. Beide hörten, wie die Gorthlinge ihnen folgten, denn die rauen Stimmen schallten durch die öde Finsternis.

Einige Augenblicke später bemerkte Valorian, dass der Weg vor ihnen heller wurde. Das Leuchten kam nicht von seiner Kugel, und es war auch nicht das Tageslicht. Es war gelb und ungleichmäßig – eher wie Feuerschein. Auch die Luft hatte sich verändert; sie war wärmer und schwerer und trug nun den Geruch von ungeheuer stark erhitztem Stein in sich.

Valorian blieb nur ein winziger Augenblick, dies wahrzunehmen. Schon trabte Hunnul durch eine Wölbung und in eine große Grotte. Das Licht wurde sofort stärker, und der Gestank geschmolzenen Gesteins traf die Nase wie ein Schlag. Valorian sah sich entsetzt um und brachte Hunnul zum Stehen.

Vor ihnen verlief der Weg durch eine gewaltige Höhle und war kaum mehr als ein schmaler Sims, der sich an der linken Wand entlangschlängelte. Etwa zwanzig Fuß darunter befand sich ein breiter, zäh fließender Lavastrom, der sich auf den Mittelpunkt des Berges zu bewegte. Valorian hatte nie zuvor flüssiges Gestein gesehen. Die Hitze und der schwerfällige, tödliche Strom erschütterten ihn. Man musste ihm nicht erst erklären, dass es sein Ende wäre, wenn er in diesen Strom fiele.

Er und Hunnul konnten jedoch nicht einfach anhalten und darauf warten, dass die Gorthlinge sie einholten. Sie mussten in Bewegung bleiben. Rasch stieg Valorian ab, und nachdem er einige beruhigende Worte zu seinem Pferd gesprochen hatte, führte er es auf den dünnen, bröckeligen Sims.

Der Pfad war kaum breit genug für das große Pferd. Hunnul musste sehr vorsichtig den gespaltenen und unebenen Sims entlangschreiten. Sein Rumpf scheuerte gegen die Felswand, und die Hufe waren nur eine Handbreit vom Abgrund entfernt. Hunnul schnaubte erregt, und Valorian griff nach hinten und rieb ihm die Nase.

Diese Bewegung rettete den Klanmann vor den Schrecken der Lava, denn gerade in dem Augenblick, als er sich umdrehte und sein Pferd beruhigte, spritzte ein Schwall geschmolzenen Gesteins neben seinem Kopf gegen die Wand.

Valorian wirbelte instinktiv herum und stellte sich der Gefahr. Über die Oberfläche des Lavastroms rannten fünf Gorthlinge. Weder die Hitze noch die Flüssigkeit der Lava schien ihnen Schwierigkeiten zu bereiten. Sie rannten darüber, als befänden sie sich auf festem Boden. Einer von ihnen nahm eine Hand voll Lava auf und warf sie auf den Pfad.

In diesem Augenblick kam die Verfolgergruppe von etwa fünfzehn oder zwanzig Gorthlingen aus dem Tunnel. Sie jauchzten vor Freude, als sie den Mann und das Pferd auf dem Gesims sowie die Verstärkung auf dem Lavastrom sahen. Mit unglaublicher Behändigkeit tollten sie wie verschrumpelte Affen hinter ihrer Beute her.

»Du kannst zwar fortlaufen, Klepperreiter«, riefen die Gorthlinge auf dem Fluss, »aber viel weiter wirst du nicht mehr kommen!«

»Wir wollen dich springen sehen, du nutzloser Eingeweidehaufen«, spottete einer der Gorthlinge auf dem Sims. Um seinem Wunsch Nachdruck zu verleihen, warf er einen Stein auf Valorian. Die übrigen Geschöpfe folgten seinem Beispiel und schleuderten einen wahren Regen aus Steinen, Lava und Beleidigungen auf die Flüchtenden.

Valorian und Hunnul versuchten mit allen Mitteln, diesem gnadenlosen Sperrfeuer zu entgehen. Sie waren erst wenige Schritte weit gekommen, als zwei Steine Hunnul am Rumpf trafen und gleichzeitig eine Hand voll Lava gegen Valorians Beine spritzte. Der Klanmann schrie auf und und versuchte, die brennenden Spritzer von seiner Hose abzuschütteln. Der geschmolzene Stein verbrannte ihm zwar nicht die Haut, aber die Schmerzen waren genauso wirklich und schrecklich, als wäre er noch am Leben. Der Hengst jaulte auf, sprang nach vorn und hätte den Mann beinahe vom Sims gestoßen.

Valorian biss die Zähne zusammen, um die Schmerzen zu vertreiben, und hielt sich mit aller Kraft an Hunnuls Mähne fest. Panik stieg wie Galle in ihm hoch. Durch all den Schmerz und die Angst hindurch versuchte er, einen klaren Gedanken zu fassen. Er musste schnell etwas unternehmen, bevor einer von ihnen oder sie beide in die Lava fielen oder von den Gorthlingen überwältigt wurden. Er brauchte unbedingt einen Schild oder, besser noch, ein Schutzdach. Nun entzündete sich ein Gedanke wie ein Funke in ihm, und Amaras Worte kamen ihm in Erinnerung. Er konnte seine Kraft als Waffe oder auch als Schild einsetzen.

Sofort schloss er die Augen und versuchte sich ein Schutzdach um ihn und Hunnul vorzustellen – vielleicht ein Zelt: durchsichtig, damit er sehen konnte, was draußen vorging, und luftdurchlässig, damit Atemluft hereindrang, aber undurchdringlich für jede Art von Waffe. Er richtete all seine Gedanken darauf, beachtete weder seine Schmerzen noch die niederprasselnden Steine, das erschrockene Pferd oder die Gorthlinge. Bald spürte er, wie die magische Kraft ihn durchströmte, zuerst noch ein wenig ungleichmäßig, doch dann warm und immer angenehmer. Langsam hob er die Hände bis über den Kopf und senkte sie dann wieder, wobei er den Umriss eines Kuppelzeltes nachformte. Etwas schien um ihn herum zu geschehen, denn die Steine trafen ihn nicht mehr, und die Gorthlinge heulten vor Wut.

Valorian spürte, wie Hunnul sein entsetztes Tänzeln einstellte. Langsam öffnete er die Augen. Er und das Pferd waren vollständig von einem blassroten Zelt aus glühender Energie umgeben, während die Gorthlinge um sie herumsprangen und enttäuscht aufkreischten, da ihre Geschosse harmlos von den magischen Wänden abprallten.

Valorian holte tief Luft. Er wischte sich die letzten Reste abkühlender Lava von den Beinen und nahm sich Zeit, Hunnul zu untersuchen. Dem Hengst schien es recht gut zu gehen. Er hatte sich beruhigt, stand auf dem Sims und beobachtete die Gorthlinge.

»Weiter, mein Junge«, sagte Valorian sanft. »Wir sollten es noch einmal versuchen.« Schritt für Schritt gingen sie weiter den Pfad entlang. Das Schutzdach bewegte sich mit ihnen wie ein schwach glühender Schild. Die Gorthlinge umgaben sie und folgten jedem ihrer Schritte. Wütend griffen sie das Schutzdach an, doch ihre Versuche, es mit Fäusten und Steinwürfen zu durchbrechen, waren zwecklos.

Der Klanmann ließ die Angreifer nicht aus den Augen, während er Hunnul weiter den Weg entlang führte. Die Gorthlinge waren klein, hinterhältig und böse und herrschten über die Seelen, welche Gormoth betraten. Doch im Gegensatz zu den Vorboten hatten sie noch keine eigenen Zauberkräfte gezeigt. Valorian dankte den Göttern dafür. Trotz seines bisherigen Glücks mit Zaubersprüchen hatte er bereits begriffen, dass er bislang nur an der Oberfläche des gewaltigen Sammelbeckens der Magie geplätschert hatte. Er würde in ernsthafte Schwierigkeiten kommen, wenn er sich einem Gegner stellen müsste, der im Gebrauch dieser Kraft geübt war.

Auch stellte er allmählich fest, dass Zaubern ihn erschöpfte. Er und Hunnul befanden sich erst auf halbem Weg über den heimtückischen Pfad durch die Höhle, doch er spürte bereits die Anstrengungen, die es ihn kostete, die Verteidigung aufrechtzuerhalten. Sie benötigte mehr Willenskraft und Konzentration, als er erwartet hatte.

Um Kräfte zu sparen, gab er die Lichtkugel auf und führte Hunnul im flackernden Glanz des Lavastroms weiter. Vor ihnen, am entgegengesetzten Ende der Höhle, bohrte sich der Weg erneut in den Fels. Valorian richtete seine ganze Aufmerksamkeit auf dieses schwarze Loch. Mit Mühe hielt er den Schutzschild aufrecht; allmählich verließ ihn die Kraft, und das Energiezelt drohte zu verblassen.

Zwanzig Schritte vom Tunneleingang entfernt weitete sich der Pfad. Valorian schwang sich auf Hunnuls Rücken. Er war so schwach, dass er seinen Schild nicht länger aufrechterhalten konnte. Die Gorthlinge bemerkten dies und verstärkten ihre Anstrengungen.

Zehn Schritte vor dem Tunnel drückte Valorian plötzlich die Beine gegen Hunnuls Flanken, löste den magischen Schild auf und beugte sich tief über den Hals des Hengstes. Hunnul reagierte, als wäre er darauf abgerichtet. Mit einem gewaltigen Sprung nach vorn durchbrach er die Menge der Gorthlinge vor ihm, stürzte sich mit vollem Galopp in die Dunkelheit des Tunneleingangs und ließ die wütenden Geschöpfe hinter sich zurück.

Valorian erneuerte sofort seinen Lichtball – diesmal benötigte er dazu weder große Anstrengungen noch Konzentration – und trieb sein Pferd voran. Er wollte so viel Abstand wie möglich zwischen sich und die Gorthlinge bringen, denn er war sich mit entmutigender Gewissheit darüber im Klaren, dass er im Augenblick nicht mehr die Kraft besaß, einen neuen Schild zu errichten oder einen weiteren Angriff abzuwehren.

Der Tunnel war nun gerader, führte aber immer noch abwärts. Valorian fragte sich, wie weit sie schon in den Berg eingedrungen waren und wie lange sie sich bereits in seinem Innern befanden. Sicherlich endete der Weg irgendwo. Bisher hatte er keine weiteren Pfade, keine anderen Seelen und keinerlei Anzeichen von Amaras Krone gesehen. Hier schien es nichts als die Gorthlinge sowie den endlos durch den Berg führenden Tunnel zu geben.

Nach einer Weile bemerkte der Klanmann, dass der Hengst seinen Schritt verlangsamte. Valorian hielt Hunnul an; gemeinsam lauschten sie in die Dunkelheit. Im Tunnel war alles still.

Trotzdem stellte Hunnul die Ohren auf und tänzelte aufgeregt. Valorian achtete immer auf die Hinweise, die ihm sein Pferd gab, und spannte all seine Sinne an, bis auch er eine seltsame Regung im Tunnel bemerkte. Der kalte, stinkende Luftzug, der ihm den größten Teil des Weges ins Gesicht geblasen hatte, war verschwunden; die Luft war beinahe windstill. Nur eine leichte Bewegung in der dicken, feuchten Atmosphäre deutete die Veränderung an. Neugierig streckte Valorian die

Hand aus und berührte die Felswand. Zu seiner großen Überraschung spürte er leichte Schwingungen im Stein.

Dann bemerkte er eine weitere Bewegung. Ein winziger Arm tastete aus einem Spalt in der Wand nach dem Dolchgriff an seinem Gürtel. So flink wie eine Schlange packte Valorian den Arm und zog heftig daran. Ein zappelnder Gorthling kam aus dem Riss hervor. Zuerst kämpfte er, weil er fortlaufen wollte, doch dann änderte er sein Vorhaben und klammerte sich wie eine Klette an Valorians linke Hand, zischte ihn an und legte die spitzen, scharfkantigen Ohren eng an den Schädel. Hunnul tänzelte nervös vorwärts.

Valorian versuchte den Gorthling abzuschütteln, doch das Wesen hielt sich mit schmerzhaftem Griff fest. Schon wollte er es gegen die Wand schleudern, als er hinter sich weitere Gorthlinge sah. Die Verfolger hatten ihn schneller als erwartet eingeholt.

Während der Gorthling noch an seiner linken Hand haftete, hob Valorian die rechte und feuerte einen Blitz auf das Rudel, um es aufzuhalten. Er spürte, wie die Magie durch ihn brach, und zu seiner völligen Überraschung zischte ein Lichtpfeil aus grellem Blau, heißer und stärker als alles, was er je geschleudert hatte, durch den Tunnel und explodierte inmitten der zusammengerotteten Gorthlinge. Sie flohen kreischend in die Dunkelheit.

Valorian verlor keine Zeit damit, sich zu wundern, wieso er noch zu solcher Stärke fähig war. Auch versuchte er nicht mehr, den Gorthling an seiner Linken abzuschütteln. Er umfasste den Hals des Wesens mit den Fingern und trieb Hunnul zu einem Galopp an, bevor die anderen Kreaturen sich wieder sammeln konnten. Während der Hengst mit hoher Geschwindigkeit weiterlief, schob Valorian das goldene Armband mit der freien Rechten bis zum Handgelenk herunter.

Der Gorthling sah das Gold kommen und kreischte auf. Verzweifelt versuchte er sich aus dem Griff des Klanmanns zu befreien, doch dieser hielt ihn gnadenlos umklammert und zog ihm den goldenen Ring über den kleinen Kopf.

Valorian hatte zu Recht vermutet, dass Gold eine bestimmte Macht über die Gorthlinge ausübte. Sobald sich das Armband wie ein Halsband um den Nacken der Kreatur gelegt hatte, wurde der Gorthling ruhig und hing schlaff in der Hand des Mannes.

Valorian schüttelte das Wesen sanft. »Kannst du sprechen?«, wollte er wissen.

»Chaaaa«, zischte es mürrisch.

»Wo ist Amaras Krone?«

Das Gelächter des Gorthlings war rau und böse. »So, so, dich hat sie gesandt. Da hat sie aber eine feine Wahl getroffen! Du rückgratloser Fleischabfall, du Sohn einer Höhlenratte!« Er verzog das hässliche Gesicht zu einem Grinsen. »Folge diesem Weg, und du wirst sie finden.«

Der Klanmann versuchte es mit einer anderen Frage. »Gibt es in Gormoth noch weitere Schächte?«

Erneut lachte der Gorthling auf und spuckte Valorian an. »Natürlich, du dämlicher Sterblicher. Es gibt viele Wege herein, aber keinen hinaus!«

Valorian kniff den Mund zusammen. Dieses kleine Ungeheuer sagte ihm bloß das, was er bereits vermutet hatte. Während des Gesprächs bemerkte er jedoch, dass die Lichtkugel nun viel heller brannte und seine Kraft vollständig zurückkehrte. Versuchsweise setzte er den Gorthling auf den Sattelknauf.

»Bleib hier sitzen«, befahl er und ließ den Hals des Wesens los. Nun geschahen zwei bemerkenswerte Dinge. Erstens gehorchte ihm der Gorthling, und zweitens schwächte sich das Licht zu seiner früheren Mattigkeit ab. Valorian ergriff das Geschöpf, und die Kugel wurde wieder heller.

»Gorthlinge besitzen keine eigenen magischen Kräfte, oder?«, sagte er in allmählichem Begreifen.

»Ooh! Der Knochenkopf ist ein Schnellmerker!«

Valorian schenkte den beleidigenden Worten keine Beachtung. Er war zu sehr damit beschäftigt, die Rätsel und Möglichkeiten zu verstehen, die ihm sein Gefangener eröffnete. »Warum nicht?«, wollte er wissen. »Die Vorboten können zaubern.«

Bei der Erwähnung der Vorboten stieß der Gorthling ein Zischen aus. »Die guten Jungen«, sagte er höhnisch. »O ja! Sie sind Lord Sorhs Lieblinge. Er gibt ihnen Magie, er gibt ihnen Pferdchen, sie dürfen überallhin. Aber wir? Die Wächter der verlorenen Seelen? Seine getreuen Diener? Er sagt, wir brauchen keine Magie. Wir haben nichts anderes als dieses Kerkerloch mit seinem Feuer und seinen Stürmen!«

Der Klanmann schürzte verwirrt die Lippen. Er hatte das Feuer in dem Lavastrom gesehen, aber wo waren die Stürme? »Welche Stürme?«, wollte er wissen.

Plötzlich brach der Gorthling in Gelächter aus, das Valorian an das Geheul eines irrsinnigen Kindes erinnerte. Es bereitete ihm eine Gänsehaut. »Du wirst sehen. Dorthin gehen alle Sterblichen, nachdem sie Gormoth betreten haben. Wenn du die Ohren spitzt, kannst du den Wind schon hören.«

Der Klanmann zwang sein Pferd zu einem langsamen Gang und lauschte in die Dunkelheit. Das Geschöpf hatte Recht. Die Veränderungen, die er und Hunnul zuvor bemerkt hatten, waren inzwischen deutlicher geworden. Der Luftzug in ihrem Rücken war zu einer ausgewachsenen Brise und die Schwingungen waren zu einem Beben geworden, das Wände und Boden erschütterte, und sowohl Valorian als auch Hunnul hörten ein fernes, stetiges Röhren, das seinen Ursprung irgendwo vor ihnen zu haben schien. Der Gorthling verzog das Gesicht zu einem fiesen Lächeln.

Valorians Befürchtungen schlugen wie kalte Wellen über ihm zusammen, und er fragte grob: »Was ist das?«

»Der Wind«, kicherte das Geschöpf.

Am liebsten hätte Valorian den Gorthling zu Brei zerquetscht, doch das hätte ihm nicht viel genutzt. Stattdessen sagte er: »Na gut, dann verrate mir Folgendes: Welche Macht hat mein goldener Armreif über dich?«

Der Gorthling knurrte und zischte, bevor er schließlich antwortete: »Solange du mich zwingst, dieses scheußliche Ding zu tragen, muss ich dir gehorchen.«

»Warum?«

»Gold ist das Metall der Götter«, entgegnete das Wesen wütend. »Die Gorthlinge müssen sich dem heiligen Gold der Gottheiten beugen. Gewöhnlich bringt es kein Sterblicher nach Gormoth und zaubert damit herum. Das ist nicht gerecht!«, klagte es mürrisch.

»Wieso verstärkt es meine Kraft, wenn ich dich berühre?«, bohrte der Klanmann weiter.

»Ich bin unsterblich, du Blödmann. Unsterbliche haben diese Wirkung auf sterblichen Schmutz wie dich. Aber das bringt dir nichts«, kicherte der Gorthling bösartig. »Es gibt kein Entkommen, und du kannst uns nicht allesamt deinem Befehl unterwerfen. Wir werden deine Seele in die Grube schleudern, bevor du auch nur ausspucken kannst.«

Der Klanmann erwiderte nichts darauf. Er schloss die Finger um den Hals des Gorthlings und schaute nachdenklich in den schwarzen Tunnel, während Hunnul immer tiefer in die Eingeweide des Berges lief. Allmählich wurde das Tosen lauter, und der Wind blies immer stärker, bis er an Hunnuls Mähne und Schweif zerrte. Dann erbebten die Wände unter der Gewalt einer unvorstellbaren, fremden Macht.

Je näher er der unbekannten Quelle des Lärms kam, desto mehr Geräusche konnte er in dem donnernden Tosen unterscheiden. Er erkannte Gorthlinglachen und menschliche Laute – Schreien, Kreischen und unablässiges Jammern. Valorian spürte, wie seine Seele gefror. In der Welt der Sterblichen gab es keine Geschichten, welche die tiefsten Geheimnisse von Gormoth eingehend beschrieben. Was in seinem dunklen Herzen geschah, war allein den gepeinigten Gefangenen, den Gorthlingen und den Göttern bekannt.

Schneller als ihm lieb war, sah Valorian das Ende des Tunnels vor sich. Ein seltsames, heißes und flackerndes Licht fiel durch einen gewölbten Durchgang. Das kehlige Tosen war nun schmerzhaft laut. Der Gorthling gluckste vor Freude.

Hunnuls Gang wurde zögerlicher. Er trat vorsichtig durch die gewölbte Öffnung und hielt unvermittelt inne. Sie hatten eine riesige kreisförmige Höhle betreten, die so groß wie der gewaltigste Berg in der Welt der Sterblichen war. Verblüfft stellte sich Valorian in den Steigbügeln auf und sah zu der Stelle, wo der Weg an einem Abgrund endete, dessen Boden sich in den unauslotbaren Tiefen des Ealgoden verlor. Aber es war weder der bodenlose Abgrund noch die ungeheure Größe der Höhle oder das Ende des Weges, was den Klanmann versteinern ließ. Es war das, was in der Mitte dieses gewaltigen Raumes brüllte und toste.

Valorian starrte voller Ehrfurcht. Etwas so Schreckliches hätte er sich niemals vorstellen können. Unter ihm, in der Mitte der riesigen Höhle, hing ein ungeheuerlicher Tornado aus Wind und Feuer. Im gespenstischen Licht dieser mächtigen Erscheinung sah er die Stelle, wo sich die flüssige Lava aus einer Öffnung in der Felswand ergoss. In einem Mahlstrom aus sengender Hitze und peitschenden Winden wirbelte sie in dem gewaltigen Abgrund umher und wurde über einer unvorstellbaren Grube aus Finsternis in der Schwebe gehalten.

Das Schlimmste jedoch waren die Seelen, die Valorian in dem Rachen des gigantischen Schachtes erkannte: zahllos und in Wind und Feuer nicht zu unterscheiden. Sie alle schrien in ihrem Gefängnis vor Hoffnungslosigkeit und Schmerz; es war ein unendliches Wehklagen, das Valorian das Herz zerriss.

»Da ist der Wind, Knochenkopf. Willkommen daheim!«, höhnte der Gorthling. Als der Mann keine Antwort gab, drehte das Wesen ruckartig den Kopf und fuhr fort: »Lord Sorh hat das hier für unsere Gefangenen erschaffen. Wenn man einmal darin steckt, gibt es kein Entkommen mehr.«

Der Klanmann gab sich alle Mühe, die Worte des Gorthlings zu überhören. Er knirschte mit den Zähnen, schaute hoch zur Höhlendecke, die von einem blassgoldenen Glanz erhellt wurde, und bemerkte etwas, das ihm große Erleichterung bescherte. Endlich hatte er das Ziel seiner Suche erreicht.

Das Dach des ausgedehnten Raumes war mit Stalaktiten in allen Farben und von jeder Größe und jedem Durchmesser geschmückt. Genau in der Deckenmitte befand sich der größte Stalaktit: ein gewaltiger, langer Speer, der wie eine fallbereite

74

Waffe über dem Wirbelwind hing. Und dort, fest um die Spitze geschmiegt, erkannte Valorian einen runden Gegenstand, der aus eigener Kraft leuchtete. Der Klanmann musste nicht erst den Gorthling fragen, ob dies Amaras Krone war; er wusste es einfach. Die Krone schimmerte über den höllischen Stürmen und Feuern in einer reinen Schönheit, die nicht an diesen bösen Ort gehörte.

Nun musste er sich überlegen, wie er zu ihr gelangen konnte. Einen direkten Weg gab es nicht. Nirgendwo in der Höhle sah er einen Pfad, einen Sims oder Fußstützen in den glatten, steilen Wänden und erst recht keine Brücke. Valorian bemerkte drei weitere Tunneleingänge, die jenem, in dem er mit Hunnul stand, genau glichen, doch diese endeten in den gegenüberliegenden Wänden der Höhle und hätten genauso gut in einer anderen Welt sein können. Valorian schüttelte den Kopf. Seine Hoffnungen drohten zu ersterben. Es gab keinen Weg, und es blieb ihm kaum mehr Zeit.

Die Gorthlinge sammelten sich aufs Neue im Tunnel hinter ihm, und Valorian sah, wie weitere dieser Geschöpfe an den Höhlenwänden entlang auf ihn zukrochen.

Das Wesen in seinem Griff kicherte. »Spar uns die Mühe, Klepperreiter. Spring! Dann machen wir es dir nicht so schwer.«

Valorian blickte hinunter auf seinen Gefangenen und dann wieder auf den Stalaktiten und den Wirbelwind. Einen Augenblick lang betrachtete er das schwarze Loch in der gegenüberliegenden Wand. Ein undeutlicher Plan nahm in seinem Kopf Gestalt an. »Rasch!«, bellte er und schüttelte den Gorthling durch. »Was sind das für Öffnungen dort drüben?«

»Das sind andere Tunnel, du Dunghaufen. Ich habe dir doch gesagt, dass es viele Wege nach Gormoth gibt. Du kannst bloß nicht mehr hinaus.« Der Gorthling heulte vor Freude.

Vier Eingänge? Also gab es doch noch andere Ausgänge – falls er sie irgendwie erreichen konnte. Valorian fasste wieder ein wenig Hoffnung, während er seinen Plan schmiedete. Bestenfalls würde es heikel werden. Er brauchte jedes Quäntchen

Kraft, das ihm der Gorthling geben konnte, einen großen Batzen Glück und die Hilfe des schwarzen Hengstes. Wenn es nicht gelang, würden er und Hunnul in den Wirbelwind stürzen, aus dem es kein Entkommen mehr gäbe.

Er verlagerte das Gewicht im Sattel und gab Hunnul still mit den Zehen ein Zeichen. Der Hengst trat einige Schritte zurück in den Tunnel. Die Gorthlinge hinter ihnen stießen ein heulendes Gelächter aus.

»Du hast dein Schicksal gesehen, Sterblicher«, rief einer von ihnen. »Was ist los? Hast du Angst?«

Unter ihrem rauen, harschen Lachen legte Hunnul die Ohren an. Valorian beachtete das Lärmen der Kreaturen nicht weiter und war dankbar, dass sie im Hintergrund blieben. Vermutlich wollten sie sehen, was der Klanmann mit den magischen Fähigkeiten nun anzufangen gedachte. Die übrigen Gorthlinge in der Höhle hatten indes beinahe den Tunneleingang erreicht.

Valorian lehnte sich vor und sagte ruhig: »Hunnul, du hast die Macht gesehen, die Amara mir verliehen hat. Ich habe vor, sie jetzt anzuwenden, aber ich brauche auch deine Hilfe.« Er kraulte die Mähne des Hengstes an dessen Lieblingsstelle so lange, bis Hunnul den Hals zurückbeugte und die Ohren aufstellte. »Du musst mir vertrauen.«

»Vertrau mir!«, äffte der Gorthling ihn abfällig nach. »Mach dir keine Sorgen, du Hundefutter. Dieser Mann wird dich bloß in den Schmortopf da unten werfen.«

Der Hengst warf wütend den Kopf herum.

Valorian hatte genug von seinem kleinen Gefangenen, aber er brauchte ihn noch eine Weile. Er warf einen Blick zurück auf die Gorthlinge hinter ihnen und bemerkte die zerknitterten Gesichter, die um den Rand des Tunneleingangs schauten. Er musste handeln, solange die Geschöpfe noch zögerten. Rasch klemmte er den Gorthling zwischen die Knie und das Sattelleder, damit er die Hände frei hatte. Dann stellte er sich fest vor, was er zu tun gedachte, und trieb die Fersen gegen die Rippen des Hengstes.

Hunnul gehorchte sofort. Er machte vier weite Schritte nach

76

vorn, setzte mit seinen gewaltigen Hufen zum Sprung an, stieß sich von der Kante des Abgrunds ab – und stürzte plötzlich ins Bodenlose. Sofort erfasste der Sog des Tornados Pferd und Reiter und zog sie mit krank machender Geschwindigkeit in den brennenden Schacht.

Valorians Hirn wurde vor Entsetzen völlig leer. Selbst mit Unterstützung des Gorthlings hatte seine Magie versagt, und jetzt stürzten sie hilflos in den Wirbelwind. Schon spürte er, wie die Hitze ihm die Haut versengte und die Stürme an ihm zerrten. Unter ihm wand sich Hunnul wie wahnsinnig. Valorian sah nichts als den Wirbel, der sein ganzes Gesichtsfeld auf grauenvolle Weise ausfüllte.

Der Gorthling versuchte, sich aus der Umklammerung von Valorians Knien zu befreien. »Du hast versagt, Sterblicher!«, schrie er durch das Donnern des Windes. »Jetzt hast du etwas, worüber du ewig nachdenken kannst!«

Versagt! Dieses Wort traf Valorian wie ein Peitschenschlag. Er hatte es immer gehasst zu versagen, und nun würde er ewige Qualen erleiden, weil er vor seiner Familie, vor sich selbst und vor seiner Göttin versagt hatte. Unter dieser Erkenntnis hob er ruckartig den Kopf und riss den Blick von dem Mahlstrom los. »Denk nach!«, schrie er sich selbst zu. Ihm blieben nur noch Sekunden.

Plötzlich begriff er, dass seine Magie nicht versagt hatte. *Er* hatte versagt. Es reichte nicht aus, sich einfach nur vorzustellen, sein Pferd könne einen gewaltigen Abgrund überspringen. Er musste genauer sein. Er musste entscheiden, *wie* Hunnul diese Strecke überwand, und dann seine Magie dazu einsetzen, dass es genau so geschah.

Valorian verschwendete keinen Atemzug mehr. Der Wirbelwind brüllte in seinen Ohren, und das zuckende Feuer verbrannte ihm die Haut. Mit aller Kraft stellte er sich den Sturm wie jene unsichtbare Hand vor, die ihn und Hunnul zu der großen steinernen Ebene getragen hatte. Verzweifelt hielt er diese Erinnerung in seinen Gedanken fest, konzentrierte sich auf seinen Wunsch und bildete einen Zauberspruch.

Der Spruch war stockend und unbeholfen, doch die Magie brandete durch Valorian und wurde durch den Gorthling verstärkt. Diesmal wirkte es. Windböen aus dem Tornado formten eine unsichtbare Plattform unter dem Körper des Pferdes. Ihr Fall verlangsamte sich trotz des unablässigen Sogs, und gerade als Hunnuls Hufe über dem obersten Feuerring schwebten, stiegen Ross und Reiter wieder auf. Der Hengst bewegte instinktiv die Beine wie im Galopp; die Hufe peitschten durch die heiße Luft. Valorian biss in der verzweifelten Anstrengung, die magische Kraft seinem Willen zu beugen, die Zähne zusammen, streckte die Hände nach der Decke aus und hob so das Pferd höher und höher über die wilden Winde.

Die Gorthlinge flohen unter Wutgeheul. Einige warfen Steine vom Tunneleingang aus, während andere über die Decke huschten und abgebrochene Stalaktiten nach Pferd und Reiter schleuderten, doch ihre Anstrengungen waren nutzlos. Schneller als ein Adler schoss der schwarze Hengst durch die heiße Luft und auf den Stalaktiten in der Deckenmitte zu.

Valorian klammerte sich an den Sattel. Er spürte, wie sich der Gorthling zwischen seinen Knien wand, und betete, die Berührung des Wesens möge ihm seine Kräfte erhalten, sodass er noch eine weitere Tat begehen konnte.

Er hob die Hand. Weitere Magie sammelte sich auf seinen Befehl und durchströmte jede Faser seines Körpers. Als sie sich dem Stalaktiten näherten, feuerte er einen versengenden Energiepfeil ab, der durch die Luft bis zum Schaft des Steins flog und dort in einem Schauer blauer Funken explodierte. Ein Krachen, so laut wie Donnerhall, legte sich über das Tosen des Schachtes. Der Stalaktit zerbarst in viele kleine Bruchstücke, und seine wertvolle Last stürzte auf den bodenlosen Abgrund im Herzen der tosenden Stürme und Feuer zu.

Hunnul streckte Hals und Beine vor; seine Nüstern blähten sich, und der Schweif flatterte wie ein sturmgepeitschtes Banner. Valorian breitete wild die Arme aus. Er packte Amaras Krone mit einer Hand, gerade als das Schmuckstück an Hunnuls Kopf vorbeiflog. In einem tiefen Seufzer stieß er den Atem aus. Seine Erleichterung war so groß, dass seine Konzentration nachließ und Hunnul beinahe seitwärts gestürzt wäre. Doch Valorian drückte die leuchtende Krone gegen seine Brust, stärkte den tragenden Wind unter Hunnuls Hufen und rammte die Absätze in die Flanken des Pferdes.

Das schwarze Ross reagierte darauf von ganzem Herzen. Seine Hufe gruben sich in den unsichtbaren Wind und flogen über den bodenlosen Abgrund auf die gegenüberliegende Felswand zu. Die Gorthlinge schrien vor Wut auf und jagten ihm über die Höhlendecke nach, doch es war zu spät. Mit dem Wind im Rücken galoppierte der Hengst die weite Strecke bis zur jenseitigen Mauer und erreichte sie unverletzt.

Vorsichtig beendete Valorian seinen Zauberspruch, als Hunnuls Hufe den festen Stein vor dem zweiten Tunneleingang berührten. Das Pferd jagte in die Öffnung hinein und über einen aufwärts führenden Weg und ließ den Lärm und das Licht der Höhle rasch hinter sich.

Der Tunnel war vollkommen schwarz, doch Valorian verschwendete seine Kraft nicht auf die Erschaffung eines neuen Lichts. Stattdessen hielt er die Krone hoch über den Kopf, und ihr Schimmern erhellte den Weg. Valorian war kaum überrascht, dass dieser Pfad wie der andere war – dunkel, gewunden und steil. Auch hier bewachten möglicherweise Gorthlinge den Durchgang. Diese Vorstellung machte Valorian nervös. Er hatte genug von diesen Wesen und verspürte nicht den geringsten Wunsch, jetzt noch gefangen genommen zu werden. Er und Hunnul waren zu weit gekommen, um ihre Beute wieder zu verlieren.

Der Gorthling zwischen seinen Schenkeln vermochte schließlich den Kopf zu befreien. »Dafür wirst du büßen«, heulte er. »Wir werden dir tausend Jahre lang bei lebendigem Leib die Haut abziehen. Jede Sekunde der Ewigkeit wirst du wünschen, niemals etwas von Amara gehört zu haben!«

Valorian weigerte sich, darauf eine Antwort zu geben. Er richtete seine ganze Aufmerksamkeit vor und hinter sich und lauschte auf ein Anzeichen dafür, dass er verfolgt wurde. Er wusste, dass ihn die bösen Gorthlinge nicht kampflos gehen ließen. Doch im Augenblick war nichts zu hören.

Hunnul trabte in dem gewundenen Tunnel nun so schnell er konnte bergan. Da er ungefähr wusste, was er in diesen Schächten zu erwarten hatte, konnte er sich sehr rasch durch die Biegungen, Windungen und dunklen Felsendome bewegen.

Doch selbst Hunnuls Schnelligkeit reichte nicht aus. Nur zu bald hörte Valorian, was er befürchtet hatte: Eine kreischende, heulende Meute von Gorthlingen folgte ihnen den Tunnel hinauf. Er beugte sich tief über Hunnuls Mähne, hielt die Krone fest und betete, dass der Hengst nicht stürzte und sich weder Lavaströme unter schmalen Simsen noch Gorthlinge auf dem Weg befanden. Die Schreie der Wesen hinter ihnen wurden lauter.

Hunnul lief weiter. Er warf die Beine nach vorn, die Hufe klapperten über den steinernen Pfad. Das Tier hob und senkte den Kopf im Rhythmus seiner fliehenden Schritte. Als schwarzer Umriss in den tiefen Schatten rannte er vor den Gorthlingen durch den Tunnel und vertraute auf die Führung seines Herrn.

Bevor Ross und Reiter begriffen, was geschah, lief der Weg plötzlich aus und endete vor einer schwarzen Felswand. Hunnul bremste scharf und rollte mit den Augen.

»Was ist das?«, rief Valorian in rasender Angst zu seinem Gefangenen. »Wo ist der Tunnel?«

Der Gorthling gluckste. »Das ist ein Eingang, du Trottel. Dieser Tunnel ist kürzer als die anderen.«

Der Lärm der Verfolger hatte sie beinahe eingeholt, als der Klanmann die Hand hob. Es blieb ihm keine Zeit mehr, dem Gorthling weitere Fragen zu stellen oder nach einem Werkzeug zu suchen, mit dem er das Tor aufstemmen konnte. Er und Hunnul mussten sofort hier hinaus! Die durch den Gorthling verstärkte Kraft sprang aus seiner ausgestreckten Hand und fuhr in die Wand vor ihnen. Der Fels explodierte, und das Tor öffnete sich unter einem Regen aus Steinen und blauen Funken.

Hunnul taumelte durch das zerschmetterte Tor in helles

80

Licht. Geblendet von dem unvermittelten Glanz, tastete Valorian nach dem Geschöpf zwischen seinen Knien. Er hörte die anderen Gorthlinge kreischend den Tunnel hinaufrennen und wusste, dass er sie nicht in das Reich der Toten hineinlassen durfte. Verzweifelt riss er den goldenen Armreif vom Hals des Gorthlings, drehte sich um und schleuderte das Geschöpf so machtvoll wie möglich auf den Schachteingang zu. Beinahe gleichzeitig feuerte er einen zweiten magischen Blitz in den Fels oberhalb des Tores, als die Gorthlingmeute gerade im Eingang erschien. Die Explosion war schwächer als zuvor, doch sie reichte aus, um einen massiven Felsblock zu lösen, der die Öffnung mit Stein, Kies und Dreck verschloss. Die tobenden Gorthlinge verschwanden hinter dem herabstürzenden Felsen.

Stück für Stück sackte der Block in seine endgültige Lage, und der Berg schwieg wieder. Valorian stieg ab und lehnte sich gegen Hunnuls zitternde Flanke. Der Hengst stieß die Luft mit einem schweren Schnauben aus.

In einer Woge überwältigender Erleichterung versuchte Valorian zu lachen, doch er brachte kaum ein Kichern zustande. Ohne die Unterstützung des Gorthlings wirkte die ungewohnte Magie sehr erschöpfend. Er war zu müde, um aufrecht zu stehen, sackte langsam zu Boden und setzte sich vor die Vorderläufe des Hengstes. Die goldene Krone wog schwer in seiner Hand.

Er starrte sie an, als sähe er sie zum ersten Mal. Im reinen Schein des heiligen Berges leuchtete das strahlende Diadem so klar und golden wie die Morgendämmerung und so warm wie die Sommersonne. Die vier spitz zulaufenden Strahlen an der Vorderseite waren in Gemmen verschiedener Schattierungen gefasst, welche die vier Jahreszeiten darstellten, und der schwere Kranz war reich mit verschlungenen Strahlen aus Gold und Silber verziert. Diese Krone war Amaras würdig.

Valorian lehnte sich nach vorn und betrachtete die Krone eingehender, als ein weiteres glänzendes Licht die Bergflanke erhellte. Er blickte auf und sah vier leuchtende Gestalten vor sich stehen: die Klangottheiten Surgart, Sorh, Krath und Amara. Er wusste, wer sie waren, ohne dass sie sich vorstellen mussten, und fiel vor Ehrfurcht nieder.

Die vier Gottheiten sahen mit milden Gesichtern auf ihn herunter. »Du hast eine gute Wahl getroffen, Schwester«, hörte er Sorh zu Amara sagen.

»Fahren wir mit unserem Plan fort?«, fragte sie.

Valorian zuckte überrascht zusammen. Plan? Wovon sprachen sie?

Surgart nickte. »Ja. Es ist Zeit.«

»Sehr gut.« Die Muttergottheit beugte sich vor und ergriff ihre leuchtende Krone. »Vielen Dank, Valorian, für deinen Mut. Durch deine Tat hast du meine ewige Dankbarkeit errungen. Ich möchte dich für deine Selbstlosigkeit und Entschlossenheit belohnen. Gibt es irgendeine Wohltat, nach der du dich besonders sehnst?«

Der Klanmann kam langsam auf die Beine. »Ich möchte mir etwas für mein Volk wünschen.« Er hob den Blick und bat: »O Göttin, hilf ihnen, eine neue Heimat zu finden – einen Ort, an dem sie gedeihen können.«

Ein breites Lächeln der Befriedigung legte sich über Amaras schönes Antlitz. Sie nickte kurz.

Ein ohrenbetäubender, schmetternder Donnerschlag zerriss Valorians Welt. Das Reich der Toten, der Götter und Göttinnen und der Gipfel des Ealgoden waren verschwunden, und der Klanmann stolperte in die Dunkelheit hinein. Er stieß einen Schrei aus und verlor das Bewusstsein.

Fünf

Irgendwo in der Nähe zwitscherte ein Vogel ein Lied. Die fröhlichen Töne erhoben sich auf den Schwingen des Windes und vermischten sich mit den schwächeren Lauten von herabstürzendem Wasser und dem Rauschen der immergrünen Bäume. Die sanften Geräusche wirkten vertraut und beruhigend auf Valorian, der reglos und noch eingehüllt von der Dunkelheit seines Verstandes auf dem Boden lag. Er lauschte lange den Melodien der Natur, während sein Bewusstsein allmählich wieder erwachte und auch seine anderen Sinne zurückkehrten.

Nach einer Weile bemerkte er Empfindungen, die er zuvor nicht wahrgenommen hatte: die Kälte des Steins unter seinem Bauch, das Gewicht seiner schweren, feuchten Kleidung, die unerwartete Wärme des Sonnenscheins auf der einen Gesichtshälfte. Ganz vorsichtig öffnete er die Augen. Dunkle Sturmwolken erfüllten den Himmel im Süden vor ihm, doch im Westen hellte es auf, und die gesegnete Sonne schien wieder. Die Tage des Regens waren endgültig vorüber. Gepriesen seien die Götter!

Hunnul graste in der Nähe. Valorian gelang ein schwaches Lächeln und er versuchte sich aufzusetzen. Doch dabei verwandelte sich das Lächeln in ein Ächzen, und er sackte zurück auf den durchweichten Boden. Der starke Schmerz in seinem Kopf blendete ihn beinahe. Übelkeit wand sich wie ein kaltes, zuckendes Wesen in seinem Magen. Der Rest seines Körpers fühlte sich steif an und so schwach wie bei einem Neugeborenen. Jedes einzelne Gelenk schmerzte. Doch das Seltsamste war, dass er in seinem Innern ein Gefühl der Wärme verspürte. Es war kein Fieber, sondern Hitze.

Was ist mit mir geschehen?, fragte er sich. Er zwang sich ruhig liegen zu bleiben, während die Schmerzen abklangen, und versuchte sich zu erinnern. Er hatte nach dem Pass gesucht, war den Bergkamm heraufgekommen und hatte die Gipfelreihe gesehen. Danach verschwamm alles in starkem Nebel. Es hatte geregnet und gedonnert, und dann war etwas geschehen. Unter dem verzweifelten Versuch, sich zu erinnern, ballte er die Fäuste, doch er wusste weder, was sich ereignet hatte, noch warum er hier lag und sich fühlte, als wäre er gerade den Berg hinabgefallen.

Die seltsamsten Bilder glitten durch seine Gedanken: Vorboten und Göttinnen, das Reich der Toten, der Ealgoden, die Gorthlinge und am deutlichsten die goldene Krone, die im Licht der Sonne gestrahlt hatte. Doch diese Bilder waren unscharf und wirr. Nichts davon ergab einen Sinn. Wenn er wirklich gestorben war, warum lag er dann immer noch auf diesem Berggrat? Die Visionen mussten ein Traum gewesen sein – ein schlechter Traum.

Die Kopfschmerzen wurden ein wenig schwächer. Valorian versuchte wiederum, sich aufzurichten, und kam schließlich zum Sitzen. Er stützte den Kopf mit den Händen. Erst jetzt bemerkte er, dass sein Helm und Mantel verschwunden waren.

Das ist merkwürdig, dachte er und schaute sich um. Schwert und Armreif waren noch da, und auch seine übrigen Besitztümer schienen unbeschädigt zu sein. Überdies war Hunnul noch gesattelt, was nicht auf das Werk von Dieben hindeutete. Wie hatte er seinen Helm und Mantel verlieren können, als er am Boden lag?

Dieses Rätsel überforderte ihn im Augenblick. In seinem Schädel pochte es noch immer, als ob Donner hindurchrollte; sein rechter Arm war taub, und mit einem Mal bemerkte er, dass er unerträglich durstig war. Er erinnerte sich an den Wasserbeutel, der an Hunnuls Sattel befestigt war, und pfiff nach dem Hengst. Hunnul stellte die Ohren auf und gehorchte sofort, doch voller Schreck erkannte Valorian, dass das Pferd mit dem rechten Vorderlauf lahmte.

Jeder Gedanke an die eigenen Schmerzen verschwand. Der

84

Klanmann richtete sich steifbeinig auf und taumelte dem Pferd entgegen. Sobald er es erreicht hatte, wurde der Grund für Hunnuls Beschwerden deutlich. Eine lange, gezackte Wunde verlief über seine gesamte rechte Schulter.

Valorian stieß einen Laut der Verwunderung aus, als er die Schulter sorgfältig untersuchte. Die Wunde blutete nicht; sie sah eher nach einer Verbrennung im schwarzen Fell aus. Was immer diese Verletzung verursacht hatte, die zerstörten Blutgefäße waren verätzt und die Ränder der aufgerissenen Haut versiegelt. Es war unmöglich, die Wunde zu nähen; es sah so aus, als würde Hunnul für sein Leben gezeichnet sein. Was, in Surgarts Namen, war mit ihnen geschehen? Wie hatte Hunnul eine solche Verbrennung davontragen könne, während sein Reiter nur Quetschungen, Prellungen und Kopfschmerzen zu beklagen hatte?

Valorian rieb eine Weile den Hals des Hengstes, dann holte er den Topf mit der Heilsalbe hervor, die Kierla immer für ihn einpackte, und rieb Hunnuls Brandwunde großzügig damit ein. Nun erst band er den Wassersack los und trank ihn bis auf den letzten Tropfen leer.

Das Wasser half ihm, die Gedanken zu ordnen und zu klären. Er bemerkte, dass der Tag rasch verdämmerte. Hunnul und er brauchten mehr Wasser, Ruhe und einen Unterschlupf für die Nacht. Valorian schaute sich lange nach dem fehlenden Helm und Mantel um und führte sein Pferd schließlich auf der Suche nach einem Nachtlager von dem Grat herunter. Sie kamen bis zu einem kleinen Bach, der sich aus einem Tal in der Nähe ergoss, als Valorians Muskeln vor Erschöpfung erzitterten und die Kopfschmerzen mit Macht zurückkehrten. Ihm blieb gerade noch genügend Kraft, den Sattel von Hunnuls Rücken zu lösen und einen tiefen Schluck Wasser zu nehmen, bevor er in das Gras und das Farnkraut fiel und sofort einschlief.

Valorian erwachte am frühen Nachmittag des nächsten Tages. Er schoss hoch und sah sich beunruhigt um, während er mit der Hand nach seinem Schwert griff. Die Traumbilder verharrten noch einen Augenblick in seinen Gedanken und verblassten dann zu einem schwach erinnerten Gefühl der Gefahr. Er schüttelte den Kopf, als wollte er sich auf diese Weise einen klaren Blick verschaffen. Einen Augenblick lang war ihm alles so deutlich erschienen. Er war auf Hunnul durch einen düsteren Tunnel geritten; ein von ihm selbst erschaffener Lichtball hatte sie geleitet. Zu seiner großen Enttäuschung erinnerte er sich ansonsten nur noch an das starke Gefühl der Gefahr.

Valorian seufzte und streckte sich zu voller Größe. Es war ein so merkwürdiger, verstörender Traum gewesen. Wenigstens hatte ihm der Schlaf gut getan. Seine Kopfschmerzen waren schwächer geworden, und sein Körper war nicht mehr so steif, obwohl er ohne Mantel auf dem kalten, feuchten Boden geschlafen hatte. Selbst in der kühlen, von den Bergen herabwehenden Brise war ihm nicht kalt. Doch er war noch immer sehr durstig.

Er ging zum Bach, und nachdem er reichlich getrunken hatte, hockte er sich hin und betrachtete wehmütig sein Spiegelbild im Wasser. Er sah schrecklich aus. Eine große Wunde, die er sich vermutlich beim Fall von Hunnul zugezogen hatte, entstellte seine Schläfe. Das dunkle, lockige Haar, das er üblicherweise zu einem Pferdeschwanz zusammengebunden trug, war verfilzt und dreckig, und das sonst so sauber rasierte Gesicht verbarg sich hinter einem hässlichen schwarzen Stoppelbart.

Valorian war kein anspruchsvoller Mann, doch er liebte es, halbwegs sauber zu sein, und er hasste seinen Bart. Er juckte und zog Ungeziefer an und war zu ungleichmäßig, um ihn einfach wachsen zu lassen. Geistesabwesend kratzte er sich an den Stoppeln. Es wäre so schön, wenn Kierla ihm jetzt warmes Wasser und ihr Messer für eine Rasur brächte.

Kierla! Valorian sprang auf die Beine. Bei allen Göttern, wie lange war er schon fort? Er hatte ihr gesagt, er wolle bloß zwei oder drei Tage lang jagen, doch nun war er schon sieben oder acht Tage unterwegs. Und er musste noch den langen Weg nach Hause hinter sich bringen. Kierla würde außer sich sein! Er musste unbedingt aufbrechen.

Sogleich pfiff er nach Hunnul und hoffte, dass der Hengst

nicht allzu fern war. Das schwarze Pferd trabte über den Berg heran, auf dem es gegrast hatte, und wieherte seinen Herrn an. Erleichtert bemerkte Valorian, dass Rast und Salbe ihm gut getan hatten. Hunnul bewegte sich leichter und humpelte kaum noch mit dem rechten Lauf.

Kurze Zeit später war der Hengst gesattelt, und sie befanden sich auf dem Weg in Richtung Norden, wo sich die Klanleute in den Bluteisenbergen ihre neue Heimat eingerichtet hatten.

Obwohl sie versuchten, schnell vorwärts zu kommen, erkannte Valorian bald, dass weder er noch Hunnul zu ihrer üblichen Reisegeschwindigkeit in der Lage waren. Beide waren durch ihre Wunden und den Mangel an Nahrung sehr geschwächt und zu wund, um schneller als ein Fohlen durch das hohe, raue Vorgebirge zu eilen. Sie reisten so rasch sie konnten, mussten jedoch häufig Pausen einlegen. Valorian ging oft zu Fuß, um Hunnuls Schulterwunde nicht zu sehr zu belasten. Glücklicherweise wurden Valorians schwache Muskeln dadurch gestärkt, und ein wenig Gefühl kehrte in den tauben Arm zurück. Nach einer Weile blieben nur die seltsame Wärme in seinem Körper und der starke Durst zurück.

Und die Visionen. So sehr er es auch versuchte, konnte er die hartnäckigen Traumbilder doch nicht abschütteln. Die lebhafte Erinnerung an jene merkwürdigen Visionen verfolgte ihn Tag und Nacht; sie suchten seinen Schlaf mit Gorthlinggrauen heim und erhellten die wachen Stunden mit dem Licht eines göttlichen Lächelns. Valorian dachte stundenlang über den Traum nach, während er und Hunnul sich auf der Heimreise befanden, doch die Bilder vermischten sich in seinem Kopf wie Stücke eines zerbrochenen Mosaiks. Er begriff weder ihre Folgerichtigkeit noch ihren Wahrheitsgehalt.

Das waren die richtigen Zutaten für eine spannende Geschichte, die er dem Klan am nächtlichen Lagerfeuer erzählen konnte, dachte Valorian und lachte in sich hinein. Wenn es ihm gelang, den Traum zu einer fließenden Erzählung zu formen, würde sie jedermann gern hören.

Er schüttelte den Kopf und ging schneller. Seine Familie hatte ihn möglicherweise bereits für tot erklärt – außer Kierla. Sie würde niemals an seinen Tod glauben, und er wollte ihr nicht noch länger Seelenqualen bereiten.

Zu seiner Erleichterung blieb das Wetter während der Heimreise trocken und warm. Valorian und Hunnul hatten keine Schwierigkeiten, Wasser und Unterschlupf zu finden; nur Nahrung war selten. In weiter Ferne sahen sie einige Menschen – chadarianische Hirten und eine kleine Kaufmannskarawane auf der Straße nach Sarcithia. Doch trotz seines Hungers vermied Valorian jeden Kontakt mit Fremden. Nur wenige würden sich dazu herablassen, einem Klanmann zu helfen; die meisten würden hingegen versuchen, sein Pferd zu stehlen.

Kurz nach Mittag am sechsten Tag nach seinem Unfall sah Valorian die rötlichen Felsen, die das Tal markierten, in dem seine Familie das Winterlager aufgeschlagen hatte. Erleichterung und Vorfreude quollen in ihm hoch und verliehen ihm neue Kraft. Er kletterte auf Hunnuls Rücken und trieb den Hengst an einer Bergflanke vorbei auf die Felsen zu.

Sie hatten schon beinahe den ersten Felsen erreicht, als Valorian ein Rufen hörte. Auf einer Erhebung im Westen, wo ein uralter, aus dem Vorgebirge kommender Pfad in die Ebene führte, versuchte ein Reiter auf einem Braunen lautstark Valorians Aufmerksamkeit zu erregen. Er winkte erregt und trieb sein Pferd im Galopp den sanften Hang hinab.

Ein Grinsen legte sich über Valorians abgespanntes Gesicht, denn der Reiter war sein jüngerer Bruder Aiden, Adalas Zwillingsbruder.

»Valorian!« Der Ruf hallte voller Freude und Erleichterung von den Felsen wider.

Der Klanmann rollte die Augen zum Himmel, als der junge Reiter gedankenlos an den Zügeln zerrte und sein Pferd vor Hunnul zum Stehen brachte. Aiden hatte keine Beziehung zu Tieren, nicht einmal zu Pferden. Seine Stärken waren seine Begeisterungsfähigkeit, Anmut und die Fähigkeit, auf Anhieb den Charakter eines Menschen zu erkennen. Er war kleiner als

Valorian, hatte eine dichte Mähne aus braunem Haar, graublaue Augen und ein unerschütterliches Lächeln.

Valorian stieg ab, trat vor seinen Bruder und wurde von dessen heftiger Umarmung beinahe umgeworfen.

»Bei allen Göttern, Bruder!«, rief Aiden freudig. »Wir glaubten schon, du wärst im Reich der Toten!«

Ein seltsames Zucken lief über Valorians Gesicht und verschwand sogleich wieder, doch Aidens flinker Blick hatte es bemerkt. Er trat einen Schritt von seinem Bruder zurück, betrachtete eingehend dessen bleiche Haut, die große Wunde und die von der Reise schmutzige Kleidung. »Du siehst schrecklich aus. Was ist mit dir geschehen, Valorian?«, fragte Aiden. Sorge klang aus seinen Worten. »Wir haben die Berge tagelang durchkämmt. Einige Männer sind noch immer draußen und suchen nach dir. Wo bist du gewesen?«

Valorian lächelte wehmütig. Er zog seinen Bruder wieder zu sich heran, als wollte er etwas von Aidens Kraft auf sich selbst lenken. In diesem Augenblick tat es gut, die Umarmung eines anderen Menschen zu spüren. »Ich ... ich weiß nicht, wo ich war.« Er packte Aiden fest am Arm, um die Flut seiner Fragen einzudämmen. »Ich werde dir alles sagen, was ich weiß, wenn wir das Lager erreicht haben; dann brauche ich mich nicht zu wiederholen.«

Aiden nickte zustimmend. »Wenigstens bist du zurück.« Plötzlich versagte ihm die Stimme, und er wandte sich ab und stieg auf sein Pferd.

Seite an Seite ritten die Männer über die grasbewachsenen Hügel auf den weiten Taleingang zu.

»Geht es Kierla gut?«, fragte Valorian nach einem Augenblick des Schweigens.

»So gut, wie man es erwarten kann. Seit acht Tagen hat sie kaum geschlafen und gegessen«, erwiderte Aiden. »Du hast schon eine beeindruckende Frau, Valorian. Sie wollte nicht, dass wir dich aufgeben. Sie hat uns gruppenweise losgeschickt und ist selbst mehrere Tage lang hinausgegangen. In ihrer Gegenwart durfte niemand auch nur die Möglichkeit deines Todes andeuten.«

Valorians Herz schlug heftig. Er konnte es kaum erwarten, seine Frau zu sehen. Er wollte ihre Wärme spüren, ihre Augen leuchten sehen und sich ihrer Weisheit anvertrauen, wenn er ihr von seiner Reise erzählt hatte. Vielleicht konnte sie ihm helfen, seinen Unfall und den merkwürdigen Traum zu verstehen, der sich in seinem Kopf festgesetzt hatte. Er richtete sich im Sattel auf. Hunnul spürte den Wink seines Herrn und lief schneller.

Sie ritten hinunter zu dem seichten Strom, der zwischen den Felsen austrat, und nahmen einen schmalen, kaum sichtbaren Pfad, welcher dem Bach in das Tal hinein folgte.

Während Aiden vorausritt und die Führung übernahm, bemerkte Valorian erstmals, dass sein Bruder die Robe, die weichen Lederschuhe und die Weste der Chadarianer trug. Außerdem hatte er hinter seinem Sattel in Leinensäcken zwei kleine Ziegen festgebunden, die den Kopf durch den groben Stoff steckten.

»Aiden, was hast du denn so in letzter Zeit gemacht?«, wollte Valorian wissen. »Wieder gestohlen?«

Aiden versuchte beleidigt auszusehen und drehte sich im Sattel um. »Habe ich nicht! Diesmal nicht. Ich bin als rechtmäßiger Kaufmann unterwegs gewesen, habe Linnas Teppiche verkauft und mir die letzten Neuigkeiten angehört.«

»In chadarianischen Kleidern?«

Aiden schnaubte gereizt. »Du weißt doch, dass diese chadarianischen Händler einem Klanmann keine andere Wahl lassen.«

Valorian unterdrückte ein verärgertes Grunzen. Es war nicht gut, mit Aiden über seine Geschäfte zu reden, denn er gab nichts auf die Meinungen anderer. Er war stur, eigenwillig und klüger, als für ihn gut war.

Eines seiner größten Vergnügen war, verkleidet die chadarianische Hauptstadt Actigorium zu besuchen, um Neuigkeiten zu erfahren und alles zu kaufen oder zu stehlen, was er von den Chadarianern oder Tarnern bekommen konnte. Das war gefährlich, denn falls ihn die tarnischen Soldaten jemals bei einer verdächtigen Handlung erwischten, würden sie ihn zu Tode peitschen und seinen Körper an der höchsten Mauer der Stadt aufhängen. Aiden machte seine Arbeit jedoch sehr gut. Er sprach fließend Chadarianisch, konnte sich hervorragend verstellen und war ein wahrer Verkleidungskünstler. Und er war sehr erfolgreich. Mehrfach hatte er die Familie vor Überraschungsbesuchen von Tyrranis' Steuereintreibern gewarnt und viele Dinge vom städtischen Markt mitgebracht, welche die Klanleute nicht selbst herstellen konnten.

Valorian verstand nicht, warum Aiden die Stadt so anziehend fand. Er selbst hasste die Menschenmengen, die engen Straßen und den andauernden Lärm, doch er bewunderte die Kühnheit seines Bruders.

»Für wen sind die Ziegen?«, fragte Valorian, weil er das Thema wechseln wollte.

»Linna möchte sie haben. Wenn sie ausgewachsen sind, geben sie angeblich sehr weiche, lange Wolle. Sie hat vor, die Wolle zu verweben.«

Obwohl seine Stimme Verachtung ausdrückte, weil er Ziegen transportierte, hörte Valorian doch den mitschwingenden Stolz in Aidens Stimme. Linna, seine Verlobte, war die beste Weberin des Klans.

Aiden drehte sich halb im Sattel um und sagte: »Außerdem habe ich gehört, dass Sergius uns in ein paar Tagen möglicherweise besuchen wird. Anscheinend sind wir mit unseren Tributzahlungen an General Tyrranis im Rückstand.«

Valorian unterdrückte ein Stöhnen. Das Letzte, was er jetzt wollte, war Streit mit Sergius über Steuern, die seine Familie nicht aufbringen konnte.

Für eine Weile ritten sie schweigend tiefer in die Berge hinein. Allmählich wurde das Tal enger, während sich die Berge hoch um sie erhoben. Valorian war erleichtert, bald wieder zu Hause zu sein, und genoss die vertraute Landschaft wie nie zuvor. Gewöhnlich duldete er die felsigen Begrenzungen des Tales nur. Im Winter was es hier kalt und feucht; es gab zu viele Bäume und nicht genug Weidefläche für die Pferde. Der Boden war steinig und die hohen Berge bedrückend. Doch das Tal bot ihnen einen ausgezeichneten Schutz vor Winterstürmen und Tarnern.

Es würde allerdings nicht mehr lange dauern, bis die Familie weiterzöge. Nachdem die letzten Frühjahrsgeburten bei den Nutztierherden erfolgt waren, würde die Familie das Fest der Rechtgeburt feiern, das eine Danksagung an Amara war, und dann die Zelte zusammenpacken, die Herden sammeln und zu den tiefer in den Bergen liegenden Sommerweiden ziehen.

Der Aufbruch könnte diesmal früher als erwartet stattfinden, dachte Valorian, denn während er fort gewesen war, hatte sich der Frühling bereits bis tief in die Berge vorgewagt. Während der langen Regentage war der Schnee im Tal geschmolzen, und die warme Sonne hatte einen dichten Teppich aus grünen Gräsern, Kräutern und Ranken hervorgebracht. Wildblumen in zartem Weiß, Blau und Rosa sprossen auf jedem sonnenbeschienenen Fleckchen Erde.

Nicht weit voraus sah Valorian, dass der Bach eine scharfe Biegung nach rechts um einen Felsvorsprung machte. Dahinter weitete sich das Tal zu einer eiförmigen Wiese, die halbwegs flach und fruchtbar war. Dort standen die Zelte des ausgedehnten Familienverbandes, dessen Anführer er war.

Er war so erfreut über die Aussicht, bald daheim zu sein, dass ihm Aidens misstrauischer Blick auf den Felsvorsprung entging, als sie daran vorbeiritten.

»Eigentlich sollte Ranulf Wache schieben«, zischte Aiden und riss damit Valorian aus seinem Tagtraum. »Wenn er schon wieder eingeschlafen ist, reiße ich ihm die Eingeweide heraus.«

Valorian warf einen kurzen Blick auf die erhöhte Stelle, wo üblicherweise eine Wache stand, und runzelte die Stirn. Jedes Klanlager postierte Wachen, um sich vor unwillkommenen Besuchern oder Überraschungsangriffen zu schützen. Eine unaufmerksame Wache konnte großes Unheil bedeuten.

Die beiden Reiter eilten an dem Felsvorsprung vorbei und durch ein Wäldchen aus hohen Kiefern. Der Pfad wand sich einen sanften Hang hoch und fiel dann wieder zum Talboden mit den weiten, fruchtbaren Wiesen ab. Valorian und Aiden ritten bis zur höchsten Stelle des Hangs und blickten hinunter auf das Lager.

Auf den ersten Blick sah das Tal wie immer aus. Mehrere Pferde weideten friedlich am östlichen Ende, wo das Gras am üppigsten wuchs. Ein paar Ziegen und Schafe wurden von kleinen Jungen zum Fluss getrieben, der von den steilen Hängen der nördlichen Felswand herabkam. Das Lager unterhalb der Reiter badete ruhig im Sonnenschein.

Valorian griff nach seinem Schwert und zog es leise aus der Scheide. Irgendetwas stimmte nicht. Er spürte es. Im Lager war es zu ruhig. Niemand war zwischen den Zelten oder beim großen Feuer in der Mitte zu sehen, und die Umgebung war seltsam leer.

»Wo sind sie alle?«, murmelte er.

Aiden hatte seine Worte nicht gehört. »Was ist denn damit geschehen?«, fragte er ungläubig und deutete auf Valorians Schwert.

Der Klanmann starrte auf die Klinge und zuckte vor Erstaunen zusammen. Während der Heimreise hatte er keinen Grund gehabt, die Waffe zu ziehen, und seit jenem regnerischen Nachmittag auf dem Bergkamm hatte er sie nicht mehr betrachtet. Etwas Unglaubliches war mit ihr vorgegangen. Die Klinge war von einer gewaltigen Hitze geschwärzt worden, die nicht nur den Stahl bis zum Griff versengt, sondern auch die Ränder und die Spitze zu Wellen geschmolzen hatte. Das Schwert hatte keine gerade, gehämmerte Klinge mehr, sondern sah aus wie eine lange Flamme. Verärgert stieß Valorian es zurück in die Scheide. Das Schwert hatte seinem Vater und seinem Großvater gehört, bevor es in seinen Besitz übergegangen war. Nun war es nutzlos. Er hatte keine Möglichkeit, ein neues zu bekommen, wenn er keines bei den Tarnern stahl.

»Ich habe keine Ahnung, was damit geschehen ist«, brummte er. »Wo sind sie alle?«

Aiden starrte seinen Bruder lange an. Er liebte ihn zu sehr, um ihm nicht zu vertrauen, doch das Geheimnis um Valorians Wiederauftauchen beunruhigte ihn allmählich. Er deutete auf das Lager. »Die meisten Männer und Jungen sind entweder auf der Jagd oder auf der Suche nach dir, und Mutter Willa hat gesagt, sie wolle mit den Frauen Kräuter und Gräser sammeln gehen. Was mit den anderen ist, weiß ich nicht.«

Der scharfe Ton in Aidens Stimme erstickte Valorians Verärgerung. Er durfte seinen Unmut nicht an seinem Bruder auslassen. Gerade wollte er sich entschuldigen, als er einen Laut hörte, der ihm das Blut in den Adern gefrieren ließ.

Plötzlich hatten sich wütende Stimmen aus den Koppeln erhoben, in denen die besten Pferde und Zuchttiere des Klans gehalten wurden. Die Pferche befanden sich in der Nähe des Flusses und außer Sichtweite hinter einigen Bäumen, doch Valorian erkannte einige der Stimmen. Die eine gehörte Kierla, die einem anderen etwas zurief; dieser war kein Geringerer als Sergius Valentius, der Steuereintreiber von General Tyrranis.

»O Götter!«, ächzte Aiden. »Er ist schon da! Dieses Wiesel ist zwei Tage zu früh!«

Kierlas Rufen steigerte sich zu einem Schrei aus Wut und Angst, und Valorian sank das Herz in die Hose. Er presste die Beine gegen Hunnuls Flanken und packte seine schwarze Mähne. Das Pferd schoss aus dem Stand nach vorn und rannte in vollem Galopp den Weg durch das Wäldchen hinunter. Aiden folgte dicht dahinter.

Wie ein Blitz trabte Hunnul am Rand des Lagers und dem Abfallhaufen vorbei und kam auf die große Lichtung, wo sich die Koppeln befanden. Auf den Befehl seines Meisters hielt er schlitternd an und wieherte aufgeregt. Bei seinem plötzlichen Erscheinen erstarrten alle in den Pferchen.

Valorians Gesicht verhärtete sich vor Zorn, als er sah, was auf der nächsten Koppel vor sich ging. Ein tarnischer Soldat führte vier schwangere Stuten durch das Tor und beabsichtigte offenbar, sie mitzunehmen; zwei weitere Soldaten hielten mit ihren Schwertern eine kleine Klangruppe in Schach. Die Stuten waren die letzten weiblichen Zuchttiere aus reinem harachianischen Geblüt und die besten, die Valorian noch geblieben waren.

Kierla hatte offensichtlich versucht, die Tarner aufzuhalten, doch mit wenig Erfolg. Sergius hatte sie niedergestreckt; sie lag

94

auf dem Rücken im Staub der Koppel. Der tarnische Steuereintreiber band ihr gerade die Hände zusammen.

Er schaute auf, als Hunnul in die Lichtung einbrach, und ein überhebliches Grinsen legte sich auf sein dunkles, abgehärmtes Gesicht. »Du bist mit deinen Abgaben zu spät dran, Valorian«, rief er. »Ich musste persönlich herkommen und sie eintreiben. Das wird dich eine Menge kosten.«

Kierla wand sich heftig und hätte es beinahe geschafft, die Hände freizubekommen. Sie drehte sich nach ihrem Mann um. Auf ihrem Gesicht zeichnete sich eine verrückte Mischung aus Hoffnung, Freude, Wut und Schmach ab, während sie sich aus dem Griff des Tarners zu entwinden versuchte.

Sergius kicherte bloß anerkennend, bevor er sie auf die Beine stellte und in Richtung seines gesattelten Pferdes schob.

Tief in Valorian flackerte eine unbewusste Kraft auf. Seine Wut heizte sie an; sie pulste durch seine Adern und erfüllte den ganzen Körper mit Energie. Sie wurde immer stärker und wilder, bis die Haut prickelte. Doch Valorian erkannte die Magie nicht. Er sah nur, wie seine geliebte Frau auf das Pferd des Tarners zugeschoben wurde. Es waren schon einige andere Frauen aus dem Klan entführt worden, um Tyrranis' Lust zu dienen, und keine von ihnen war je zurückgekehrt. Valorian trieb Hunnul voran.

Sergius bemerkte die Bewegung und hielt Kierla sein Messer an die Kehle. »Noch einen Schritt, Klanmann, und diese Frau wird zu Geierfutter.« Als er Valorians Gesichtsausdruck sah, schürzte er die Lippen, drückte Kierla gegen sein Pferd und schnitt ihr Leibchen auf.

Valorian dachte nicht mehr nach, er handelte einfach. Ein Bruchstück aus seinem Traum wurde plötzlich klar und deutlich und zeigte ihm einen tödlichen blauen Energieblitz. Er hob die Hand und streckte sie aus.

Geformt aus der Gabe der Göttin, trat aus seinem Körper ein zischender magischer Strahl, der durch die Nachmittagsluft schwirrte, Sergius an der Brust traf und ihn zu Boden schleuderte. Auch Kierla kippte um, und das Pferd des Tarners bäumte sich vor Entsetzen auf, biss die Zügel durch und galoppierte davon.

Jegliche Bewegung gefror für einen langen, stillen Augenblick. Niemand regte sich, niemand sprach. Alle starrten Valorian an. Der Klanmann blickte auf seine Hand. In einem einzigen Atemzug fanden alle Teile seines Traums zusammen, und er wusste mit völliger Sicherheit, dass seine Erinnerungen der Wahrheit entsprachen. Er war vom Blitz getroffen worden und gestorben; er hatte Amaras Krone vor den Gorthlingen gerettet, und sie hatte ihm aus Dankbarkeit das Leben zurückgegeben und ihm die Gabe der Magie verliehen. Die Ungeheuerlichkeit dieser Tatsache traf ihn wie ein Schlag. Er hob den Blick zu Sergius' rauchendem Leichnam und war erschüttert über seine Tat.

Diese winzige Bewegung durchbrach die von Entsetzen geschwängerte Stille. Die drei tarnischen Soldaten schossen wie ein Mann zu ihren Pferden, doch Aiden war schneller. Er zerrte seinen Bogen hervor und rief: »Haltet sie auf!«

Der Soldat, welcher am nächsten bei Valorian gewesen war, taumelte und fiel mit zwei von Aidens Pfeilen im Rücken zu Boden. Den zweiten tötete ein Dolch, den einer der älteren Männer aus der Gruppe geworfen hatte. Der dritte hätte es beinahe bis zu seinem Pferd geschafft, doch er wurde durch einen gut gezielten Stein aus einer Schleuder gefällt.

Während des Mordens rührte sich Valorian nicht. Er war zu überwältigt von seinen eigenen Gedanken. Erst als Kierla zu Hunnul hinüberging, zwang er sich, sie anzusehen.

Ihre grünen Augen waren voller Misstrauen, und ihr Gesicht drückte Kälte aus. Kierla war nie eine Schönheit gewesen, vor allem nicht, wenn sie wütend war. Ihr Zorn verlieh der geraden Nase, den großen Zähnen und dem länglichen Gesicht eine gewisse Ähnlichkeit mit einem schnappenden Pferd. Die Sommersprossen auf ihrer hellen Haut verloren sich in einem rötlichen Glühen, und die dunklen Brauen verliehen den Augen einen finsteren Blick. Das lange dunkle Haar, das ihr in einem Zopf über die Schulter hing, war verfilzt und staubig. Sie schenkte ihrem zerrissenen Leibchen keine Aufmerksamkeit, sondern ließ es offen.

Valorian aber dachte, sie noch nie so hübsch gesehen zu haben.

»Wer bist du?«, zischte sie heftig. »Du siehst aus wie Valorian, aber er hat nicht deine Gaben. Wer also bist du?«

Der Klanführer stieg wie ein schwacher alter Mann ab und stellte sich neben Hunnul. Die übrigen Klanleute – seine beiden Tanten, Kierlas Onkel und einige Kinder – versammelten sich um ihn. Ihre Gesichter spiegelten Angst und Wachsamkeit wider. Der Ausdruck von Erleichterung und Willkommen war selbst aus Aidens Zügen gewichen.

Das konnte Valorian ihnen kaum übel nehmen. Er war aus dem Nichts mit einer Macht erschienen, die bisher nur die Götter ausgeübt hatten.

»Vielleicht ist er ein Gorthling«, hörte er einen jungen Vetter leise sagen.

»Zu groß«, bemerkte Kierlas Onkel dazu. »Er könnte ein Gespenst sein.«

»Vielleicht ist er ein Vorbote«, murmelte eine Tante. Die Leute hielten den Atem an und traten einen Schritt zurück.

Lediglich Kierla wich nicht. Sie stellte sich dem Mann vor ihr entgegen und betrachtete jede Einzelheit seines Gesichtes. Sie blickte hinter den Schmutz, die Wunde an seiner Schläfe und den stoppeligen Bart und erkannte die unwandelbaren Einzelheiten im Antlitz ihres Mannes. Wenn dies nicht Valorian war, dann handelte es sich um ein genaues Abbild bis hin zu der Kerbe im Kinn, der geraden Nasenlinie und der Narbe auf der Stirn. Auch die Augen hatten dasselbe leuchtende Blau, doch etwas an ihnen war leicht verändert. Sie schauten strenger und durchdringender, als ob sie im Feuer gehärtet worden wären, und hatten den in die Ferne gerichteten Blick eines Adlers. Kierlas Ärger wurde zu Verwirrung. Sie kam näher, streckte zitternd die Hand aus und berührte ihn am Kinn.

»Ich *bin* Valorian«, sagte er zu ihr. Jetzt wusste sie, dass ihre Erinnerung sie nicht trog. Sie schob die letzten Zweifel und Ängste beiseite und fiel in seine Arme.

Später in der Nacht versammelte sich die ganze Familie, insgesamt zweiundfünfzig Leute, nach dem Abendessen um das Hauptfeuer und hörte Valorians Geschichte zu. Er berichtete ihnen alles, von dem Augenblick an, in welchem er den tarnischen Soldaten seine Beute gegeben hatte, bis zu seiner Rückkehr in den Klan. Die Leute lauschten gebannt auf jedes Wort.

Als er seine Geschichte beendet hatte, erschuf er einen Lichtball über dem Lager und beobachtete, wie seine Leute die Erscheinung in verzückter Stille anstarrten. Er fragte sich, was sie nun dachten. Hatten sie Angst vor seiner neuen Macht? Oder Ehrfurcht? Oder waren sie ungläubig? Er verspürte all das und noch viel mehr. Eine Frage drängte sich ihm immer wieder auf: Warum gerade er? Welchen Zweck verfolgte Amara damit, ihn mit dieser Kraft ins Leben zurückzuschicken? War es nur Dankbarkeit, oder steckte mehr dahinter? Er löschte sein Licht.

»Was machen wir jetzt?«, fragte jemand in der Dunkelheit.

Diese Frage drückte auch Valorians eigene Zweifel aus. Er wusste wirklich nicht, was sie nun tun sollten. Die Ermordung der vier Tarner hatte die Familie in ernsthafte Schwierigkeiten gebracht. Wenn Tyrranis von dieser Tat erfuhr, würde er jeden Mann, jede Frau und jedes Kind gnadenlos töten. Sie mussten so bald wie möglich aufbrechen. Er rieb sich die Hand, die noch immer taub von dem Lichtblitz war, und versuchte nachzudenken. Vermutlich würde die Göttin ihre Gründe dafür, dass sie ihn ins Leben zurückgeschickt hatte, zur rechten Zeit offenbaren. In der Zwischenzeit gab es immer noch den Bergpass und den felsenfesten Entschluss, diesen zu finden. Amara hatte zu seiner Bitte um ein neues Leben für den Klan nicht Stellung genommen, also musste er sich selbst darum kümmern.

»Es wäre klug, diesen Ort sobald wie möglich zu verlassen«, sagte er wie zu sich selbst. »Wir sollten nach Steinhelm gehen. Ich muss mit Lord Fearral sprechen.« Er verstummte; sein Blick verlor sich in der ersterbenden Glut des Feuers.

Aiden spürte die Erschöpfung seines Bruders und stand auf. »Ranulf, da du derjenige warst, der eingeschlafen ist und die Tarner durchgelassen hat, hilfst du mir, die Leichname zu beseitigen.« Beschämt nickte der junge Mann, während Aiden fortfuhr: »Die Jungen bringen den Rest der Herden her. Jendar, du und zwei andere bauen die Koppeln ab. Wenn wir alle schnell arbeiten, können wir morgen Nachmittag das Lager verlassen.« Nicken und zustimmendes Gemurmel pflanzten sich um das Lagerfeuer fort.

Mit großer Anstrengung erhob sich Valorian und legte dankbar die Hand auf Aidens Schulter. Er spürte, wie Kierlas starker Arm den seinen ergriff. Unter einem ernst gemeinten Chor von guten Wünschen folgte Valorian seiner Frau ins Zelt.

Er hatte geglaubt, zu erschöpft für Akte der Leidenschaft zwischen den warmen Decken zu sein, doch Kierlas Nähe weckte neue Kräfte tief in seinem Innern. Sie liebten sich mit einem Verlangen, das sie beide überraschte. Danach sanken sie keuchend und kichernd auf die zerwühlten Decken.

Später, im Dunkel der Nacht, legte Kierla die Hand auf ihren Bauch. Endlich war es geschehen. Sie brauchte dazu nicht das Hebammenwissen von Mutter Willa – sie wusste es selbst. So gewiss, wie sie ihren Ehemann erkannt hatte, spürte sie nun ihren Sohn, empfangen in den schwindelnden Höhen ihrer Liebe. Ihr Herz sang. Amara sei Preis und Ehr, wollte sie rufen. Die Göttin hatte ihrem Gatten ein Geschenk gemacht; nun hatte auch Kierla eines von ihr erhalten – die größte aller Segnungen.

Kierla spürte, wie heiße Tränen ihre Wangen herabbrannen. Warum auch immer die Götter Valorian zurückgeschickt hatten, es musste aus gutem Grund geschehen sein. Nur so ließ sich erklären, warum Kierla nach fünfzehn Jahren Unfruchtbarkeit in der Nacht von Valorians Rückkehr ein Kind empfangen hatte.

Kierla lächelte verwundert und kuschelte sich enger an ihren schlafenden Gemahl.

»Vielen Dank«, flüsterte sie in die Nacht.

Sechs

Zum zweiten Mal in seinem Leben schlief Valorian bis nach Mittag. Er erwachte langsam und wohlgelaunt auf seiner fellgepolsterten Pritsche und sah, dass seine Frau ihm eine Schüssel mit Fleisch und etwas hartes Brot neben das Lager gestellt hatte. Er aß mit Heißhunger und spülte mit Bier nach, bis die Schüssel blitzblank war.

Als er aufstand, um sich anzuziehen, bemerkte er, dass seine Kleidung gewaschen und geflickt worden war und neben dem Bettvorhang auf ihn wartete. Von draußen drang der Lärm der Klanleute herein, die gerade das Lager abschlugen. Er zog sich rasch an, denn es gab noch etwas, das er unbedingt tun wollte, bevor er sich an die Arbeit machte. Er wollte sich rasieren.

Valorian streckte die rechte Hand und die Finger aus und überlegte, ob er das Rasiermesser überhaupt halten konnte. Er fühlte sich besser als in den vergangenen Tagen, doch seine Hand war noch ziemlich taub und steif. Er fragte sich, ob je wieder Gefühl in sie zurückkehren und die seltsame Hitze seinen Körper verlassen würde. Da er sich nun an den Blitzschlag erinnerte, wusste er, woher seine seltsamen Verletzungen und die Brandwunde an Hunnuls Schulter stammten. Sicherlich war der Schaden nur wegen Amaras Hilfe nicht noch größer. Nun begriff er auch, auf welche Weise sein Schwert zerstört worden war.

Aus Neugier sah er nach seiner Waffe. Sie hing an ihrem üblichen Platz am Mittelpfosten des Zeltes. Er zog das Schwert aus der Scheide und untersuchte es eingehend. Als er näher hinsah, bemerkte er, dass die Spitze nicht vollständig geschmolzen war. Sie hatte sich regelrecht gekräuselt, und das Metall schien stärker und geschmeidiger zu sein. Die Waffe war vielleicht noch zu retten, wenn man sie sorgfältig polierte und schärfte, dachte er. Sie würde seltsam aussehen, wäre aber auf jeden Fall besser als eine tarnische Klinge.

Valorian wollte die Waffe gerade in die Scheide zurückstecken, als Kierla mit einer Schüssel heißem Wasser hereinkam. Sie lächelte erfreut. »Guten Tag, mein Gemahl.«

Er starrte sie eingehend an, denn sie schien irgendwie anders zu sein. Ihr Gang war leichter, und die Augen glühten in einem Licht aus Segen und Triumph, das er nie zuvor bei ihr bemerkt hatte.

Sie sah, dass er sie anstarrte, und überraschte ihn, indem sie errötete. Eigentlich hatte sie ihm erst von ihrer Schwangerschaft berichten wollen, wenn sie einen sicheren Beweis dafür besäße, doch sie konnte ihre Freude nicht länger verbergen. So machte sie einen schnellen Schritt nach vorn und stellte sich dicht vor ihren Mann.

»Ich kann dir zwar noch nicht beweisen, dass das, was ich dir jetzt sage, der Wahrheit entspricht«, sagte sie aufgeregt und schenkte ihm ein breites, strahlendes Lächeln, »aber seit der letzten Nacht trage ich deinen Sohn in mir.«

Valorian war verblüfft. Nach so vielen Jahren der Enttäuschung hatte er sich nicht mehr vorstellen können, diese Worte von ihr zu hören. »Woher ... wieso weißt du es jetzt schon?«, fragte er.

»Amara hat es meinem Herzen zugeflüstert.«

Amara. Valorian spürte, wie Freude und Dankbarkeit in ihm aufquollen. Er packte seine Frau um die Hüfte und wirbelte mit ihr durch das kleine Zelt. Amara! Natürlich! Die Göttin hatte dieses Wunder aus Dankbarkeit gewirkt. Allein dieses Geschenk war die Reise in den Ealgoden wert gewesen.

Valorian setzte Kierla ab und umarmte sie heftig.

Sie lachte und schob ihn von sich. »Dein Bart kratzt. Er muss fort!«

Sie hob die Schüssel mit dem warmen Wasser auf, zog ihr Messer hervor, lotste Valorian zu dem kleinen Stuhl und rasierte ihm den dunklen, struppigen Bart ab. Als sie fertig war, rieb er sich dankbar das Kinn und küsste sie innig.

Kierla zog ihn von dem Stuhl hoch. »Jetzt habe ich genug Zeit mit dir allein verbracht. Der Rest des Lagers braucht dich.« Sie zögerte einen Herzschlag lang und senkte den Blick. »Valorian, ich habe dir mein Geheimnis verraten, weil ich wusste, dass du mir glaubst, aber die Familie soll es erst dann erfahren, wenn Mutter Willa es bestätigt hat.«

Er verstand sie und stimmte ihr zu. Es würde dem Klan schwer fallen, diese Neuigkeit hinzunehmen, selbst wenn es einen Beweis dafür gäbe. Wenigstens würde es die Zweifler zum Verstummen bringen, die ihm immer wieder nahe gelegt hatten, Kierla zu verstoßen. Er kicherte. Es war zu schade, dass er es nicht seinem Vater sagen konnte.

Valorian grinste noch immer, als er Kierla verließ, damit sie ihre Habseligkeiten packen konnte. Er ging nach draußen, um beim Abschlagen des Lagers zu helfen. Zwei seiner Hunde sprangen auf und begrüßten ihn beim Zelteingang. Er zauste ihnen das Fell und sah dem geschäftigen Treiben zu. Während er geschlafen hatte, war viel geschehen. Die meisten Zelte waren bereits zusammengelegt und auf den zweirädrigen Pferdekarren verstaut. Die Ziegenpferche, die größeren Pferdekoppeln und die Backöfen waren auseinander genommen und die kahlen Stellen auf dem Boden mit Staub, Blättern und Kiefernnadeln bedeckt. Einige der älteren Jungen wachten über die kleine Pferdeherde, die Ziegen und Schafe. Valorian sah, wie seine Großmutter, Mutter Willa, die Kohlen des großen Lagerfeuers schürte, während ihr jüngster Enkel Staub auf die erlöschende Glut schüttete. Erwachsene huschten durch das sich auflösende Lager und versuchten, eine gewisse Ordnung beizubehalten, und überall rannten Kinder und Hunde umher.

Der Klanmann hörte ein Wiehern in der Nähe, drehte sich um und sah Hunnul neben dem Zelt stehen. Das zottelige Winterfell des Hengstes war von irgendjemand gestriegelt und zum Glänzen gebracht worden, der auch Mähne und Schweif gebürstet und die Brandwunde versorgt hatte. Überdies hingen ihm ein paar verräterische Heuhalme aus dem Maul.

Valorian kratzte liebevoll den Hals des Hengstes. Heute wollte er Hunnul nicht reiten; das Pferd hatte Ruhe verdient. Stattdessen konnte der Schwarze die Zuchtstuten bewachen, während die Familie das Lager auflud.

Hufgetrappel erregte Valorians Aufmerksamkeit. Aiden und Ranulf ritten in das Lager. Sie sahen schmutzig, verschwitzt und müde aus. Beide Reiter bemerkten Valorian. Sie preschten auf ihn zu und grüßten ihn.

»Es ist erledigt«, verkündete Aiden und glitt von seinem Reittier. »Falls die Tarner jemals die Leichname finden sollten, werden sie glauben, diese Narren seien in einen Felsspalt gestürzt.« Er wischte sich den Staub von der Hose. »Wir sind auch die Pferde losgeworden. Eines mussten wir zu den Reitern legen, damit es glaubhafter aussieht, aber die übrigen haben wir in den Bergen freigelassen.«

»Was ist mit Sergius?«, fragte Valorian ruhig.

Sein Bruder verzog das Gesicht. »Wir mussten ihn an einer anderen Stelle begraben. Den Brandfleck auf seiner Brust konnten wir nicht verbergen.«

Valorian nickte leicht. Seine Miene war ruhig und undurchdringlich.

Aiden fuhr fort: »Unglücklicherweise haben wir sein Pferd nicht gefunden. Ich befürchte, es ist nach Hause getrabt.«

»Dann bleibt uns nur die Hoffnung, dass die Tarner annehmen, Sergius sei vom Pferd gefallen und verloren gegangen.«

»Je schneller wir einige Entfernung zwischen uns und diesen Ort bringen, desto besser.« Aiden griff sich nachdenklich an den Kopf und fragte: »Aber warum sollen wir in Fearrals Lager ziehen? Dieser alte Trottel wird uns keine große Hilfe sein.«

Valorian kniff die Lippen zusammen. Darüber stritt er sich schon seit Jahren mit Aiden. »Er ist unser aller Lord und Anführer. Erweise ihm die Ehre, die ihm aufgrund seines Titels zusteht.«

»Nur, wenn er sie sich verdient«, murmelte Aiden.

Valorian beachtete diesen Einwand nicht, sondern fügte hinzu: »Ich will ihn nicht um Hilfe bitten. Ich muss bloß mit ihm reden.«

»Über den Pass?«

»Ja.«

Der jüngere Mann warf angewidert die Hände hoch. »Warum verschwendest du deine Zeit? Er hört dir ja doch nicht zu. Dieser alte Kerl würde eher sterben und den ganzen Klan mit sich nehmen, als die Flucht aus Chadar zu wagen. Seine Beine sind zu Stein geworden! Er hat sich nicht einmal die Mühe gemacht, während der letzten drei Jahre das Lager zu wechseln. Er trinkt nur noch seinen Wein, versteckt sich in seinem Zelt und kriecht zweimal im Jahr vor General Tyrranis im Staub.«

Während Valorian den leidenschaftlichen Worten seines Bruders lauschte, fiel seine Aufmerksamkeit plötzlich auf Ranulf, der schweigend und schüchtern hinter Aiden stand. Ranulf war Kierlas Vetter, ein scheuer, in sich gekehrter Mann, der die Einsamkeit dem geschäftigen Lagerleben vorzog. Er war über sein Versagen während des Wachdienstes entsetzt und würde alles tun, um diese Schmach auszumerzen.

»Ich kenne Lord Fearrals Schwächen«, sagte Valorian scharf zu Aiden. »Aber ich will versuchen, ihn irgendwie zu überzeugen.« Er wandte sich an Ranulf. »Natürlich könnte ich jede Hilfe gebrauchen.« Der junge Mann zuckte vor Überraschung zusammen. »Ich weiß, dass sich der Pass irgendwo südlich von hier befindet. Jemand sollte ihn suchen, damit wir Lord Fearral sagen können, wo genau er liegt.«

Ranulf stürzte sich auf diese verlockende Gelegenheit. »Bitte lass mich gehen, Valorian. Mein Pferd und ich sind in der Lage, ihn zu finden und zurück zu sein, bevor ihr Steinhelm erreicht habt.«

»Das bezweifle ich«, meinte Valorian, doch Ranulfs Bereitwilligkeit freute ihn. »Die Reise ist lang und beschwerlich, doch wenn du es wirklich versuchen willst, wäre ich dir sehr dankbar.«

Ranulf stieß einen Ruf der Erleichterung aus, sprang auf sein

Pferd und preschte los, um seine Ausrüstung zu holen, bevor sie verpackt wurde.

Aiden sah ihm nach. »Selbst wenn Ranulf diesen Pass findet, wird das Fearrals Entschluss nicht ändern. Wozu also das Ganze?«

Valorian klopfte seinem Bruder auf die Schulter. »Mach immer nur einen Schritt nach dem anderen, Aiden. Nur so kannst du einen Berg erklimmen.« Mit diesen Worten ging er fort.

Einige Zeit später, als die Nachmittagssonne durch die Bäume schien, trafen sich die Klanleute zum letzten Mal auf der Wiese. Der Priester und die Priesterin der Klangottheiten sprachen die Gebete für das Abbrechen des Lagers und segneten die Karawane. Sobald sie damit fertig waren, ritt Valorian an die Spitze seiner Familie und stellte sich vor sie. Er hielt die Hand hoch und gebot Schweigen.

»Ihr alle habt in der vergangenen Nacht meine Geschichte gehört«, begann er, »und einige von euch glauben sie vielleicht. Ferner seid ihr Zeuge der Macht geworden, die Amara mir verliehen hat, und ihrer tödlichen Auswirkungen. Es ist eine Macht, die dem Klan großes Glück, aber auch großen Schaden zufügen kann. Bis ich weiß, warum die Mutter des Alls mir dieses Geschenk gemacht hat, müsst ihr alle mir schwören, dass ihr darüber schweigt. Wenn es so weit ist, dass ich meine Pflichten gegenüber Amara begreife, werde ich selbst diese Kraft offenbaren.« Er betrachtete die Gesichter um ihn herum und war zufrieden. Er wusste, dass er nichts über die vier toten Tarner sagen musste. Zum Schutz des eigenen Lebens würde niemand ein Wort darüber verlieren.

»In der Zwischenzeit«, fuhr er fort, »wurde uns die Gelegenheit gegeben, aus diesem Land der Tyrannen zu entkommen und unser eigenes Reich zu finden. Dazu muss ich Lord Fearral überreden, meinen Plan zu unterstützen, Chadar endgültig zu verlassen. Er wäre bestimmt nicht sehr hilfsbereit, wenn er wüsste, dass ich etwas mit den Gorthlingen zu tun hatte.«

Bei dieser Bemerkung kicherten die Klanleute, denn Lord Fearral war bekannt für seine abergläubische Natur. Obwohl die Familie Valorians neue Macht mit Argwohn betrachtete, war sie stolz darauf, dass einer aus ihrer Mitte im Licht von Amaras Gnade zu stehen schien. Diejenigen, welche die Bedeutung von Valorians Glauben an ein neues Leben für den Klan verstanden, wussten auch, dass es so gut wie unmöglich war, Lord Fearral zu überzeugen. Die meisten aus Valorians Gruppe nahmen sein Verlangen hin, Chadar verlassen zu wollen, und waren bereit, ihm überallhin zu folgen, doch der Rest des Klans kannte seinen Plan noch nicht und wäre ohne Fearrals Zustimmung nur schwer von der Stelle zu bewegen.

Mit lauter Stimme schwor Valorians Familie bei dem Licht der Sonne und der Ehre des Klans, dass sie nichts von Valorians Geschichte verraten würden, bis er dazu bereit war. Ihr Anführer nickte dankbar.

Valorian zog sein Schwert und setzte sich an die Spitze der Karawane. Mit einem lauten Befehl setzte er die Wagen in Bewegung. Die Leute nahmen seinen Ruf auf, Hunde bellten, Pferde wieherten, und die Kinder schrien, bis die Talwiese von all dem Lärm widerhallte. Flankiert von bewaffneten Reitern, folgten die Wagen einem schmalen Pfad einige Meilen stromaufwärts zu einer Stelle, wo sich das Tal weitete und ein breiter, baumloser Hügel einen leichten Weg hinaus bot. Weitere Wachen und Reiter sowie die Herden bildeten das Ende des Zuges.

Am Abend war das Lager auf der Wiese verschwunden. Nur ein sehr aufmerksamer Beobachter hätte die schwachen Seilspuren an den Bäumen, die verdeckten bloßen Stellen dort, wo die Zelte gestanden hatten, und die aus dem Tal führenden Spuren bemerkt.

Neun Tage lang reiste die Karawane mit gemächlicher Geschwindigkeit nordwärts durch das Bluteisengebirge. Endlich waren sie weit genug entfernt von ihrem alten Lager und einer möglichen Suchaktion der Tarner nach den vier Vermissten und konnten sich Zeit lassen auf ihrem Weg über Pfade, die nur die Klanleute kannten.

Der Frühling begleitete sie mit all seiner Wärme und seinen

zarten Farben. Die Tage waren trocken und angenehm luftig und machten die Reise zu einer Freude. Die Nächte jedoch waren noch immer kalt genug für Mäntel, Pelze und Lagerfeuer.

Da Valorian seinen Mantel verloren hatte, gab ihm Kierla einen alten, ausgebesserten Umhang, den er allerdings nur selten trug. Es schien ihm, als wäre ein wenig von der gewaltigen Hitze des Blitzes in seinem Körper verblieben. Selbst wenn der Wind kalt von den schneebedeckten Bergen herabblies, war es ihm im Hemd noch warm genug. Er wollte gar nicht erst daran denken, wie er sich in der Sommerhitze fühlen mochte, falls dieser seltsame Zustand bis dahin andauern sollte.

Am späten Nachmittag des neunten Tages erspähte Valorians Karawane Steinhelm, die gewaltige Kuppel aus weißem Granit, die wie eine umgestürzte Schüssel inmitten der Wiesen, Hügel und verstreuten Wälder lag. Die Karawane wiederum wurde von einer Wache Lord Fearrals erspäht. Ein lang gezogener Ton aus dem Horn der Wächter gab dem Lager auf der Erhebung die Kunde, und als die Karawane schließlich den Rand der Felder erreicht hatte, welche den Berg umgaben, kamen die Leute bereits herab, um die Neuankömmlinge zu begrüßen.

Das Lager auf dem Steinhelm unterschied sich von den übrigen Lagern der nomadischen Familienverbände durch seine geschützte Lage und wegen Lord Fearrals Rang als Lord und Häuptling des gesamten Klans. Es erinnerte eher an ein befestigtes Dorf mit vielen verschiedenen Hütten, hölzernen Unterständen, Buden, Handwerksbetrieben und Stallungen, die von einem Schutzwall umgeben waren. Im hinteren Teil des Dorfes befanden sich der einzige dauerhafte Tempel der Klangottheiten und eine Quelle, welche die Bewohner mit Wasser versorgte. Neben dem Tor erstreckte sich ein kleiner, einfacher Markt, und in der Mitte der Siedlung stand Lord Fearrals hölzerne Halle.

Die Bevölkerung von Steinhelm war größer und gemischter als die der anderen Gruppen, da dieser Ort viele kleinere Familien und ungeschützte Einzelpersonen anzog. Leider bedeutete die große Einwohnerzahl eine schwere Belastung für die natürlichen Nahrungsquellen der Gegend. Deshalb versuchten einige Klanleute zum ersten Mal in der Geschichte, Getreide in Feldern am Fuß des Berges anzubauen – eine sehr zeitaufwändige Beschäftigung, welcher sich das Nomadenvolk nie zuvor gewidmet hatte.

Valorian schüttelte den Kopf, als er die Veränderungen bemerkte, die Lord Fearral angeordnet hatte. Es war lange her, dass er den Onkel seiner Frau zum letzten Mal gesehen hatte. Seit damals waren die Wurzeln von Steinhelm tiefer und verzweigter geworden. Die wachsende Sesshaftigkeit würde es sicherlich nicht leichter machen, den Klan zur Wanderschaft zu überreden.

Valorian half dabei, die Karawane auf einer offenen Weidefläche nicht weit von der Straße zur Stadt entfernt in Stellung zu bringen. Wie es im Klan üblich war, brachten die Gastgeber Feuerholz und Essensgaben als Willkommensgruß für die Besucher ihres Lagers. Valorian stellte sein Zelt auf und kümmerte sich danach um Hunnul. Dann machten er, Kierla und Aiden dem Lord und Häuptling ihre Aufwartung.

Sie trafen Fearral in der Halle an; er saß zu Gericht über einen Mann, der beim Stehlen eines Pferdes erwischt worden war. Die Neuankömmlinge betrachteten mit erstauntem Blick die große Halle, während sie darauf warteten, dass Fearral zum Ende kam.

»Was soll das?«, zischte Aiden zu Valorian. »Will er sich mit General Großkotz Tyrranis messen?«

Valorian musste ihm zustimmen. Die hölzerne Halle war größer als alles, was die Klanleute je errichtet hatten, und er fragte sich, ob Fearral zur Ausführung des Gebäudes chadarianische Handwerker hinzugezogen hatte. Die Form des Bauwerkes glich verdächtig der Architektur Chadars. Die Balkendecke besaß das typische Aussehen der Häuser im Flachland, die Säulenreihe in der Mitte der Halle trug die gleichen geriffelten Verzierungen, und Fearral hatte sogar Waffen, Höhlenlöwenfelle und einen Gobelin aus Tarn an die Wände gehängt.

»Womit hat er für all das bezahlt?«, flüsterte Kierla.

Aiden schürzte verächtlich die Lippen, verschränkte die Arme vor der Brust und starrte die Decke an.

Die drei Klanleute mussten lange warten, bis sie Fearral sprechen konnten. Der Fall des angeklagten Pferdediebes war nicht eindeutig, und da bei erwiesener Schuld die Todesstrafe angewendet wurde, wollte sich der Häuptling der Tatsachen sicher sein. Viele Leute traten vor und sprachen für den Angeklagten, doch am Ende waren die Beweise gegen ihn erdrückend.

»Schuldig«, verkündete Lord Fearral schließlich und sprach das übliche Urteil, während die Verwandten des Pferdediebs in Wehklagen ausbrachen. Der Mann würde bei Anbruch der Dämmerung auf die Felder hinausgeführt, an den Boden gebunden und von einer Pferdehorde zu Tode getrampelt werden.

Valorian nickte zustimmend. Das Urteil war hart, doch in einer Gesellschaft, deren Überleben von den Pferden abhing, mussten die Tiere um das Wohl der Allgemeinheit willen geschützt werden.

Langsam verließen die Klanleute, die dem Prozess beigewohnt hatten, die Halle. Die beiden Töchter Lord Fearrals und einige andere Frauen stellten die Bocktische für das Abendessen auf, während ein Junge das Feuer in der Mitte der Halle entfachte. Der Geruch gebratenen Fleisches wehte von den Kochstellen außerhalb der Halle herein.

Valorian wartete, bis Lord Fearral sein Gespräch mit zwei Männern beendet hatte, bevor er sich dem alten Häuptling näherte. Als er auf ihn zuschritt, stellte er überrascht fest, wie sehr der Häuptling seit ihrem letzten Treffen gealtert war. Fearrals langes Haar war nun vollkommen weiß, und sein Bart war dünn, grau und fleckig um den Mund. Die Augen waren blutunterlaufen, die Hände zitterten merklich. Rote Flecken auf Wangen und Nase färbten die wettergegerbte Haut. Inmitten all dieser Veränderungen bemerkte Valorian überrascht ein Amulettsäckchen um Fearrals Hals. Dieses Säckchen war ein uralter Klanbrauch, den die meisten Leute inzwischen aufgegeben hatten. Valorian grüßte den Onkel seiner Frau mit ernster Hochachtung und ausdrucksloser Miene.

»Valorian!«, rief Fearral freundlich. »Wie schön, dich zu sehen.« Der Häuptling küsste Kierla mit großer Zuneigung auf die Wange und nahm Aidens knappen Gruß hin. »Ihr reist früh in diesem Jahr. Wir haben unsere Rechtgeburt noch nicht gefeiert.«

»Wir auch nicht, Lord Fearral, aber ich …«

Fearral schnitt ihm harsch das Wort ab. »Ach? Nun, dann bleibt ihr hier und feiert mit uns.« Er warf einen Blick an Valorian vorbei zur Tür, als ob er sich rasch davonmachen wollte.

»Mein Lord, ich muss mit Euch reden …«

»Das freut mich«, unterbrach ihn der Häuptling, dem es nicht gelang, seinen ängstlichen Gesichtsausdruck zu verbergen. »Wir werden bald zu Abend essen. Leistet uns Gesellschaft. Danach können wir reden.«

Bevor die drei Klanleute etwas darauf erwidern konnten, war der Häuptling auch schon durch die Tür geschlüpft.

»Besoffener alter Ziegenbock«, murmelte Aiden. »Vermutlich will er nur zum nächsten Weinschlauch.«

Valorian gab ein tiefes, kehliges Knurren der Verärgerung von sich. »Du magst von ihm halten, was du willst, Bruder, aber er ist immer noch unser Häuptling. Wir müssen ihm unsere Unterstützung geben und unserem Lehenseid treu bleiben, wenn das, was von dem Klan übrig geblieben ist, nicht auseinander fallen soll.« Er ächzte. Wen wollte er damit überzeugen: Aiden oder sich selbst?

»Ich weiß, ich weiß«, entgegnete Aiden. »Aber Fearral macht es uns sehr schwer.«

Die drei gingen auf die Tür zu.

»Ich möchte gern wissen, wie er zu all dem gekommen ist«, sagte Kierla und blieb vor der breiten Doppeltür stehen. Sie deutete auf die tarnischen Gobelins an der Wand gegenüber dem großen, geschnitzten Häuptlingsstuhl. »Habt ihr seine Kleidung bemerkt? Flachlandgewebe mit Elfenbeinknöpfen. Wie hat er sich so etwas kaufen können?«

»Ganz leicht«, antwortete eine Stimme hinter der Tür. Mordan, einer aus Lord Fearrals Leibwache, trat ein und gesellte sich zu ihnen. »Zuerst hat er das ganze überzählige Nutzvieh verkauft und uns vorgeschlagen, Ackerbau zu betreiben.« Er lachte, als er Aidens Grimasse sah. »Dann fing unser Lord an, die Zuchttiere zu verscherbeln: die Ziegen, Schafe und wenigen Kühe, die wir hatten, und sogar die Pferde. Wisst ihr«, fügte er hinzu, während er sich gegen den Türpfosten lehnte, »dass es hier keine reinrassigen harachianischen Pferde mehr gibt? Unser letzter Hengst war die Bezahlung für die Wandbehänge und die chadarianischen Handwerker, die diese Halle errichtet haben.« Mit zusammengekniffenen Augen beobachtete er die Reaktionen der drei Besucher.

»Das ist unerhört!«, rief Kierla. »Was will er denn tun, wenn keine Tiere mehr übrig sind?«

Ein ironisches Lächeln verzerrte Mordans verwittertes Gesicht. »Das fragen wir uns auch. Das Einzige von Wert, das wir noch haben, sind die Frauen und Kinder. Vielleicht könnten wir uns etwas von den anderen Familien leihen. Leider haben alle schon die Häuptlingsgeschenke für das nächste Jahr abgeliefert und eigentlich nichts mehr für uns übrig.«

Während Mordan geredet hatte, hatte Valorian geschwiegen. Dieser Verrat verblüffte ihn. Harachianische Pferde waren die einzige echte Klanzüchtung und mit die besten und gesuchtesten Tiere im gesamten tarnischen Reich. Bisher hatte der Klan überlebt, weil er die übrig gebliebenen reinrassigen Tiere gehütet und mit ihnen gehandelt oder ihre Fohlen als Steuern weggegeben hatte. Ohne gute Zuchttiere konnten die Klanfamilien keine Abgaben mehr an General Tyrranis zahlen, der nach dem geringsten Grund suchte, sich des Klans ein für allemal zu entledigen. Es war einfach unglaublich, dass ein Häuptling sein Volk vorsätzlich um seines eigenen Wohlergehens willen verriet.

Mordan musste den Unglauben in Valorians Gesicht bemerkt haben, denn er richtete sich auf und berührte seine Brust mit zwei Fingern. Auf diese Weise schwor er, die Wahrheit zu sagen. »Valorian, wir kennen einander nicht sehr gut, aber ich habe dich in den letzten Jahren beobachtet und weiß, dass du nur das Beste für den Klan erreichen willst. Sieh dich in diesem

Lager um. Schau dir die Leute an. Reite über unsere brachlie-
genden Felder. Komm dann zurück und rede mit mir.« Er nickte Kierla zu und schlenderte davon. Sein dunkelblondes Haar
schwang unter dem Helm wie ein Pferdeschwanz hin und her.

Valorian sah zu, wie der stämmige Krieger zwischen den
Hütten und Zelten verschwand. Es stimmte, dass er den Wachmann nicht gut kannte, doch er war der Meinung, dies ändern
zu müssen. Obwohl Mordan ungefähr in Valorians Alter war –
er zählte um die fünfunddreißig Sommer –, war er doch eine
der jüngsten Leibwachen. Diesen Rang erwarb man sich nur
durch bewiesenes Geschick und Mut. Wenn Mordan mit ihm
offen über die Schwierigkeiten des Lagers reden wollte, war es
möglich, dass er nach Wegen suchte, die Dinge zu ändern.
Mordan konnte ein guter Verbündeter und Valorians Ohr in
Fearrals Lager sein.

»Das ist unglaublich«, sagte Aiden nachdrücklich. »Warum
sollte ...«

Valorian erhob die Hand. »Zunächst sollten wir Mordans
Rat befolgen. Wir machen uns ein Bild von der Lage, bevor wir
unser Urteil abgeben. Du solltest bedenken, Aiden, dass uns
Lord Fearral niemals zuhören wird, wenn wir ihn verärgern.«

Der jüngere Mann gab mit mürrischem Blick nach. »Na gut,
aber ich gehe zurück in unser eigenes Lager. Ich will heute
Abend kein Fleisch mit unserem Häuptling teilen.«

»Nein«, sagte Valorian und rieb sich nachdenklich das Kinn.
»Ich glaube, das wäre wirklich nicht gut. Ich will, dass du zur
Sicherheit Hunnul und die Zuchtstuten auf die Weiden im Gebirge bringst. Nimm ein paar von den älteren Jungen mit und
geh zum Schwarzen Berg hinauf.«

»Du glaubst doch nicht etwa, Lord Fearral könnte *unsere*
Pferde verkaufen?«, keuchte Kierla.

»Ich weiß nicht, wozu er imstande wäre. Aber seine Tributzahlungen stehen noch aus – genau wie unsere. Ich will unsere
Zuchttiere nicht aufs Spiel setzen.«

Ein Glitzern der Zustimmung funkelte in Aidens grauen Augen. »Für wie lange?«

»Bis ich den Eindruck habe, dass die Tiere sicher sind«, sagte Valorian.

»Abgemacht! Wir brechen noch heute Abend auf, sobald die Dämmerung einsetzt.« Er salutierte vor seinem Bruder und hastete fort, um Vorbereitungen zu treffen.

Kierla packte ihren Mann am Arm. »Ich kann das einfach nicht glauben«, flüsterte sie.

»Es ist schlimmer, als ich befürchtet hatte«, stimmte Valorian ihr zu. Er betrachtete die große Halle von der Balkendecke bis zum steinernen Fußboden. »Nur ein Wunder würde Lord Fearral von diesem Ort vertreiben.«

Sie teilten das Abendessen mit ihrem Häuptling, dessen beiden unverheirateten Töchtern, seinen Wachen und einer Gruppe aus Junggesellen und Besuchern. Das Mahl war nicht sehr einfallsreich, doch verglichen mit dem, was Valorian und Kierla gewohnt waren, war es ein Festessen. Es gab gebratenes Wild, gekochtes Lamm und Ente mit Brotscheiben, dazu einige Schüsseln mit Trockenfrüchten und Beeren, Käse und viele Flaschen Wein. Das Fleisch wurde überwiegend mit den Fingern von großen Platten auf den Bocktischen genommen. Das Einzige, worüber sich Kierla beschwerte, war die Lage, in der sie das Mahl einnehmen mussten. Auf einer Bank sitzend zu essen war chadarianischer Brauch und bei dem Klan unüblich. Es war schwierig, Tische und Stühle von einem Nomadenlager zum nächsten zu schleppen; deshalb saßen die Klanmitglieder beim Essen zumeist auf dem Boden. Valorian sah diesen neuen Brauch Fearrals als ein weiteres Zeichen dafür an, dass der Häuptling die alte nomadische Lebensweise aufgegeben und die Füße allzu fest auf den Boden gestellt hatte.

Obwohl Valorian mehrfach versuchte, mit Lord Fearral über den Fortzug des Klans aus Chadar zu sprechen, hatte er keinen Erfolg. Fearrals Augen waren den ganzen Abend über glasig und seine Worte undeutlich. Er trank eine Menge Bier und stolperte schließlich in seine Gemächer, bevor ihn jemand aufhalten konnte.

An den folgenden Tagen war es dasselbe. Wann immer Valorian mit Fearral reden wollte, wechselte der alte Häuptling entweder das Thema oder beachtete ihn erst gar nicht. Manchmal ging Fearral ihm einfach aus dem Weg. Valorians Wut kochte allmählich hoch.

Am Nachmittag des siebten Tages nach ihrer Ankunft in Steinhelm lud Valorian Fearral in sein Lager ein, weil er hoffte, den Häuptling in der Abgeschiedenheit eines Zeltes zum Reden zu bringen. Fearral konnte nicht ablehnen, ohne einen nahen Familienangehörigen zu beleidigen.

Er kam zu spät und hatte Mordan als Wache dabei. Sein Gesicht war gerötet – ob von Alkohol oder Aufregung, wusste Valorian nicht zu sagen –, und seine Hände zuckten nervös.

Kierla hieß ihn mit einem weichen Kissen und einem Becher gegorener Stutenmilch willkommen. Für eine Weile nippten die vier Leute bloß an den Getränken und tauschten Freundlichkeiten aus. Dann kam Valorian zur Sache. Er gab einen kurzen Bericht von seiner Jagd und dem Treffen mit den fünf tarnischen Soldaten und versuchte seine Gründe zum Verlassen Chadars zu erklären. Seinen Ausflug in den Ealgoden erwähnte er nicht.

Fearral hörte zu. Er wurde immer erregter, bis er schließlich nicht mehr schweigen konnte. »Keinesfalls!«, rief er. »Das werde ich nicht erlauben!«

»Mein Lord«, sagte Valorian und bemühte sich darum, ruhig zu bleiben, »der Pass ist da. Ich weiß es. Ihr müsst bloß den Klan versammeln; dann können wir diese unfruchtbaren Berge verlassen.«

»Verlassen!« Fearral blickte entsetzt drein. »Und wohin sollen wir gehen? Zu einem Pass, den du niemals finden wirst? In ein Land, das du nie gesehen hast? Du hast keinen Beweis für die Existenz des einen oder anderen, sondern nur das Wort einiger betrunkener Tarner. Nein, Valorian, ich gehe nicht. Unsere Heimat ist hier.«

Valorians Hände spannten sich um den Hornbecher, seine blauen Augen blitzten. »Unsere Heimat ist verloren! Hier gibt es für uns nichts als Hunger und Tod.«

»Das ist doch lächerlich. Sieh dich um. Sieh dir diese Stadt an, die ich errichtet habe. *Hier*« – Fearral bohrte den Finger in den Boden – »finden wir eine Möglichkeit zum Überleben, und nicht etwa da draußen in den Bergen.«

Valorian beugte sich vor und betrachtete das Gesicht des Häuptlings im Nachmittagslicht. Er bemerkte nicht, dass Mordan ihn mit gleicher Eindringlichkeit anschaute.

Die Schwierigkeit bestand darin, dass Lord Fearral glaubte, er sei im Recht. Er hatte die angestammte Lebensweise für Stetigkeit und Schutz aufgegeben und nicht begriffen, dass die einzige Verteidigungsmöglichkeit seines Volkes gegen General Tyrranis in der Beibehaltung ihres alten Lebenswandels bestand. Die Familienverbände waren klein und nomadisch; sie bildeten weder gefährliche Heere, noch errichteten sie Festungen. Sie widmeten sich der Viehzucht und ernährten so die tarnische Garnison in Actigorium. Ihre Pferdezucht hingegen bereicherte Tyrranis' Börse. Solange der Klan diese Verpflichtungen erfüllte, wurde er in Ruhe gelassen.

Doch jetzt hatte Fearral ein befestigtes, dauerhaftes Lager errichtet und dafür die besten Zuchttiere sowie fast alle übrigen, weniger wertvollen Tiere verkauft. Noch schlimmer war der Umstand, dass die hier lebenden Menschen nicht die Zeit hatten, ihre Herden durch gleichwertige Erzeugnisse zu ersetzen. Das Getreide war spärlich, es gab zu wenige Handwerker und keine natürlichen Bodenschätze wie Gold oder Eisen, mit denen man handeln konnte. Fearral hatte wenig, um das Lager zu unterhalten, und nichts, um die Tarner zu beschwichtigen. Es würde nicht lange dauern, bis General Tyrranis zu der Auffassung gelangte, dass das Dorf eine Bedrohung für seine Macht darstellte und vernichtet werden müsste. Die Einwohner wurden bereits unruhig. Nur Lord Fearral schien die Gefahr nicht zu sehen.

»Mein Lord und Onkel«, sagte Kierla, »wir haben uns Eure Stadt angesehen. Mit etwas Zeit und Glück könnte sie sich gut entwickeln. Doch Valorian und ich befürchten, dass dazu die Zeit fehlt. Wir haben mit den Leuten gesprochen. Sie sind hungrig und ruhelos. Sie haben Angst vor General Tyrranis.«

Fearral stellte den Becher heftig ab und starrte sie an. »Wenn sie jetzt schon Angst haben, wie werden sie sich dann erst fühlen, wenn wir unsere Habseligkeiten packen, die Herden zusammentreiben und versuchen, uns seiner Rechtsgewalt zu entziehen? Wie werden sie sich fühlen, wenn sich am Horizont seine Krieger versammeln und gegen uns anstürmen? Und wie werden sie sich fühlen, wenn Tyrranis uns wegen unseres närrischen Versuchs getötet hat, seiner Herrschaft zu entkommen? O nein. Solange wir hier bleiben, wird er uns nicht belästigen.«

»Mein Lord, ich glaube nicht …«, begann Valorian.

Der Häuptling schnitt ihm das Wort ab. »Ich habe genug gehört. Die Antwort lautet nein.« Er erhob sich und wollte gehen. »Belästige mich nicht noch einmal mit deinen lächerlichen Einfällen.« Mit einem Grunzen stapfte er aus dem Zelt.

Mordan folgte dicht hinter ihm, doch bei der Zeltklappe hielt er inne. »Falls du es noch nicht getan hast, könntest du jetzt einen Späher nach diesem Pass aussenden«, schlug er leise vor.

Valorian sah auf, und einen Augenblick lang starrten sich die beiden Männer verständnisvoll und mit wachsender gegenseitiger Achtung an. »Das habe ich bereits getan«, erwiderte Valorian.

»Gut. Viele Leute in unserem Lager reden über deinen Plan, und nicht alle stimmen mit Lord Fearral überein.« Er winkte Kierla zu und schlüpfte hinaus, um seinen Herrn einzuholen.

Seufzend bückte sich Kierla und hob die Hornbecher auf. »Ich habe nicht gewusst, dass mein Onkel so stur sein kann. Er hat nicht einmal versucht, dich zu verstehen«, sagte sie traurig.

Valorian lehnte sich in die Kissen zurück und sah mürrisch hinüber zur Zeltklappe. Er hatte nicht erwartet, dass Fearral ihm zustimmen würde, doch die endgültige Weigerung des Häuptlings bedrückte ihn. »Wenigstens hat er mich angehört. Vielleicht sind meine Worte ja doch nicht auf taube Ohren gestoßen, und er denkt beizeiten darüber nach. Ich werde ihm einige Tage lang aus dem Weg gehen und es dann ein weiteres Mal versuchen.«

In der Hoffnung, dass Fearral doch über seinen Plan nachsann, vermied Valorian sechs Tage lang jeden Kontakt mit dem Häuptling. Während dieser Wartezeit jagte und fischte er, um seine Familie zu ernähren. Er half Mutter Willa bei der Geburt der Nutztiere und bemühte sich, Geduld zu bewahren.

Am Abend des sechsten Tages platzte Ranulf in Valorians Zelt. Der junge Mann war dreckig, erschöpft und halb verhungert, doch auf seinem leuchtenden Gesicht zeichnete sich der Erfolg seiner Mission ab.

»Ich habe ihn gefunden!«, rief er. »Er ist da, genau wie du gehofft hast. Etwa fünf Tagesreisen nach Sarcithia hinein und hervorragend für Karren geeignet.«

»Sarcithia! Kein Wunder, dass wir noch nie davon gehört haben«, meinte Kierla.

Valorian spürte, wie tiefe Erleichterung und Befriedigung seine Befürchtungen fortspülten. Sarcithia lag südlich von der Provinz Chadar, und es war den Klanleuten nicht gestattet, dorthin zu gehen. Das Land war dem Klan nicht vertraut, doch darüber machte sich Valorian keine Sorgen. Es blieb genug Zeit, einen Weg auszuarbeiten.

»Also gibt es den Wolfsohrenpass doch!«, rief er mit freudiger Stimme aus.

»Vielleicht ändern diese Neuigkeiten Lord Fearrals Ansichten«, meinte Kierla hoffnungsvoll.

Valorian klopfte Ranulf auf die Schulter. »Ich werde ihn morgen fragen.«

Obwohl Valorian am nächsten Tag mehrfach versuchte, Lord Fearral zu finden, traf er erst am Nachmittag auf ihn, als dieser zusammen mit einigen seiner Leibwächter den Weg nach Steinhelm hinaufritt. Valorian hielt sein eigenes Reittier mitten auf dem Weg an und wartete darauf, den Häuptling freundlich zu begrüßen.

Lord Fearral war nicht so grob, dem Klanmann keine Beachtung zu schenken, doch er unternahm keinen Versuch, den Ausdruck der Gereiztheit auf seinem Gesicht zu verbergen.

»Mein Lord.« Valorian verneigte sich ein wenig. »Einer meiner Späher ist gestern Abend mit guten Nachrichten zurückgekommen. Er fand …«

Weiter kam Valorian nicht. Zwei lange, durchdringende Töne aus einem Wächterhorn klangen über die Felder und ließen jedermann in Hörweite erstarren.

»Tarner!«, zischte Mordan.

Noch während er sprach, sahen die Männer bereits die Staubwolke einer Reitertruppe, die sich auf der nach Osten führenden Straße näherte.

Lord Fearral wurde totenbleich.

Es blieb keine Zeit, die schwache Sicherheit der Halle aufzusuchen. Der Häuptling und seine Leibwache bildeten einen engen Kreis auf der Straße. Valorian blieb bei ihnen, auch wenn sein Blick zum eigenen Lager jenseits des Feldes bei dem kleinen Wäldchen flog. Er sah, wie die Frauen mit den Kindern in den Wald hasteten und die Männer ihre Waffen zogen, um nötigenfalls das Lager zu verteidigen. Dann blieb plötzlich keine Zeit für Sorgen mehr.

Ein Steuereintreiber und ein Trupp von zehn Tarnern unter dem Befehl eines Sarturians galoppierten die Straße nach Steinhelm hinauf. Sie brachten ihre Pferde knapp sechs Schritte vor der Gruppe des Häuptlings zum Stehen.

»Lord Fearral, wie ich vermute«, sagte der Steuereintreiber und verzog die Oberlippe vor Abscheu. Er trieb sein Reittier noch etwas weiter vor, bis es unmittelbar vor dem Häuptling zum Stehen kam.

Der Mann war kleiner und älter als Sergius, wie Valorian bemerkte, doch offenbar von gleichem Schlag: gut gekleidet, wohlgenährt und anmaßend. Der Klanmann hielt die Hände fest um den Sattelknauf geschlossen.

»Wo ist Sergius Valentius?«, fragte Lord Fearral schwächlich. Seine Hände zitterten.

Der Steuereintreiber zuckte die Achseln. »Wer weiß? Vielleicht hat er sich mit einer Tributzahlung für unseren General aus dem Staub gemacht. Man wird ihn schon finden.«

Valorian hoffte inständig, dass das nicht der Fall sein würde.

Der Mann fuhr gereizt fort: »In der Zwischenzeit, Fearral, bin ich dein neuer Eintreiber für Steuern, Abgaben und Geschenke. Dein jährlicher Tribut unterstützt das ruhmvolle tarnische Reich, das dich verteidigt und sich um dich kümmert. Ist der Tribut bereit?«

Fearral rutschte im Sattel hin und her und zog eine gequälte Grimasse. »Eigentlich nicht. Ich …«

Der Steuereintreiber schnippte mit den Fingern. Die Soldaten ritten sogleich auf die Weiden und trieben alles Vieh zusammen, das sie finden konnten. Pferde, Schafe, Kühe und Ziegen wurden in Herden neben der Straße gesammelt.

»Nun«, sagte der Steuereintreiber und entrollte ein Pergamentblatt. »Fearral: fünfundzwanzig Pferde, fünfzig Kühe und fünfzig Schafe oder Ziegen.«

Plötzlich schnellte Valorian im Sattel vor. Die Soldaten schwärmten auf den Feldern aus und trieben jedes Tier zusammen, das sie finden konnten, einschließlich derer aus den Herden seiner eigenen Familie. »Nein!«, rief er. »Wartet! Einige davon sind unsere Tiere.« Er wandte sich an Fearral und erwartete, der Häuptling würde ihn unterstützen und den Irrtum aufklären, doch zu seinem großen Entsetzen starrte Fearral bloß zu Boden.

Der Steuereintreiber richtete seine eng zusammenstehenden, schmalen Augen auf Valorian. »Und wer bist du?«

Der Klanmann zögerte. Er hatte die Aufmerksamkeit nicht auf sich lenken wollen. Jetzt war es zu spät. »Valorian«, knurrte er.

»Valorian«, wiederholte der Steuereintreiber nachdenklich. »Hmm. Klingt vertraut. Ich habe allerdings nicht die Zeit, alle Steuerlisten durchzulesen. Falls du deinen Tribut bereits geleistet hast, betrachte dies als Schenkung zum Vorteil deines Häuptlings.«

Fearral versteifte sich und schwieg weiter. Mordan warf Valorian einen entschuldigenden Blick zu.

Valorian musste es noch einmal versuchen. »Bitte, mein Lord. Wir können diese Tiere nicht entbehren. Sie sind alles, was uns geblieben ist.«

Seine Worte stießen auf taube Ohren. Fearral starrte weiterhin den Boden an. Der Eintreiber lachte und gab seinen Männern ein Zeichen. Systematisch wählten sie die geforderte Anzahl von Tieren aus, unter denen sich viele aus Valorians Herden befanden. Der Klanmann schaute mit wehem Herzen zu. Er wagte weder zu widersprechen noch zu kämpfen, weil er keine weitere Aufmerksamkeit auf sich und seine Familie lenken wollte.

»Das sollte genügen«, sagte der Steuereintreiber schließlich. »Zumindest fürs Erste. Fearral, du musst mit deiner Bezahlung pünktlicher sein. Ich habe keine Lust, die Tiere selbst einzufangen.« Er wendete sein Pferd und drehte den Kopf. »Übrigens, General Tyrranis ist nicht sehr erfreut über deine kleine Stadt da oben. Die Palisaden müssen verschwinden.«

Er galoppierte die Straße hinab und gesellte sich zu den Soldaten. Dann trieb die Truppe die Tiere fort.

Valorian wartete nicht auf eine Entschuldigung oder Erklärung, von der er wusste, dass sie sowieso nicht erfolgen würde. In kalter Wut trieb er Hunnul zurück in sein eigenes Lager. »Treibt zusammen, was von den Herden übrig geblieben ist«, rief er den Männern zu. »Schlagt das Lager ab. Wir ziehen fort.«

Kurze Zeit später verließen Valorian und seine Familie den Granitfelsen und das Dorf.

Vom Tor seiner Siedlung aus beobachtete Lord Fearral, wie die kleine Karawane zwischen den Bäumen verschwand. Dann wandte er sich ab. Ihm war kalt, und er fühlte sich sehr krank.

Sieben

»Wie viele Tiere haben wir verloren?«, fragte Aiden zwei Abende später. Er lehnte sich in die bequemen Kissen zurück und sah seinen Bruder an. Diesmal war es Valorian, der wütend auf und ab schritt.

»Mehr als wir uns leisten können«, presste Valorian zwischen den zusammengebissenen Zähnen hervor. »Zwölf Stuten und Wallache, acht Ziegen einschließlich unserer letzten trächtigen Ziege, sechzehn der besten Wollschafe sowie deren Lämmer.« Er ging schneller, doch in dem Zelt kam er nur wenige Schritte weit, bevor er wieder umdrehen musste.

Aiden stieß einen Pfiff aus. In Anbetracht der mageren Vorräte war das ein herber Verlust. Er nahm einen Schluck Wein und wartete darauf, dass Valorian sich beruhigte.

Aiden, Kierla und Valorian hatten sich an jenem kühlen Frühlingsabend im Zelt versammelt. Am Nachmittag zuvor war die Karawane auf der hoch gelegenen Bergweide des Schwarzen Felsens angelangt, die ihren Namen dem einzelnen Turm aus schwarzem Stein verdankte, der sich wie eine Speerspitze aus dem Gras erhob. Aiden und die Jungen waren froh gewesen, den Rest der Familie zu sehen, und hatten mit Freude berichtet, dass es Hunnul und den Zuchtstuten gut ging. Viele Stuten hatten bereits ihre Fohlen geboren; zwei weitere – die harachianischen Stuten – standen kurz vor der Niederkunft. Leider hatten diese guten Nachrichten wenig dazu beigetragen, Valorians Wut über Fearrals Verrat zu dämpfen.

»Es hätte mich nicht so sehr gestört«, fuhr Valorian mit harter Stimme fort, »wenn er mich gefragt hätte, ob wir ihm bei der Tributzahlung helfen können, oder wenn er sich dem Steu-

ereintreiber wenigstens entgegengestellt hätte. Aber er saß nur
da und ließ zu, dass man unsere Herden stiehlt.«

»Er hatte nicht genügend eigenes Vieh?«

»Richtig.«

Kierla packte Valorian am Arm und hielt ihren Mann auf.
»Du trittst Löcher in die Teppiche«, tadelte sie ihn sanft. »Vielleicht solltest du es anders sehen.«

Er verschränkte die Arme und hob eine Augenbraue. »Wie?«

»Du hast dem Klan geholfen. Wenn die Tarner nur die Dorf-
herden genommen hätten, wäre den Bewohnern kaum genug
zum Leben übrig geblieben.«

Der Klanmann sah seine Frau lange an, während ihm der
Sinn ihrer Worte allmählich klar wurde. Sein Zorn verrauchte.
»Vermutlich«, stimmte er ihr schließlich zu.

»Du hast ihnen etwas Zeit verschafft, genau wie dir selbst
auch. Wir besitzen noch genug Tiere, um unsere Herden zu erneuern. Im Lager auf dem Steinhelm ist es ähnlich. Wenn uns
die Göttin gnädig ist, sind wir bei der nächsten Steuereintrei-
bung nicht mehr hier.«

Valorian lachte plötzlich laut auf. Er setzte sich auf die Kissen
neben Aiden, streckte die müden Beine aus und schenkte seiner
Frau ein schwaches, dankbares Lächeln. »In Ordnung. Ich höre
auf, mich über Vergangenes zu ärgern. Du hast natürlich
Recht.« Er griff nach einer Schüssel mit Nüssen und knackte
nachdenklich einige davon. Während er aß, meinte er: »Wir haben noch Hunnul und die Zuchtstuten. Und Linna hatte diese
langhaarigen Ziegen in einem Pferch im Lager. Der Eintreiber
hat sie nicht mitgenommen. Ist eine davon nicht männlich?«

Aiden nickte. »Die schwarz-weiße.«

»Wir sollten sie mit unseren verbliebenen Geißen kreuzen.
Das wäre eine bemerkenswerte Mischung.«

»Ich könnte ein paar Böcke aus dem Flachland holen«,
schlug Aiden vor.

Valorian schlug mit der Hand auf den Boden. »Nein. Ich will
nicht, dass du dich in der Nähe der Städte, der Chadarianer
oder sonst bei irgendjemandem aufhältst, der auch nur entfernt

122

wie ein Tarner aussieht. Wir dürfen ihre Aufmerksamkeit nicht mehr auf uns lenken. In einer Hinsicht hat Fearral Recht. Wenn Tyrranis erfahren sollte, dass wir fortziehen wollen, wird er alles in seiner Macht Stehende tun, um uns aufzuhalten.« Er sank in die Kissen und schaute auf die offene Zeltklappe.

Die beiden Männer schwiegen eine Weile und hingen ihren eigenen Gedanken nach. Von draußen hörten sie den Lärm des Lagers, das sich auf die Nacht vorbereitete: die Stimmen der Eltern, die nach ihren Kindern riefen, das schläfrige Bellen der Hunde, das sanfte Hufgetrappel der berittenen Wachen, die das Lager umrundeten. Aus der Ferne drang mit dem Wind das traurige Heulen eines Wolfs herbei.

Kierla erzitterte, als sie den Wolf hörte. Sie hatte Wölfe noch nie gemocht. Als sie klein war, hatte ihr Vetter ihr erzählt, dass Wölfe die Kinder der Göttin Krath seien und kleine, ungehorsame Mädchen fräßen. Sie verdrängte ihre Gefühle und hoffte, ein Topf von Mutter Willas Kräutertee würde das Zittern vertreiben. Mit ihrer glasierten Teekanne und einem kleinen steinernen Becher schlüpfte sie aus dem Zelt.

Schließlich durchbrach Aiden das Schweigen. »Was sollen wir jetzt tun? Fearral hat sich mithilfe unserer Herden etwas Zeit erkauft, aber er wird sich nicht von der Stelle rühren, bis Tyrranis ihm sein Lager unter dem Hintern anzündet.«

Als Valorian nicht sofort antwortete, schlug Aiden vor: »Wir könnten allein weggehen.«

»Nein!«, rief Valorian unerbittlich. »Ich werde keinen einzigen Angehörigen des Klans bei den Tarnern zurücklassen. Wir gehen alle gemeinsam.« Er beobachtete Kierla, die mit einer Kanne voll Wasser und einer heißen Kohle von der Feuerstelle zurückkam. Sie holte ihre kupferne Kohlenpfanne und das Teekästchen hervor.

»Aber wie willst du Fearral aus seiner Halle locken?«, fragte Aiden. Die langsamen Antworten seines Bruders machten ihn unruhig.

»Nun«, begann Valorian, der seinen Blick noch auf Kierla gerichtet hatte. Sie kniete über ihrer Kohlenpfanne und versuch-

123

te die Kohle mit der Glut von draußen zu entzünden. Sie hatte jedoch vergessen, ein wenig Feuerholz mitzubringen, und war daher nicht sehr erfolgreich.

Valorian hatte eine Idee. »Kierla«, sagte er, »tritt einen Schritt von der Pfanne zurück.«

Sie schaute ihn neugierig an, zuckte die Achseln und gehorchte. Sie und Aiden sahen, wie Valorian die Augen schloss. Er hob die Hand ein wenig, und plötzlich sprang eine winzige, helle Flamme über die erloschene Kohle.

Kierla keuchte auf; es war ein Laut, der zwischen Überraschung und Gelächter schwankte. »Wie machst du das?«

»Ich weiß es nicht genau.« Er stand auf und betrachtete das kleine Feuer beinahe so überrascht wie sie. Im Reich der Toten war alles seltsam und anders und Magie nicht so unglaublich gewesen. Aber hier im gewöhnlichen Leben war sie erschreckend. Er wusste noch immer nicht, was er mit ihr anfangen sollte. Vorsichtig stellte er Kierlas Teekanne auf den Rost und zuckte die Achseln. »Amara hat mir nicht viel erklärt, als sie mich fortgeschickt hat«, sagte er.

Plötzlich klatschte Aiden in die Hände. »Das ist es!«, rief er und sprang auf die Beine. »Dazu ist diese Kraft gut! Valorian, es ist so einfach. Nicht Fearral, sondern du führst unser Volk aus Chadar hinaus.«

Kierla riss die Augen auf. Unwillkürlich fuhr sie mit der Hand an den Bauch, wo die Saat für das Weiterleben der Familie wuchs. »Natürlich! Warum sonst hätte Amara dich mit dieser Gabe der Magie zurückgeschickt?«

Angesichts ihrer Erregung schüttelte Valorian den Kopf. »Daran habe ich auch schon gedacht«, sagte er gelassen. »Aber ich glaube nicht, dass das der Grund ist. Fearral ist unser rechtmäßiger Häuptling. Es ist nicht meine, sondern seine Pflicht, den Klan zu führen. Meine Aufgabe besteht darin, ihm so gut wie möglich dabei zu helfen.«

Aiden warf die Arme in die Höhe und rief: »Um Surgarts willen! Dieser Ewiggestrige wird uns nirgendwohin führen. Er will doch nur seine kleine Stadt und seine kleine Halle, und wir

124

anderen bleiben entweder bei ihm, oder wir krepieren am Straßenrand. Er kümmert sich nicht um uns, du schon. Fordere ihn heraus, Valorian. Dann wirst du Häuptling und scharst den Klan um dich.«

Ganz kurz flackerte das Bild von Sergius' rauchendem Leichnam durch Valorians Gedanken. Er zuckte zusammen. »Nein«, sagte er nachdrücklich. »Ich habe Lord Fearral die Treue geschworen und werde mein Wort nicht brechen. Der Klan würde mir niemals folgen, wenn ich den Häuptling in einem Duell tötete, das ich zu meinem eigenen Vorteil angezettelt habe.« Er ging zurück zu seinem Kissen und setzte sich mit überkreuzten Beinen nieder. »Wenn wir Fearral nicht dazu bringen können, den Klan zu bewegen, können wir vielleicht den Klan dazu bringen, Fearral zu bewegen. Wenn das letzte Fohlen geboren ist und wir die Rechtgeburt gefeiert haben, suchen wir zuerst Gylden und dann Karez auf. Wir werden mit allen reden.«

Kierla sagte: »Damit könnten wir Erfolg haben. Lord Fearral ist wohl kaum in der Lage, sich noch länger zu weigern, wenn der ganze Klan schon gepackt hat und bereit zur Abreise ist.«

»Möglicherweise«, bemerkte Aiden. »Aber vielleicht will der Klan genauso wenig aufbrechen wie Fearral. Oder Fearral bleibt auf seinem Felsen sitzen und verbietet jedermann fortzugehen. Was dann?«

Valorian ließ sich auf den Rücken fallen und schaute hoch zum Zeltdach. »Ich weiß es nicht, Aiden. Wir können es nur versuchen. Fearral überlassen wir den Göttern. Vielleicht können sie seine Einstellung ändern.«

Der junge Mann warf sich den blauen Wollmantel über die Schultern und wollte gehen. »Denk über das nach, was ich gesagt habe, Valorian. Amara hat nicht Fearral, sondern dich auserwählt.« Er winkte Kierla zu und schritt aus dem Zelt. Sein Umhang wirbelte hinter ihm her.

Valorian sah zu, wie die Zeltklappe hinter seinem Bruder herunterfiel. Für den Rest des Abends trank er von Kierlas Tee und dachte über Aidens Worte nach.

Früh am nächsten Morgen, als die Weide unter einem kalten

Nebelschleier lag und die Sonne sich noch nicht über die Berge erhoben hatte, ging Valorian hinaus, um Hunnul zu suchen. Er sann erneut über Aidens Worte nach und wollte die Ablenkungen des Lagers eine Weile lang meiden, um in Ruhe nachzudenken. Er fand den schwarzen Hengst nicht weit vom Lager entfernt grasend in der Nähe einer kleinen Gruppe von Zuchtstuten, die er bewachte. Valorian winkte dem Wächter zu, legte die Finger an die Lippen und pfiff.

Heute Morgen war Hunnul in guter Verfassung. Der Hengst warf schnaubend den Kopf hoch und galoppierte tänzelnd und in bester Laune auf seinen Herrn zu.

Valorian lachte über die Possen des Tieres. Es freute ihn, zu sehen, dass sich Hunnul vollständig von dem Ritt in die Unterwelt erholt hatte. Die Tage des langsamen Reisens, das frische Gras und die Ruhe hatten Wunder gewirkt. Zum ersten Mal seit der Ankunft beim Schwarzen Felsen untersuchte Valorian eingehend die gezackte Brandwunde an Hunnuls Schulter. Glücklicherweise war die Verbrennung bereits verheilt. Ein Umstand verwirrte Valorian allerdings. Auf der Haut des Pferdes wuchsen die Haare nach, aber sie waren weiß. Normalerweise spross auf einer frischen Brandwunde kein Fell, doch dieses hier war nicht nur dicht und weich, sondern auch von unterschiedlicher Färbung.

Valorian trat einen Schritt zurück. Wenn die gesamte Wunde überwachsen war, würde sich die Zeichnung sehr eindrucksvoll gegen Hunnuls schwarzen Körper abheben. Sie sah wie ein Blitz aus.

»Die Muttergottheit hat ihm ihr Zeichen aufgedrückt«, sagte eine leise Stimme hinter ihm.

Lächelnd drehte sich Valorian um und begrüßte Mutter Willa, seine Großmutter, die durch das hohe Gras auf ihn zukam. Sie hielt einen Korb in der Hand, und der Saum ihres Rocks war feucht vom Tau. Sie war eine dünne, drahtige, kleine Frau, deren Stärke und Kraft ihrem Alter Hohn sprachen. Sie diente sowohl bei den Frauen als auch bei den Tieren der Familie als Hebamme und hatte dabei geholfen, jedes Kind und die meisten Erwachsenen der Familie auf die Welt zu bringen. Die Klanleute verehrten sie. Sie wussten, dass sie bei Amara einen Ehrenplatz einnahm, denn keine andere Frau hatte bisher so lange gelebt oder so vielem Leben zu einem guten Anfang verholfen. Wenn sie von der Allmutter sprach, hörte ihr jedermann zu.

Auch Valorian lauschte nun dankbar ihren weisen Worten. »Glaubst du das? Ist das nicht nur eine Verbrennung?«

»Natürlich nicht! Dieses Pferd hat dir und Amara einen großen Dienst erwiesen. Die Göttin hat ihm ihr Zeichen als Gnadenerweis verliehen.« Die alte Frau klopfte Hunnul sanft auf den Hals, als er versuchte, nach dem Korb voller Kräuter und Wildblumen zu schnappen. Vorschtshalber hielt sie ihn außerhalb der Reichweite des Tieres. »Es hat zu lange gedauert, all das für meine Arzneien zu sammeln. Du sollst meine Arbeit nicht auffressen, auch wenn du Amaras Liebling bist.« Sie sah ihren Enkel mit leuchtendem Gesicht an. »Amara hat auch dich gesegnet, wie ich sehe. Kierla wird im Winter niederkommen.«

»Hat sie es dir gesagt?«, fragte Valorian überrascht.

»Das war nicht nötig. Es steht ihr ins Gesicht geschrieben.«

Valorian schaukelte auf den Absätzen vor und zurück. Die Ahnungen dieser zarten Frau verblüfften ihn immer wieder.

Mutter Willa ergriff plötzlich seine Hand und sah ihn ernst an. »Mein liebes Kind, du scheint besorgt zu sein, seit du zu uns zurückgekommen bist. *Das* steht in *deinem* Gesicht geschrieben.«

Er nickte kurz, sagte aber nichts darauf. Sie hatte natürlich Recht. Seit er ins Leben zurückgekehrt war, fühlte er sich, als ritte er durch eine Mauer aus Nebel. Die Reise ins Reich der Toten hatte seinen Blickwinkel verändert und ihn mit einer unglaublichen Kraft versehen, mit der er noch nichts anzufangen wusste. Keiner seiner alten Träume, keines seiner alten Ziele war mehr klar und deutlich erkennbar.

»Ich will dir etwas sagen«, meinte Mutter Willa nachdrücklich. »Ich habe in meinem Leben viel Trauriges gesehen. Ich habe gesehen, wie unser Volk besiegt und unter den Absätzen der

Tarner zertreten wurde. Ich habe gesehen, wie es in zerrissenen Zelten leben musste, mit armseligem Vieh und ohne Nahrung. Aber ich habe niemals geglaubt, die Götter hätten uns verlassen. Und jetzt bin ich sicher, dass sie an unserem Schicksal weben. Der Klan wird überleben! Die Götter haben dich zu uns geschickt. Du wirst uns in die Freiheit führen.«

Er bohrte den Absatz tief in das Gras. »Ich hatte schon ein ähnliches Gespräch mit Aiden. Doch ich will Fearral nicht stürzen.«

»Ich habe nicht gesagt, dass du das tun musst. Es gibt andere Wege, die Führung zu übernehmen. Die Götter haben dich auf eine große Mission geschickt, um deine Fähigkeiten zu prüfen, und du hast bestanden. Daher haben sie dich mit Zeichen zurückgesandt, an die wir glauben sollen. Mit diesen Zeichen kannst du den Klan vereinen, Valorian.« Sie zeigte auf Hunnul. »Diese Zeichen sind die Wunde des Pferdes, die Schwangerschaft deiner Frau, die Geschichte deiner Reise und als Größtes deine neue Kraft. Benutze all das, um die Leute davon zu überzeugen, dass dein Traum vom Verlassen Chadars der Wille der Götter ist.«

Er schnaubte verächtlich. »Woher willst du das wissen? Sie haben es schließlich nicht in Stein gemeißelt.«

»Weil sie *dich* auserwählt haben. Du bist derjenige in unserem Klan, der an ein neues Land glaubt. Wenn Amara gewollt hätte, dass wir Städte errichten, hätte sie Fearral auserwählt!«

»Aiden hat ungefähr dasselbe gesagt«, entgegnete Valorian mit einem trockenen Lachen.

»Oho! Manchmal zeigt der Junge wirklich Verstand.« Sie ließ seine Hand los. Ihre hellen Augen funkelten. »Nun, ich habe gesagt, was ich sagen musste. Ich wollte mit dir reden, seit wir Steinhelm verlassen haben, doch es gab bislang nie eine Gelegenheit dazu.«

»In letzter Zeit war alles sehr verwirrend«, stimmte er ihr zu.

»Erwarte nicht, dass es bald besser wird«, kicherte sie. »Übrigens glaube ich, dass Tala noch heute Nacht fohlen wird.«

Valorian lächelte anerkennend. In diesen Dingen hatte sie

immer Recht. Für ihn hatte Tala am Morgen nicht verändert ausgesehen, doch wenn Mutter Willa sagte, dass noch heute Nacht die Geburtswehen einsetzen würden, dann würde es so sein.

Sie streichelte Hunnul, ging zurück zum Lager und ließ Valorian mit seinem Pferd und seinen Gedanken allein. Der Klanmann sprang auf Hunnuls bloßen Rücken. Sie trabten an der schwarzen Felssäule in der Mitte der Weide vorbei und erkletterten dann einen steilen Felskamm. In diesem Augenblick erhob sich die Sonne über das Bergmassiv. Valorian hielt Hunnul an und blickte hinunter auf das Lager seiner Familie, das sich gegen den schützenden Rand eines Wäldchens schmiegte. Er betrachtete lange die ärmlichen, zerlumpten Zelte.

Auch wenn Valorian es niemals offen zugeben würde, musste er doch insgeheim gestehen, dass er nicht sicher war, ob er seinen Klan wirklich in ein neues Land führen wollte. Wie sollten sie diese Reise überleben? Sie besaßen nur noch wenige Tiere; die Zelte und Gerätschaften waren alt und abgenutzt und die Leute durch ihr Elend niedergedrückt. Wie sollten sie eine lange, beschwerliche Reise durch das Gebirge in ein Land überstehen, von dem sie nicht das Geringste wussten und in dem sie noch einmal von vorn anfangen mussten? Und was noch wichtiger war: Wie sollten sie General Tyrranis entkommen?

Valorian holte tief Luft, wendete Hunnul und ritt nach Osten tiefer in die Berge hinein. Vielleicht hatte Fearral Recht, dachte er. Vielleicht hing das Überleben des Klans wirklich davon ab, dass er sich den Veränderungen anpasste, anstatt vor ihnen davonzulaufen. Gab es einen Weg, die ihm aufgebürdeten Verpflichtungen zu erfüllen und trotzdem zu gedeihen? Das versuchte der Klan bereits seit achtzig Jahren ohne großen Erfolg.

Valorian hob den Blick zu der gewaltigen, schneebedeckten Bergkette, die sein Blickfeld vollkommen ausfüllte. Diese Berge waren ein gutes Sinnbild für die Schwierigkeiten, denen der Klan ausgesetzt war. Obwohl Valorians Leute seit drei Generationen im Schatten des Dunkelhorns lebten, spiegelten ihre

Geschichten und Traditionen, ihre Träume, religiösen Zeremonien und Gebräuche immer noch das alte Leben in der Steppe wider. Diese Berge waren Fremde für sie – harte, gnadenlose, unbekannte Wesen, die das Klanleben beherrschten, aber gewiss keinen lieb gewonnenen Teil davon bildeten. Die Bergkette hatte zu einem anderen, vorzeitlichen Volk gehört, das die Gipfel als Götter verehrt hatte und untergegangen war; es hatte nur einige Ruinen und Legenden hinterlassen. Der nomadische Klan gehörte in die offene Steppe, wo die Pferde mit dem Wind um die Wette laufen und die Nutztiere grasen konnten und die Zelte nicht auf Stein errichtet werden mussten. Wenn es eine Möglichkeit gab, eine bessere Heimat zu finden, sollte man sie wahrnehmen.

Valorian hatte den Eindruck, dass sich seine Gedanken im Kreis bewegten. Er dachte erneut über eine bessere Anpassung an die bestehende Lage nach. Wäre es dem Klan möglich, wenn er mehr Zeit zur Verfügung hätte? Vielleicht, dachte er, wenn der tarnische Provinzstatthalter jemand anderes als General Tyrranis wäre. Und wenn sie mehr Vieh hätten. Wenn Fearral längerfristigen Lösungen mehr Aufmerksamkeit schenkte. Wenn die Götter einverstanden wären ... Das waren eine Menge Bedingungen, von denen wohl nur wenige wirklich eintreten würden.

Was war mit den Göttern? Was wollten sie für ihr Volk? Die Allmutter hatte sich nicht die Mühe gemacht, ihre Absichten zu erläutern, doch das taten die Götter ohnehin nur selten. Sie gaben den Sterblichen bloß die Werkzeuge in die Hand und ließen sie damit allein. Hatte Mutter Willa möglicherweise Recht? Von Aiden hatte er erwartet, dass dieser ihn drängte, den Klan aus Chadar hinauszuführen, doch Mutter Willa stand in engem Kontakt mit Amara. Sie würde niemals etwas sagen, von dem sie vermutete, dass es dem Willen der Göttin widersprach. Vielleicht war die Macht seiner Magie das Werkzeug, mit dem er den Klan in die Ebene von Ramtharin führen konnte.

Je länger er darüber nachdachte, desto mehr Möglichkeiten

sah er, seine Magie zu nutzen. Bisher hatte er nicht darüber nachdenken wollen, weil Sergius' Tod ihn entsetzt hatte. Er hatte allzu deutlich begriffen, wie zerstörerisch und mächtig Zauberei sein konnte. Doch wenn er seine Macht vernünftig einzusetzen lernte, gäbe es keine weiteren Todesfälle. Er konnte seine Magie dazu verwenden, dem Volk Zuversicht zu schenken. Wenn es ihm folgte, würde es sich nicht nur auf eine körperliche, sondern auch auf eine geistige Reise begeben – aus der Unterdrückung und Verbitterung hin zu neuer Hoffnung. Sie würden jede Hilfe brauchen, die sie bekommen konnten.

»Ist es das, was du von mir erwartest?«, fragte Valorian mit fester Stimme die blaue Himmelswölbung. Er hoffte auf ein Zeichen oder eine Antwort, doch der Himmel blieb unverändert, und die Berge schwiegen.

Vielleicht war es gut, dass er keine Antwort erhielt. Als er das letzte Mal die Götter etwas gefragt hatte, war er vom Blitz getroffen worden. Diesmal musste er einfach darauf vertrauen, dass seine Reise in den Ealgoden und zurück nicht nur eine Laune der Götter gewesen und die Entscheidung, den Klan in die Ebene von Ramtharin zu führen, richtig war.

Er wurde plötzlich aus seinen Gedanken gerissen, als er bemerkte, dass Hunnul angehalten hatte und zufrieden auf einem Flecken sonnengetrockneten Grases aus dem letzten Jahr fraß. Valorian schwang das Bein über den Rücken des Tieres und sprang auf den Boden. Überrascht stellte er fest, dass sie sich bereits hoch im Gebirge befanden. Sie hatten die Baumgrenze am Hang eines der höchsten Berge knapp hinter sich gelassen. Hunnul konnte offenbar ohne große Anstrengung und ohne jede Führung so hoch klettern. Offenbar fühlte sich der Hengst sehr wohl.

Der Klanmann streichelte das Pferd und sah sich um. Obwohl in den Schatten noch hartnäckige Schneeflecken nisteten, war der größte Teil des Bodens unbedeckt, und die Felsen glitzerten vor Feuchtigkeit. Das Sonnenlicht hatte die dünne Luft erwärmt, obwohl ein kalter, launischer Wind aus Norden blies.

Valorian lächelte, streckte die Arme aus und ließ Hunnul grasen. Er kletterte den Hang hinauf zu einer kleinen Hochebene, von der aus er einen hervorragenden Blick auf die Bergkette hatte. Nie zuvor war er an diesem Ort gewesen, der zum Nachdenken wie geschaffen schien.

Sobald Valorian den Rand der Hochebene erreicht hatte, erkannte er, dass er nicht der Erste war, der hierher gefunden hatte. Am gegenüberliegenden Ende erhob sich auf einem steilen Felsvorsprung die Ruine eines uralten Tempels. Es waren nicht mehr als die Grundmauern übrig geblieben, die geschickt zu einer etwa hüfthohen und zehn Schritte breiten Zeremonienbühne angeordnet waren, in deren Mitte ein flacher, großer Stein den Altar darstellte. Valorian hatte ähnliche Ruinen bereits auf einem anderen Berg im Süden gesehen. Diese alten Bühnen waren alles, was von dem Volk verblieben war, welches vor dem Klan, den Tarnern und den Chadarianern hier gesiedelt hatte. Sie hatten lange schon im Herzen des gottgleich verehrten Gebirges gelebt und waren hier gestorben, als die Klanleute noch das Reiten gelernt hatten. Außer den wenigen Geschichten der Chadarianer wusste Valorian kaum etwas über sie.

Neugierig ging er hinüber zu der Zeremonienbühne. Trotz ihres Alters und der rauen Witterung befand sie sich noch in gutem Zustand. Er kletterte hinauf und blickte über den Abhang des Berges hinaus. Von dieser Stelle aus sah er den Gipfel des Berges, auf dem er sich befand, sowie die Spitzen zweier weiterer Berge. Diese drei Gipfel bildeten ein Dreieck, dessen Spitzen nach Osten, Westen und Süden wiesen. Valorian fragte sich, ob die Lage der Bühne für ihre Erbauer wohl eine tiefere Bedeutung gehabt hatte. Er empfand einen Stich der Trauer über ihr Verschwinden und große Hochachtung für die Reste ihrer Kultur.

Wenigstens hatten sie etwas zurückgelassen. Die Zeremoniebühnen besaßen vielleicht keine große Bedeutung im Leben der Menschen, doch sie erinnerten jeden, der sie sah, daran, dass ihre Erbauer einst gelebt und ihre Götter angebetet hatten.

Würden die Klanleute genauso viel hinterlassen? Würde etwas Erinnernswertes von ihnen übrig bleiben, wenn sie starben und verschwanden?

Valorian glaubte es nicht. Nicht, wenn sie jetzt untergingen. Zu vieles von ihrer Kultur war vernichtet worden oder verloren gegangen. Zu vieles war nicht dauerhaft genug. Das Dorf auf dem Steinhelm würde in wenigen Jahren verfallen, nachdem es verlassen worden war, und zu viele der besten harachianischen Pferde waren in fremde Hände übergegangen. Nein, wenn der Klan allmählich verschwände, würde das niemand außerhalb der Bluteisenberge bemerken.

Diese Erkenntnis verbitterte Valorian. Sein Volk verdiente ein besseres Schicksal als das der schmählichen Auslöschung. Es sollte die Gelegenheit erhalten, weiterzuleben und seine Kultur in einem selbst gewählten Land zu erneuern. Amara war die Göttin des Lebens. Sie würde es sicherlich verstehen!

Valorian hob die Hand in Schulterhöhe, feuerte einen blauen Blitz aus magischer Energie in die Bergluft und sah zu, wie er in den kalten, blauen Himmel schoss und schließlich verpuffte. Ein helles, heißes Gefühl von Erregung, überschäumender Freude und sogar Nervosität durchpulste ihn und verbrannte die letzten Zweifel.

»Ich will lernen, meine Macht richtig einzusetzen«, rief Valorian plötzlich den Berggipfeln zu. »Und heute ist ein guter Tag, um damit anzufangen!«

Von der alten Bühne aus schleuderte Valorian weitere harmlose blaue Blitze in die Luft. Für den Rest des Vormittags und den ganzen Nachmittag hindurch stellte er zahlreiche Versuche mit seiner Kraft an und bediente sich dabei verschiedener Stärken und Geschwindigkeiten. Sein Ziel war der Fels des Gipfels. Valorian versuchte, die Grenzen seiner Kraft auszuloten, während das Gefühl der Magie durch seinen Körper strömte und immer vertrauter wurde. Bei Anbruch der Abenddämmerung war er völlig erschöpft, aber stolz auf seinen Erfolg. Ohne ein Wort zu irgendjemandem kehrte er ins Lager zurück, saß bis tief in die Nacht mit Mutter Willa zusammen und half ihr schließlich dabei, ein wunderschönes harachianisches Füllen auf die Welt zu bringen.

Am nächsten Tag kehrte er zu der Zeremonienbühne zurück und versuchte sich an anderen Kunststücken. Er erinnerte sich an die Lektionen, die er in der Höhle von Gormoth erhalten hatte, richtete all seine Gedanken auf die Magie und formulierte seine Zaubersprüche so genau und präzise wie möglich. Dann versuchte er, Schutzschilde von verschiedener Größe und Dicke zu errichten, Lichtkugeln aus unterschiedlichen Farben zu erschaffen und Feuer aus dem Nichts zu entzünden, das eine Kerze zum Brennen bringen oder einen Baum einäschern konnte. Überdies lernte er, was geschah, wenn er sich nicht genügend konzentrierte und die angestaute Magie sich in eine falsche Richtung entlud.

Er saß gerade unter einem kleinen, kuppelförmigen Schutzschild, als ein gewaltiger goldener Adler auf den warmen Fallwinden zwischen den Berggipfeln herbeisegelte. Bezaubert von dem Anblick des seltenen und heiligen Vogels, ließ Valorian die Gedanken schweifen. Schließlich bemerkte er, dass das rote Kraftfeld des Schildes zusammengebrochen war und ihn die ziellose Magie wie ein böser roter Wirbelwind umtoste, der ihn in der Mitte seines wütenden Aufruhrs gefangen hielt.

Der Klanmann rappelte sich auf. Seine Ohren schmerzten von dem Kreischen der wirbelnden Energie, und auf seiner Haut prickelte es, als wäre sie von Ameisen bedeckt. Verzweifelt presste er die Hände auf die Ohren. Er musste irgendetwas tun, um diesen Tornado aufzulösen, denn er spürte, wie sich der Wirbel von der Magie seiner Umgebung nährte und allmählich eine gefährliche Kraft erreichte. Doch in dem Mahlstrom war es schwer, etwas zu tun oder zu denken.

Mit großer Anstrengung richtete er all seine Gedanken auf ein einziges Ziel und zwang seinen Willen in den Mittelpunkt des magischen Wirbels. Behutsam verlangsamte er den irrsinnigen Aufruhr aus zerfallener Magie und zerteilte sie, bis sie sich in einen Nebel im Nachmittagswind auflöste. Als sie fort war, sank Valorian auf den Stein und wischte sich erleichtert und verdrossen den Schweiß von der Stirn. »Das wird mich lehren, aufmerksamer zu sein«, sagte er laut zu den Steinen.

Diesen Fehler machte Valorian nicht noch einmal. Während der nächsten Tage ging er immer wieder zu dem Berg und übte sich in der Kunst der Magie, während seine Familie nach Nahrung jagte, sich um die Herden kümmerte und auf das Fest der Rechtgeburt wartete. Er nahm seine Vorstellungskraft zu Hilfe und probierte alles aus, was ihm in den Sinn kam. So lernte er vieles über die natürliche Kraft der Magie und ihre Grenzen. Er stellte fest, dass er weder Leben noch sonst etwas aus dem Nichts erschaffen konnte. Er vermochte Formen und Erscheinungen zu verändern, Gegenstände zu bewegen und die Magie in tödliche blaue Blitze sowie in Schutzschilde zu gießen, aber es war ihm nicht möglich, etwas allein aus der dünnen Luft zu erschaffen oder einem toten Gegenstand Leben einzuhauchen. Ferner fand er heraus, dass er seine Kräfte nicht zu sehr beanspruchen durfte. Wenn er zu schwach wurde, um die Magie nach seinem Willen einzusetzen, wandte sie sich gegen ihn und drohte ihn zu vernichten. Aus seinem Fehler mit dem Schutzschirm lernte er, dass er in der entfesselten, ungenutzten Magie umkommen konnte, wenn er nicht mehr die Kraft hatte, die Magie wieder unter seine Kontrolle zu bringen.

Zehn Tage nach dem Beginn seiner Übungen ritt er eines späten Abends heim zu Kierla. Mit einem schelmischen Grinsen borgte er von ihr eine hölzerne Schale und füllte sie zu ihrem Erstaunen mit kleinen Steinen. Er bedeckte die Steine mit einem Stofffetzen, schloss die Augen und murmelte etwas. Nach ein, zwei Atemzügen riss er das Tuch fort und hielt Kierla die Schüssel hin. Sie sperrte Augen und Mund auf. Die Schüssel war gefüllt mit ihren roten Lieblingstrauben.

»Ich habe den ganzen Nachmittag an diesem Zauberspruch gearbeitet«, sagte Valorian. Stolz lag auf seinem Gesicht. »Was sagst du dazu?«

Sie nahm eine Traube. »Köstlich!«, keuchte sie. »Kannst du das noch einmal machen?«

Er nickte.

»Und dabei etwas anderes erschaffen?«

»Alles, was ich mir vorstellen kann.«

Ihr breites Lächeln erinnerte an eine sich öffnende Blume. »Dann brauchen wir uns keine Sorgen mehr zu machen, dass wir verhungern könnten«, rief sie. Sie ergriff die Schüssel mit den Trauben und rannte los, um sie mit dem Rest der Familie zu teilen.

Valorian war glücklich über ihre Reaktion. Er folgte ihr und verbrachte den Rest des Abends damit, Steine in so viele Trauben zu verwandeln, wie die Familie essen konnte.

Nach jener Nacht war Valorians Familie noch stolzer auf ihn, und auch die Ehrfurcht ihm gegenüber war erheblich gewachsen. Doch nun beanspruchten sie ihn umso mehr. Fast jeder wollte sich seine Magie nutzbar machen, bis Valorian vollkommen erschöpft war.

Schließlich sammelte Kierla die Familienmitglieder und rang ihnen das Versprechen ab, ihre Bitten nur in Notfällen auszusprechen. Valorian erklärte bei dieser Gelegenheit genau, wie weit seine Macht reichte, und beschrieb, welche Folgen eintraten, wenn seine Kraft außer Kontrolle geriet. Er erklärte ihnen, dass seine Fähigkeiten noch sehr begrenzt waren und er sich nicht überanstrengen durfte.

Dann blickte er in den Kreis der Gesichter, sah die Kinder, die alten Leute, seine und Kierlas Tanten, Onkel, Vettern, Brüder, Schwestern, Schwager und Schwägerinnen und Freunde – sie alle bedeuteten ihm so viel – und gab ihnen das Versprechen, über das er seit dem Mord an Sergius nachgedacht hatte.

»Ich verspreche euch«, sagte er mit fester Stimme, damit ihn jeder deutlich hören konnte, »dass ich meine Macht niemals gegen die Leute dieses Klans anwenden und die tödlichen Blitze nicht gegen unsere Feinde einsetzen werde.«

Überraschtes Murmeln wurde laut. Valorian hob die Hand und gebot Schweigen.

»Ich glaube, dass mir die Fähigkeit der Magie zu einem guten Zweck gegeben wurde. Ich werde sie nicht missbrauchen! Sie dient nicht zur mutwilligen Zerstörung oder zum Mord.«

»Was ist mit Selbstverteidigung?«, rief Aiden.

Valorian zog sein Schwert und hielt es so, dass alle die geschwärzte Klinge sehen konnten. »Wenn ich mich nicht aus eigener Kraft gegen die Tarner wehren kann, bin ich Amaras Vertrauen nicht wert.«

Seine Verwandten jubelten, und nach jenem Abend hörten ihre Bitten um magische Hilfe auf. Valorian war ein Mann, auf dessen Wort man zählen konnte, und niemand wollte seinen Zorn heraufbeschwören.

Einige Nächte später wurde das ganze Lager von Mutter Willas freudigen Rufen geweckt. Das letzte Fohlen war geboren und wohlauf, und nun konnte die Familie das Fest der Rechtgeburt feiern. Zwei Tage lang gingen die Männer und Frauen auf die Jagd und sammelten Nahrung für das Fest. Dann trafen sie alle notwendigen Vorbereitungen für die religiösen Zeremonien.

Die Rechtgeburt war ein wichtiges Fest im Leben der Klanleute. Es war ihre Dankbarkeitsbezeugung für die Göttin Amara und ihren Segen und gleichzeitig eine demütige Bitte um die weitere Fruchtbarkeit und das Gedeihen der Tiere und Menschen im kommenden Jahr. Während des Festes wurden viele verlobte Paare getraut, weil sie sich davon Amaras besondere Aufmerksamkeit versprachen, und die schwangeren Frauen erhielten den Segen der Göttin.

Die Zeremonie fand bei Anbruch der Morgendämmerung am Fluss statt. Wasser war das Sinnbild der Fruchtbarkeit und des nie versiegenden Lebensstroms und spielte deshalb eine große Rolle in den Riten. Männer, Frauen und Kinder versammelten sich beim ersten Tageslicht zum Schlag einer einzelnen Trommel und zogen singend zum Ufer des nächsten Flusses. Dort begann die Priesterin Amaras mit den Gebeten an die Göttin, während sich die Sonne langsam hinter den Bergen erhob.

Als das große Himmelslicht die Gipfel erreicht hatte und seine Strahlen auf die Weiden fielen, frohlockten die Klanleute. Sie warfen ihr Opfer aus Milch, Blumen und Honig in das

Wasser, weil sie glaubten, es würde die Gaben zu der Göttin tragen. Danach wurde ein makelloses Lamm herbeigeführt. Unter den Gebeten der Leute ertränkte die Priesterin das Lamm und schlitzte ihm dann die Kehle auf, damit das Lebensblut ins Wasser fließen konnte. Der kleine Körper wurde gebraten und das geheiligte Fleisch den jungvermählten Paaren gegeben, damit ihnen im Ehebett Erfolg beschieden war.

Als die Dankriten begangen waren, traten zwei verlobte Paare vor, die nun verheiratet wurden. Valorian beobachtete erfreut, wie Aiden und Linna ihr Eheversprechen abgaben. Er wünschte, Adala wäre hier, um die Freude auf ihren Gesichtern sehen zu können, und war sich sicher, dass seine Mutter Linna gemocht hätte. Linna war eine starke Frau, die Aidens Zauber widerstehen konnte, und er betete sie offensichtlich an.

Nach den Hochzeiten trat Mutter Willa vor und rief die Namen der schwangeren Frauen, damit sie herbeikamen und gesegnet wurden. Fünf Frauen verließen die Menge der Zuschauer und knieten vor der Priesterin nieder. Als Kierla sich zu den übrigen gesellte, glänzte ihr Gesicht vor Freude. Sie achtete weder auf die erstaunten Gesichter ihrer Familie noch auf die Blicke, die von ihr zu ihrem Ehemann huschten.

»Lob sei Amara!«, rief eine Tante. Die Worte wurden von jedermann aufgenommen.

Als der Gottesdienst vorbei war, neigte sich der Tag dem Ende zu, und die Klanleute freuten sich auf das Essen. Es wurde reichlich aufgetischt in der Hoffnung, dass das kommende Jahr den gleichen Überfluss bringen möge. Der Tag war bereits weit fortgeschritten. Man schmauste und tanzte zur Musik von Pfeifen und Trommeln, bis auch die stärksten jungen Männer und Frauen erschöpft waren.

Nun war das Fest der Rechtgeburt vorüber. Der Sommer mit seinen heißen Tagen und kurzen Nächten bahnte sich einen Weg in die Berge, und es begann die Jahreszeit der Hege und Pflege. Die verschlafenen Klanleute standen bei Anbruch der Morgendämmerung auf, sammelten die Herden und schlugen das Lager ab. Gemäß dem Lebenszyklus, dem sie damals auf der Ebene gefolgt waren, würden sie den Sommer damit verbringen, andere Familien zu besuchen und ihre Herden von Weide zu Weide zu treiben, um sie für den bevorstehenden Winter fett zu machen.

Von Hunnuls Rücken aus beobachtete Valorian, wie die Karren und Pferde den Schwarzen Fels verließen und sich auf die Reise nach Westen begaben. Er hatte vor, das Lager seines Freundes Gylden zu besuchen, der schon lange für den Plan einer Flucht aus Chadar empfänglich war. Wenn in diesem Sommer alles gut verlief, würden sie niemals mehr diese hoch gelegene Weide aufsuchen müssen. Valorian warf einen letzten Blick auf die Grasfläche, die ihnen gute Dienste erwiesen hatte. Dann trieb er Hunnul zum Galopp an und verließ den Schwarzen Felsen, ohne einen Blick zurückzuwerfen.

Acht

»Unsere Göttin stand vor mir und hob die Arme«, sagte Valorian zu der lauschenden Menge. Er machte die Bewegung nach, um seinen Worten mehr Gewicht zu verleihen. »Sie rief: ›Bei der Macht des Blitzes, die dich hierher geführt hat, ernenne ich dich zum Zauberer!‹ In diesem Augenblick schleuderte sie einen Lichtblitz direkt gegen meine Brust.«

Die Menge stieß einen Laut der Erregung aus.

Valorian machte eine Pause und betrachtete den großen Kreis der gebannten Gesichter. Die Leute saßen in einem natürlichen Amphitheater in der Nähe des Lagers seines Freundes Gylden. Valorians Familie war vor drei Tagen hier eingetroffen und herzlich willkommen geheißen worden, und es hatte bereits eine Verlobung, zwei Kämpfe, ein wenig Handel und zahllose Pferderennen gegeben – es war nun einmal ein typischer Besuch unter Klanleuten.

Weniger typisch jedoch war Valorians Geschichte. Er hatte sie schon einmal erzählt, und Gyldens Familie war so begeistert von ihr gewesen, dass sie ihn inständig gebeten hatte, sie noch einmal vorzutragen. Valorian wusste nicht, wie viele seiner Zuhörer die Geschichte glaubten, und er verstand, was sie bei seinen Worten empfanden.

Die Geschichte war in der Tat unglaublich! Deshalb wollte er sie so oft erzählen, bis der ganze Klan sie endlich für wahr befand. Aber an jenem Abend hatte er eine Überraschung für seine Zuhörer.

»Der Blitz hat nicht wehgetan«, fuhr er fort. »Er hat nur geprickelt und jeden Teil meines Körpers gewärmt. Ich sah eine blaue Aura, die mich wie ein Mantel umgab, und fragte: ›Was

140

ist das?‹ Die Göttin Amara sagte mir, dass ich nun die Macht besäße, Magie zu wirken.«

Murmelnde Stimmen erfüllten das Amphitheater, und Valorian lächelte über ihren Unglauben. »›Magie‹, sagte ich, ›gibt es nicht.‹ Die Göttin erläuterte mir jedoch, dass es überall auf der Welt um uns herum eine alte magische Kraft gebe und ich nun die Gabe hätte, diese Kraft zu nutzen. ›Die Magie ist hier, Klanmann‹, sagte sie zu mir. Also schloss ich die Augen, richtete meinen Willen auf diese seltsame Kraft, die ich nun tatsächlich spürte, und …«

Valorian hob die Hand hoch zu dem dunkelnden Himmel und formte einen hellblauen Blitz, der tief in den Abendhimmel schoss. Die Menge keuchte und schrie auf. Einige sprangen auf die Beine, doch Valorian hatte sie mit seiner Geschichte derart gefesselt, dass die Leute langsam auf ihre Sitze zurücksanken, als er fortfuhr.

Wie schon in der vergangenen Nacht, berichtete er ihnen alles über seine Reise in den Ealgoden und zu den Kavernen von Gormoth, doch diesmal setzte er seine Magie ein, um die Geschichte lebendig zu machen. Aus dem Rauch der Fackeln erschuf er die Bildnisse der Vorboten sowie den mächtigen Gipfel des Ealgoden; er zeigte seinem Volk die Weide im Reich der Toten und die Seelen, die ihn begrüßt hatten. Er hörte sogar Rufe aus der Mitte der Zuhörerschaft, als einige der Totengesichter wieder erkannt wurden. Schritt für Schritt führte er die Gebannten den Berg hinauf und nach Gormoth hinein, wo er sie mit den Gorthlingen bekannt machte. Bei dem Anblick der scheußlichen, schrumpeligen Geschöpfe schrien einige Frauen auf, und selbst die Männer schienen beunruhigt zu sein. Mit weit aufgerissenen Augen sahen sie zu, wie Valorian die Bestien mit seiner Magie bekämpfte, den Lavafluss überquerte und den kleinen Gorthling einfing. Der Klanmann wiederholte jeden seiner Zaubersprüche, weil er den Leuten zeigen wollte, wie seine Magie wirkte und auf welche Weise er schließlich die Höhle des Wirbelwindes erreicht und Amaras Krone gerettet hatte. Dann berichtete er von den vier Gottheiten und davon, wie

Amara ihm das Leben zurückgegeben hatte. Seine Zauberkraft war ihm verblieben.

Da er wusste, dass er nun die ungeteilte Aufmerksamkeit seines Volkes besaß, fuhr er damit fort, seine Vision eines neuen Lebens für den Klan zu erläutern. Er erklärte, warum er meinte, dass es der Wille der Götter sei, Chadar zu verlassen und die Ebene von Ramtharin zu finden. Er erschuf das Bild einer weiten Landschaft aus Gras und Flüssen und mit wilden Pferden darin; dann ließ er all das langsam verblassen. Tiefe Stille erfüllte das Amphitheater.

Nach einigen langen Augenblicken stand Gylden auf und fragte: »Wie weit ist dieser Wolfsohrenpass von hier entfernt?«

Das Schweigen brach unter einem Schwarm Fragen aus allen Richtungen auseinander wie ein Bienenstock, der zu Boden fällt.

»Bedeutet das, dass wir Chadar verlassen müssen?«, rief eine Frau.

»Was wird aus unseren Herden und den anderen Familien?«, wollte jemand wissen.

»Bist du sicher, dass die Tarner die Ebene von Ramtharin verlassen haben?«

Ein älterer Mann fragte: »Wieso glaubst du, dass es uns dort besser gehen wird?«

»Warum sollen *wir* gehen?«, fragte ein anderer Mann. »Amara hat dir diese Kraft verliehen. Treib doch die Tarner von hier fort!«

»Was sagt Lord Fearral zu alldem?«, rief Gyldens Vater in den Lärm hinein.

Die Fragen umschwirrten Valorian. Er versuchte, sie so ehrlich wie möglich zu beantworten. Als die Leute endlich in nachdenkliches Schweigen verfielen, war die Nacht bereits weit fortgeschritten. Allein oder zu zweit standen sie auf und machten sich auf den Rückweg in das Lager.

Valorian sah ihnen nach. Ihre lärmenden Reaktionen beunruhigten ihn nicht, denn er wusste, dass er sie tief bewegt hatte. Selbst seine eigene Familie war beeindruckt gewesen. Er konnte nur abwarten und darauf hoffen, dass die Saat, die er gepflanzt hatte, Wurzeln schlug.

»Valorian, ich habe in der Vergangenheit schon viele wundersame Geschichten gehört, aber dein Bericht übertrifft alles.«

Valorian sah seinen Freund Gylden an, der neben Hunnul herritt, und warf dann einen Blick auf die drei Jagdhunde, die vor ihnen durch das Gras liefen. Er setzte eine undurchdringliche Miene auf und fragte: »Und was hältst du von meiner ›wundersamen‹ Geschichte?« Gylden war einer seiner wenigen guten Freunde, und seine Meinung bedeutete Valorian viel.

Die Haut um Gyldens Augen kräuselte sich vor Freude. »Entweder hast du eine unglaubliche Einbildungskraft, oder du bist der Liebling der Göttin. Ich bin für das Letztere. Das ist sicherer.«

Die beiden Männer befanden sich auf einem Jagdausflug. Sie hatten beschlossen, allein loszureiten und nur die Hunde und die Pferde mitzunehmen, damit sie offen miteinander reden konnten. Der frühe Morgen war wolkenreich und kühl; Regen lag in der Luft. Valorian war froh, für einige Zeit von den übervölkerten Lagern und den neugierigen Leuten fortzukommen.

»Was ist mit dem Rest deiner Familie?«, fragte er.

Gylden, dessen Name von seinem hellgoldenen Haar herrührte, zwirbelte nachdenklich den langen Schnurrbart. Er war ein schöner Mann – zumindest pflegte Kierla dies zu sagen – und eine Handbreit kleiner als Valorian sowie breiter in der Brust. Er lächelte gern. »Ich würde dir sofort folgen«, erwiderte er. »Das weißt du. Aber mein Vater achtet Lord Fearral und würde sich ohne seinen Befehl nicht von der Stelle rühren. Was die übrigen Mitglieder meiner Familie angeht, so ist meine Mutter bereit, jederzeit die Sachen zu packen. Mein Bruder hingegen will mehr über die Ebene von Ramtharin erfahren, und mein Vetter weiß nicht, was er denken soll. Ich kann mir vorstellen, dass der Rest der Familie und vermutlich auch der Rest des Klans dieselben gemischten Gefühle haben. Du hast uns eine große, allzu lebendige Schlange in den Schoß geworfen, Valorian. Nun musst du geduldig sein.«

143

»Uns bleibt nicht viel Zeit. Ich hatte gehofft, den Wolfsohrenpass im Herbst zu überqueren.«

»Das ist ziemlich aussichtslos. Wahrscheinlich kannst du den Klan frühestens zur Tauwetterzeit zu einer Entscheidung bewegen.«

Valorian sagte nichts darauf, obwohl ein Teil von ihm Gylden widerwillig zustimmte. Es wäre besser, den Klan aus Chadar herauszubekommen, bevor der Winterschnee den Pass blockierte oder General Tyrranis von ihrem Vorhaben erfuhr, doch allmählich erkannte er, dass es äußerst schwierig war, die Familien zu vereinen und noch vor dem Herbst zum Wolfsohrenpass zu führen. Wenn sie einen weiteren Winter in den Bluteisenbergen verbrachten, hatten sie jedoch den Vorteil, den Pass im Frühling überqueren und im Sommer nach einem geeigneten Ort in der Ebene suchen zu können – falls es ihnen gelang, den Plan vor den Tarnern geheim zu halten.

Er unterdrückte einen Seufzer der Verzweiflung und sah den Hunden zu. Die drei großen, gefleckten Tiere schienen eine Spur aufgenommen zu haben. Sie wedelten vor Erregung mit dem Schwanz und hielten die Nase dicht über dem Boden.

Plötzlich bellte einer der Hunde auf. Alle drei sprangen sofort hinter dem Geruch ihrer Beute her und zogen die Männer mit sich. Valorian und Gylden jauchzten und trieben ihre Pferde in vollem Galopp hinter den Hunden her. Da sprang ein Hirsch aus seiner Deckung hervor. Er warf einen Blick auf die rasch näher kommenden Hunde und lief über ein offenes Feld davon. Das große, langohrige Rotwild in diesen Bergen war flink und stark, und die Jäger wussten, dass der Hirsch durchaus in der Lage wäre, seine Verfolger zu erschöpfen, wenn er genug Vorsprung hatte. Die Hunde bellten wild, als sie das Tier sahen, und hasteten ihm nach. Ihre langen, schlanken Beine flogen über den unebenen Grund, doch sie konnten den davoneilenden Hirsch nicht einholen.

Beide Männer zogen ihre Bogen. Man brauchte viel Geschick und Glück, um einen Hirsch von einem galoppierenden Pferd aus zu schießen, doch gerade darin bestand ein großer

Teil des Vergnügens. Valorian war kein guter Schütze auf eine solche Entfernung. Deshalb trieb er die Absätze in Hunnuls Flanken und nötigte sein Reittier zu noch schnellerem Lauf. Zu seinem Erstaunen stürzte der Schwarze vorwärts, als wäre er nach vorn geschleudert worden. Er fiel in einen irrsinnigen Trab, der ihn wie ein Geschoss über den Boden und vorbei an den erschrockenen Hunden trug, bis er sich dicht hinter dem Hirsch befand. Valorian hielt sich mit ganzer Kraft fest. Der Boden verschwamm unter Hunnuls Hufen, und der Wind peitschte seine Mähne in das Gesicht des Mannes. Der große Hengst kam dem fliehenden Wild so nahe, dass Valorian die Hand nach ihm hätte ausstrecken und es ergreifen können. Er besaß jedoch genug Geistesgegenwart, um den Bogen anzulegen und einen Pfeil abzufeuern. Der Hirsch taumelte und stürzte mit dem Pfeil zwischen den Rippen ins Gras.

Wie vom Donner gerührt, lehnte sich Valorian im Sattel zurück und bremste Hunnul ab. Der Hengst gehorchte sofort. Er schnaubte wie vor Befriedigung und trottete mit erhobenem Haupt und Schweif zurück zu dem gestürzten Hirsch. Der Klanmann stieg ab, trieb die erregten Hunde von der Beute fort und schlitzte dem sterbenden Wild die Kehle auf. Als er fertig war, holte er tief Luft und sah sein Pferd an.

Gylden kam herbei, sein Reittier glänzte vor Schweiß. »Gütige Götter, Valorian!«, rief er, während er absaß. »Womit hast du denn dieses Pferd gefüttert?«

Valorian warf die Hände hoch. »Mit Gras!« Er war genauso erstaunt wie Gylden. Hunnul war schon immer schnell gewesen, doch eine solche Geschwindigkeit hatte er noch nie vorgelegt.

»Sieh ihn dir an! Er atmet nicht einmal schwer.«

Erstaunt fuhr Valorian mit der Hand über Hunnuls lange, kräftige Beine. Gylden hatte Recht. Hunnul atmete normal, und seine Beine sahen aus wie immer. Er war nicht einmal in Schweiß ausgebrochen. Der Mann betrachtete das schwarze Pferd nachdenklich und zeichnete dabei unbewusst mit dem Finger das weiße Blitzeichen an Hunnuls Schulter nach.

»Valorian.«

Gyldens Stimme riss ihn aus seinen Träumereien.

»Ich habe einige Stuten, die reif zur Paarung sind. Würdest du mir erlauben, sie mit Hunnul zusammenzubringen?«

Diese Bitte erfreute Valorian und überraschte ihn zugleich ein wenig. Gylden war ein leidenschaftlicher Pferdezüchter und hatte in den letzten Jahren mit äußerster Sorgfalt die größte und beste Herde harachianischer Pferde im Klan herangezogen. Es stellte eine Ehre dar, wenn er Hunnuls Blut mit dem seiner geliebten Stuten vermischen wollte. Es gab dabei nur eine einzige Schwierigkeit. Valorian rieb sich das Kinn und sagte entschuldigend: »Du weißt, dass er kein reinrassiger Harachianer ist. Also, äh, ich habe mir eines Nachts Tyrranis' Hengst ausgeborgt.«

Gylden brach in Gelächter aus. »Meinst du etwa diesen großen, starken Hengst, den er in Tarnow gekauft hat? Ich hatte mich schon gefragt, warum dein Pferd so groß ist. Es würde mir nicht einmal etwas ausmachen, wenn es zur Hälfte eine Kuh wäre. Ich habe noch nie ein so schnelles Pferd gesehen.«

Der Klanmann schaute hoch in den Himmel, als ob ihm gerade etwas eingefallen wäre. »Es wäre möglich, dass er diese Gabe nicht an seine Fohlen weitergeben kann.«

»Ich will es zumindest versuchen«, erwiderte Gylden. »Er ist ein feines Tier.«

»Dann kannst du ihn zu jeder Stute führen, die du hast – aber unter einer Bedingung.«

»Welche?«

»Sprich mit deinem Vater. Sprich mit deiner Familie. Sei mein Verbündeter in deinem Lager.«

Gylden grinste. Das hätte er sowieso für Valorian getan. »Abgemacht!«

Die beiden Männer gaben sich die Hand, um das Geschäft zu besiegeln, und zerlegten danach ihre Beute.

Später am Abend brachte Valorian Hunnul in das Lager und band den Hengst vor seinem Zelt an.

»Ich wünschte, du hättest ihn laufen gesehen, Kierla«, sagte er zu seiner Frau, während er das schwarze Fell des Pferdes striegelte. Hunnul warf sein Winterfell büschelweise ab und scheuerte sich mit großem Vergnügen an der kratzigen Bürste.

»Hat Amara ihm etwa mehr als nur das weiße Mal gegeben?«, fragte Kierla. Sie genoss es, ihrem Mann bei der Pferdepflege zuzusehen. Er machte sich die größte Mühe, die Tiere zu säubern und juckende Stellen zu kratzen. Er behandelte sie wie Freunde. Sie fragte sich, wie seine Hände so sanft und gleichzeitig so stark sein konnten.

»Das ist für mich die einzig mögliche Erklärung«, antwortete Valorian. »So ist er noch nie gelaufen.« Er beendete seine Arbeit und lehnte sich nachdenklich gegen einen Zeltpfosten. »Gylden will Hunnul mit seinen Stuten kreuzen. Auch wir haben ein paar rassige Stuten. Wenn sie zur Paarung bereit sind, werden wir sie ebenfalls mit Hunnul zusammenbringen.«

Kierla kicherte tief und kehlig. »Er wird einen anstrengenden Sommer haben.«

Ihr Mann lachte mit ihr, doch seine Gedanken waren bei einer Idee, die ihm schon den ganzen Tag durch den Kopf gegangen war. Morgen wollte er es ausprobieren.

Nachdem Valorian am nächsten Tag das Frühstück zusammen mit Gylden und dessen Vater eingenommen hatte, stieg er auf Hunnul und ritt zu den bewaldeten Hügeln in der Nähe des Lagers. Er wollte einen verschwiegenen Ort finden, an dem er seine Magie ungestört vervollkommnen konnte. Es dauerte nicht lange, bis er diesen Ort in einem engen, von einem seichten Fluss durchzogenen Tal entdeckte. Er ritt eine Zeit lang stromaufwärts, bis er an eine Biegung gelangte, die von Bäumen überwölbt war und nach Geißblatt duftete.

Dort schwang sich Valorian von Hunnuls Rücken und ließ den Hengst frei umherstreifen, während er selbst sich unter einen Baum setzte und nachdachte. Er wusste, was er wollte, doch er war sich nicht sicher, wie er es erreichen oder ob er es überhaupt versuchen sollte. Er hatte seine Magie noch nie bei einem lebenden Wesen angewendet – außer bei Sergius, und das hatte in einem Unglück geendet – und wusste daher nicht,

147

was ihn erwartete. Bei einem Fehlschlag konnte der Zauberspruch, den er im Sinn hatte, unheilbaren Schaden anrichten. Valorian würde sich niemals vergeben können, wenn er Hunnul in irgendeiner Weise verletzte.

Doch er wollte ausschließlich dieses Pferd für sein Vorhaben nutzen. Hunnul war bereits ein sehr verständiges Tier, das seinem Herrn vollkommen vertraute und ihn liebte. In den vergangenen sechs Jahren hatten Hunnul und Valorian eine enge Beziehung zueinander aufgebaut. Valorian hoffte, dass ihm diese Bindung dabei half, die magische Verwandlung zu vervollständigen.

Der Klanmann saß noch eine Weile da, während sich der Spruch allmählich in seinen Gedanken bildete. Dann rief er nach Hunnul.

Der Hengst war gerade im Bach und rollte sich behaglich in dem sandigen, kühlen Wasser, als er Valorians Ruf vernahm. Willig trat er an die Seite seines Herrn und schüttelte sich. Wasser und Sand regneten wie eine Dusche auf Valorian herab, durchnässten seine Kleider und bedeckten ihn mit Sand und ausgefallenen Pferdehaaren. Der Schwarze sah Valorian durch seine langen Stirnlocken an, und der Klanmann hätte schwören können, dass perlendes Gelächter in den dunklen, feuchten Augen stand.

Valorian versuchte, weder zu lachen noch zu fluchen, sondern bürstete seine Kleider so gut wie möglich aus. Er hätte Hunnul nicht mitten im Wasserspiel rufen dürfen. Als der größte Teil der Haare und des Sandes entfernt waren, führte er den Hengst zu einem großen, flachen Geröllblock, auf dem er in Augenhöhe mit Hunnul sitzen konnte, während er seine Magie herbeirief. Er hielt einen Augenblick inne und kratzte den Hengst am Hals. Dabei spürte er die seidige Haut sowie die Knochen und Muskeln, aus denen sein großartiges Pferd bestand. Es wird gut gehen, sagte er fest zu sich selbst. Es muss!

Valorian klammerte sich an diesen Gedanken, setzte sich mit überkreuzten Beinen auf den Felsblock und begann mit seinem Zauberspruch. Er nahm Hunnuls weiches Maul in die Hände,

148

schloss die Augen und tastete mit seinen Gedanken nach der Magie, die ihn umgab.

In Verwunderung über das seltsame Verhalten seines Herrn hob der Hengst ein- oder zweimal die Hufe, doch er vertraute Valorian und versuchte nicht, sich loszureißen. Allmählich kam eine Veränderung über das große Pferd. Es wurde unnatürlich ruhig, sein Atem verlangsamte sich, und es blickte dem Klanmann geradewegs ins Gesicht. Das Tier gab keinen Laut von sich und bewegte nicht den kleinsten Muskel. Auch Valorian war vollkommen reglos. Sie waren miteinander durch Berührung, Magie und das unsichtbare Band der Gedanken verbunden, und Valorian versuchte unendlich sanft, in den Geist des Pferdes einzudringen.

Je tiefer er kam, desto erstaunter war er von der Vielfalt der Gedanken im Kopf des Hengstes. Hunnuls Gefühle gingen weit über das Verlangen nach Futter und Selbsterhaltung hinaus. Valorian begriff nun zum ersten Mal das Ausmaß des Geschenkes, das Amara dem Tier durch den Blitzschlag gemacht hatte: Schnelligkeit, Stärke, Ausdauer und besonders eine erhöhte Wissbegierigkeit.

Valorian richtete seine Magie sofort auf diese letzte Gabe. Er wollte einen Weg finden, sich mit Hunnul zu verständigen, dem Tier das Verständnis der menschlichen Sprache beizubringen und seine Gedanken zu übertragen. Natürlich vermochten Pferde nicht wie Menschen zu reden, doch Valorian glaubte, seinem Hengst durch Magie zeigen zu können, wie er mit seinem Herrn zu reden vermochte. Valorian versuchte nicht, die Intelligenz des Pferdes in eine menschliche umzuwandeln, doch als er seine Magie in Hunnuls Gedanken eingoss, gab er ihm unbeabsichtigt einige seiner eigenen Erfahrungen und Gedanken sowie seine Kenntnisse über menschliche Gefühle mit. Der Mann und das Pferd bildeten eine untrennbare Einheit, die nicht mehr aufgehoben werden konnte, solange sie beide lebten.

Als Valorian aus seiner magischen Trance auftauchte, war es bereits dunkel. Er blinzelte überrascht und wäre beinahe von dem Steinblock gefallen, wenn er sich nicht an Hunnuls Mähne festgehalten hätte. Sein Körper schien von dem langen, reglosen Sitzen wie versteinert, und er selbst war vollkommen erschöpft. Vorsichtig kletterte er von dem Felsen herunter und lehnte sich gegen den Hengst, während er die schmerzenden Arme und Beine ausstreckte.

»Bei Amaras Krone, bin ich müde«, sagte er laut. Sanft streichelte er Hunnuls Hals und fragte sich, ob seine Magie dem Tier Böses oder Gutes geschenkt hatte. Der Hengst wirkte schwerfällig, und es war nicht möglich, in der Dunkelheit seine Augen zu erkennen und zu sehen, ob er munter war.

Valorian wollte Hunnul gerade am Bach zur Tränke führen, als etwas Unglaubliches geschah.

Der schwarze Hengst stieß mit der Nase gegen Valorians Brust, und im Kopf des Mannes ertönten klar und deutlich die Worte: *Ich hungrig.*

In dem Augenblick, als ihr Mann in das Zelt stürmte, wusste Kierla, dass etwas Außergewöhnliches geschehen war. Sein Körper war angespannt vor Erregung; die Augen leuchteten strahlend blau vor Triumph. Ohne ein Wort zu sagen, nahm er ihre Hände und tanzte mit ihr einige Schritte um das Zelt.

»Es hat geklappt!«, lachte er. »Der Zauberspruch hat wie ein Gebet gewirkt.«

»Welcher Zauberspruch?«, fragte sie. Sein jungenhaftes Gehabe erstaunte sie. »Was hast du getan?«

»Hunnul! Er kann mit mir reden!«

Sie hielt inne. »Was?«

»Na ja, es ist kein richtiges Reden. Aber er kann mir seine Gedanken schicken, und ich verstehe sie. Bei den Worten ist er sich noch unsicher, aber er wird mit der Zeit besser werden, das weiß ich!«

Kierla stemmte die Hände in die Hüften und sagte: »Valorian, wenn ich nicht wüsste, was du durchgemacht hast, würde ich glauben, du hast einen Sonnenstich. Kann er auch mit mir reden?«

»Das weiß ich nicht. Komm, wir finden es heraus.« Er zog sie von dem Zelt fort zu der Stelle, wo Hunnul mit der Nase tief in einem Heuhaufen stand. »Hunnul, würdest du bitte etwas zu Kierla sagen?«, bat er.

Der Hengst hob den Kopf; er hatte den Mund voller Heu. Valorian hörte in seinem Kopf, wie das Tier langsam sagte: *Guten Abend, Kierla. Ich mag die Art, wie du mein Fell bürstest.*

»Hast du das gehört?«, fragte Valorian aufgeregt.

Kierla schüttelte den Kopf. »Ich habe gar nichts gehört. Er hat mich nur angesehen.«

»Oh.« Valorians Erregung wich ein wenig, doch im Grunde war er ziemlich erleichtert. Eigentlich wollte er diese einzigartige Erfahrung in der nächsten Zeit noch nicht mit jemandem teilen oder darum gebeten werden, den Zauberspruch auch bei anderen Pferden anzuwenden. Die Magie hatte bei Hunnul gewirkt, weil er und sein Herr sich so nahe standen. Valorian glaubte nicht, dass er den Spruch bei einem fremden Pferd erfolgreich durchführen könnte.

»Vielleicht kannst du ihn hören, weil die Magie von dir gekommen ist«, schlug Kierla vor.

Valorian grinste erneut. »Das wäre möglich. Er hat gesagt, er mag die Art, wie du sein Fell bürstest.«

Die Frau trat neben das große Pferd und schlang die Arme um seinen Hals. »Pass gut auf ihn auf«, flüsterte sie Hunnul zu.

In vollkommenem Begreifen drehte der Hengst den Hals und legte ihr sanft den Kopf auf die Schulter.

Danach blieb Valorian nicht mehr viel Zeit, um allein fortzugehen. Der Sommer mit all seiner Hitze und seinen Fliegen hielt Einzug in den Bergen, und die Klanleute waren nun damit beschäftigt, die Herden zu mästen und für das tägliche Überleben zu sorgen. Jeden Tag wurde es wärmer, und mit der Nachmittagshitze kamen vereinzelte Gewitter.

Valorian erkannte, dass sich seine Abneigung gegen Blitze zu echter Angst verstärkt hatte. Er zuckte jedes Mal zusammen, wenn ein Blitz zischte oder der Donner rollte, und bemühte sich, nicht gleich wegzulaufen und irgendwo Schutz zu suchen, sobald sich die Gewitterwolken im Westen auftürmten. Die letzte Begegnung mit den tödlichen Energieblitzen stand ihm noch allzu deutlich in Erinnerung. Glücklicherweise war das Gefühl der Wärme in seinem Körper ein wenig gewichen, sodass er die sommerlichen Temperaturen ertragen konnte; seine rechte Hand hingegen war noch immer etwas gefühllos.

Doch einige Zeit lang brauchte er diese Hand nicht und mied gefährliche oder knifflige Arbeiten. Oft half er Aiden und Gylden dabei, Hunnul mit vielen der rassig werdenden Stuten zusammenzubringen. Üblicherweise wurde einem Hengst einfach erlaubt, in die Herde der Stuten zu laufen und diese nach seinem eigenen Willen zu decken, doch die beiden Familien wollten nicht, dass sich ihre Herden oder das harachianische Geblüt mischten; deswegen mussten die Männer alle Paarungen überwachen. Bei jeder neuen Stute, die Hunnul zugeführt wurde, fragte sich Valorian, wie viele von den Merkmalen des Hengstes wohl auf die Fohlen übergehen würden.

Wenn Valorian nicht mit seiner eigenen Familie oder der Pferdezucht beschäftigt war, ergriff er jede Gelegenheit, mit Gyldens Vater und anderen Familienmitgliedern zu reden. Gyldens Einschätzung ihrer Reaktionen erwies sich als richtig. Einige Leute konnten es kaum erwarten, loszuziehen, während andere nicht verstanden, warum sie ihre angestammte Heimat Chadar verlassen sollten. Valorian verbrachte viele Tage damit, zu argumentieren, zu schmeicheln und jeden, der mit ihm reden wollte, zu ermutigen, bis er allmählich spürte, dass die Leute in seine Richtung umschwenkten. Beim ersten zunehmenden Sommermond wusste er, dass es Zeit war, zum nächsten Lager weiterzuziehen. Er hatte Gyldens Leuten alles gesagt, was er zu sagen hatte. Nun lag es an ihnen, ob sie sich dem Auszug anschlossen, wenn die Zeit gekommen war.

An einem heißen Sommermorgen sagten sich Valorians und Gyldens Familie Lebewohl. Man schlug die Lager ab und ging eigene Wege. Valorian und Gylden versprachen sich, im Herbst wieder zusammenzukommen. Dann reichten sie sich die Hände und folgten ihren Karawanen zu anderen Weidegründen.

Valorians Familie reiste langsam nach Südosten auf die Quellen zu, die »Amaras Tränen« genannt wurden. Diese Quellen waren ein beliebter Rastplatz für die Klanfamilien, und Valorian hoffte, dort wenigstens eine weitere Gruppe anzutreffen. Sie erreichten den Ort an einem schwülen Abend und schlugen ihr Lager im Licht des Vollmonds neben den klaren, sprudelnden Quellen auf. Enttäuscht sah Valorian, dass niemand sonst hier war, doch dieses Gefühl sollte nicht lange anhalten.

Als er einige Tage später Hunnul an einem der Steinbrunnen, mit denen die Quellen eingefasst waren, zur Tränke führte, hob das schwarze Tier plötzlich den Kopf und spitzte die Ohren. Der Klanmann sah in die Richtung der Berge und erkannte, wie eine der Wachen ihr Horn erhob. Ein hoher, gellender Ton glitt auf dem Wind dahin und setzte die Klanleute in Bewegung. Eine zweite Karawane, viel größer als die von Valorian, erschien bald darauf über dem Grat eines Hügels im Osten. Sie wurde angeführt von einem stämmigen, bärtigen Mann auf einem großen weißen Pferd.

Magst du diesen Mann nicht?, ertönte Hunnuls Frage in Valorians Kopf.

Der Klanmann zuckte zusammen. Die Worte und das Empfindungsvermögen, das sie zum Ausdruck brachten, erstaunten ihn. Obwohl er es gewesen war, der durch seinen Zauberspruch Hunnul die Möglichkeiten der Sprache eröffnet hatte, war Valorian noch nicht an die tiefe, schleppende Stimme gewöhnt, die stumm in seinem Kopf erklang. Hunnul machte täglich mehr Gebrauch von dieser neuen Gabe und konnte seinen Herrn damit ziemlich aus der Fassung bringen, besonders wenn er Recht hatte.

»Woher weißt du das?«, fragte Valorian leise.

Hunnul schnaubte. *Erinnere mich an den Geruch dieses Mannes. Sauer. Und du bist nicht erfreut, ihn zu sehen. Du hast die Hand in meiner Mähne verkrallt.*

Mit einem Kichern ließ Valorian die schwarzen Haare los und schwang sich auf den Rücken des Hengstes. »Nein, ich mag Karez nicht. Er ist … unangenehm. Aber er ist das Oberhaupt der zweitgrößten Familie, und ich muss ihn unbedingt überzeugen, wenn wir den ganzen Klan vereinigen wollen. Also muss ich höflich zu ihm sein.«

Nur wenig später wurden Valorians gute Vorsätze auf die Probe gestellt.

»Valorian!«, dröhnte Karez' Stimme aus der Ferne. »Was in aller Götter Namen machst du hier?« Er lenkte sein Pferd auf die größte Quelle zu und deutete wütend auf die kleine Ziegenherde, die in der Nähe des klaren, sprudelnden Teichs graste. »Sag deinen Leuten, sie sollen diese schäbigen Tiere wegtreiben!«, rief er ohne weiteren Gruß.

Valorian gab nach und befahl einigen Jungen, die Ziegen aus Karez' Nähe zu entfernen. Er sah zu, wie der stämmige Klanmann seine Karawane auf den größten Lagerplatz führte und sich dort breit machte, als gehörten die Quellen ihm allein.

Steif vor Erregung galoppierte Aiden zu der Stelle, wo sein Bruder gerade auf Hunnul stieg. »Dieses Rindvieh von Karez hat soeben unsere Pferde von der östlichen Weide forttreiben lassen!«, rief er erbost. »Er führt seine eigene Herde dorthin.«

Valorian sagte nichts dazu. Seine eigene Wut wurde von dem Wissen im Zaum gehalten, dass er Karez nicht verärgern durfte, bevor er nicht mit ihm gesprochen hatte. Er sagte nur grimmig: »Karez hat sich nicht sehr verändert, oder?«

Aiden hätte sich beinahe verschluckt. »Willst du nicht etwas gegen ihn unternehmen?«

»Nein, genauso wenig wie du«, entgegnete Valorian so gelassen wie möglich. »Halte dich zurück, denn sonst muss ich dich von den Quellen verbannen.«

Der jüngere Krieger schlug mit der Faust auf den Sattelknauf, doch unter Valorians giftigem Blick riss er sich zusammen und sah mürrisch zu, wie Karez es sich unter einem Baldachin gemütlich machte. Der Rest der Familie begann das Lager aufzuschlagen. Sie schienen sehr erfreut zu sein, dass Valorians Familie hier war, aber sie trauten sich nicht, die andere Familie zu begrüßen, bevor sie nicht ihre Arbeit beendet hatten.

»Karez glaubt offenbar immer noch, dass er eines Tages Lord

und Häuptling wird«, murmelte Aiden. »Jedenfalls benimmt er sich schon so.«

Valorian nickte knapp. Karez hatte bereits vor einigen Jahren klar gemacht, dass er eines Tages Häuptling werden wollte, doch bisher hatte er weder Lord Fearral herausgefordert noch einen anderen Schritt unternommen, um sich der Führerschaft zu bemächtigen. Er machte sich lediglich überall unbeliebt, weil er sich benahm, als wäre er längst ihrer aller Anführer.

Zu Valorians Enttäuschung besserte sich Karez' viehische und unvorhersehbare Art auch während der nächsten Tage nicht. Er benötigte seine gesamte Willenskraft, um dem schweren Krieger gegenüber höflich zu bleiben und die freundlichen Beziehungen zwischen den beiden Familien aufrechtzuerhalten.

Nachdem die Familien drei Tage lang einen gewissen Abstand zueinander gehalten hatten, überredete Valorian Karez endlich, einen gemeinsamen Abend voller Musik und Geschichten zu veranstalten. Die Leute mischten sich untereinander, tanzten und genossen die Gesellschaft bis tief in die Nacht hinein. Dann erhob sich Valorian und erzählte seine Geschichte. Er berichtete alles so, wie er es immer tat – mit Worten und Magie. Seine eigene Familie hörte gebannt zu; sie konnte einfach nicht genug davon bekommen.

Die andere Familie jedoch wurde immer stiller. Einige besorgte Blicke flogen zu Karez, der in der Mitte seiner stärksten Männer saß. Sobald Valorian seine Macht enthüllte, wurde Karez' Gesicht plötzlich rot. Als Valorian zum Ende seiner Geschichte kam und über die Ebene von Ramtharin redete, leuchteten Karez' Wangen in noch tieferem Rot. Es wäre ihm niemals eingefallen, dass Valorian ernsthaft nach der Führung des Klans strebte, doch jetzt redete er vom Willen der Götter und davon, das Volk aus Chadar herauszuführen. Eifersucht und Groll quollen in Karez hoch.

Bevor Valorian zum Ende gekommen war, sprang Karez auf. »Valorian«, sagte er mit hohntriefender Stimme, »du solltest dich um eine Anstellung als Geschichtenerzähler an Tyrranis' Hof bewerben. So könntest du genug erwerben, um dir ein neues Zelt zu kaufen oder vielleicht eine Frau, die dir Söhne zu schenken vermag.«

Valorians Familie brach in Rufe der Wut und des Widerspruchs aus. Valorian kreuzte lässig die Arme über der Brust. Seine Augen lagen im Schatten, doch der glitzernde Zorn in ihnen war unübersehbar.

»Glaubst du nicht, dass diese Geschichte etwas Gutes für den Klan bereithält?«, fragte er, ohne auf die Beleidigungen einzugehen. Es sollte Karez nicht gelingen, ihn jetzt in einen Kampf zu verwickeln.

»Etwas Gutes?« Karez lachte; sein Bauch waberte unter dem engen Lederwams. »Deine so genannte Magie mag vielleicht den Tarnern eine gewisse Unterhaltung bieten, aber *ich* sehe keinen Sinn darin. Und was deine Vorstellung angeht, dass wir Chadar verlassen und in ein erbärmliches Land ziehen sollen, das sogar die Tarner verschmähen, so kann ich dir nur sagen: Du verschwendest deinen Atem. Niemand wird mit dir gehen.«

»Ich schon!«, rief Mutter Willa. Die alte Frau erhob sich von dem umgestürzten Stamm, auf dem sie gesessen hatte, trat vor und schüttelte die Faust unter Karez' Nase. In beiden Familien wagte niemand zu lächeln oder die kleine Frau zu verspotten, die den stämmigen Mann wütend ansah. Alle hegten große Achtung vor Mutter Willa.

»Es ist nicht Valorians Wille, dass wir gehen, sondern der von Amara, Karez. Willst du es wagen, der Göttin des Lebens zu widersprechen?«

Aller Augen hefteten sich auf Karez, um seine Reaktion zu beobachten. Er erbleichte ein wenig, doch er wusste, dass er bei seiner Meinung bleiben musste, wenn er seine Leute im Griff behalten wollte. Er wich vor der alten Frau zurück – nicht einmal er wagte es, Hand an Mutter Willa zu legen – und schaute über ihren Kopf hinweg.

»Lässt du jetzt Frauen für dich reden?«, sagte er verächtlich zu Valorian. Rasch trat er Mutter Willas Einfluss entgegen, indem er wissen wollte: »Was sagt denn unser Lord und Häuptling dazu?«

Valorian bewegte keinen Muskel. »Er hält nicht viel davon«, antwortete er wahrheitsgemäß.

»Aha!« Karez machte eine heftige Geste zu seiner Familie und trieb sie damit auseinander. »Ich auch nicht!«, brüllte er, stapfte davon und ließ Valorian und die übrigen Klanleute verdutzt zurück.

Aiden schürzte die Lippen. »Er ist genauso schlecht wie Fearral.«

»Schlechter«, entgegnete Mutter Willa traurig. »Er ist überdies eifersüchtig.«

Trotz Valorians Bemühungen, noch einmal mit Karez zu reden, wollte dieser nichts mehr mit ihm zu tun haben. Der große Klanmann machte allen gegenüber deutlich, dass er nicht beabsichtigte, mit Valorian zu gehen, und ohne Lord Fearrals Befehl Chadar gewiss nicht verlassen würde. Auch der Rest der Familie wollte aus Angst vor ihrem Oberhaupt nicht mit Valorian reden.

Eines Nachmittags suchte Mutter Willa Valorian auf und sagte zu ihm: »Ich habe mit einigen Leuten aus Karez' Familie gesprochen. Sie schienen nicht abgeneigt zu sein, aus Chadar fortzuziehen.«

»Aber?«, fragte er, denn er erkannte an ihrem Tonfall, dass es da noch einen Haken gab.

Sie seufzte gereizt. »Aber sie wollen ohne Karez' ausdrücklichen Befehl nichts unternehmen.«

Ein Schatten der Wut flog über Valorians Gesicht und war sogleich wieder verschwunden. »Ich kann bei Karez nichts erreichen, solange er mir nicht zuhört. Es ist besser, wenn wir weiterziehen. Die Sommersonnenwende ist schon vorüber, und wir müssen noch vier weitere Familien besuchen.«

Seine Großmutter schaute ihn an. Ihre Augen glitzerten unter dem groben Strohhut. »Du hast gewusst, dass es nicht einfach wird.«

Er grinste sie plötzlich an. »Natürlich. Ich werde Karez nicht völlig aufgeben. Selbst er verdient es nicht, den Tarnern überlassen zu werden.« Valorian schüttelte den Kopf und ging auf die Suche nach Aiden. Am nächsten Tag packte die Familie ihre Habe zusammen und verließ die Quellen ohne ein Wort des Lebewohls.

Karez sah ihrer Abreise von dem schattigen Baldachin vor seinem Zelt aus zu. Er verengte die Augen zu Schlitzen, als Valorian auf seinem schwarzen Pferd den Hügelkamm überquerte und aus dem Blickfeld verschwand. Bei diesem Mann hatte er ein schlechtes Gefühl. Ihm war klar, das Valorian seinen lächerlichen Plan nicht so leicht aufgeben würde. Er klang zu leidenschaftlich, zu überzeugend. Und seine seltsamen Kunststückchen … Karez glaubte keinen Augenblick lang daran, dass Valorian wirklich die Macht der Magie besaß, doch leichtgläubigere Leute könnten diese Blendereien durchaus ernst nehmen. Es war möglich, dass Valorian den Klan in ziemlichen Aufruhr versetzte. Man musste etwas dagegen unternehmen, denn sonst würde sich Valorian die Häuptlingswürde aneignen, bevor ihn jemand aufhalten konnte, und den Klan aus Chadar herausführen.

Karez dachte, dass General Tyrranis vielleicht davon erfahren sollte – natürlich auf indirekte Weise. Sicherlich wäre es für den Statthalter sehr aufschlussreich, wenn er erführe, was Valorian plante. Karez lehnte sich auf seinem Stuhl zurück. Ein Lächeln entblößte seine Zahnlücken und kräuselte den dunklen Bart.

Neun

Am Ende des Sommers wusste Valorian, dass es keine Hoffnung mehr gab, den Wolfsohrenpass noch im Herbst zu überqueren. Den größten Teil der heißen Jahreszeit hatte er damit verbracht, mit jeder Klanfamilie zu reden, doch es war ihm nicht gelungen, alle zur Abreise zu bewegen. Es gab nicht viele Gründe, ihn abzulehnen; die verstreut lebenden Klanleute brachten vielmehr immer wieder dieselben Bedenken vor. Etliche von denen, welche nicht auf die Reise gehen wollten, hatten Angst vor General Tyrranis und seinen Truppen, und einige wollten Lord Fearral nicht den Gehorsam verweigern oder hielten nichts davon, Chadar wegen eines neuen, unbekannten Landes zu verlassen.

Valorian musste sich eingestehen, dass ihre Ängste berechtigt waren, doch sie waren nicht unüberwindlich. Etwa die Hälfte der Klanleute stimmte mit ihm entweder im Glauben an den Willen der Götter oder in dem heftigen Verlangen überein, den Tarnern zu entkommen. Er wusste, dass seine Unfähigkeit, die andere Hälfte zu überzeugen, nicht im Mangel an Versuchen begründet lag. Er hatte alles Mögliche getan, angefangen von der Offenbarung seiner magischen Kräfte über die Anpreisung von Hunnuls göttergegebenen Gaben bis hin zu dem Angebot, den Hengst jeder Familie zu überlassen, die ihn zu Zuchtzwecken benötigte. Es musste noch etwas anderes geben, was er tun konnte, etwas, an das er bislang selbst noch nicht gedacht hatte und das den Rest seinen Volkes überzeugen würde. Insbesondere Lord Fearral.

Unglücklicherweise blieb ihm nicht mehr viel Zeit. Wenn der Klan Chadar nicht spätestens im nächsten Sommer verließe, würde er womöglich jede Gelegenheit zur Flucht verlieren. Die Abgaben an General Tyrranis würden dann wieder fällig werden, und viele Klanleute hatten Valorian gegenüber zugegeben, dass sie die kommenden Steuern nicht mehr aufbringen konnten. Wenn sie aber nicht zahlten, würden die Tarner alles beschlagnahmen, dessen sie habhaft werden konnten, oder die Leute als Sklaven verkaufen.

Außerdem war da noch Steinhelm. Lord Fearral hatte den Befehl des Generals, die Palisaden niederzureißen, missachtet und nur geringe Anstrengungen unternommen, die Herden zu ergänzen und die Wirtschaftskraft des Dorfes zu stärken. Viele Leute glaubten, dass die Tarner das Dorf innerhalb des nächsten Jahres dem Erdboden gleich machen würden.

Eine weitere Schwierigkeit bestand darin, Verschwiegenheit zu wahren. Valorian wusste, dass es nur eine Frage der Zeit war, bis die Nachricht über seine Taten das Ohr des Generals erreichte. Tyrranis würde nicht erfreut darüber sein, dass ein Klanmann sein Volk zu überreden versuchte, in ein neues Land zu ziehen. Valorian kannte den Ruf des Generals und war sich darüber im Klaren, dass Tyrranis nicht einfach dasitzen und zusehen würde, während der Klanmann seine Leute zum Verlassen des Landes anstachelte.

Aus diesem Grund musste er den Klan irgendwie vereinen, Fearrals Meinung ändern und die Leute sofort nach der Schneeschmelze aus Chadar führen, bevor die Tarner sie daran hindern konnten. All das reichte aus, um ihn an den Rand der Verzweiflung zu bringen.

Doch trotz aller Rückschläge und Enttäuschungen schwankte der Glaube an seine Mission nie. Nach den ersten Bedenken und Verwirrungen im Anschluss an seine Rückkehr aus dem Reich der Toten hatte sich sein Glaube an eine neue Heimat in eine helle, ruhige Flamme verwandelt, die unlöschbar in seinem Herzen brannte. Der Auszug würde stattfinden, das wusste er. Seine Durchführung war nur eine Frage der Zeit und Mühen. Irgendwie würde ihm der Wille der Götter dabei helfen, alles ins rechte Lot zu bringen.

Viele Meilen weiter im Westen, in der Garnisonsstadt Actigorium, trommelte General Ivorn Tyrranis mit seinen langen Fingern nachdenklich auf die Fensterbank in dem großen, luftigen Aufenthaltsraum. Einige seiner Gehilfen und Offiziere beobachteten ihn schweigend aus dem hinteren Teil des Raumes, während zwei Wachen reglos neben der Tür standen.

»Berichte mir noch einmal von diesem Gerücht, Kaufmann. Lass keine Einzelheit aus«, sagte Tyrranis. Seine Stimme klang eisig.

Der chadarianische Kaufmann, der vor dem General kniete, schluckte schwer. »Ich … ich habe Gerüchte gehört, Euer Hoheit«, stammelte er.

»Ja, ja«, sagte Tyrranis gereizt. »Das wissen wir.« Er drehte sich nach dem alten Chadarianer um. Die Spitze seines Schwertes schlug gegen den Stein.

Der Kaufmann zuckte zusammen. Tyrranis hatte sich wie üblich in die Uniform eines tarnischen Offiziers gekleidet, obwohl er den aktiven Dienst schon vor einiger Zeit verlassen hatte, um dem Kaiser als Provinzstatthalter zu dienen. Er glaubte, dass der schimmernde bronzene Brustpanzer, die schwarze, mit Gold eingefasste Tunika und das Schwert seine Untergebenen einschüchterten.

Teilweise hatte er damit Recht, doch was die Leute am meisten einschüchterte, war sein Verhalten. Der General war ein Mann von mittlerer Größe und gigantischem Selbstbewusstsein. Er hielt seinen Körper gestählt, und sein Verstand war messerscharf. Das Kinn war glatt rasiert und das Haar sehr kurz geschoren, sodass nichts von den kalten, scharfen Gesichtszügen ablenkte. Die Augen waren so eisig und gnadenlos wie bei einer Kobra. Er liebte es, mit zusammengepressten Lippen und verächtlichem Ausdruck die Leute niederzustarren. Wenn General Tyrranis seinen frostigen Blick auf jemanden richtete, waren keine Worte mehr vonnöten.

Nun starrte er den Kaufmann an, ohne auch nur ein einziges Mal zu blinzeln. Der Chadarianer hatte ihm schon früher Gerüchte und Nachrichten vom Markt übermittelt, doch der

Mann wurde langsam alt, und seine Informationen waren häufig unzuverlässig. Tyrranis wollte sicher sein, dass dieses neue Gerücht nicht bloß ein Märchen war, das der Kaufmann hier gegen Gold eintauschen wollte.

Der alte Mann schlug die Augen nieder; er konnte dem dunklen Blick des Generals nicht standhalten. »Ich habe mehrmals etwas von einem Klanmann namens Valorian gehört«, brachte er schließlich hervor. »Er läuft in den Bergen umher und versucht, die Klanlaute davon zu überzeugen, dass sie aus Chadar fliehen müssen.«

»Hören sie ihm zu?«, fragte Tyrranis.

»Einige von ihnen, aber ich glaube, der Häuptling weigert sich, sein Lager zu verlassen, und viele wollen nicht ohne ihn gehen.«

»Eine weise Entscheidung«, murmelte einer von Tyrranis' Gehilfen.

Der General verschränkte die Arme vor der Brust. Der Ausdruck auf seinem wohlgeformten Gesicht war undeutbar und der starre Blick noch immer auf das schweißbedeckte Antlitz des Chadarianers gerichtet. »Hat dieser Valorian inzwischen sein lächerliches Vorhaben aufgegeben?«

Der Kiefer des Kaufmanns klapperte im Einklang mit seinem zuckenden Kopf. »Noch nicht, mein General. Er läuft den anderen Familien nach und versucht ihnen einzureden, dass sie ihm folgen müssen.« Der Mann hielt inne und räusperte sich.

Tyrranis beobachtete den Kaufmann eingehend und erkannte, dass er ihm nicht alles gesagt hatte. »Wenn du noch mehr weißt, sag es!«, forderte er.

Der alte Mann rutsche verängstigt auf den Knien umher und verschränkte die Hände hinter dem Rücken. »Ich … ich weiß nicht, ob ich es selbst glauben soll, Eure Hoheit. Ihr mögt es vielleicht nicht …«

»Sag es schon!«, zischte Tyrranis.

Der Kaufmann stieß hastig hervor: »Ich habe überdies gehört, dass dieser Klanmann behauptet, er sei vom Blitz getroffen worden und nun der Magie mächtig.«

General Tyrranis zuckte mit keinem Muskel; nichts deutete an, was nun in ihm vorging. Doch bei dem Wort »Magie« verwandelte sich seine Neugier in ein wahres Freudenfeuer. »Hat er Anzeichen einer solchen Kraft erkennen lassen?«, fragte er. Seine Erregung lag unter dicken Schichten sorgfältiger Selbstkontrolle verborgen.

»Es hat ein paar Kunststückchen gegeben, mein General. Blitze aus blauem Feuer, Bilder im Rauch … nichts Außergewöhnliches.«

»Hmmm.« Tyrranis drehte sich auf dem Absatz um und ging zu dem geschnitzten Holztisch, der ihm als Schreibtisch diente. Er nahm eine Hand voll Münzen aus einem Kästchen, warf sie dem knienden Kaufmann hin und zeigte mit dem Finger auf die Tür. »Du kannst gehen.«

Der Chadarianer verlor keine Zeit. Er kratzte sein Geld zusammen, verneigte sich bis auf den Boden, kämpfte sich dann auf die Beine und eilte hinaus.

Niemand sah ihm nach.

Eine schwere Stille senkte sich über den Raum, während alle darauf warteten, dass der General etwas sagte. Auch wenn das Thema der Magie in Gegenwart des Generals nie zur Sprache gebracht wurde, wussten die Männer um Tyrranis' Begeisterung für diese flüchtige Macht. Sie fragten sich, wie er auf den seltsamen Bericht über einen Klanmann mit angeblichen magischen Kräften reagieren würde.

Lange blieb der General reglos neben dem Tisch stehen. Hinter seinem grausamen Gesicht wirbelten die Gedanken.

Schließlich räusperte sich einer der wartenden Männer und durchbrach so die angespannte Stille. Tyrranis richtete den Blick auf das Gesicht des Mannes. Es war der Steuereintreiber.

»Mein Lord und General«, sagte der Mann einschmeichelnd. »Ich glaube, ich erinnere mich an etwas über diesen Valorian, das in meinen Berichten steht. Habe ich Eure Erlaubnis, mich zurückzuziehen und meine Vermutung zu überprüfen?«

General Tyrranis deutete mit dem Kopf zur Tür. Der Steuereintreiber verneigte sich und eilte davon. Wortlos warteten die übrigen Männer, während sich der General in seinen Sessel setzte. Das einzige Geräusch im Raum war das Trommeln seiner Finger. Er dachte nach. Die Männer sahen einander unruhig an. Sie kannten dieses Schweigen ihres Oberbefehlshabers. Es bedeutete, dass irgendjemandem Ungemach drohte.

Nachdem eine lange Zeit vergangen war, regte sich der General in seinem Sessel. »Ich will, dass dieser Klanmann hergebracht wird«, sagte er zu den Männern.

Seine Gehilfen wussten, dass diese Bemerkung keine Bitte war.

»Aufgrund welcher Anklage?«, fragte der Kommandant der Garnison, in dessen Verantwortlichkeit die Suche nach Valorian lag.

Tyrranis schlug mit der Handfläche auf den Tisch und rief: »Das ist mir egal! Das ist dein Problem. Bring ihn bloß zu mir.«

Der Kommandant warf seinem Adjutanten einen raschen Blick zu und zuckte unter seiner Rüstung leicht mit den Schultern. »Wir könnten ihn wegen Anstiftung zum Aufruhr verhaften.«

Tyrranis fuhr mit der Hand durch die Luft. »Das ist gut.« Auch wenn er wütend war, weil ein elender Klanmann versuchte, seine Autorität in dieser Provinz zu untergraben, ging dieses Gefühl doch beinahe in seinem Verlangen unter, diesen Mann in seine privaten Gemächer zu bekommen und seine magischen Fähigkeiten zu untersuchen. Die angeblichen Kräfte des Klanmannes waren die erste heiße Spur in Tyrranis' Suche nach Anzeichen für Magie, seit er in diese Provinz versetzt worden war, und er wollte sich die Gelegenheit nicht entgehen lassen.

In diesem Augenblick hastete der Steuereintreiber herein. Er sah blass und nervös aus. »Eure Hoheit«, keuchte er. Stumm betete er darum, dass die Neuigkeiten, die er erfahren hatte, Tyrranis von seiner eigenen Nachlässigkeit ablenken würden. »Jetzt erinnere ich mich an diesen Valorian. Er war gerade in Fearrals Lager in Steinhelm, als ich meinen Dienst für Euch antrat. Er war dagegen, dass wir bei der Eintreibung von Fearrals

Tribut auch einige Nutztiere von seiner eigenen Familie beschlagnahmten.«

»Und?«, meinte Tyrranis.

Der Steuereintreiber schluckte schwer. »Ich habe in unseren Akten nachgesehen und nirgendwo Eintragungen meiner Vorgänger über Valorians Familie gefunden. Ich glaube, sie haben schon seit Jahren keine Steuern mehr bezahlt.«

Der General starrte ihn an. »Warum hast du sie nicht eingetrieben?«

Es entstand ein langes Schweigen, als der Steuereintreiber versuchte, seinen trockenen Mund anzufeuchten. »Sergius Valentius hat die Steuerakten in großer Unordnung hinterlassen, mein General. Es hat eine Weile gedauert, seine Schriftrollen und Notizen zu sichten. Meines Wissens nach hatte er alle Tributzahlungen außer der von Fearral eingetrieben, bevor er verschwand.«

Bei der Erwähnung von Sergius' Verschwinden schnippte der tarnische Kommandant mit dem Finger und sagte: »General, an jenem Tag waren vier meiner Soldaten bei Sergius. Auch sie sind nicht zurückgekehrt.«

Tyrranis blickte nachdenklich drein. »Wohin waren sie unterwegs?«

»Das hat mir Sergius nicht verraten. Deswegen ist es so schwierig, nach ihnen zu suchen. Ich habe schließlich angenommen, dass die Männer desertiert sind.«

»Jetzt erinnere ich mich daran«, warf der Adjutant ein. »Wir haben einige Tage nach ihnen Ausschau gehalten, aber nicht einmal ihre Pferde gefunden. Sergius' Pferd hingegen kehrte mit einem leeren Sattel zu seinem Haus zurück.«

»Vielleicht haben die Soldaten Sergius ermordet und sind mit den Steuereinnahmen geflohen«, meinte ein weiterer Offizier. »So etwas kommt manchmal vor.«

Der Kommandant tat diesen Einwand mit einer Handbewegung ab. »Vielleicht wenn er Gold eingenommen hätte, aber die Klanleute sind zu arm, um mit Münzen zu bezahlen. Sie entrichten ihren Tribut in Tieren. Ich kann einfach nicht glauben, dass vier tarnische Soldaten ihr Leben für ein paar magere Pferde und Ziegen aufs Spiel setzen.«

»Interessant«, murmelte der General. Er stand auf. »Da hast du deine Anklage, Kommandant. Sie reicht aus, um den Mann zu kreuzigen. Anstiftung zum Aufruhr, Verweigerung der Tributzahlung und Verdacht auf Mord. Und jetzt *hol ihn mir!*«

Alle tarnischen Soldaten salutierten vor dem General. Er erwiderte ihren Salut und bedeutete den anderen Männern, den Raum zu verlassen. Sie eilten hinaus. Der Steuereintreiber stieß einen tiefen Seufzer der Erleichterung aus. Innerhalb eines Augenblicks war der Raum bis auf Tyrranis leer. Er kehrte zum Fenster zurück, lehnte sich gegen die steinerne Einfassung und blickte auf den Innenhof seines Hauses hinaus. Weit hinter den Dächern seines Besitzes und den Mauern Actigoriums sah er die purpurfarbenen Gipfel des Dunkelhorngebirges. Irgendwo in ihrem Schatten versteckte sich ein Mann, der vielleicht das Geheimnis der Magie kannte – ein Geheimnis, für das Tyrranis seine Seele verkaufen würde. Mithilfe von Magie könnte er das gewaltigste Heer der bekannten Welt aufstellen und die Grenzen des tarnischen Reiches bis in jede Ecke der Zivilisation ausdehnen. Er würde im Triumphzug in Tarnow einreiten und den Reichtum tausender Provinzen sein Eigen nennen. Er würde den unfähigen Mann vom Thron stoßen und selbst das kaiserliche Diadem tragen. Er hatte bereits damit begonnen, seine zahllosen Pläne zur Erlangung des tarnischen Thrones in die Tat umzusetzen, doch erst die Magie würde ihm den Erfolg sichern.

Tyrranis krallte die Finger ineinander und spannte sie, bis die Knöchel weiß hervorstachen. Zuerst musste er Valorian erwischen.

In einer kalten Herbstnacht nahm Valorian seinen Wachdienst auf und versuchte, seinen Ärger im Zaum zu halten. Aiden war in aller Frühe aufgebrochen, angeblich um zu jagen, und bisher nicht zurückgekehrt. Unter gewöhnlichen Umständen wäre Valorian darüber nicht besorgt gewesen. Sein Bruder war ein fähiger Jäger und hatte sich möglicherweise zu weit vom Lager entfernt, um nach Einbruch der Dunkelheit wieder zurückkehren zu können. Doch inzwischen hatte Linna Valorian wütend und unter Tränen mitgeteilt, dass Aidens chadarianische Kleider fehlten und sein Jagdbogen noch im Zelt hing.

Valorian begriff sofort, dass Aiden ins Flachland gegangen war. Es war unmöglich, seine Entschlüsse zu vereiteln, doch Valorian hatte inständig gehofft, dass sein Bruder genug Verstand besäße, um von den Tarnern fern zu bleiben. Bisher hatten sie noch nicht versucht, Valorians Familie aufzuspüren und sie über Segius oder den ausstehenden Tribut zu befragen, und er hoffte, dass sich beides in den Fallstricken der Bürokratie verheddert hatte. Doch falls Aiden geschnappt wurde, konnte das alles ändern.

Er ritt auf Hunnul zum Rand des Lagers und wollte mit den übrigen Wachen ein paar Worte wechseln, doch dann überlegte er es sich anders und begab sich zu den Herden, um dort nach dem Rechten zu sehen. Die Familie hatte ihr Lager auf einer kleinen Wiese im Vorgebirge aufgeschlagen, um das warme Wetter voll auszunutzen. Auf den höheren Erhebungen war bereits Schnee gefallen, und niemand wollte schon jetzt in das Winterlager zurückkehren.

Dies war ein weiteres Problem, das Valorian Sorgen machte. Er wusste nicht, wohin er die Familie zum Überwintern führen sollte. Ihr übliches Tal war nicht mehr sicher, denn die Tarner kannten es inzwischen. Sie mussten an einen verschwiegenen Ort gehen, von dem die Tarner nichts wussten, und der Schutz vor dem Winterwetter sowie genügend Futter für die Tiere bot. Es gab nicht mehr viele solche Orte in den Bluteisenbergen.

Hunul umrundete langsam die offene Weide, auf der die Tiere tagsüber grasten. Die Nacht war frostig kalt und klar. Die einzigen Geräusche kamen von dem leichten Wind, der Gras und Farn bewegte, sowie von den schläfrigen Tieren, die sich auf ihren Ruheplätzen regten. Nicht weit entfernt verriet das leise Klingeln einer Glocke die Gegenwart der Glockenstute und der Zuchtstutenherde.

Valorian seufzte angesichts dieser friedlichen Nacht. Er legte den Kopf zurück und sah hoch zu den funkelnden Sternen. Sein Blick saugte sich an den Sternbildern des Bogenschützen, des Adlers, des Zwillings und der Großen Schlange fest, die sich über dem östlichen Horizont wand. Jede Sterngestalt spielte eine wichtige Rolle in den alten Legenden und im täglichen Leben des Klans. Die Klanleute kannten die Bewegungen und Positionen der Sterne und fanden so ihren Weg auch in der tiefsten Nacht.

Valorian richtete den Blick auf den großen roten Stern, der wie ein Juwel über dem südlichen Himmel stand. Der Stern sank rasch westwärts, und die Nacht schritt voran. Valorian hoffte, dass Aiden irgendwo da draußen war und den Sternen nach Hause folgte. Er ritt mit Hunnul auf den nächstgelegenen Hügel, der die Tiefebene überblickte, und hoffte, ein Anzeichen von seinem Bruder zu entdecken.

Der Wind blies aus Osten und trieb den Duft frisch abgeernteter Felder, reifer Trauben und trockenen Heus in die empfindliche Nase des Hengstes. Schließlich hob das Tier zu Valorians großer Erleichterung den Kopf und blähte die Nüstern, um einen vertrauten Geruch aufzunehmen.

Er kommt, Valorian. Er riecht seltsam.

»Wie bitte? Ist er verletzt?«, wollte Valorian wissen.

Nein. Es riecht ungefähr so wie euer Wein, aber es ist anders. Schärfer. Bitterer.

»Vielleicht hat er wieder andorischen Schnaps getrunken«, meinte Valorian gereizt. Er streichelte Hunnul dankbar und trieb das Pferd den Hügel hinunter und auf das Lager zu. Sie hielten am Rand der Zelte an und warteten auf Aiden, der aus Richtung Actigorium kam.

Der junge Mann pfiff laut, um den Wachen zu zeigen, wer er war, und trieb dann sein Pferd im Galopp auf das Lager zu. »Valorian!«, rief er, noch bevor er seinen Bruder am Rand der Zelte warten sah.

Das Lager war dunkel und schattenverwoben. Valorian hatte das Anzünden von Lagerfeuern und Fackeln nach Einbruch der

168

Dunkelheit verboten, weil er verhindern wollte, dass seine Familie rasch entdeckt wurde. Aiden sah das schwarze Pferd und seinen Reiter erst, als er sie beinahe erreicht hatte.

»Valorian!«, rief er noch einmal.

»Ich bin hier.«

Aiden riss heftig an den Zügeln, um nicht mit Hunnul zusammenzustoßen. »Gute Götter, wo kommst du denn plötzlich her?« Ohne auf eine Antwort zu warten, platzte er mit seinen Neuigkeiten heraus: »Valorian, ich habe gehört …«

»Aiden!«, schnitt ihm Valorian scharf das Wort ab, »was hast du dir dabei gedacht, einfach zu …«

Aber Aiden war zu aufgeregt, um zuzuhören. Er unterbrach seinen Bruder, indem er mit einer heftigen Handbewegung auf die Tiefebene deutete. »Ja, ich weiß, ich weiß. Ich hätte nicht nach Actigorium gehen sollen. Ich hätte die Familie in Gefahr bringen können.« Er bemerkte den Gesichtsausdruck seines Bruders und fügte reuevoll hinzu: »Oder mich selbst. Es tut mir Leid, dir Sorgen gemacht zu haben.« Er bohrte sich einen Finger ins Ohr. »Leider hatte es in meinem Ohr schrecklich gejuckt. Da wusste ich, dass es wichtige Neuigkeiten gibt. Ich musste einfach losziehen.« Er setzte ein betörendes Grinsen auf.

Valorian rollte mit den Augen. Es war ihm unmöglich, Aiden noch länger böse zu sein, denn schließlich war sein Bruder sicher zurückgekehrt und platzte vor Neuigkeiten. Er entschied, die Angelegenheit auf sich beruhen zu lassen. Wahrscheinlich hatte Linna genügend Wut für zwei im Bauch. Er seufzte. »Was hast du denn herausgefunden?«

»In Actigorium bin ich in einige mir bekannte Tavernen gegangen. Valorian, man redet von nichts anderem als von dir!«

Das war ein harter Schlag. Valorian presste grimmig die Lippen zusammen. »Warum?«

»Hauptsächlich wegen deiner Magie. Und wegen der ausstehenden Tributzahlungen. Einige Leute machen sich sogar Gedanken wegen Sergius und den verschwundenen tarnischen Soldaten.« Aiden sprach umso lauter, je wütender er wurde. »Es ist ganz klar. Jemand hat dich verraten, jemand aus dem Klan, denn die Chadarianer und die Tarner wissen beinahe alles, was wir in diesem Sommer getan haben.«

Sie waren verraten worden. Übelkeit machte sich in Valorians Bauch breit. Ihm war klar, dass die Gerüchte über seine Taten irgendwann die Tiefebene erreicht hätten, doch die Klanleute redeten gewöhnlich nur ungern mit Tarnern oder Chadarianern, sodass er gehofft hatte, es würde noch lange dauern, bis die Tarner alles erfuhren. Wenn Aiden Recht hatte, versuchte ein Klanmitglied absichtlich, seine Bemühungen zu vereiteln.

»Weißt du, wer es ist?«

Aiden schüttelte den Kopf. »Er war zu schlau, um seine Klanzugehörigkeit zu enthüllen. Aber das ist noch nicht das Schlimmste.« Er zögerte und räusperte sich. »General Tyrranis hat deine Verhaftung angeordnet. Die tarnische Garnison schickt Truppenteile nach dir aus.«

»Wie lautet die Anklage?«, fragte Valorian gelassen.

»Weigerung zur Steuerzahlung, Anstiftung zum Aufruhr und … Mordverdacht.« Aiden hielt inne. »Glaubst du, sie haben die Leichen gefunden?«

»Ich weiß es nicht. Vielleicht. Möglicherweise ist es auch nur eine Vermutung der Tarner«, antwortete Valorian.

Aiden versuchte, das Gesicht seines Bruders zu erkennen, doch Valorian hatte sich ein wenig von ihm abgewandt und befand sich in völliger Dunkelheit. Er regte sich kaum. »Ich habe auch ein paar gute Neuigkeiten gehört, die dir gefallen werden«, beeilte sich Aiden zu sagen. »Es gibt eine Bestätigung dafür, dass die Zwölfte Legion im vergangenen Sommer den Wolfsohrenpass überquert hat. Sie befindet sich jetzt in Sar Nitina und wartet auf die Verschiffung zum Golf. Die Ebene von Ramtharin ist verlassen.«

Nun lächelte Valorian. Er streckte die Hand aus und schlug seinem Bruder anerkennend auf die Schulter. »Vielen Dank«, sagte er. Dann wendete er Hunnul und verschwand in der Nacht, um seine Wache zu beenden.

Zehn Tage später befand sich Valorians Familie noch immer auf der Wanderschaft und war sich nicht sicher, wohin sie gehen sollte. Mit jedem Tag war sie tiefer in die Berge eingedrungen, hatte jede Nacht auf einer neuen Wiese das Lager errichtet und war so den zahlreichen Spähern und tarnischen Soldaten, welche das Vorgebirge nach Valorian absuchten, immer einen Schritt voraus geblieben. Die Familie kannte die Gefahr, in der sie schwebte, und wurde immer besorgter und verärgerter. Schnee verhüllte die Berggipfel und bestäubte sogar schon die kleineren Erhebungen; die Nächte waren inzwischen sehr kalt geworden. Es war Zeit für die Familie, das Winterlager aufzuschlagen. Wenn sie damit zu lange zögerten, erwarteten sie Kälte, Hunger und eine schreckliche Zeit. Doch niemand, nicht einmal Mutter Willa, kannte einen Ort, an dem sie den ganzen Winter über vor den Tarnern sicher wären.

Valorian hatte mit verschiedenen Überlegungen gespielt und sogar daran gedacht, in Steinhelm zu überwintern, doch obwohl er genau wusste, dass Lord Fearral zu ehrenhaft war, um für die Verbreitung der Gerüchte verantwortlich sein zu können, traute er den Dorfleuten nicht. Die Siedlung war zu offen und verwundbar.

Im Grunde wusste er nicht, wem er außerhalb seiner eigenen Familie überhaupt noch vertrauen durfte. Jeder aus dem Klan konnte aus jedem beliebigen Grund in die Dörfer der Chadarianer gegangen sein und dort die Geschichten verbreitet haben, und ebendiese Person könnte Valorians Aufenthaltsort leicht verraten. Sobald sich seine Familie irgendwo niedergelassen hatte, würde er selbst in Bewegung bleiben. Er konnte die Lager besichtigen, mit den Klanleuten reden und mit etwas Glück die Tarner über seine Aufenthaltsorte im Ungewissen lassen. Er konnte sogar nach Süden gehen und sich den Wolfsohrenpass ansehen, bevor der Schnee die Berge einhüllte. Wenn er ständig in Bewegung blieb, half ihm das auch dabei, die Soldaten von seiner Familie fern zu halten.

Eines frühen Nachmittags, als düstere Gedanken ihn bedrückten, bremste er Hunnul neben dem Karren, auf dem sich sein eigenes Zelt, seine wenigen Besitztümer sowie Mutter Willa und Kierla befanden.

Kierla war nun bereits im sechsten Monat schwanger und der dicke Bauch unter dem weiten Rock deutlich sichtbar. Sie lächelte ihren Mann an, bis ein heftiges Rütteln des Wagens ihr das Lächeln aus dem Gesicht trieb. Er beobachtete sie besorgt, während sie eine bequemere Lage auf dem Karrensitz einzunehmen versuchte.

Mutter Willa schlug der alten Stute, die den Wagen zog, gereizt die Zügel auf den Rücken und schürzte die Lippen. »Du weißt, dass wir nicht mehr lange auf diese Weise weiterziehen können«, sagte sie scharf zu ihrem Enkel. »Kierla braucht vor der Niederkunft Ruhe und darf nicht so herumgestoßen werden.«

Er stimmte ihr zu. Kierla hatte das Alter der Gebährfähigkeit schon beinahe hinter sich gelassen, und er machte sich große Sorgen um sie.

Kierla lachte die beiden aus. »Es geht mir gut!«, rief sie. »Ich habe mich noch nie stärker und glücklicher gefühlt als jetzt. Verschwendet also eure Ängste nicht an mich. Denkt über einen Ort nach, wo man ein paar Öfen aufstellen kann. Ich habe große Lust auf frisch gebackenes Brot.«

Valorian lächelte sie an. Er musste zugeben, dass sie sich bei guter Gesundheit befand. Bei allen Göttern, wenn sie Brot haben wollte, sollte sie es bekommen!

In diesem Augenblick ertönte ein Ruf vom Kopf der Karawane her. Ranulf galoppierte auf Valorian zu und schrie: »Ein Reiter nähert sich! Ein Klanmann!«

Hunnul trabte an den Wagen, Pferden und Leuten vorbei und dem fremden Reiter entgegen. Mit großer Freude erkannte Valorian das helle Haar des Mannes. Es war Gylden.

Der Reiter winkte und begrüßte die Karawane mit offensichtlicher Erleichterung und Freude. Sein roter Umhang flatterte im kalten Wind. Er preschte auf Valorian zu und begrüßte seinen Freund. »Valorian! Bin ich froh, dich zu sehen! Ich suche schon seit fast sieben Tagen nach dir. Du bist zu schnell für die Tarner.«

172

»Du weißt es?«

»Jeder weiß es. Neuigkeiten verbreiten sich rasch. Die Tarner halten jede Familie an, der sie begegnen. Sie sind wirklich sehr erpicht darauf, dich zu fangen.« Er sah Valorian eingehend an, bevor er sagte: »Man munkelt etwas von Mordverdacht.«

Valorian zögerte mit der Antwort. Zuerst wollte er darüber schweigen und mit seinem Vertrauen nicht allzu freigiebig umgehen. Nur seine Familie kannte die Wahrheit über Sergius' Tod, und so sollte es auch bleiben. Doch dann schämte er sich wegen dieser Überlegungen. Gylden war sein ältester Freund. Wie sollte Valorian die Achtung und das Vertrauen des Klans erringen, wenn er selbst beides anderen nicht erweisen konnte?

»Dieser Teil stimmt«, erklärte er seinem Freund. »Sergius Valentius hatte versucht, Kierla zu entführen. Ich habe ihn mit einem magischen Blitz niedergestreckt, bevor mir überhaupt bewusst war, dass ich über diese Kraft verfüge. Wir haben den Leichnam in den Bergen versteckt.«

Ein Schatten verzog sich von Gyldens schönem Gesicht, als er begriff, wie sehr Valorian ihm vertraute. Er war sowohl erleichtert als auch erfreut. Es machte die Neuigkeiten, die er Valorian überbringen wollte, bloß noch angenehmer. »Das ist kein Mord«, schnaubte er. »Das ist nur die Tötung einer Schlange.«

»Nicht für die Tarner«, entgegnete Valorian trocken.

Aiden und einige andere Reiter gesellten sich in jenem Augenblick zu ihnen, und Gylden nannte ihnen nun den Grund dafür, dass er der Familie nachgeeilt war.

»Als wir hörten, welche Anklage gegen dich erhoben wird, wussten wir, dass ihr in Schwierigkeiten seid. Deshalb schlägt euch Vater vor, den Winter bei uns zu verbringen.«

Valorian lachte in einer Mischung aus Erleichterung und Unglauben. »Dein Vater? Ich habe geglaubt, er wolle ohne Lord Fearrals Zustimmung nichts mit uns zu tun haben.«

Gylden nahm an diesen Worten keinen Anstoß. Es war allgemein bekannt, dass sein Vater nicht sehr unternehmungslustig war. »Ich habe mit ihm gesprochen«, sagte er mit einem Grinsen. »Schließlich musste ich etwas tun, um all die trächtigen Stuten zu verdienen. Und bei der Wahrheit der Götter, Valorian! Er kennt einen Ort tief im Gol Agha, der unseren beiden Familien während des Winters Schutz bieten kann. Er will dorthin kommen.«

»Gol Agha?«, fragte Valorian. »Das Tal der Winde? Ich wusste nicht, dass es dort einen Ort gibt, an dem man länger als einen Tag lagern kann, von einigen Monaten gar nicht zu reden.«

»Ich auch nicht. Aber Vater schwört darauf. Er hat einige Späher ausgesandt, die sich dort umsehen wollen, während ich zu dir aufgebrochen bin.« Er zupfte an seinem Bart und sah Valorian an. »Wirst du dorthin kommen?«

»Dir ist bestimmt klar, dass deine Familie dadurch in große Gefahr gerät«, sagte Valorian.

Gylden zögerte nicht. »Natürlich.«

Der Klanmann schaute zuerst seinen Bruder und dann die übrigen Männer an. Die Hoffnung und Erleichterung auf ihren Gesichtern wischte seine letzten Bedenken fort. Wenn Gylden und seine Familie sie wirklich verstecken wollten, gab es keinen Grund, dieses Angebot abzulehnen. Valorian spürte, wie die Erleichterung ihm die drückenden Sorgen von den Schultern nahm. »Wir werden kommen«, erklärte er. Dann ritt er zurück zu Kierla und berichtete ihr die Neuigkeiten.

»Amara sei Dank!«, rief sie erfreut. »Das bedeutet, dass wir im Jagdmond Brot haben werden.«

Sie hatte Recht.

Als der nächste Vollmond – oder der Jagdmond, wie ihn die Klanleute nannten – über dem Dunkelhorngebirge aufging, hatten sich die beiden Familien vereinigt und waren südlich von Steinhelm in die tief im Gebirge liegende Schlucht namens Gol Agha eingedrungen. Der breite Eingang zu dieser Schlucht, der den passenden Namen »Ort der Winde« trug, öffnete sich nach Nordwesten und fing die Stürme und Winterwinde wie ein gewaltiger Kamin ein. In der rotbraunen Schlucht war es niemals still; andauernd wurde sie von Winden durchgepeitscht. Es heulte und klagte und jammerte und sang, und manchmal bliesen die Stürme so stark, dass man nicht aufrecht stehen konnte.

Weiter hinten jedoch krümmte sich die Schlucht mehrfach und nahm den Winden somit die Kraft. Zwischen hohen, schützenden Felsmauern gab es einen lang gestreckten, schmalen und ebenen Ort, wo grünes Gras und vereinzelte Bäume wuchsen. Er war zwar nicht vollkommen, aber ziemlich sicher. Nur wenige Klanleute hatten sich bisher die Mühe gemacht, die Schlucht hinter dem Ort der Winde zu erforschen. Einer von ihnen war Gyldens Vater in seiner Jugend gewesen.

Glücklicherweise war das Gedächtnis des alten Mannes noch gut, und nach einer dreitägigen, von heulenden Winden begleiteten Reise fanden die beiden Familien die Zuflucht in der Schlucht. Sie errichteten sofort das dauerhaftere Lager, das für den Winter benutzt wurde und auch feste Backöfen umfasste. Zwei Tage vor Vollmond bekam Kierla ihr warmes, duftendes, frisch gebackenes Brot.

Der Jagdmond stellte ein weiteres Fest für die Klanleute dar. Diesmal wurde der Gott Surgart verehrt – der Gott des Krieges und der Jagd. Den Tag verbrachte man mit Tanzen und dem Nachstellen berühmter Jagden, und als sich der Vollmond über die Schluchtwand erhob, gingen die Männer zu Fuß auf die Jagd nach dem wildesten Tier der Berge, dem Höhlenlöwen. Ein Höhlenlöwenfell war nach den Pferden der wertvollste Besitz eines Klanmannes. Eine der Großkatzen während des Festes zu Surgarts Ehren zu erlegen bedeutete große Ehre und ein gutes Vorzeichen für das kommende Jahr.

Valorian war noch nie ein erfolgreicher Löwenjäger gewesen, doch in diesem Jahr war Kierla nicht überrascht, als die Männer zwei Tage später verdreckt und erschöpft, aber beladen mit dem Fell eines riesigen Löwen zurückkehrten.

Vor beiden Familien streckte Gyldens Vater das Fell auf dem Boden aus, damit alle es sehen konnten. »Vor den Augen Surgarts«, rief er dem versammelten Volk zu, »hat Valorian seinen Speer dem zum Sprung bereiten Tier fest und wahrhaft in die

Brust gerammt. Ihm überreichen wir das Fell als Anerkennung für den tödlichen Streich!«

Die Menge jubelte, als Valorian das Fell aufhob. Stolz und Dankbarkeit brannten in seinem Herzen. Er überreichte das Fell Kierla, damit sie es gerbte und so mit ihm verfuhr, wie sie es wünschte.

Einige Tage später gab er ihr an einem windigen, frostigen Morgen den Abschiedskuss und überließ sie Mutter Willas Obhut. Zusammen mit Gylden, Ranulf und Aiden machte er sich auf den Weg zum Wolfsohrenpass.

Zehn

Es fiel den vier Klanmännern nicht schwer, den tarnischen Soldaten, die noch immer das Gebirge absuchten, aus dem Weg zu gehen. Valorian und seine Gefährten waren unbehindert von Herden und Wagen und konnten daher schnell und auf Pfaden reiten, die nur den wilden Tieren und dem Klan bekannt waren. Nach einigen Tagen kamen sie an dem Grat vorbei, wo der Blitz Valorian getroffen hatte, und drangen in das Land ein, das bisher nur Ranulf gesehen hatte.

Der junge Mann fand es aufregend, der Führer der anderen drei zu sein. Er geleitete sie nach Süden an den Grenzen Chadars entlang über Bergkämme, Hügel und durch Täler, von deren Existenz sie bisher keine Ahnung gehabt hatten. Nicht weit von Valorians Grat entfernt musste Ranulf sie aus dem Vorgebirge in die Ebene führen, um eine breite, tiefe Schlucht zu umgehen, die sich in die Berge gegraben hatte und durch den schroffen Fels bis in die Tiefebene erstreckte. Die steile Schlucht stellte in nördlicher oder südlicher Richtung ein unüberwindliches Hindernis dar. Falls der Klan denselben Weg nehmen musste, würde ihm nichts anders übrig bleiben, als ebenfalls in die Ebene hinabzusteigen, um die Schlucht zu umgehen.

Einige Tage nach der Umrundung der Schlucht überquerten die Klanmänner den Biegwasserfluss und betraten Sarcithia. Fünf weitere Tage lang bahnten sie sich einen Weg an den Bergflanken vorbei, bis sie endlich ein breites Tal erreichten, das der sanfte Silberfluss aus den Bergen gewaschen hatte.

Als die vier Männer die alten Wagenspuren sahen, welche die zurückweichende Zwölfte Legion hinterlassen hatte, wuchs ihre Erregung. Im Osten sah Valorian zwei Gipfel aus demselben

Berg sprießen, deren Umriss dem eines Wolfskopfes mit aufgestellten Ohren glich.

Ranulf nickte, als Valorian mit dem Finger darauf deutete.
Nach so langer Zeit konnte Valorian endlich den Wolfsohrenpass mit eigenen Augen sehen. Sie folgten den Spuren der Legion und ritten den langen und oft steilen Pfad zur schneebedeckten Passhöhe hinauf. Dann betrachteten sie vom Rücken
ihrer Pferde aus das dahinter liegende Land. Sie schwiegen lange, während ihr Blick langsam über die zerklüfteten, schneege-
puderten Granithänge bis zu den kieferngesäumten Vorbergen
und der im fernen Purpurdunst liegenden Ebene schweifte.

Hunnul reckte den Hals und sog den Ostwind ein. Seine
Freude sang in Valorians Kopf. *Ich rieche Gras dort unten. Mehr
Gras, als ich je gesehen habe. Das ist ein guter Ort.*

Valorian grinste breit und tätschelte zustimmend den Hengst.
Der Anblick seiner Gefährten verriet ihm, dass sie genauso
dachten wie er. Er war so hoffnungsfroh wie nie zuvor. Bis zu jenem Augenblick war der Traum, in die Ebene von Ramtharin zu
ziehen, etwas gewesen, an das nur er allein wirklich geglaubt
hatte. Seine Familie und Freunde hatten darüber nachgedacht,
den Plan für gut befunden und auf seine Verwirklichung gehofft, aber keiner von ihnen war so leidenschaftlich wie Valorian
gewesen. Jetzt wurde der Traum weitergegeben. Valorian erkannte, wie er in den drei Männern neben ihm aufloderte und
glühte. Sie regten sich im Sattel, streckten sich ein wenig und sahen einander an wie Teilhaber an einem wundervollen Geheimnis. Ranulf grinste. Gyldens braune Augen waren weit und voller Aufregung, und Aiden trommelte mit den Fingern auf die
Knie, während er über die Möglichkeiten nachdachte, die ein
solches Land bereithielt.

Valorian nickte. Nun hatte er drei ergebene Anhänger, die
ihm dabei helfen würden, seinen Traum in den Klan zu tragen.
Die Leute mussten ihn einfach verstehen! Wenn er sie nur zu
diesem Grat führen könnte, damit sie einen Blick auf die weite
Ebene werfen könnten, dann würden sie genau so wie seine
drei Begleiter an Freiheit und Hoffnung glauben. Leider war es

ihm nicht möglich, den ganzen Klan für einen solchen Blick herzubringen. Er musste den Leuten so viel Vertrauen einflößen, dass sie ihm einfach folgten. Wenn sie diesen Berg erklommen, wäre es zum ersten und letzten Mal.

Mit einem stillen Seufzer führte er Hunnul von dem Pass und dem bezaubernden Ausblick fort und führte seine Freunde wieder den Berg hinunter. Für den Spätherbst war das Wetter noch sehr mild und trocken. Deshalb schlug Valorian vor, die Gelegenheit zu ergreifen und nach Pfaden zu suchen, die für Wagen und Karren passierbar waren. Die übrigen drei stimmten ihm zu. Niemand aus dem Klan war mit diesem Land im tiefen Süden vertraut, und es wäre sehr hilfreich, den schnellsten Weg zum Pass zu kennen.

Sie begannen am Silberfluss und arbeiteten sich Stück für Stück nach Norden vor, wobei sie jeden Pfad durch die zerklüfteten Berge untersuchten: die kleinen Täler mit ihren rauschenden Bächen, die tiefen Schluchten und die offenen Wiesen mit sonnengetrocknetem Gras. Sie hielten Ausschau nach Tränken sowie nach Plätzen, die viele Zelte und Herden zu fassen vermochten, und nach ebenen Pfaden für die Wagen. Weder fertigten sie eine Karte an, noch hielten sie ihre neuen Erkenntnisse schriftlich fest. Außer einigen Namen und Symbolen konnte keiner von ihnen schreiben, und Karten waren etwas für die Tarner. Nach Generationen des Umherziehens hatten sich die Klanleute daran gewöhnt, Orte und Entfernungen im Kopf zu behalten. Wenn der Klan am Ende hierher zog, würden Valorian und seine Gefährten ihn unfehlbar auf dem gewählten Weg führen.

Doch schon nach wenigen Tagen machte sich Valorian große Sorgen um Kierla. Sie waren bereits einen ganzen Mondumgang unterwegs, und die Zeit ihrer Niederkunft nahte. Er wollte bei ihr sein, wenn das Kind auf die Welt kam. Auch wenn er es nicht einmal vor sich selbst eingestand, so wollte er für den schrecklichen Fall bei ihr sein, dass sie die Geburt nicht überlebte.

Auch bei den übrigen Männern wuchs das Verlangen, ihre Lieben wiederzusehen und sich zu vergewissern, dass das Lager noch in Sicherheit war. Sie ritten schneller und erreichten den

Biegwasserfluss an der Grenze zwischen Chadar und Sarcithia noch im Spätherbst.

In jener Nacht schlugen die vier Männer ihr Lager am Südufer des Flusses unter einem klaren und sternflirrenden Abendhimmel auf. Als sie am nächsten Morgen erwachten, hatte sich der Himmel zu einem festen, eintönigen grauen Dach verwandelt. Ein feuchter, kalter Wind zischelte rastlos durch das braune Gras und schüttelte die kahlen Bäume.

Während sie ihre Ausrüstung zusammenpackten, betrachtete Valorian besorgt den Himmel. Alles unter dem niedrigen Wolkendach wirkte grau und kalt. Man konnte kaum den westlichen und nördlichen Horizont erkennen, wo Land und Himmel zu einem dunklen, trüben Dunst verschmolzen.

»Wir sollten besser nach einem Unterschlupf für den heutigen Tag suchen«, bemerkte Aiden, während er an die Seite seines Bruders trat.

Der große Klanmann nickte. Schnee hing in den Wolken. Valorian wollte nicht unbedingt eine Nacht im Sturm verbringen, wenn er es verhindern konnte.

Die Klanmänner hatten bald eine bequeme Furt in dem breiten, seichten Fluss gefunden. Sie preschten durch das Wasser und waren froh, wieder in ihrem Heimatland zu sein.

Valorian sah die Freude in den Gesichtern seiner Freunde, während Hunnul durch das Wasser watete. Dies war die traurige Seite an seinem Traum vom Auszug aus Chadar. Die Klanleute liebten ihr Land. Es hatte sie seit Generationen ernährt, und sie wollten im Grunde nicht von hier fortgehen. Valorian fühlte genau wie die anderen. Wenn es eine Möglichkeit gäbe, in ihrer Heimat zu überleben, würde er seine Pläne für den Auszug sofort fallen lassen und für ein besseres Leben in Chadar kämpfen. Aber es war zu spät. Die meisten Klanleute wollten nicht begreifen, dass die Tarner ihnen ihre Heimat längst weggenommen hatten. Chadar war nicht länger ihr Zuhause, egal wie sehr die Leute es schätzten. Die Zeit zum Weiterziehen war gekommen, so wie es die Klans vor langer, langer Zeit gehalten hatten, als sie aus dem Westen gekommen waren und sich in Chadar niedergelassen hatten. Erneut mussten sie Amaras aufgehender Sonne nach Osten folgen.

Valorian war so sehr mit seinen eigenen Gedanken beschäftigt, dass er nicht bemerkte, wie Hunnul die Ohren aufstellte und die Nase in den Wind hielt. Sie hatten das Ufer auf der chadarianischen Seite beinahe erreicht, als Hunnul plötzlich zu ihm sprach: *Herr, ich glaube, dort sind* …

Weiter kam er nicht. In diesem Augenblick ertönte ein lauter Schrei aus einem Birkenwäldchen in der Nähe des Wassers, und sechs tarnische Soldaten sprangen aus ihrem Versteck, zogen ihre Bogen und zielten auf die Reiter.

»Haltet sofort an!«, befahl ihr Anführer.

Valorian fluchte innerlich. Welch ein Pech, gerade jetzt in eine Grenzkontrolle zu geraten! Er fragte sich, ob sie die Soldaten täuschen konnten. Vielleicht wussten sie nicht, wer er war.

Bevor er ein Wort zu sagen vermochte, trieb ihm der Kriegsruf des Klans diesen Gedanken aus. Die drei Männer neben ihm gaben ihren Pferden die Sporen, zogen ihre Schwerter und preschten auf die sechs Bogenschützen zu. Diesmal fluchte Valorian laut und vernehmlich. Tarnische Soldaten waren gute Bogenschützen und würden auf eine so geringe Entfernung wohl kaum drei auf sie zureitende Männer verfehlen.

Ungebeten setzte Hunnul den dreien nach. Valorian sah, wie die Tarner sorgfältig zielten, und hob die rechte Hand. Die Pfeile flogen schneller heran, als das Auge ihnen folgen konnte, doch Valorians Magie war genauso schnell. Er streckte die Hand aus. Plötzlich fuhr ein Windstoß zwischen die beiden Gruppen und lenkte die Pfeile ab. Die überraschten Tarner zerstreuten sich längs des Flussufers. Aiden, Gylden und Ranulf fuhren mit kreisenden Schwertern zwischen sie.

Doch Valorian wollte keinen Kampf. Er hatte nicht vor, seinen Eid zu brechen, indem er diese sechs Tarner mit seiner Magie tötete. Es würde den Klanleuten nichts einbringen. »Reitet weiter!«, brüllte er seinen Männern zu, während Hunnul am Flussufer entlangrannte und das Wasser in alle Richtungen spritzte. Die Klanleute brachen den Angriff widerstrebend ab

181

und ritten auf die Hügel zu, um dort Unterschlupf zu suchen. Hunnul folgte ihnen sofort.

Es dauerte einen Augenblick, bis sich die verwirrten Soldaten wieder gesammelt hatten. Dann rannten fünf von ihnen zu den Pferden, um den fliehenden Klanmännern nachzusetzen. Nur ihr enttäuschter Anführer hielt lange genug inne, um seinen Bogen zu ziehen und rasch zwei Pfeile auf die Flüchtenden abzufeuern, bevor auch er auf sein Reittier zuhastete. Er wartete nicht ab, ob seine Pfeile trafen.

Der mächtige, vom tarnischen Heer bevorzugte Klappbogen leistete gute Arbeit. Er feuerte Pfeile ab, die schneller als ein Pferd in vollem Galopp waren und die Gruppe der Klanmänner tatsächlich noch erreichten. Der erste Pfeil fiel ins Gras. Der zweite jedoch schoss wie ein schlanker Raubvogel aus dem bleiernen Himmel und fuhr in Valorians Rücken.

Der Klanmann spürte plötzlich, wie ihn ein schrecklicher Schmerz in der linken Schulter über Hunnuls Rücken warf. Er griff krampfhaft nach der Mähne des Hengstes, um nicht hinunterzufallen.

Hunnul fühlte die Schmerzen seines Herrn und wieherte so laut, dass sich die übrigen Reiter umdrehten. Das große Pferd wurde langsamer, doch es gelang Valorian, sich wieder in den Sattel zu ziehen.

»Nein«, keuchte er mit zusammengebissenen Zähnen. »Lauf weiter.«

Hunnul sah, wie die tarnische Patrouille den Hügel hinaufritt und die Flüchtigen verfolgte. Der Hengst bleckte die Zähne, streckte den Kopf vor und rannte so schnell wie noch nie, um möglichst viel Abstand zwischen seinen Herrn und die Männer zu bringen, die ihn verletzt hatten. Er zog an Aiden, Gylden und Ranulf wie ein schwarzer Blitz vorbei.

Als Hunnul an Aiden vorbeilief, erhaschte dieser nur einen kurzen Blick auf den Schaft, der aus Valorians Rücken hervorstand, sowie auf den roten Fleck, der sich über seinen Mantel ausbreitete. Das Herz sackte ihm in die Hose. »O Götter!«, rief er. »Valorian ist verletzt!«

182

Die drei Männer beugten sich verzweifelt über ihre Pferde, ihre Bewegungen wurden eins mit den Tieren. Die Klanpferde, die an das raue Gebiet der Berge gewöhnt waren, rannten mit der Geschwindigkeit von Rehen über die Erde und hatten die Tarner bald hinter sich zurückgelassen. Doch mit Hunnul vermochten sie nicht Schritt zu halten. Das Letzte, was die drei Männer von ihm sahen, war sein flatternder Schweif, als er hinter einem fernen Hügel verschwand.

»Dieses Pferd holen wir niemals ein«, rief Gylden schließlich. Inzwischen waren die Tarner bereits außer Sichtweite, und die Pferde der Männer schwitzten heftig. Sie wurden langsamer und folgten Hunnuls Spur durch das spärliche, trockene Gras. Die Spur war recht leicht zu erkennen, da die Hügel nördlich des Flusses baumlos und sanft waren. Trotzdem war es eine nervenaufreibende Suche. Jeden Augenblick erwarteten sie, Valorian hinter der nächsten Erhebung tot im Gras liegen zu sehen.

Sie waren nur etwa eine oder zwei Meilen geritten, als die ersten wirbelnden Schneeflocken fielen. Das leichte Gestöber verwandelte sich rasch in einen starken Schneesturm, der launische Wind frischte auf und trieb die Flocken in blendend weißen, waagerechten Schleiern vor sich her. Die Kälte wurde grimmig; sie saugte den Männern den Atem aus und zog die Wärme aus ihren Körpern.

Verzweifelt suchte Aiden in dem Flockentanz nach einem Zeichen von Valorian oder Hunnul. Die Spuren waren in dem Schneetreiben untergegangen; es war unmöglich zu sagen, welche Richtung Hunnul eingeschlagen hatte. Wollte der Hengst Valorian etwa den ganzen Weg zurück bis zum Winterlager tragen? Dann wäre Valorian längst verblutet. Oder erfroren. Mit schwindender Hoffnung zog sich Aiden die Kapuze über den Kopf und trieb sein Pferd näher an die Reittiere von Gylden und Ranulf heran. Gemeinsam kämpften sie sich durch den Sturm.

Weit vor den drei Männern lief Hunnul über die sanfteren Hänge des Vorgebirges, als wären ihm alle Gorthlinge Gormoths auf den Fersen. Seine Augen waren weiß umrandet, die

183

Nüstern gebläht, und die langen, schwarzen Beine hoben sich kaum von der braunen Landschaft ab. Alle Instinkte befahlen dem rasenden Pferd, nach Hause zurückzukehren und seinen Herrn an einen Ort zu bringen, wo es Wärme und Nahrung gab und man sich um ihn kümmerte. Das Tier wusste nicht, wie weit es noch bis zum Lager war oder wie schwer Valorians Verletzungen waren. Es wusste nur, dass es nach Norden laufen musste, wo Hilfe zu finden war.

Doch etwas störte Hunnul. Er verspürte ein unvertrautes, nagendes Gefühl; es war, als stimmte mit seinen Bewegungen etwas nicht. Er musste unbedingt herausfinden, was es war. Der Hengst wurde langsamer und wieherte vor Enttäuschung.

Valorian lag ausgestreckt auf Hunnuls Rücken und hielt sich verzweifelt mit der rechten Hand an der Mähne des Tieres fest. Er hatte die Augen fest geschlossen und biss die Zähne vor Schmerz zusammen. Als der Hengst langsamer wurde, keuchte Valorian angestrengt: »Wir können sie nicht allein zurücklassen!«

Hunnul hielt an. Er wusste, dass Valorian seine Gefährten meinte. Als der Hengst über sie nachdachte, begriff er allmählich, was nicht stimmte. Sein Pferdeinstinkt hatte ihm befohlen, nach Hause zu rennen, doch die größere Verstandeskraft und Weisheit der Menschen, die Valorian ihm verliehen hatte, machte ihm klar, dass er Valorians Gefährten nicht sich selbst überlassen durfte. Sie waren viel näher als das Lager der Familie. Sie hatten möglicherweise das Wissen und die Fähigkeit, seinen Herrn zu heilen. So rasch wie das große schwarze Pferd nach Norden galoppiert war, wirbelte es nun herum und eilte den Weg, auf dem es gekommen war, zurück nach Süden.

Es war erst wenige Minuten gelaufen, als der Sturm losbrach. Hunnul war gezwungen, in einen langsamen Trott zu fallen. Sehr vorsichtig schritt der Hengst auf seinem Weg voran. Er hielt den Hals ausgestreckt und die Nase in Wind und Schnee und Dunkelheit, um den Geruch der drei Männer aufzufangen.

Für Aiden, Gylden und Ranulf war der Morgen ein endloser Albtraum. Sie hasteten wie Blinde durch das dichte Schneetreiben, während die Hoffnung sie allmählich verließ und ihre Körper in der Kälte immer steifer wurden.

Es war Aiden, der schließlich ein Wiehern hörte und einen schwarzen Umriss in dem wirbelnden Flockentanz erkannte. Mit einem Freudenschrei trieb er sein Reittier darauf zu. »Valorian!«, rief er.

Der Klanmann war im Sattel zusammengesunken und hatte sich mit der rechten Hand in Hunnuls Mähne verkrallt. Der linke Arm hing schlaff herunter, und das Gesicht war totenblass. Irgendwie brachte er ein schwaches Lächeln zustande. »Ich ... bin noch da«, sagte er matt.

Hunnul blieb stehen, und die anderen Pferde drängten sich um ihn. Mann und Hengst waren gleichermaßen elend.

Aiden wusste, dass er und seine Freunde so rasch wie möglich Schutz vor dem tödlichen Sturm finden mussten. Doch es war nahezu unmöglich, in diesem Orkan den richtigen Weg zu finden. Man konnte nur ein paar Schritte weit sehen, und es bestand die Gefahr, dass sie von einer Klippe stürzten, sich im Kreis bewegten oder einander in dem Unwetter verloren.

»Hat jemand so etwas wie einen Unterschlupf bemerkt?«, rief Aiden gegen den heulenden Wind an.

Die Übrigen schüttelten den Kopf. Sie befanden sich in einer Gegend des Vorgebirges, die nicht sonderlich schroff war und nur wenige Bäume aufwies. Niemand erinnerte sich an Höhlen, tiefe Täler oder großen Windbruch.

»Bindet eure Pferde zusammen«, krächzte Valorian, der noch auf Hunnuls Rücken lag. »Wir werden schon etwas finden.«

Die anderen nickten stumm, wickelten sich rasch in alle Kleidung, die sie mit sich führten, schlangen Seile von einem Sattelknauf zum anderen und stürzten sich in den Sturm.

Valorian flüsterte zu Hunnul: »Suche einen Ort außerhalb des Sturms.«

Der Hengst übernahm die Führung. Schritt für Schritt führte er die anderen ostwärts durch den peitschenden Sturm auf die Berge zu. Er wusste nicht, wohin er gehen sollte, doch er erkannte, dass sein geliebter Herr und die anderen nicht lange in der Kälte des Schneesturms überleben konnten. Schon nach wenigen Stunden würden sie nicht mehr in der Lage sein, gegen den Frost anzukämpfen. Ihre kleinen Körper würden in den Tod hinübergleiten, lange bevor Hunnul ermüdete. Er musste einen Ort in der Nähe finden, wo sich alle ausruhen konnten. Seine Nüstern blähten sich im Wind, und er starrte mit scharfem Blick in den endlosen, grauweißen Sturm, doch selbst er fand nichts.

Der große Hengst pflügte weiter durch den Orkan. Er spürte, wie die drei kleineren Pferde hinter ihm ins Schwanken gerieten. Das Seil an seinem Sattelknauf zuckte immer öfter, wenn die Pferde durch Schneewehen schlingerten. Hunnul machte sich Sorgen. Valorian hatte ihm sein volles Vertrauen geschenkt, damit er das fand, was die Menschen mit ihren schwächeren Nasen und Augen nicht erkennen konnten. Wenn er nicht bald einen Unterschlupf entdeckte, würde sein Herr sterben.

Doch dann fing der Hengst einen unendlich schwachen, aber vertrauten Geruch auf: Heu. Er stellte die Ohren auf, warf den Kopf herum und folgte dem flüchtigen Duft.

Valorian wusste nicht, wo sie sich befanden oder wohin sie ritten. Er war betäubt und geschwächt von Blutverlust und Kälte und kaum mehr bei Bewusstsein. Allmählich jedoch bemerkte er den Wechsel in Hunnuls Gangart. Er hob den Kopf und versuchte durch das verschneite Zwielicht zu blicken.

Etwas regte sich in den treibenden Schneewällen. Er hatte den Eindruck, als stünde dort eine große, aufrechte Gestalt, doch dann blinzelte er, und sie war verschwunden. »Was war das, Hunnul?«, flüsterte er.

Ich weiß es nicht. Man scheint uns irgendwohin zu führen.

»Man?«, keuchte Valorian.

Ja, es sind mindestens drei. Sie sind noch nicht sehr lange dort draußen.

»Warum folgst du ihnen?«

Sie haben Nahrung, Herr, und ich spüre keine Gefahr an ihnen.

»Was ist, wenn es Raubtiere sind?«, murmelte Valorian.

Hunnul schnaubte, als wäre er von diesem Mangel an Vertrauen beleidigt. *Sie riechen nicht wie Fleischfresser. Sie riechen wie Steine.*

Valorian war verwirrt. Wie Steine? Was waren das für Wesen? Hunnul schien zu glauben, dass sie ungefährlich waren, doch wie konnte er sich da so sicher sein?

Valorian glaubte, die Wesen noch einige Male zu sehen. Immer erkannte er ganz kurz einen großen, dunklen Umriss vor sich im treibenden Schnee. Diese Geschöpfe verursachten nicht den geringsten Laut und machten keine Bewegung auf die vier Reiter zu. Im Gegenteil, sie schienen den Menschen aus dem Weg zu gehen.

Die Zeit verging langsam, während sich die Gruppe müde durch den Schnee kämpfte. Valorian war dankbar für die Reste der Hitze, die der Blitz in seinem Körper entfacht hatte. Sie war vermutlich einer der wenigen Umstände, die ihn am Leben erhielten. Er spürte, wie die grimmige Kälte durch Kleidung und Stiefel schnitt. Seine Hände und Füße waren taub, und sein Gesicht fühlte sich an wie Eis. Das einzig Gute an der Kälte war der Umstand, dass sie die Blutung stillte und die Schmerzen im Rücken linderte. Sein Atem ging in zitternden Stößen, und bei jeder Bewegung regte sich der Pfeil in seinem Rücken. Sein Bewusstsein schwand wieder, und die Welt vor seinen Augen wurde dunkel.

Er regte sich nicht, als Hunnul plötzlich wieherte. Nicht weit vor ihnen antwortete seinem Ruf ein kehliger Schrei. Der Hengst preschte voran und zerrte die anderen Pferde mit sich. Er umrundete einige Felsblöcke und trabte einen steilen, schlüpfrigen Hang hinauf. Plötzlich öffnete sich vor ihm ein breiter, dunkler Eingang. Hunnul stürzte sich in den gesegneten Schutz einer Höhle.

Die nächsten Stunden nahm Valorian nur verschwommen wahr. Er bemerkte kaum, wie sich Aiden, Gylden und Ranulf in seiner Nähe bewegten. Jemand musste ein Feuer entfacht haben, denn er sah ein schwaches, flackerndes Licht am Boden, und jemand anderes löste seine Finger aus Hunnuls Mähne.

Alle drei Männer waren dazu nötig, ihn von dem Rücken des Hengstes zu heben und ihn zu einigen Decken neben dem Feuer zu tragen. Er spürte ihre zitternden Hände und wusste, dass sie so durchgefroren und erschöpft waren wie er selbst. Er wollte aufstehen und ihnen helfen. Sie brauchten Wasser und Nahrung, und jemand musste sich um die Pferde kümmern, doch als er sich zu erheben versuchte, drückte ihn ein gewaltiger Schmerz zurück auf das Lager. In ihm drehte sich alles, und für eine Weile verließ ihn erneut das Bewusstsein.

Als er erwachte, sah er, wie Aiden mit einem blutigen Tuch in den Händen über ihm kniete. Unvermittelt durchbohrte ihn der Schmerz, und er wurde wieder bewusstlos.

Erst spät in der Nacht kam er abermals zu sich. Beim Klang fremder Stimmen erwachte er langsam.

»Wird er überleben?«, fragte eine tiefe, polternde Stimme neben seinem Kopf.

Valorian öffnete die Augen. Er lag auf dem Bauch und mit dem Kopf in Richtung Feuer. Sein Blick war alles andere als klar, und das einzige Licht in der Höhle kam von dem schwachen Feuer am Boden. Alles, was er sah, waren die Umrisse seiner Gefährten unter den Decken und Hunnuls Vorderbeine dicht neben seinen Armen.

»Gesagt hat es die Mutter«, entgegnete eine andere seltsame Stimme.

Valorian konnte die Sprecher nicht sehen, denn sie befanden sich hinter seinem Kopf. Als er sich umdrehen wollte, brachte sein erschöpfter Körper nur eine winzige Regung zustande.

Der zweite Sprecher sagte etwas mit einer Stimme, die wie das Aneinanderreiben zweier Felsen klang. »Sieh nur, er wacht auf. Wir müssen ihm einen neuen Breiumschlag machen. Amara hat darum gebeten.«

Seltsamerweise verspürte der Klanmann keine Angst. Obwohl er nicht die geringste Ahnung hatte, wer die Wesen mit den seltsamen Stimmen waren, spürte er, dass sie ihm nur helfen wollten. Auch Hunnul schien durch ihre Gegenwart nicht aus der Fassung gebracht zu werden. Bei der Erwähnung von

188

Amaras Namen entspannte sich Valorian wieder. Die Mutergöttin würde über ihn wachen.

Während er abermals in den Schlaf glitt, spürte er, wie etwas Schweres über seinen Rücken gelegt wurde, und die knirschende Stimme sagte leise. »Friede, Zauberer. Wenn du unser Heim verlässt, folge den kleinen blinden Fischen unter dem Berg. Kürzer wird dann dein Weg sein.«

Etwas Großes und Schweres bewegte sich langsam auf den hinteren Teil der Höhle zu. Valorian erhob sich gerade lange genug, um den Kopf vorstrecken zu können. Am Rande des flackernden Feuerscheins glaubte er zwei aufrecht gehende, massige Wesen in der dichten Dunkelheit verschwinden zu sehen. Er seufzte noch einmal und schloss dankbar die Augen.

Eine andere Stimme weckte Valorian jäh am nächsten Morgen. Er erkannte sie. Sie gehörte Aiden.

Sein Bruder rief: »Gylden, Ranulf! Kommt her. Seht euch das an!«

Die drei Männer versammelten sich um Valorians Lager.

»Bei allen heiligen Göttern!«, entfuhr es Gylden. »Was ist das?«

»Ist er tot?«, fragte Ranulf besorgt.

»Nein«, sagte Valorian, bevor jemand anderes antworten konnte. Er öffnete die Augen und sah Aiden mit deutlich verwirrter Miene neben ihm knien. Valorian wunderte sich über die Aufregung der drei Männer.

Überraschenderweise waren die Schmerzen in seinem Rücken vollständig verschwunden. Nur eine schwere Mattigkeit hielt ihn auf seinem Lager fest. Er war noch zu müde, um sich zu bewegen. Die Augen geöffnet zu halten stellte für ihn bereits eine große Anstrengung dar.

»Valorian«, meinte Aiden zögernd, »da ist etwas auf deinem Rücken.«

»Ich weiß«, entgegnete er.

»Was ist das? Es sieht aus wie ein Klumpen aus erkaltetem Gestein.«

Gestein? Bemerkenswert, dachte Valorian. »Es ist ein Umschlag«, erklärte er seinen Freunden. »Jemand hat ihn in der letzten Nacht auf meinen Rücken aufgelegt.«

Die drei Männer warfen sich überraschte Blicke zu.

»Kannst du es wegnehmen?«, schlug Gylden vor.

Sehr vorsichtig schloss Aiden die Finger um den Rand des Klumpens. Der Verband – oder was immer es sein mochte – war weich, grau und schwer. Er bedeckte Valorians bloßen Rücken von Schulter zu Schulter, als wäre er unmittelbar auf seine Haut gegossen worden und dort erstarrt. Er fühlte sich warm an. Vorsichtig zog Aiden ihn ab und legte ihn beiseite.

Die drei Männer keuchten. In der vergangenen Nacht hatten sie den Pfeil aus Valorians Rücken geschnitten. Sie alle hatten die blutige Wunde in Valorians Schulter gesehen. Heute Morgen war sie bereits abgeheilt. Das tiefe Loch und die Schnitte waren nur mehr zarte Linien aus neuem, rosigem Fleisch.

»Steinzieher«, sagte Gylden plötzlich.

Aiden und Ranulf sahen ihn an, als ob er den Verstand verloren hätte. Steinzieher waren angeblich menschenähnliche Wesen aus lebendem Stein, deren Heimat die dunklen Tiefen der Gebirge waren. Doch jedermann wusste, dass diese Geschöpfe nur Legenden waren.

»Steinzieher«, wiederholte Gylden. In seinen Augen leuchtete Verwunderung auf. »Das muss es sein. Die Steinzieher haben uns geholfen.«

Valorian nickte. »Natürlich. Amara hat sie geschickt«, flüsterte er.

»Das ist unmöglich«, sagte Aiden. Er starrte auf den Rücken seines Bruders. »Die Steinzieher gibt es nicht wirklich. Sie sind nur eine Legende.«

Ranulf hob den steinernen Umschlag auf und drehte ihn in der Hand. »Aber was ist, wenn es sie doch gibt? Sieh dir bloß einmal dieses Ding an. Nur die Steinzieher aus den alten Geschichten besaßen den heilenden Stein. Sie lebten in Höhlen wie dieser.« Er deutete mit der Hand auf das Innere der gewaltigen Höhle, die ihnen Unterschlupf gewährt hatte.

Gylden schaukelte auf dem Absatz hin und her. »Irgendetwas

hat uns hergebracht, das ist sicher. Als wir herkamen, lagen
Feuerholz, Heu für die Pferde und sogar abgeschnittene Kiefernzweige für unser Lager bereit.«

Die drei Klanmänner sahen sich in den dunklen Ecken und
Vorsprüngen der Höhle um und hofften, einen Hinweis auf die
mythischen Steinzieher zu entdecken.

Valorian erinnerte sich an etwas, das Amara gesagt hatte.
»Magie ist verantwortlich für die Existenz von Geschöpfen, die
ihr noch nie gesehen habt und nur aus euren Legenden kennt«,
wiederholte er leise. Seine Augenlider gehorchten ihm nicht
mehr und fielen zu. Steinzieher, dachte er voller Freude. Das
steinerne Volk, das aus den Lenden der Erde entsprungen war,
als einige Tropfen von Amaras Blut aus dem Himmel auf die
gerade erst entstandenen Berge gefallen waren. Niemand hatte
je einen Steinzieher deutlich gesehen, und niemand glaubte
wirklich, dass es sie gab. Bis jetzt. Er wünschte, er hätte seine
Wohltäter erkennen und vielleicht sogar mit ihnen sprechen
und ihnen danken können, denn er begriff, dass sie nicht zurückkehren würden. Sie hatten ihre Pflicht getan. Er war geheilt, seine Freunde waren in Sicherheit, und es war bald an der
Zeit, nach Hause zurückzukehren.

Zwei Tage später stand Valorian am Eingang der Höhle und
sah auf eine Welt hinaus, die vom Schnee verwandelt worden
war. Der Sturm hatte sich endlich verausgabt und einen strahlend blauen Himmel, hohe Schneewehen und eine blendend
weiße Landschaft hinterlassen. Sie war unglaublich schön –
und es war unglaublich schwierig, sie zu durchqueren.

Schlaf und der Verband der Steinzieher hatten ganze Arbeit
geleistet. Valorian fühlte sich stärker und besser als seit vielen
Tagen. Er war allerdings nicht glücklich darüber, dass sie ihren
Weg nun durch den hohen Schnee fortsetzen mussten. Die
Reise würde lange dauern, sehr schwierig sein und die Pferde
ermüden. Da es ein früher Sturm gewesen war, bestand die
Möglichkeit, dass bald wieder wärmeres Wetter einsetzen und
der größte Teil des Schnees schmelzen würde. Sie konnten bis
dahin abwarten, doch Valorian wollte nicht länger als unbe

dingt nötig hier bleiben. Kierla wartete, und er hatte das Bedürfnis, wieder bei ihr zu sein.

Er sah sich in der Höhle um, die ihnen drei Tage lang Unterschlupf geboten hatte, und die letzten Worte des Steinziehers kamen ihm wieder in Erinnerung: »Folge den kleinen blinden Fischen.« Er schaute hinunter auf den Bach, der durch die Höhle floss. Das Wasser war nicht tief und vollkommen klar. Er bemerkte darin nichts, was wie ein Fisch aussah; also ging er stromaufwärts und tiefer in die Dunkelheit hinein.

Die Höhle war das Ergebnis langer Erosion in der Flanke eines gewaltigen Felsens. Sie hatte glatte Wände, einen Boden aus Grundgestein und Kies und eine hohe Decke, die sich im hinteren Teil allmählich absenkte. Valorian hatte angenommen, die Höhle sei bloß eine große Felskammer mit einem Bach, der sich aus einer Quelle oder einem unterirdischen Fluss speiste. Doch als er immer tiefer in die Höhle eindrang, war er sich dessen nicht mehr so sicher. Hier gab es einen deutlich spürbaren Luftzug, der umso stärker wurde, je näher Valorian der hinteren Wand kam. Noch immer folgte er dem kleinen Bach und entdeckte schließlich, dass das, was wie das hintere Ende der Höhle ausgesehen hatte, in Wirklichkeit ein kleiner Hang und herabgestürzte Felsbrocken waren. Er erkletterte das Geröll. Ganz oben, wo sich die Decke dem Boden entgegenwölbte, erstreckte sich ein breiter Schacht in den Berg. Ein Zittern durchlief Valorian, als er an andere dunkle Schächte und das eiskalte Böse dachte, das dort gelauert hatte.

Er hielt in Reichweite der schwachen Lichtreste vom Höhleneingang an und spähte in die schwarzen Tiefen, wo der Bach in seinem felsigen Bett gurgelte. Dort unten gab es kein sichtbares Anzeichen von Leben, keine Bewegung und keinen weiteren Laut als den des Wassers. Nichts deutete darauf hin, dass der Schacht anderswohin als in die Eingeweide der Erde führte.

Die Steinzieher kannten sicherlich den Endpunkt des Tunnels. Hatten sie Valorians Leben gerettet, nur um ihn danach in die Irre zu leiten? Wenn es da nicht die rosige Narbe knapp un-

192

terhalb seines Schulterblatts gäbe, würde er glauben, das Ganze nur geträumt zu haben.

Valorian sah hinunter auf den Bach zu seinen Füßen. Dort waren sie, kaum zu erkennen in dem schwachen Licht: eine Schule kleiner, weißer Fische, die ihre Nahrung aus dem Kiesbett zogen. Als er näher an sie herantrat, flohen sie allesamt und zogen in dem schwarzen Wasser stromaufwärts. Er sah sie gerade lange genug, um zu bemerken, dass sie keine Augen hatten. Diese kleinen Fische festigten seine Entscheidung. Er würde in den Schacht gehen.

Die anderen zu überzeugen war nicht so schwierig, wie er befürchtet hatte. Sie alle schreckten vor dem Gedanken zurück, durch den Schnee zu reisen, und waren bereit, etwas Neues zu versuchen, wenn Valorian glaubte, es werde sie ans Ziel bringen. Aiden schlug lediglich vor, ihren Pfad zu markieren, sodass sie ohne Schwierigkeiten den Rückweg fänden, falls sich der Tunnel irgendwann als unpassierbar erwiese.

Die Männer sattelten ihre Pferde und verwischten aus Gewohnheit alle Spuren ihres Lagers. Valorian ließ den steinernen Umschlag gut sichtbar auf dem Boden neben den schwachen Überresten der Feuerstelle liegen. Vielleicht konnten ihn die Steinzieher noch einmal verwenden. Zuletzt durchwühlte er seine Satteltaschen und fand ein kleines grünes Jadestück, in das er die Umrisse eines Pferdes geschnitzt hatte. Er wusste, dass es eine ziemlich unbeholfene Arbeit war, doch sie mochte trotzdem als kleines Zeichen des Dankes dienen. Er legte sie neben den Umschlag.

Einer nach dem anderen führten die vier Männer ihre Pferde über das Geröll und zu dem Eingang des Schachtes, der sich allmählich in die Eingeweide der Erde absenkte. Sie hielten an und starrten in den schwarzen Tunnel. Niemand schien als Erster dieses unterirdische Loch betreten zu wollen.

»Wohin führt der Tunnel wohl?«, fragte sich Aiden laut.

Valorian zuckte die Schultern. »Das hat mir das Wesen nicht verraten. Es hat nur gesagt, dieser Weg sei kürzer.«

»Also los!«, entgegnete Gylden in dem Versuch, beherzt zu

klingen. Er wollte gerade sein Pferd antreiben, als Valorian die Hand ausstreckte.

»Warte einen Augenblick. Wir brauchen Licht.« Zur Verwunderung seiner Freunde erschuf er zwei kleine, helle Lichtkugeln, die über seinem Kopf wie gehorsame Sterne hingen.

Aiden lachte mit einer Spur Erleichterung in der Stimme. »Ich hatte vergessen, dass du so etwas kannst. Gesegnet seien Amara und ihre Gaben!«

Die anderen pflichteten ihm bei und folgten hintereinander Valorian in den Felstunnel. Zu ihrer Überraschung blieb der breite Schacht hoch und recht gerade. Der Boden war eben und lief neben dem kleinen Bach her. Es war wie eine Straße, die sich unter dem Gebirge einem fernen, unbekannten Ziel näherte.

Obwohl der Schacht einen natürlichen Ursprung hatte, bemerkten die Männer, dass viel Arbeit darauf verwendet worden war, ihn zu verbreitern und zu ebnen. Die Legenden besagten, dass die Steinzieher unvergleichliche Bergleute und Steinbearbeiter seien, und dieser Tunnel gab den Sagen Recht. Geschickte Hände hatten störende Felsblöcke entfernt, Vorsprünge abgeschliffen und sogar hier und da Steinbrücken erbaut. Auch hatten sie anscheinend versucht, die natürliche Schönheit der Höhle zu bewahren. Die vereinzelten Stalaktiten und Stalagmiten waren sorgfältig geschützt worden, Adern aus Gold oder Kristall lagen offen zutage und waren poliert, um ihre Anmut hervorzukehren, und farbenfrohe Mineralformationen waren von allem Staub und Schutt gesäubert worden. Mehrere ebenso große und gepflegte Schächte durchschnitten den Tunnel oder vereinigten sich mit ihm.

Einmal ritten die Männer an der steinernen Statue einer kauernden, menschenähnlichen Gestalt vorbei, die wie ein Wächter neben der Straße hockte. Die vier Männer passierten sie wortlos. Sie empfanden Ehrfurcht vor der Statue, dem geräumigen Tunnel und der ungeheuren Arbeit, die für die Erschaffung beider notwendig gewesen sein musste. Sie hätten es niemals für möglich gehalten, dass es so etwas gab.

»Was ist mit all diesen Tunneln?«, dachte Aiden laut nach, als ein weiterer Schacht ihren Weg kreuzte.

Valorian spähte in die undurchdringliche Dunkelheit. Dann sah er zu der hohen Decke und den Wänden, die von seinen Lichtkugeln erhellt wurden. Er entdeckte kein anderes Wesen, aber er hatte das deutliche Gefühl, dass er und seine Gefährten beobachtet wurden. Er fragte sich, ob sie die ersten Menschen waren, die durch das Reich der Steinzieher wanderten.

»Ich weiß es nicht«, entgegnete er, »und ich will ohne die Erlaubnis der Steinzieher auch nicht versuchen, es herauszufinden.«

Aiden unterdrückte ein Zittern, das nicht von der kalten und feuchten Luft herrührte. »Ich auch nicht«, meinte er.

Die Zeit verging unmessbar in den dunklen, seltsamen Tunneln. Die Männer wurden besorgt. Zweimal hielten sie an, um zu essen und ihre Pferde rasten zu lassen, bevor die Erschöpfung sie schließlich dazu zwang, ein Lager aufzuschlagen. Sie fütterten die Tiere mit ein wenig Getreide, hüllten sich in ihre Decken und versuchten zu schlafen. Leider gelang dies keinem der vier. Das ungeheure Gewicht der Erde über ihren Köpfen, das Gestein, das sie umschloss, die alles erstickende Dunkelheit und besonders die unsichtbaren Steinzieher bedrückten die Klanmänner allzu sehr. Bereits nach kurzer Zeit saßen sie wieder auf und ritten weiter. Selbst der Gedanke an einen Kampf mit den Schneewehen erschien ihnen allmählich angenehmer als die Weiterreise auf dieser unterirdischen Straße.

Gerade als Valorian einen weiteren Halt befehlen wollte, stieß Hunnul ein Schnauben aus. *Ich sehe Licht.* Der Klanmann starrte den Tunnel entlang, bis er es ebenfalls sah: schwaches, weißliches Tageslicht. Er stieß einen Freudenschrei aus. Seine Lichtkugeln erloschen, und die vier Männer trieben ihre Tiere auf den Ausgang zu.

Das Land war blendend weiß vor Schnee und nachmittäglichem Sonnenlicht. Die Männer mussten anhalten, bis sich ihre Augen an die Helligkeit gewöhnt hatten. Die Luft war tatsächlich wieder wärmer geworden, und der Schnee schmolz rasch zu Bächen und Pfützen.

»Wo sind wir?«, rief Gylden, der bereits vor dem Höhleneingang stand.

Valorian antwortete nicht sofort. Er wandte sich um und
schaute den Weg zurück, auf dem sie hergekommen waren.
»Vielen Dank!«, rief er in die Dunkelheit hinein. Es kam keine
Antwort, und er hatte auch keine erwartet. Er wollte bloß seiner Dankbarkeit Ausdruck verleihen und hoffte, die Steinzieher würden dies verstehen.

»Ich weiß, wo wir sind!«, rief Ranulf plötzlich. Sein für gewöhnlich ernstes Gesicht leuchtete vor Erregung, als er zu
Valorian sagte: »Wir sind in diesem Tal, das in der Nähe des
Bergkamms ausläuft, auf dem du vom Blitz getroffen wurdest.
Wenn wir zwei Tage unter der Erde verbracht haben, hat uns
dieser Weg etwa zwanzig Meilen erspart. Wir sind sogar schon
an der Schlucht vorbei!«

»Und es war so viel einfacher«, fügte Aiden hinzu. Die Männer lächelten einander an. Ihre Angst vor dem Unterirdischen
war in Licht, Luft und der Freude, schon so viel näher an der
Heimat zu sein, verweht.

Vier Tage später wurden sie von beiden Familien freudig im
Lager willkommen geheißen. Diesmal waren es Gylden und
Aiden, welche die Klanleute mit der Geschichte ihrer Reise be-
zauberten, und viele Tage lang sprachen die Leute über nichts
anderes als über den Wolfsohrenpass und die Steinzieher.

Kierla war erleichtert und erfreut, Valorian zurückzuhaben.
Sie schenkte ihm einen Umhang, den sie aus dem Löwenfell
geschneidert hatte. Er war schwer, warm und seidenweich, und
die Kapuze bestand aus dem Haupt des Löwen. Valorian umarmte seine Frau dankbar.

Nachdem der erste Schnee geschmolzen war, kehrte der
Winter zurück. Diesmal blieb er. Die Zeit von Kierlas Niederkunft näherte sich rasch. Beim Anbruch des Tages der Winter-
sonnenwende wurde das Ende des Jahres feierlich begangen,
und die Klanleute freuten sich auf den Frühling.

Am Nachmittag des fünften Tages im neuen Jahr setzten bei
Kierla die Wehen ein. Dem Brauch des Klans gemäß zog sie

sich in ein besonderes, ein wenig abseits stehendes Zelt zurück, das für diesen Zweck errichtet worden war. Nur ihre Schwester und Mutter Willa blieben bei ihr. Valorian musste draußen warten und lief besorgt umher. Zu jedermanns Überraschung sollte sich die Vorhersage von Valorians Vater, Kierla sei eine gute Gebärende, bewahrheiten. Trotz ihres Alters kam Kierla ohne Schwierigkeiten mit einem gesunden, strampelnden Jungen nieder, als sich die Sonne gerade hinter die Schluchtwände zurückgezogen hatte.

Das Klanrecht gebot, dass sie zehn weitere Tage im Zelt der Niederkunft verbrachte. Das Kleine jedoch musste sofort gesegnet werden und einen Namen erhalten, damit die Vorboten es nicht finden konnten, falls es stürbe. Mutter Willa brachte das Neugeborene, das sie mit fest gezurrten Tüchern vor der Nachtluft geschützt hatte, hinaus und hielt es stolz dem Vater entgegen.

Valorian war überwältigt. Mit zitternden Händen nahm er seinen winzigen Sohn in die Arme und trug ihn dann zur Priesterin der Amara, die bereits mit Salz und Wasser auf den Jungen wartete, um ihn zu segnen. Angehörige beider Familien drängten sich um die drei und beobachteten sie.

Sobald die Segnung vorüber war, hob Valorian das Neugeborene hoch und rief seinem Volk zu: »Ich, Valorian, nehme dieses Kind als mein eigenes an. Sein Name soll Khulinar sein, Geliebter Amaras. Heißt ihn im Klan willkommen!«

Das Freudengeheul drang durch die Bahnen des Zeltes, in dem Kierla darauf wartete, dass man ihr den Sohn zurückbrachte. Die Freude und das Frohlocken dort draußen zauberten ihr ein Lächeln auf das Gesicht. Khulinars Geburt war ein Wunder für sie, doch noch wunderbarer war das warme, tröstende Gefühl von Amaras Gegenwart während der härtesten Stunden der Niederkunft gewesen. Kierla war sich sicher, dass die Geburt ihres Sohnes nur die erste von vielen noch folgenden war.

Elf

In diesem Jahr hielt sich der Winter mit sturer Entschlossenheit. Der Schnee fiel bis tief in die Täler, machte die Wege unpassierbar, bedeckte die Weiden und hielt die Klanleute in ihren Lagern gefangen. Tag für Tag dauerte die Kälte an, bis sich jedermann fragte, ob es je wieder Frühling werden würde.

Doch schließlich zeichneten sich im Lande zaghafte Veränderungen ab. Die Klanleute, die so eng mit dem Wechsel der Jahreszeiten verbunden waren, bemerkten jeden noch so kleinen Wandel und freuten sich über ihn. Jeden Tag ging die Sonne eine oder zwei Minuten früher auf und stand abends ein wenig länger am Himmel. Die bittere Kälte verlor langsam die Gewalt über Schnee und Eis. An sonnigen Tagen stürzten Bächlein aus schmelzendem Schnee die Hänge hinab und vereinigten sich mit dem kleinen Fluss auf dem Grund. In der Ebene schwollen die Ströme an, und die Straßen verwandelten sich in Morast.

Valorian beobachtete all diese Veränderungen mit Freude und Sorge zugleich. Nun kam die Zeit, Pläne für die Reise zur Ebene von Ramtharin zu schmieden, was ihm großes Vergnügen bereitete, doch außer ihm schien sich niemand darüber Gedanken zu machen. Und *das* bereitet ihm große Sorgen. Alle – selbst Kierla und Aiden – hatten ihre eigenen Pläne und Vorstellungen, in denen kaum Platz für den Auszug aus Chadar war. Valorian ritt einige Male fort und redete mit anderen Familien, doch mit wenig Erfolg. Die meisten wollten niemanden in ihrer Mitte haben, der gesucht wurde, und waren nicht im Geringsten geneigt, über einen Auszug aus Chadar zu reden. Die Lage war sehr enttäuschend. Trotzdem gab Valorian nicht auf. Er wusste, dass er es immer wieder versuchen musste. Vielleicht würde es ihm gelingen, die Aufmerksamkeit der Klanleute zu erringen, wenn es wärmer wurde und sie wieder den Drang zu reisen verspürten.

In der Zwischenzeit hatten die ungewöhnlich starken Schneefälle und das kalte Wetter die Tarner in ihren Häusern zurückgehalten und somit Valorian und seiner Familie das Leben etwas leichter gemacht. Ihm war jedoch klar, dass sich dies mit dem Einsetzen des Tauwetters ändern würde. Sicherlich war Tyrranis nicht erfreut über die Unfähigkeit seiner Soldaten, ihn aufzuspüren. Er befürchtete, dass Tyrranis im Frühling die Suche nach ihm mit aller Macht wieder aufzunehmen gedachte.

»Nicht erfreut« war eine freundliche Umschreibung von Tyrranis' Stimmung. Er tobte vor Wut. Seit drei Monaten vollführten die Diener, Gehilfen und Offiziere einen Eiertanz um den launischen General. Eine falsche Bewegung, eine eingebildete Nichtachtung oder ein winziger Fehler konnten unmittelbar in die Kerkerzellen unter dem alten chadarianischen Garnisonsturm führen oder gar noch schlimmere Auswirkungen haben. Tyrranis fluchte über die Dummheit und das Unvermögen seiner Soldaten und drohte mit Exekution, falls ihm Valorian nicht spätestens im Frühsommer ausgeliefert würde. Er wollte diesen Mann nicht wegen der Ungeschicklichkeit seiner Untergebenen aufgeben.

Sobald Männer und Pferde den Schnee und Morast des Vorgebirges durchqueren konnten, sandte Tyrranis Späher auf die Suche nach den Winterlagern des Klans. Die Familien würden ihre Lager erst dann verlassen, wenn die Wege so trocken waren, dass man sie mit Karren und Herden begehen konnte. Tyrranis hoffte, bis dahin einen Hinweis auf den flüchtigen Klanmann zu erhalten.

Des größeren Ansporns wegen hatte er in ganz Chadar bekannt machen lassen, dass eine große Summe Gold auf die Gefangennahme Valorians oder auf Hinweise ausgesetzt war, die zu seiner Ergreifung führten. Der General hoffte, die Verlockungen des Goldes würden die Zungen der verarmten Klanleute lockern.

An einem späten, windigen Abend im vierten Monat des Jahres zeigte die Aussetzung einer Belohnung die ersten Erfolge. Ein tarnischer Späher galoppierte mit einem weiteren Mann, der sich hinter ihm am Sattel festhielt, in den Hof von Tyrranis' Palast. Er verlangte den General unverzüglich zu sprechen, und der Wachoffizier, der den abgerissenen Klanmann in der Gesellschaft des Spähers bemerkte, geleitete ihn sofort zu Tyrranis.

Wie üblich arbeitete der General zu dieser späten Stunde noch an den zahllosen Einzelheiten, die zum Führen einer großen Provinz unabdingbar waren. Tyrranis war ein unbarmherziger Mensch, doch er ging mit sich selbst genauso hart um wie mit den anderen und war ungeheuer stolz auf sein Regierungsgeschick. Als der Wachoffizier gegen seine Tür pochte und sich lautstark ankündigte, blickte er gereizt auf.

Auf seinen Befehl hin traten die drei Männer ein; die beiden Tarner zerrten den widerstrebenden Klanmann geradezu hinter sich her.

»Was soll das?«, knurrte der General. Der wählerische Teil in ihm hoffte, dass dieser stinkende, verdreckte Klanmann nicht jener Valorian war, der angeblich magische Kräfte besaß und so lange Zeit seinen besten Männern entkommen war.

»Ich habe ihn erwischt, wie er aus den Bergen kam, Herr«, keuchte der Späher. »Er sagt, er hat Informationen, und beansprucht die Belohnung für sich.«

Tyrranis richtete seinen dunklen Blick auf den Klanmann. Das Alter des Mannes war unmöglich zu schätzen, da er zerlumpt, bärtig und mit Schlamm bespritzt war. Möglicherweise handelte es sich um einen jener widerlichen Abtrünnigen, die selbst die Klanleute nicht in ihrer Mitte duldeten. »Wir wollen hören, was er zu berichten hat«, sagte er zu dem Späher. »Dann werden wir entscheiden, ob ihm die Belohnung zusteht.«

Der Klanmann schenkte ihm ein Lächeln voller Zahnlücken

200

und torkelte einen Schritt vor. »Oh, ich habe sie allerdings verdient, Euer Hoheit. Ich weiß, wo Valorian ist!«

Tyrranis ließ sich nicht zu einer Antwort herab. Er saß mit verschränkten Armen hinter seinem Schreibtisch. Die Öllampe darauf beschien sein verhärmtes Gesicht und machte es wild und mürrisch. Draußen röhrte der Wind, rüttelte an den Läden und fegte Schindeln vom Dach.

Es entstand ein langes Schweigen. Der Klanmann sah sich verängstigt um, bis der Gedanke an das Gold seinen Mut wieder anfachte.

»Ihr müsst wissen, dass ich Valorian kenne«, murmelte er schließlich. »Großer Mann. Daltors Sohn. Daltor mochte mich nicht. Hat es so eingerichtet, dass ich vor sieben Jahren verbannt wurde. Dieser stinkende …«

»Komm zur Sache«, grollte General Tyrranis. Er verlor allmählich die Geduld mit diesem Narren.

Der Klanmann zuckte vor Angst zusammen und geriet ins Stottern, weil er so schnell wie möglich von diesem Ort verschwinden wollte. »Ich, äh … ich habe ihn gesehen, das heißt, ich habe Valorian gesehen, vor fünf Tagen, wie er auf seinem großen, schwarzen Pferd geritten ist. Kaum zu übersehen, dieses Pferd. Bin ihm also gefolgt. In einiger Entfernung. Ist nach Gol Agha geritten, tief in die Schlucht hinein. Sie haben dort drinnen ihr Lager aufgeschlagen, General. Die ganze Familie. Valorian ist bei ihnen.« Er sah Tyrranis erwartungsvoll an, doch falls er auf ein Anzeichen von Erregung oder Lob wartete, so wurde er enttäuscht.

Der General wandte sich bloß an den Späher. »Kannst du dieses Gol Agha finden?«

»Ja, mein General«, antwortete der Späher.

»Gut.« Tyrranis warf einen kurzen Blick über die Schulter des Klanmannes auf die Wachen neben der Tür und nickte kaum merklich.

»Was ist mit meiner Belohnung?«, wollte der Ausgestoßene wissen und streckte eine schmuddelige Hand aus. »Sind meine Neuigkeiten etwa nichts wert?« Er war so erpicht darauf, sein

Gold zu bekommen, dass er nicht bemerkte, wie der Wachmann hinter ihn glitt.

Ein rasches Aufblitzen von Stahl und ein dumpfer Laut – und der Klanmann sank langsam zu Boden. Zwischen seinen Rippen steckte ein Dolch.

»Nun kann er nicht zurückgehen und Valorian gegen Entgeld warnen«, sagte Tyrranis verächtlich. Er deutete auf den Leichnam. »Bringt das fort.«

Während die Wachen den Toten durch die Tür zogen, stürmte der Garnisonskommandant herein und salutierte vor seinem General. Der Leiche schenkte er keinen Blick. Der Kommandant war in jenen Tagen sehr besorgt, denn er war verantwortlich für Erfolg oder Misserfolg bei der Suche nach Valorian.

»Hatte er Neuigkeiten?«, fragte der Kommandant und versuchte, nicht allzu voreilig zu wirken.

»Gol Agha«, erwiderte Tyrranis. Er stand auf, um seine plötzliche Erregung zu verdecken, und schlenderte zum Kamin. Das Licht der Flammen flackerte über sein hartes Gesicht. »Geh dorthin«, befahl er dem Späher. »Finde das Lager.« Dann wandte er sich dem Kommandanten zu. »Und nun zu dir«, knurrte er. »Tu das, was wir besprochen haben, und enttäusche mich nicht noch einmal.«

Beide Männer salutierten und eilten hinaus. Während sich der Späher auf die Suche nach einem frischen Pferd machte, trommelte der Kommandant die Garnison zusammen. Der Offizier wollte für diese Aufgabe jeden Mann haben, den er auftreiben konnte. Er hatte nicht vor, auch nur ein einziges Klanmitglied entkommen zu lassen.

In derselben Nacht strömten die Winde des Vorfrühlings mit Sturmesstärke und der Stimme einer heulenden Wahnsinnigen die Schlucht von Gol Agha hinab. Der einsame Reiter, der durch das enge Tal ritt, wollte kaum glauben, dass eine Klanfamilie freiwillig ihr Lager an diesem wilden Ort aufgeschlagen hatte. Erst als er sein Pferd um einige Biegungen und in den vergleichsweise ruhigen hinteren Teil der Schlucht getrieben hatte, erkannte er die Vorteile dieser Lage. Er hatte gerade die letzte Kurve umrundet und sah bereits die Lagerfeuer vor sich, als zwei Wachen neben ihn ritten. Einer davon war Valorians jüngerer Bruder.

»Mordan!«, rief Aiden erfreut. »Was hat dich denn von der Seite deines Häuptlings fortgelockt?«

»Ob du es glaubst oder nicht, Lord Fearral hat mich hergeschickt«, entgegnete der stämmige Klanmann freundlich. »Er will mit Valorian reden.«

»Ach? Eine weitere Warnung? Ein weiteres Zaudern?«

Mordan lachte. Er hatte es schon vor langer Zeit aufgegeben, sich von ihrem gemeinsamen Häuptling beleidigt zu fühlen. »Ich bin mir nicht sicher. Unser Lord hatte einen rauen Winter und blickt mit Angst auf den Frühling.«

»Dazu hat er allen Grund!« Aiden grinste und deutete auf das Lager. »Valorian ist in seinem Zelt.«

Mordan wollte gerade weiterreiten, als er plötzlich innehielt und vorschlug: »Vielleicht solltet ihr eure Wachen noch vor dieser Biegung aufstellen. Wenn ich diesen Ort finden kann, können es auch andere.«

Aiden nickte nachlässig, winkte und ritt mit seinem Gefährten weiter. Mordans Bemerkung ging in der Erregung über Lord Fearrals Aufforderung unter.

Mordan fand Valorians Zelt ohne große Schwierigkeiten am Rand des großen Lagers. Er stieg ab und ließ sein Pferd bei Hunnul in dem kleinen Unterstand neben dem Zelt zurück. Einen Augenblick lang blieb er stehen und streichelte den Hals des schwarzen Hengstes. Das große Pferd hob den Kopf mit den leuchtenden dunklen Augen und wieherte wie zur Begrüßung.

»Mordan!«, rief Valorian aus dem Innern des Zeltes. Er steckte den Kopf aus der Klappe. »Was machst du hier? Komm herein, aber lass den Wind draußen.«

Der Wachmann des Häuptlings schenkte Hunnul einen seltsamen Blick. Woher hatte Valorian gewusst, dass er es war? Er zuckte die Achseln und erwiderte den Gruß des Mannes. Dem alten Brauch nach streifte er sich den Schmutz von den Stiefeln und stellte sein Schwert neben dem Eingang ab. Erst dann betrat er das warme und behagliche Zelt. Draußen blies der Wind in kalten, feuchten Stößen, unter denen die Zeltwände tanzten und zitterten. Innen aber schufen Teppiche, helle Wandbehänge und drei oder vier kleine Lampen einen gemütlichen und einladenden Wohnraum.

Kierla schaukelte ihr Kind in der schwingenden Wiege, die von den Zeltpfosten herabhing. Sie stand auf, reichte dem Gast heißen Würzwein und einige Kissen und kehrte zu der Wiege zurück, ohne ein einziges Schaukeln übersprungen zu haben.

»Ich sehe, dass die Gerüchte über Amaras Segen der Wahrheit entsprechen«, sagte er zu ihr mit einem erfreuten Lächeln.

Kierla überraschte ihn, indem sie errötete. Stolz sah sie ihren Ehemann an. »Sie sind wahr und werden sich erneut bewahrheiten«, entgegnete sie.

Valorian hatte sich wieder gesetzt und polierte einige Gerätschaften. Er kicherte. »Der Damm ist gebrochen, Mordan. Jetzt kann Kierla nichts mehr aufhalten.«

Der Wachmann war einen Augenblick lang verblüfft, bis er die Bedeutung von Kierlas und Valorians Worten begriff. »Du erwartest noch ein Kind?«, fragte er erstaunt. »Jetzt schon?«

»Ich habe schließlich viele Jahre nachzuholen«, meinte sie mit zufriedener Stimme.

»Valorian«, sagte Mordan zu seinem Gastgeber, »du stehst wirklich in der Gunst der Muttergottheit.« Dann kam er auf die Botschaft Lord Fearrals zu sprechen.

Kierla sah erregt auf, doch Valorian nickte bloß und sagte: »Ich werde kommen.«

Der Wachmann des Häuptlings unterdrückte ein befriedigtes Lächeln. Es freute ihn, dass Valorian diese Neuigkeit nicht mit allzu hohen Erwartungen verband. Lord Fearral hatte den ganzen Winter Zeit gehabt, über Valorians Plan nachzudenken, doch er hatte seine Gründe für die Vorladung des Klanmannes nicht genannt. Valorian war klug genug, um sich nicht von der

204

Hoffnung täuschen zu lassen, Lord Fearral habe seine Meinung geändert.

Die beiden Männer sprachen lange über Lord Fearral sowie über die immer schlechter werdende Lage von Steinhelm und die Reise gen Süden zum Wolfsohrenpass. Valorian erläuterte in allen Einzelheiten die Route, die er und seine Gefährten geplant hatten, und berichtete Mordan alles über den Pass und das Land dahinter, soweit er sich daran erinnern konnte. Seine Augen glänzten blau vor Eifer, und er fuhr aufgeregt mit den Händen durch die Luft.

Während er sprach, beobachtete Mordan eingehend all seine Bewegungen und seinen Gesichtsausdruck. Was er sah, verdrängte seine letzten Zweifel. Der Klan brauchte einen neuen Anführer, dessen war er sich sicher, und dieser große, ruhige Mann verfügte über größere Kräfte und stärkere Visionen, als er es je bei einem anderen Mann gesehen hatte. Es waren Kräfte, die Mordan anlockten wie ein Köder den Falken. Es kann nichts schaden, dass Valorian auch den Segen der Muttergottheit hat, dachte Mordan, als er den Blick auf Kierla richtete. Schweigend und mit festem Vorsatz gelobte er seine ganze Ergebenheit nun Valorian. Er würde Lord Fearral noch eine Weile dienen und so sein Versprechen dem Häuptling gegenüber einlösen. Doch sobald Valorian nach Süden aufbräche, so schwor Mordan sich, würde er mit ihm gehen.

Früh am nächsten Morgen gab Valorian Frau und Kind einen Abschiedskuss, schwang sich auf Hunnuls Rücken und ritt mit Mordan die Gol-Agha-Schlucht hinunter. Gylden und Aiden begleiteten sie, denn Valorian war der Meinung, zwei weitere Schwerter und ein kleiner Beweis des in ihn gesetzten Vertrauens könnten seinem Ansehen nicht schaden. Sie brachen so früh auf, dass der tarnische Späher aus Actigorium noch nicht in der Nähe war, als sie den Eingang der Schlucht erreichten. Sie verließen den Ort der Winde und wandten sich nordwärts nach Steinhelm. Von dem Tarner, der kurz nach ihnen eintraf, ahnten sie nichts.

Der Späher, der müde von der mehrtägigen Reise war,

schenkte den frischen Spuren in der Schlucht keine Beachtung. Tyrranis hatte ihn nicht damit beauftragt, einigen umherstreunenden Reitern zu folgen, sondern das Lager zu finden. Daher begann er vorsichtig mit seiner Suche, ohne zu wissen, dass die Beute bereits aus der Falle entwischt war.

Einige Tage später erreichten Valorian und sein Gefolge Steinhelm, doch sie mussten erfahren, dass Lord Fearral erkrankt war. Seine Töchter hatten ihm Bettruhe verordnet und weigerten sich, jemanden mit ihm sprechen zu lassen, bis das Fieber gesunken und der Häuptling wieder zu Kräften gekommen sei.

Valorian war verärgert über diese Verzögerung, doch da er nichts daran ändern konnte, verbrachte er die Zeit damit, in Steinhelm herumzuschlendern und mit den Einwohnern zu reden. Er erkannte schnell, dass Mordans Einschätzung der Lage richtig war. Seit Valorians Besuch vor etwa einem Jahr war der Ort regelrecht heruntergekommen. Die meisten der kleinen Ställe und Koppeln waren leer, die Felder nur teilweise bestellt und etliche Hütten und Geschäfte aufgegeben. Der ganze Ort wirkte vernachlässigt und verlassen.

»Es gibt nicht mehr viel Nahrung«, sagte eine Frau zu ihm, während sich ihr dürrer kleiner Junge an ihrem Rock festhielt. »Wir sind keine Bauern, sondern Hirten.«

Ein Mann, ein alter Hirte, der seine Schafe so sehr liebte wie die meisten Klanmänner ihre Pferde, fand deutlichere Worte. »Dieses Fliegenhirn von Häuptling hat all unser Hab und Gut verkauft und uns nichts für einen Neuanfang gelassen. Was will er wohl tun, wenn die nächste Tributzahlung fällig wird? Soll er doch seine kostbare Halle verscherbeln! Wozu braucht ein Klanhäuptling überhaupt eine Halle? Er ist genauso schlimm wie die Tarner!«, schloss er verdrießlich.

Als Valorian einen möglichen Auszug aus Chadar erwähnte, hellte sich die Stimmung des Alten beträchtlich auf. »Ich würde mit dir gehen, mein Sohn, genau wie die meisten Leute hier, ob mit oder ohne Lord Fearral. Wir sind es leid, hier festzusitzen und zu verhungern. Wenn du die Erlaubnis des Häuptlings bekommst, wird der ganze Ort sofort packen und noch vor Sonnenuntergang fortziehen. Darauf verwette ich mein letztes Lamm.«

Andere Leute wurden nicht so deutlich wie der Schäfer, doch ihre Gefühle zeigten sich in ihren mürrischen Gesichtern und ihrer Bereitschaft, Valorian zuzuhören. Sie wollten ihren Schweiß und ihre Arbeit nicht mehr auf Dinge verwenden, die ihnen schon bald wieder abgenommen werden würden. Sie waren der Verzweiflung und der leeren Mägen überdrüssig.

Ihre Notlage machte Valorian traurig und bestärkte ihn in seinem Vorhaben. Und es machte ihn noch begieriger darauf, mit Fearral zu sprechen und dessen Ansichten kennen zu lernen. Zu Valorians Ärger dauerte es beinahe sechs Tage, bis es dem Häuptling wieder so gut ging, dass er sich mit dem Klanmann treffen konnte.

Als seine Töchter Fearral nicht mehr im Bett zu halten vermochten, sandte er Mordan an einem angenehm warmen Frühlingstag aus, um die drei Klanmänner sofort nach dem Mittagessen in die Halle zu führen. Der alte Lord saß auf seinem geschnitzten Stuhl und nippte gedankenverloren an einem dampfenden Becher Tee. Als die Männer vor ihn traten und die Hand zum Gruß erhoben, sah er Valorian und seine drei Gefährten lange schweigend an. Er bemerkte sofort, dass Mordan keine Anstalten machte, von Valorians Seite zu weichen.

Valorian erwiderte Fearrals durchdringenden Blick. Überrascht stellte er fest, dass der Häuptling trotz seiner Krankheit besser aussah als im vergangenen Frühjahr. Seine Augen waren wachsamer, die Hände zitterten nicht, und die Schultern waren gerade, so als wäre eine große Last von ihnen genommen.

Der Häuptling schien seine Gedanken zu lesen. Er hob den Becher und lächelte trocken. »Wie du siehst, trinke ich weder Wein noch Bier. Meine Töchter und einige andere Leute« – dabei warf er Mordan einen bedeutsamen Blick zu – »haben es geschafft, meinen Kopf aus dem Weinschlauch zu ziehen. Jetzt habe ich wieder einen klaren Blick. Es war schwierig, um es milde auszudrücken.«

Valorian sagte nichts, doch sein Herz schlug wie wild. Sogar Aiden war still und sah den Häuptling mit einer Mischung aus Unglauben und Hoffnung an.

»Ich habe dich hergebeten«, fuhr Fearral fort, »weil ich etwas über deinen Plan für diesen Auszug hören will.« Er lächelte müde. »Jeder außer mir hat von dir und deiner Reise ins Reich der Toten gehört.«

Fearrals Töchter brachten Stühle und Teebecher für die Gäste des Häuptlings, ermahnten ihn, sich nicht zu verausgaben, und ließen dann die fünf Männer in der großen Halle allein.

Mit Vergnügen stürzte sich Valorian in seine Geschichte und lockerte sie mit magischen Kunststücken auf. Doch diesmal schloss er zu Aidens und Gyldens Überraschung auch die zweite Reise nach Süden zum Wolfohrenpass und den Rückweg über die unterirdische Straße der Steinzieher mit ein. Seine magischen Visionen waren so lebendig, dass seine Zuhörer den großartigen Ausblick auf die Ebene von Ramtharin vor sich sahen, die Kälte des Schneesturms spürten und Ehrfurcht vor der dunklen Schönheit der Steinzieherhöhlen empfanden. Als er seine Geschichte beendet hatte, verneigte er sich vor dem Häuptling und sank erschöpft auf den Stuhl. Er hatte seine Sache so gut wie möglich vertreten und sandte ein stummes Gebet zu Amara, dass es ausreichen möge, um Fearral zu überzeugen.

Es entstand ein langes Schweigen; dann erzitterte die Halle vor Freudengeheul, und Beifall wurde laut. Valorian drehte sich erstaunt um und sah, dass sich der Raum mit Klanleuten gefüllt hatte, die still hereingeschlüpft waren, um seiner Geschichte zu lauschen. Fearrals Töchter saßen ganz vorn in der Menge und klatschten aufgeregt.

Lord Fearral beobachtete die Leute; auf seinem Gesicht zeichneten sich widersprüchliche Empfindungen ab. Er wusste, was er tun musste, doch er war nicht sicher, ob er die Stärke dazu besaß. Er wollte sich gerade erheben, als sich plötzlich ein verblüffter, weltenferner Ausdruck über sein Gesicht legte.

»Nein!«, schrie er heftig. Die Leute beruhigten sich und wunderten sich flüsternd über dieses seltsame Benehmen. Er sprang auf die Beine. Sein Gesicht war weiß vor seltsamer Angst.

»Was ist los?«, fragte Aiden besorgt.

In diesem Augenblick trabte Hunnul in die Halle, wieherte aufgeregt und zerstreute die Zuhörer.

»Ranulf kommt!«, rief Valorian seinem Bruder zu und rannte zur Tür.

Jetzt hörten es alle: ein lautes, verzweifeltes Wehklagen, das von der Straße durch den Ort drang. »*Valorian!*«

»Ich bin hier!«, schrie der Klanmann. Er rannte nach draußen und auf den jungen Reiter zu. Alle folgten ihm. Die Leute keuchten laut auf, als Ranulf sein taumelndes, erschöpftes Tier zügelte und Ross und Reiter zu Boden stürzten.

Valorian sprang vor, um ihm zu helfen. Er erkannte Ranulf kaum unter all dem Schmutz, Ruß und verspritzten Blut auf Gesicht und Kleidung.

»Valorian! Den Göttern sei Dank!«, brachte Ranulf keuchend hervor. Er griff nach Valorians Hemd. Mit Aidens Hilfe zog man ihn unter seinem halb toten Pferd hervor und legte ihn sanft auf den Boden. Das Wasser, das man ihm anbot, lehnte er ab. »Valorian«, rief er mit tränenerstickter Stimme, »sie sind fort. Alle!«

»Wer ist fort?«, fragte Valorian sanft, doch sein Magen drehte sich vor Angst um, und seine Hände zitterten.

»Einfach alle! Die Tarner sind gekommen. Die ganze lausige Garnison. Sie wussten, wo wir sind. Sie haben nach dir gesucht, und als wir ihnen sagten, du seiest nicht da, haben sie das Lager auseinander genommen. Wir haben versucht, sie aufzuhalten, aber sie haben jeden getötet, der sich ihnen in den Weg stellte. Dann haben sie alles niedergebrannt, die Herden auseinander getrieben und jeden mitgenommen, der noch übrig war.«

»Was soll das heißen?«, fragte Aiden erschüttert.

Ranulfs entsetzte Blicke flogen umher wie die eines gefangenen Tieres. »Die Tarner haben alle Klanleute angekettet und sie hinunter nach Actigorium getrieben.«

»Warum?«, mischte sich Lord Fearral ein.

»Als Köder«, sagte Valorian kalt. Sein Gesichtsausdruck war hart wie Stein geworden.

Ranulf nickte. »Der Kommandant hat mich gehen lassen, damit ich dich finde. Ich soll dir sagen, dass sie allen Klanmitgliedern die Freiheit schenken, wenn du dich selbst auslieferst.« Er packte Valorians Ärmel in aufkeimender Angst. »Das wirst du doch nicht tun, oder?«

Valorian fasste einen plötzlichen Entschluss. Hunnul eilte an seine Seite und wartete nur eine Sekunde, bis Valorian auf seinem Rücken saß; dann galoppierte er die Straße entlang und auf die Dorftore zu.

Mordan wollte gerade die Zügel des Pferdes neben sich ergreifen, doch Gylden hielt ihn zurück. »Dieses Pferd wirst du nie einholen«, sagte er traurig. »Ich weiß, wohin er reitet.«

Zum ersten Mal seit seiner Rückkehr aus dem Reich der Toten erkannte Valorian die ganze Kraft seines Hengstes. Von dem Augenblick, in dem das Pferd außerhalb der Tore von Steinhelm in einen Galopp fiel, bis zum felsigen Eingang von Gol Agha, wo er langsamer werden musste, rannte Hunnul mit gleich bleibender, Meilen fressender Schnelligkeit. Weder brach er in Schweiß aus, noch zeigte er Anzeichen von Müdigkeit. Er eilte wie ein Besessener über Hügel und Wiesen. Betäubt von seinen zahlreichen Ängsten, klammerte sich Valorian an die Mähne des Schwarzen und beobachtete, wie das Land vorüberschoss, während ihm der Wind in den Ohren röhrte.

Es war Nacht, als sie den Eingang von Gol Agha erreichten. Der Vollmond blähte sich über den Bergen und enthüllte Valorian erste Anzeichen der Zerstörung. Eine tiefe, schlammige Spur, die schwarz unter dem silbernen Mondlicht lag, bezeichnete den Weg der tarnischen Truppen und ihrer langen Reihe von Gefangenen. Im Gras neben dem frisch getrampelten Pfad lag der Leichnam eines kleinen Mädchens aus Gyldens Familie. Seine Kleider waren von Rauch und Matsch beschmutzt, und das bleiche, leblose Gesicht hielt es dem Sternenhimmel zugewandt. Valorian schluckte schwer.

Hunnul trabte tiefer in die Schlucht hinein. Sie entdeckten weitere Leichen. Einige alte Leute und Kinder – die Valorian alle kannte – lagen mit zerbrochenen Waffen und zerstreuten Habseligkeiten neben dem Weg, der bisweilen auch von einem toten Tier oder einem zerstörten Karren gesäumt wurde.

Am frühen Nachmittag umrundeten sie schließlich die letzte Biegung der Schlucht und entdeckten die Ruinen des Winterlagers. Seine geschwärzten Überreste sahen aus wie eine üble Wunde im warmen Sonnenschein und zwischen den sprießenden Bäumen. Dieser Anblick machte Valorian krank.

»Kierla!«, rief er. Obwohl er wusste, dass sie nicht antworten könnte, wenn sie hier wäre, vermochte er sein wildes Verlangen nach ihrer Nähe nicht zu unterdrücken. Hunnul schritt auf dem Pfad an den verbrannten und niedergetrampelten Zelten vorbei bis zu der Stelle, wo Valorians Zelt gestanden hatte. Der Klanmann sprang auf den Boden. Seine Beine waren noch steif von dem langen Ritt. Er stolperte auf die Reste seines Zeltes zu. Es war abgebrannt; alles darin war zerstört. Die Wiege, Kierlas Lieblingsteekiste, die Kleider, alles war verloren. Der einzige Trost bestand darin, dass in der Asche keine Leichen lagen.

Bis zum Einsetzen der Dunkelheit suchte Valorian das Lager ab. Was er fand, hinterließ einen harten und kalten Klumpen in seiner Brust und eine Wut, die ihm bis ins Gebein fuhr. Die Tarner hatten den Überlebenden nichts gelassen. Sie waren mit tödlicher, erbarmungsloser Gründlichkeit durch das Lager gestürmt und hatten jedes Zelt und jeden Karren zerstört sowie die Ställe und Koppeln unbrauchbar gemacht. Die mageren Nahrungsvorräte waren fort, die Pferde gestohlen und die Hunde und Nutztiere entweder abgeschlachtet oder auseinander getrieben.

Am schlimmsten von allem waren die ermordeten Klanleute, die in ihren niedergebrannten Zelten lagen. Valorian entdeckte Gyldens Vater neben seinem Zelt mit einem alten, rostigen Schwert in der Hand und einem Speer in der Brust. Die Tarner waren bei ihren Opfern nicht wählerisch gewesen. Sie hatten jeden getötet, der sich ihnen in den Weg gestellt hatte:

Männer, Frauen und Kinder. Valorian fand seinen alten Onkel, einige seiner Vettern, Kierlas jüngere Schwester mit ihrem
Neugeborenen und viele weitere Freunde und Angehörige der
beiden Familien. Insgesamt waren es etwa dreißig Leichen.
Kierla, Khulinar, Linna und Mutter Willa entdeckte er nir-
gends.

In jener Nacht entzündete er ein großes Feuer und stand bei
den Leichen Wache. Sie waren schon seit fünf Tagen tot und
von Aasfressern heimgesucht worden, doch Valorian duldete
keinen Geier oder wilden Hund mehr in ihrer Nähe, bevor sie
nicht anständig beerdigt waren.

Aiden, Gylden und Mordan trafen am nächsten Nachmittag
bei ihm ein, als er gerade die Leichen auf eine große Bahre legte, die er in der Mitte des Lagers erbaut hatte. Wortlos betrachteten sie die Gesichter der Toten und halfen ihm dann dabei, die
Leichname nebeneinander zu legen. Niemand sprach ein Wort.
Valorians Augen hatten etwas Seltsames, Fernes, und Wut und
Qual standen in seinem Gesicht. Er begrüßte seine Gefährten
nicht; er nickte bloß dankbar, als sie ihm bei seiner herzzerrei-
ßenden Aufgabe halfen.

Als sie ihre Pflicht getan hatten, traten die vier Männer von
der großen Bahre zurück. Gylden sang die Totengebete, bis
ihm die Stimme versagte, als er zum letzten Mal in das Gesicht
seines Vaters blickte. Aiden und Mordan beendeten die Gebete
für ihn.

Schließlich hob Valorian die Hände. Er sprach einen magischen Befehl, und der gesamte Leichenturm versank in auflo-
dernden Flammen. Lange beobachtete er das Feuer, bis er endlich sein Schweigen brach.

»Die Vorboten hatten in jener Nacht viel zu tun«, sagte er zu
niemandem im Besonderen. Die anderen drei wandten sich
ihm zu und starrten ihn an. Zum ersten Mal begriffen sie, dass
er als Einziger unter den Lebenden den Tod kannte. Er schenkte ihren Blicken keine Beachtung, sondern fuhr fort: »Aber ich
weiß, wohin sie gegangen sind und wie es ihnen ergeht. Wir
werden sie wiedersehen.«

Seine Gefährten wussten, dass er von den Getöteten sprach, und fanden Trost in seinen Worten.

Sie warteten, bis sich der Rauch verzogen hatte und das Feuer niedergebrannt war. Dann stiegen sie auf die Pferde und verließen das zerstörte Lager. Valorian warf keinen Blick zurück. Seine Gedanken waren schon auf die Zukunft und die Überlebenden gerichtet, die in Actigorium auf ihn warteten.

»Tyrranis ist zu weit gegangen!«, brach es aus Aiden hervor, als sie die Hälfte des Weges durch die Schlucht zurückgelegt hatten. »Es ist schon schlimm genug, dass er uns in die Armut treibt und uns in diesen götterverlassenen Bergen gefangen hält. Doch jetzt ist er sogar zu Mord, Plünderung und Entführung herabgesunken!«

»Was können wir denn dagegen tun?«, beklagte sich Gylden. Der Tod seines Vaters und der Verlust seiner geliebten Familie und seiner Pferde hatten ihn vernichtet.

Mordan warf einen nachdenklichen Blick auf Valorian, doch der Klanmann sagte nichts dazu. Er hatte sich an einen geheimen Ort in seinem Innern zurückgezogen.

Als sie den klaffenden Eingang der Schlucht erreichten, wo die Felswände sanfteren Hügeln Platz machten, sahen sie etwas, das sogar Valorian zum Halten brachte. Lord Fearral wartete mit allen Männern und einigen Frauen im kampffähigen Alter in einem Lager vor Gol Agha. Alle waren schwer bewaffnet und wutentbrannt. Mit großem Aufruhr und Getöse empfingen sie die vier zurückkehrenden Klanleute am Rand des behelfsmäßigen Lagers.

Valorian betrachtete die Gesichter der um den Häuptling versammelten Männer, und sein Herz tat einen Freudensprung. Selbst Karez war da und blickte mürrisch drein. Feierlich salutierte Valorian vor seinem Lord und Häuptling. »Worte reiten schnell«, bemerkte er.

»Ja, wenn ich dafür sorge«, antwortete Fearral und gab den Gruß zurück. »Wir haben den Rauch vor zwei Tagen gesehen. Gab es viele Verluste?«

»Zweiunddreißig zu viel«, sagte Valorian.

Fearral zuckte zusammen. »Und der Rest ist nach Actigorium verschleppt worden?«

»Es scheint so.«

Der Häuptling hob den Kopf. »Wir dürfen sie nicht ihrem Schicksal überlassen. Wir werden einen Weg finden, sie zu befreien«, versprach er.

»Ich habe bereits einen gefunden, mein Lord«, sagte Valorian sanft zu ihm.

»Oh? Und wie sieht er aus?«

Valorian lächelte. Es war das wilde Grinsen eines zum Sprung bereiten Jägers. »Ich stelle mich.«

Zwölf

»Das ist nicht dein Ernst, Valorian!«, beharrte Aiden. »Das wäre Selbstmord.«

»Und es ist unnötig. Jeder Klanmann hat den Tarnern für diesen abscheulichen Angriff Rache geschworen. Wir können die Überlebenden gemeinsam befreien«, bemerkte Lord Fearral.

Valorian antwortete nicht sofort auf ihre Einwände. Stattdessen blickte er in die Gesichter aller Männer und Frauen um ihn herum, von seinem Bruder und seinen Freunden bis zu Karez und den Leuten, die er nur flüchtig kannte. An ihren Mienen erkannte er, dass Fearral Recht hatte. Sie waren zornig – so zornig, dass sie sich nun gegen die Tarner wenden wollten. Aber begriffen sie die möglichen Auswirkungen ihrer Tat, wenn sie Actigorium wirklich angriffen? Tyrranis würde keine Bedenken haben, auch den Rest des Klans zu töten. Das Schicksal, dem so viele Klanleute hatten entgehen wollen, indem sie in Chadar geblieben waren, würde sie trotzdem ereilen.

Konnte sie diese Erkenntnis jedoch umstimmen? Valorian bezweifelte es. Die Leute waren so lange wie Tiere hin und her getrieben worden, bis sie beinahe den Verstand verloren hatten. Und nun hatten es die verhassten Tarner gewagt, zwei Familien anzugreifen und über hundert Leute zu entführen oder gar zu töten – Leute, die Verwandte in jeder anderen Klanfamilie besaßen. Kein Klanmitglied konnte diese ungeheuerliche Beleidigung ungestraft lassen.

Es war eine Ironie des Schicksals, dass Tyrranis mit einem Schlag gelungen war, was Fearral und Valorian nicht vermocht hatten: den Klan zu vereinigen. Valorian erkannte bald, dass diese Tragödie auch eine gute Gelegenheit in sich barg. Wenn es ihm gelang, die Gefangenen zu befreien und die zerbrechliche Einheit des Volkes zu bewahren, würden die Klanleute seinen Plan vom Auszug aus Chadar mit größerer Beweitwilligkeit annehmen – besonders dann, wenn ihnen die erbosten Tarner dicht auf den Fersen waren.

Langsam zog er sein Schwert und gab es Aiden mit dem Griff voran. »Ich habe nicht vor, auf Tyrranis' falsche Versprechungen hereinzufallen«, sagte er laut, damit jeder ihn hören konnte. »Wir alle wissen, dass er sein Wort nicht halten wird.«

Aiden steckte die Hände in den Gürtel und fragte: »Warum willst du dann unbedingt gehen?«

»Weil wir jemanden vor Ort in Actigorium brauchen, der herausfindet, wo genau die Gefangenen eingekerkert sind. Außerdem benötigen wir einige Männer, die die Stadt unterwandern und für Ablenkung sorgen, während sich die andern um das Tor kümmern.« Er hob den Kopf und sprach zu der versammelten Menge. »Es wird ein gefährliches Unternehmen. Wir sind zahlenmäßig unterlegen und müssen gegen schwer bewaffnete Männer in einer Stadt kämpfen, die diese gut kennen. Aber wir können gewinnen! Alles, was wir zur Befreiung unserer Leute brauchen, sind der Vorteil der Überraschung sowie Schnelligkeit, Zusammenarbeit und den Segen der Götter. Wer macht mit?«

Alle hoben ihre Waffen. Der Kriegsruf des Klans erfüllte die Berge und Täler und ritt auf den Winden von Gol Agha bis zu den Ruinen des Winterlagers.

Fearral, Valorian und die Anführer der anderen Familien setzten sich zusammen und arbeiteten die Einzelheiten des Plans aus. Am Ende nahm Aiden widerstrebend Valorians Schwert in Verwahrung. Es war schon spät in der Nacht; also legten sich die Klanleute für ein paar Stunden zur Ruhe. Als die Morgendämmerung die Berge in ihr goldenes Licht tauchte, war Valorian bereit zum Aufbruch.

Er hatte Schmutz, Ruß und alte Blutflecken von Händen und Gesicht abgewaschen und seinen Stoppelbart rasiert. Ihm war nichts geblieben außer einigen Waffen, seinem Umhang aus Löwenfell und ein paar Kleidungsstücken, die er jedoch in

216

Steinhelm zurückgelassen hatte. Daher bürstete er sein schmutziges Hemd und die Hose aus und verabschiedete sich bald danach von Lord Fearral und Gylden.

Als er Mordans Hand ergriff, sagte er: »Bis morgen Nacht.«

Mordans Finger schlossen sich um die seinen. »Ich werde dich nicht im Stich lassen«, entgegnete der Krieger.

Schließlich umarmte er Aiden heftig. Der ältere Bruder in ihm konnte sich eine letzte Vorhaltung nicht verkneifen. »Sei vorsichtig, mein kleiner Bruder. Linna würde uns nie vergeben, wenn du etwas Dummes anstellst.«

Aiden lachte. »Du wirst nicht einmal bemerken, dass ich in der Stadt bin. Sorge bloß dafür, dass du den mächtigen Tyrranis nicht verärgerst.«

»Ist es klug, Hunnul mitzunehmen?«, fragte Gylden besorgt, als sich Valorian auf den breiten Rücken des Hengstes schwang.

»Aber sicher.« Er zwinkerte seinem Freund zu. »Jemand muss schließlich unsere Zuchtstuten retten.«

Unter schallendem Wiehern bäumte sich Hunnul auf. Seine Vorderhufe peitschten durch die Luft. Als er wieder herunterkam, stieß er sich mit den kraftvollen Hinterläufen zu einem schnellen Galopp ab und war innerhalb weniger Augenblicke außer Sichtweite.

Im Lager packten die Krieger ihre Sachen zusammen und bereiteten sich auf den Ritt nach Actigorium vor.

Es war ein heller Tag mit warmen Winden und dahinjagenden Wolken. Hunnul kam rasch voran und hatte bald die Tiefebene mit den ausgedehnten Weiden erreicht. Sein schneller Trab führte Valorian in die Außenbezirke von Actigorium, noch bevor er sich angemessen vorbereitet hatte. Trotz seines tapferen Auftretens vor den Männern des Klans fürchtete er sich vor einem Treffen mit dem berüchtigten General Tyrranis. Er vermutete, dass der wahre Grund für das Verlangen des Generals nach ihm darin bestand, etwas über seine magischen Fähigkeiten zu erfahren, doch Valorian hatte nicht vor, diese zu offenbaren, bevor die Zeit zur Befreiung der Geiseln gekommen war. Am meisten fürchtete er, Tyrranis könne zur Folter greifen, falls er nicht das erfuhr, was er erfahren wollte. Wenn es so weit käme, so wusste Valorian nicht, ob er stark genug wäre, um den Überraschungsangriff auf die tarnische Garnison zu verheimlichen. Oder ob er dann überhaupt noch leben würde.

Nun, dachte er, während Hunnul auf der gepflasterten Straße dem Haupttor der Stadt zueilte, es bleibt mir nichts anderes übrig, als mein Glück zu versuchen. Irgendwie musste er Tyrranis' Gastfreundschaft bis zum nächsten Abend überleben. Er betrachtete die hohen Stadtmauern. Das Nachmittagslicht wurde von den Helmen der Wächter auf den Brüstungen widergespiegelt. Er fragte sich, wie lange es wohl dauern mochte, bis jemand von ihnen bemerkte, dass ein Klanmann auf sie zuritt.

Die Straße, auf der Hunnul trabte, war alt und bildete den Hauptverkehrsweg zwischen Actigorium, Sar Nitina und anderen Städten des Nordens und Südens. Sie überspannte den Miril und war der Grund dafür, dass die Stadt zu einem der bedeutendsten chadarianischen Handelsplätze geworden war. Ihr Ursprung lag in der Zeit vor den Tagen des tarnischen Reiches. Die eindringenden Tarner hatten sogleich die Vorzüge der Stadt sowie ihrer Lage an Straße und Fluss erkannt. Sie hatten den chadarianischen Herrscher aus der Stadt geworfen und Actigorium mit Festungsanlagen entlang der Stadtgrenze verstärkt. Dann hatten sie unter dem Oberbefehl des Provinzstatthalters gepflasterte Straßen und Wasserleitungen gebaut, den Hafen vergrößert und eine große tarnische Garnison von fünfhundert Mann hier stationiert – was einer halben Legionsstärke entsprach.

Der Tag, an welchem Valorian auf Hunnul über die alte Straße ritt, war sehr wichtig für Actigorium, weil gerade eine prächtige Karawane aus den nördlichen Provinzen eingetroffen war und am nächsten Tag ein großer Markt stattfinden sollte. Die Straße war verstopft mit Wagen, Karren, Straßenhändlern, Nutztieren, Reitern, Sänften und Fußgängern, die alle auf dem Weg in die Stadt waren, um rechtzeitig zum Markttag dort zu sein. Obwohl der grob wirkende Valorian mit seinem großen, schwarzen Pferd viele Blicke auf sich zog, waren die Chadaria-

218

ner zu sehr mit ihren eigenen Angelegenheiten beschäftigt, um sich über einen umherstreunenden Klanmann zu wundern.

Die anderen Leute – die Händler, Sarcithianer, Reisenden, Geschäftsleute und das unvermeidlichen Diebsgesindel, das sich immer auf einem großen Markt einfand – wussten nicht, wer Valorian war. Er hätte ihnen kaum gleichgültiger sein können.

Daher gelang es ihm, bis unmittelbar vor das Stadttor zu reiten, bevor ihn jemand anzuhalten versuchte. Das Haupttor nach Actigorium war so breit, dass zwei ausladende Frachtwagen gleichzeitig hindurchfahren konnten, und hoch genug für die mächtigsten Heuwagen, Fahnen und Stelzenläufer. Aber es war nicht groß genug, um an Markttagen einen Stau zu verhindern. Die gewaltige Menge blieb im Fluss, bis sie den engen Flaschenhals des Tores erreichte, doch dann verknäuelte sie sich zu einem lärmenden und oft wütenden Gewirr aus Leuten und Fahrzeugen, die um den Zugang zur Stadt kämpften. Die fünf tarnischen Wachen taten ihr Bestes, um die Menge hindurchzuschleusen, doch am späten Nachmittag waren sie dem Ansturm nicht mehr gewachsen. Sie bemerkten Valorian erst, als er das offene Tor bereits hinter sich gelassen hatte.

»Sarturian!«, hörte er einen der Soldaten rufen. »Da ist ein Klanmann. Er hat ein schwarzes Pferd!«

»He! Du da!«, rief ihm eine andere Stimme durch das Verkehrsgewühl zu. »Halt an!«

Valorian tat so, als hätte er den Befehl nicht gehört. Er ritt weiter, während sich die Soldaten hinter ihm im Gewimmel verloren. Plötzlich erklang Hörnerschall vom Tor her. Dreimal tönte es laut und deutlich über den Aufruhr in der Stadt. Vielleicht ist es ein abgesprochenes Warnsignal, dachte Valorian müßig. Er war gekommen, um sich zu stellen, aber so einfach wollte er es den Tarnern nicht machen.

Hunnul folgte der Straße durch die Stadt an überfüllten Wohnhäusern, lärmerfüllten Geschäften und Tavernen, Stallungen und privaten Gebäuden vorbei. Valorian war mit Actigorium nicht vertraut; deshalb hatte ihm sein Bruder den ungefähren Grundriss der Stadt erklärt. In der Mitte lag unter freiem

Himmel der große Markt wie die Nabe in einem gewaltigen Rad. Der Hauptteil der tarnischen Garnison war in einem alten chadarianischen Turm im Norden in der Nähe des Flusses untergebracht. In Wirklichkeit war dieser Turm ein weit verzweigtes Steingebäude, das auch als Waffenlager, Behausung und Kerker diente. Entlang des Flusses befanden sich nahe der Garnison die Kaianlagen und Lagerhäuser. Die besseren Wohngegenden erstreckten sich genau wie Tyrranis' Palast und Privatgrund im Westen der Stadt. Das Haupttor, durch das Valorian soeben eingeritten war, lag zusammen mit den Handelsbezirken im Süden. Valorian wusste, dass er nur der Straße folgen und am Markt nach links abbiegen musste. Wenn ihn auf dem Weg niemand aufhielt, würde er schließlich Tyrranis' schwer bewachte Vordertür erreichen.

Valorian hoffte, den wachsamen Blicken der Soldaten zu entgehen und als freier Mann an Tyrranis' Tür zu klopfen. Leider aber hatte das Warnsignal vom Südtor die Stadtwachen alarmiert, die ihn schließlich auf dem Marktplatz erwischten. Drei Abteilungen ritten auf verschiedenen Straßen auf ihn zu und zerstreuten dabei die Passanten in alle Richtungen.

»Du da, Klanmann! Bleib stehen!«, rief der Anführer.

Valorian bemerkte, dass sechs oder sieben Bogen auf ihn gerichtet waren. Dazu kam die gleiche Anzahl von Schwertern in den Händen der Reiter. Seufzend befahl er Hunnul anzuhalten und wartete darauf, dass die Soldaten ihn einholten.

Rasch hatten ihn die Tarner vom Pferd geholt, ihm die Arme hinter dem Rücken zusammengebunden und die Beine angekettet, obwohl Valorian nicht den geringsten Widerstand leistete. Der Klanmann wurde blass vor Wut und Erniedrigung.

Hunnul war zornig über die Behandlung seines Herrn. Er trat aus und biss nach jedem, der ihm zu nahe kam. Valorian gelang es, das Pferd zu beruhigen, bevor ihm die Soldaten einen Knebel in den Mund steckten. Das große Tier kreischte vor Wut auf, doch schließlich erlaubte es, dass man ihm Zaumzeug anlegte.

Eine Nacht!, hörte Valorian den Hengst in seinem Kopf rufen. *Länger werde ich nicht warten. Dann hole ich meine Stuten und komme zu dir!*

Der Klanmann war dankbar für Hunnuls Gefühle, während er zusah, wie man sein Pferd fortbrachte. Die Instinkte des Hengstes zusammen mit seiner neu erworbenen Verstandeskraft machten ihn zu einer Überraschungswaffe, mit welcher die Tarner nicht rechneten.

Nun zogen die Soldaten eine Binde über Valorians Augen und machten ihn damit vollkommen hilflos. Das geht zu weit, dachte er, als sie ihn roh über den Rücken eines anderen Pferdes warfen.

Es fiel ihm nicht leicht, seine Fassung zurückzugewinnen, während er wie ein Sack Hafer auf einem Packpferd durch die Menge der spottenden Leute getragen wurde, doch durch bloße Willenskraft gelang es ihm, wieder vollkommen ruhig zu werden, als die Soldatentruppe in den geräumigen Hof von Tyrranis' Palast einritt. Er blieb gelassen, als er vom Pferd gezogen und in seiner Blindheit auf den überdachten Vordereingang zugetrieben wurde.

Dann befand er sich in einen Raum voller hastender Schritte, gebrüllter Befehle und erregter Stimmen.

Plötzlich kamen langsame, gemessene Schritte auf ihn zu, und Schweigen senkte sich über den Raum. Die Binde vor Valorians Augen wurde fortgezerrt. Das Erste, was er sah, war ein grausames, knochiges Gesicht mit harten Linien und bedrohlichen, tief eingesunkenen Augen, die ihn aus der Entfernung einer Handspanne anstarrten. Er bezwang ein Zittern und erwiderte den Blick genauso starr.

»Nehmt ihm den Knebel fort«, sagte das Gesicht, »aber haltet eure Waffen auf ihn gerichtet.«

Der Soldat an Valorians rechter Seite zog ihm vorsichtig den Knebel aus dem Mund. Der Klanmann sah die zehn oder elf Soldaten an, die sich um ihn versammelt hatten, und bemerkte erstaunt, wie angespannt sie alle zu sein schienen. Offenbar hatte sich das Gerücht über seine magischen Kräfte bis hierher verbreitet.

»Wer bist du?«, knurrte der Mann vor ihm.

Aus seiner vollen Rüstung und dem Befehlston schloss Valorian, dass es sich um General Tyrranis handelte. »Ich bin der, nach dem Ihr gesucht habt. Ich habe erfahren, dass Ihr mich sprechen wollt«, entgegnete Valorian mit ruhiger Stimme.

»Wir wollen dich schon seit dem letzten Herbst sprechen«, sagte Tyrranis hämisch.

»Warum habt Ihr mich nicht einfach gefragt? Es war unnötig, meine Familie dafür umzubringen.«

»Aber es war sehr wirksam.«

Valorian schürzte die Lippen. »Ja. Jetzt bin ich also hier. Wenn Ihr nun so freundlich wäret und Euer Wort hieltet, mein Volk ziehen zu lassen, wäre ich Euch sehr dankbar.«

»Dessen bin ich sicher, aber ich habe mein Wort nicht gegeben. Das war mein Oberbefehlshaber, und ich verspüre nicht die Notwendigkeit, seine Versprechen einzulösen.«

Valorian hatte nichts anderes erwartet, doch er wusste, dass er darauf eine Erwiderung geben musste, damit die Tarner nicht misstrauisch wurden. Er kämpfte gegen seine Fesseln an. »Was wollt Ihr damit sagen?«, rief er. »Ich bin in gutem Glauben hergekommen, damit Ihr mich gegen meine Familie austauscht, und jetzt wollt Ihr sie nicht freilassen?«

»Genau.« Tyrranis lächelte wie eine Schlange. »Ich brauche sie noch.«

Mit wutverzerrtem Gesicht machte Valorian eine Bewegung nach vorn, doch er kam nur einen Fuß weit, bevor ihn die Soldaten erneut niederwarfen.

Tyrranis hatte sich nicht bewegt. »Bringt ihn nach unten«, befahl er. Vier Männer packten Valorian an den Armen und zerrten ihn grob aus dem großen Raum. Sie schleppten ihn durch einige Korridore, zwei Treppenfluchten hinunter und in ein viel kleineres, dunkleres Gemach. Auf Tyrranis' Befehl ketteten sie ihn in gespreizter Stellung an Händen und Füßen an die kalte Steinwand. Dann ließen sie ihn mit Tyrranis allein.

Zum ersten Mal in seinem Leben tat es Valorian Leid, tarnische Soldaten fortgehen zu sehen. Er beobachtete Tyrranis miss-

222

trauisch, während der General langsam in dem Raum umherschlenderte und dicke Kerzen in Halterungen an den Wänden entzündete. Allmählich wurde der Raum heller, und Valorian erkannte, dass es sich um eine Art Werkraum handelte. Es gab einen bis unter die Decke reichenden Schrank mit Borden und Schubfächern an der linken Wand, einen großen Tisch in der Mitte und einen hölzernen Stuhl sowie einen Schreibtisch an der rechten Wand. Auf jeder verfügbaren Fläche lagen Schriftrollen, gebundene und ungebundene Pergamente, Schreibwerkzeuge und verzwickte Dinge, deren Zweck sich Valorian nicht erschloss. Die Borde quollen über vor Gestellen mit Phiolen, in denen farbenfrohe Flüssigkeiten schwammen; außerdem gab es hölzerne Schachteln in jeder Größe, Taschen, Schüsseln, einen Mörser und Stößel und weitere Instrumente mit unbekannter Funktionsweise. Am seltsamsten jedoch war ein Muster, das jemand auf den Boden unter der Stelle gemalt hatte, wo Valorian hing. Es war ein achteckiger, von einem roten Kreis umgebener Stern.

»Du betrachtest gerade mein Kunstwerk«, sagte der General und deutete auf den Boden. Sein Gesicht hatte einen hämischen Ausdruck angenommen. »Das ist ein uralter Schutz gegen böse Magie. Du kannst deine Macht nicht einsetzen, solange du innerhalb seiner Grenzen bist.«

Das war Unsinn, aber Valorian wollte den General jetzt noch nicht von seiner Illusion befreien. Also riss er die Augen auf und versuchte, überrascht zu wirken.

Tyrranis nahm seinen Schwertgürtel ab, dann den Brustpanzer und seinen Militärmantel und legte sie sorgfältig beiseite. Er holte ein Paar Lederhandschuhe hervor und zog sie aufreizend langsam an, einen Finger nach dem anderen. »Und jetzt«, sagte er mit kalter Bösartigkeit, »wollen wir uns über Magie unterhalten.«

Valorians Mund wurde trocken. »Was meint Ihr damit?«, gelang es ihm zu fragen.

Der General nahm eine kurze, schwere Keule auf und stellte sich vor seinen Gefangenen. Seine Muskeln spannten sich, als ob sein Körper unter dem knielangen Hemd fest zusammengerollt wäre. »Magie«, zischte er. »Die Macht der Unsterblichen.« Ohne Vorwarnung schlug er mit der Keule gegen Valorians rechten Oberarm.

Der Klanmann versteifte sich vor Schmerzen und biss die Zähne zusammen. Die stumpfe Waffe hatte ihm zwar nicht den Arm gebrochen, aber es fühlte sich genauso an. Valorian kämpfte vergebens gegen seine Ketten an. Die Soldaten hatten sie so fest gezurrt, dass er eng gegen die Mauer gepresst wurde und Tyrranis Angriffen nicht ausweichen konnte. Ihm wurde übel vor Angst, als er sah, wie der General die Keule erneut hob.

»Wir haben die ganze Nacht Zeit, Klanmann«, erklärte ihm Tyrranis. »Du wirst mir das Geheimnis deiner Magie verraten, oder es wird wirklich eine sehr lange Nacht werden.« Und die Keule schwang abermals auf ihn herab.

Durch einen schwarzen Schleier aus Schmerz hörte Valorian neue Laute in die atemlose Stille eindringen. Da war ein schwaches Klacken und ein Scheuern, als ob jemand die Tür öffnete. Er versuchte nicht aufzusehen. Er wagte nicht, sich zu rühren, weil er Angst hatte, dass die quälenden Schmerzen bei der geringsten Bewegung wieder durch Arme, Beine und Bauch schossen.

Dann hörte er, wie jemand vorsichtig sagte: »General?«

»Was ist los?«, antwortete die verhasste Stimme.

»Ihr hattet gebeten, zur Eröffnungsveranstaltung für den Markt gerufen zu werden. Es ist so weit. Die Würdenträger warten.«

»Schön.« Der General erhob sich von seinem Stuhl, auf dem er nachgegrübelt hatte, und stellte sich vor Valorian. Langsam zog er sich die Handschuhe aus, Finger für Finger.

Der Klanmann nahm den Ansturm der Schmerzen in Kauf. Er hob den Kopf und starrte Tyrranis durch aufgequollene Augen an. Einen Moment lang trafen ihre Blicke aufeinander, doch dann wehrten sich Valorians Muskeln gegen die erlittenen Misshandlungen und zuckten unbeherrschbar und beängs-

224

tigend. Valorian bäumte sich in den Ketten auf. Seine Zähne schlugen gegeneinander, und die Finger verkrallten sich in der Wand.

Tyrranis beobachtete ihn gefühllos, bis die Schmerzen allmählich verebbten und Valorian wieder ruhig wurde.

Hinter dem General schluckte der tarnische Kommandant schwer, um sein Mitgefühl zu verbergen. »Was ist mit ihm?«, fragte er.

»Dieser Mann ist ein Schwindler«, giftete Tyrranis gereizt. »Bring ihn zu den anderen Gefangenen. Morgen werden wir eine Belustigung für die Marktbesucher veranstalten – eine Sklavenversteigerung und vielleicht eine Tierhatz. Mal sehen, ob der Tiermeister ein paar Wölfe oder Löwen hat, die ein gute Mahlzeit vertragen können.« Er lehnte sich vor und knurrte zu Valorian: »Unser Freund hier wird der Ehrengast an meiner Seite sein. Er darf bis zum Ende zuschauen. Dann wird er an die Stadtmauer genagelt.«

Als Valorian keine Reaktion darauf zeigte, grunzte Tyrranis verärgert, wandte sich auf dem Absatz um und schlenderte aus dem Raum.

Der Kommandant rief einige Wachen herbei. Gemeinsam lösten sie die Fesseln um die blutigen Gelenke des Klanmannes. Valorian wäre gern auf den Beinen geblieben und aufrecht aus dem Raum gegangen, doch seine Knochen gaben nach, und er sank jämmerlich zu Boden.

»Wir holen besser eine Trage. Dieser Mann kann nicht mehr laufen«, ordnete der Kommandant an.

Während die zwei Wachen gehorsam hinauseilten, lag Valorian auf dem kalten Boden und war dankbar, dass Tyrranis gegangen war und er selbst noch lebte. Er blieb so reglos wie möglich liegen und befahl seinen Muskeln, sich allmählich zu entspannen. Noch nie in seinem Leben hatte er solche Schmerzen erdulden müssen. Er machte keine Einwände, als die Soldaten zurückkamen und ihn auf die Trage hoben. Überrascht und dankbar stellte er fest, dass sie sanft waren und sorgfältig darauf achteten, ihm nicht wehzutun.

Rasch trugen sie ihn die Treppe hoch, aus dem Palast hinaus und in das gleißende Licht der Morgensonne.

Morgen? Diese Tatsache erstrahlte in Valorian so hell wie das Sonnenlicht selbst. Er schloss die Augen vor der Grelle und seufzte. Er war die ganze Nacht mit Tyrranis in diesem Raum gewesen. Es war ihm wie eine scheußliche Ewigkeit erschienen.

Nach einer Weile wiegten ihn die Bewegungen der Trage und das Wissen, dass er erst einmal Ruhe vor dem General hatte, in einen Zustand annähernder Bewusstlosigkeit. Ihm war kalt und übel. Die Gelenke an Händen und Füßen waren blutig und zerschnitten von den Ketten, die Glieder schienen zerschmettert, die Muskeln zerrissen und gequetscht, und jede Stelle des Körpers schmerzte. Er hoffte, dass die Qualen nicht zurückkehrten, wenn es ihm gelang, für einige Zeit reglos zu ruhen. Es war ihm gleichgültig, wohin sie ihn brachten; er hörte nicht das geschäftige Treiben in den vollen Straßen, durch welche die Chadarianer zum Markt strömten. Nichts durchdrang den Schleier um ihn herum, bis plötzlich eine vertraute Stimme dicht neben seinem Kopf etwas auf Chadarianisch rief.

Überrascht schlug er die Augen auf und starrte in das Gesicht eines betrunkenen chadarianischen Bauern, der eine Bierflasche in der einen Hand und einen Hähnchenschlegel in der anderen hielt. Der Kerl deutete wild mit dem Schlegel auf den Klanmann und stolperte neben der Trage her, während er aus vollem Hals etwas schrie. Plötzlich senkte sich die Erkenntnis in Valorians benebelten Verstand, dass er diesen Mann kannte. Es war Aiden. Valorian blieb gerade noch genug Zeit, um seinem Bruder kraftlos zuzuzwinkern und ein kaum merkliches, erleichtertes Nicken zu sehen, bevor die Wachen Aiden auf eine Bierkneipe zustießen und weitereilten. Valorian schloss erneut die Augen und entspannte sich. Die Gegenwart seines Bruders beruhigte ihn.

Kurze Zeit später erreichten sie den Turm am hohen Ufer des Miril. Dieser befestigte Gebäudekomplex war eine alte, ungeschlachte Steinmasse, die schon bessere Tage gesehen hatte. Die Wände waren durchlöchert und bröckelig, und das Dach musste unbedingt gerichtet werden. Ein viereckiger, breiter Turm, der dem ganzen Gebäude den Namen gab, bewachte den Vordereingang. Im ersten Stock des großen Bauwerks gab es keinerlei Fenster und nur vier Türen. Allein der Haupteingang war breit genug, um die Männer mit der Trage durchzulassen.

Valorian hörte die Geräusche von Pferden, als er in den Vorhof des Turms gebracht wurde. Er öffnete die Augen und versuchte Hunnul zu entdecken, doch er sah nur einen Stall, in dem die Pferde für die Späher und Boten untergebracht waren. In der Nähe der Garnison musste es Koppeln für die übrigen Tieren geben. Vielleicht war Hunnul dort.

Er hielt die Augen offen, während die Wachen durch den Turm liefen und schließlich eine lange, schmale Halle betraten. Hier eilten Soldaten geschäftig umher, standen Wachen auf ihrem Posten und schienen amtlich aussehende Zivilisten in wichtige Arbeiten vertieft zu sein. Türen und Korridore öffneten sich in die Halle und führten in Büros, eine Soldatenmesse und weitere Räume, deren Zweck Valorian fremd war. Die Soldaten, die seine Bahre trugen, folgten dem Hauptflur bis zu einer schwer verriegelten Tür am Ende, die von einem untersetzten Kämpfer bewacht wurde. Der Wächter warf einen unbeteiligten Blick auf Valorian, zog einen Schlüssel hervor und ließ ihn ein.

Sie liefen eine lange, widerhallende Treppe hinunter, die von Fackeln nur schwach erleuchtet wurde. Die Luft war drückend, kalt und von Fäulnisgestank durchzogen. Die Kerker des alten Turmes befanden sich tief in den Grundmauern, wohin das Licht des Tages nicht drang. Wegen der Nähe zum Fluss troffen die Wände vor Feuchtigkeit, und auf dem Boden hatten sich schleimige Pfützen und Tümpel ausgebreitet.

Am Fuß der Treppe befand sich ein kurzer Gang mit Gittertüren auf beiden Seiten. Die Zellen waren nicht groß, doch aus dem vielgestaltigen Lärm schloss Valorian, dass die gesamte Gruppe von beinahe einhundert Gefangenen in diese fauligen Verliese gezwängt worden war.

Außer einigen mageren Fackeln an den Wänden gab es hier kein Licht. Der Klang der Schritte und die fremden Fackeln erregten große Aufmerksamkeit. Gesichter drückten sich gegen die Gitterstäbe, und es flüsterte und wisperte in der Düsternis. »Wer ist das?«, fragten die Gefangenen einander.

Dann schrie jemand: »Kierla! Es ist Valorian!« Der ganze Kerker füllte sich mit Rufen, Bitten und Brüllen.

»Haltet den Mund, ihr Hunde!«, gellte der Kommandant.

Sein Befehl bewirkte nichts. Die Leute waren verzweifelt, und Valorian war ihr erster Hoffnungsschimmer. Zufällig öffneten die Wachen die letzte Zellentür, hinter der Kierla und etwa zwanzig andere hockten. Die Wachen drückten die Klanleute zur Seite, warfen die Trage zu Boden und zogen sich hastig vor dem Aufruhr, dem Gestank und der Dunkelheit zurück.

Valorian spürte die Arme der geliebten Frau um seine Schultern. Sie strich ihm mit den Fingern sanft über Gesicht und Glieder. Bei ihr war er sicher. Mit einem Seufzer schloss er die Augen und überließ sich dem Schlaf.

Der Tag verging langsam für die Insassen des Kerkers und für diejenigen, die verstreut innerhalb der Stadtmauern sowie in den Feldern dahinter warteten. Die Sonne kroch mit Nerven aufreibender Trägheit in den Zenit, dann zum Nachmittag hinüber und schließlich in den Abendhimmel. Die Leute in den Zellen sahen nicht, wie die Sonne hinter dem Horizont versank, aber sie spürten es, und ihre Mägen schrien vor Hunger.

Das Scheppern eiserner Töpfe riss Valorian aus seinem heilsamen Schlaf. Wachen brachten große Suppenkessel in jede Zelle. Kierla spürte, wie ihr Mann sich regte. Ihr Herz tat einen Satz vor Erleichterung. Sie brachte ihm eine Schüssel Suppe, hob seinen Kopf und flößte ihm vorsichtig die ganze Portion ein. Trotz des wässerigen Geschmacks und einer nicht einmal entfernten Ähnlichkeit mit richtiger Nahrung hätte er gern mehr davon gehabt, doch die Kessel waren bereits leer und wurden wieder eingesammelt.

Ganz langsam richtete sich Valorian von der Trage auf.

228

Schlaf, Essen und seine natürliche Stärke hatten ein kleines Wunder bewirkt. Er konnte sich wieder bewegen, auch wenn er noch steif war und die Schmerzen ihn weiterhin plagten. Die qualvollen Muskelzuckungen aber waren verschwunden, und nichts war gebrochen. Er fragte sich, ob General Tyrranis nicht gern Blut sah. Das würde erklären, warum er Handschuhe trug und so geschickt im Zufügen von Schmerzen war, ohne sein Opfer bluten zu lassen.

»Was ist mit dir geschehen, Valorian?«, flüsterte Kierla. »Was machst du hier?«

Er kicherte in die Dunkelheit hinein. »Ich habe mich freiwillig gestellt, damit Tyrranis euch alle freilässt.«

Kierla zog heftig die Luft ein. Sie strich mit den Fingern sanft über eine Schwellung an seinem Kinn. »Tyrranis hat das getan? Dieses Ungeheuer! Er muss dich die ganze Nacht durchgeprügelt haben.«

»So ungefähr.«

»Warum hast du dich bloß gestellt?«, sagte einer seiner Vettern barsch. »Du hättest wissen müssen, dass Tyrranis einem Klanmann gegenüber niemals sein Wort hält.«

»Das wusste ich.«

»Warum bist du dann hier?«, fragte jemand anderes. Valorian legte sich wieder auf die Trage. »Wartet es ab«, sagte er sanft. »Wartet, bis der rote Stern über den Bergen aufgeht.«

Die Leute in seiner Nähe murmelten etwas über einen Schlag auf den Kopf und machten es sich dann so bequem wie möglich, weil sie schlafen wollten. Niemand nahm ihn ernst.

Das war Valorian gleichgültig. Er beherzigte seinen eigenen Rat und wartete ab. Kierla übergab ihm Khulinar und versuchte zu schlafen. Er hielt das Kind eng an sich gedrückt und entspannte seine geschundenen Muskeln. Kein Himmel und keine angeborene Fähigkeit verrieten ihm, wie spät es war, doch als die Stunden vergingen und die Nacht immer weiter voranschritt, wusste er schließlich, dass die Zeit gekommen war. Der rote Stern ging auf.

Er gab das Kind seiner Frau zurück und setzte sich sehr vorsichtig auf. Kierla wickelte den kleinen Jungen in ihren Mantel und half Valorian stumm auf die Beine. Er schwankte kurz, dann stützte er sich auf Kierlas Arm und machte einen Schritt nach vorn. Sein Körper fühlte sich träge und ungelenk an, und jeder einzelne Muskel beschwerte sich, doch alles arbeitete nach Wunsch. Mit Kierla an seiner Seite bahnte er sich unter Schmerzen einen Weg zwischen den schlummernden Gefangenen hindurch bis zur Gittertür. In der Zelle war es zu dunkel, um etwas sehen zu können; also schuf er eine kleine Lichtkugel.

Der Effekt war umwerfend. Jedermann in der Zelle sprang auf die Beine und riss den Mund weit auf. Ohne seine Gefährten anzusehen, betrachtete Valorian die Tür einen Augenblick lang. Er legte die Finger auf das Schloss, sprach einen Zauber und benutzte seine Magie dazu, das Schloss in einen kleinen Rosthaufen zu verwandeln. Mit einem Finger drückte er die Tür auf. Erst jetzt wandte er sich an die verblüfften Leute hinter ihm und sagte: »Wir sollten endlich gehen.«

Er benutzte seinen Zauberspruch, um nacheinander die übrigen Zellentüren zu öffnen, bis sich alle Klanleute und ein paar verstreute chadarianische Gefangene in den Korridoren drängten. Die Leute waren erstaunt über ihre plötzliche Freiheit und scharten sich um Valorian, während er sie schweigend die Treppe hinaufführte. Kurz vor dem obersten Absatz brachte er alle zum Stehen. Hinter der großen, mit Eisenbeschlägen gesicherten Tür hörte er Geräusche, die ein Lächeln auf sein Gesicht zauberten. Er war genau zur rechten Zeit hier angekommen. Die Garnison befand sich in Aufruhr. Die Laute rennender Füße, schmetternder Hörner und lauter Stimmen drangen herbei. Aiden und seine Männer hatten offenbar pünktlich mit ihrem Ablenkungsmanöver begonnen.

Valorian gebot den Klanleuten zu warten, bis sich der Lärm hinter der Tür ein wenig gelegt hatte. Dann verwandelte er das Schloss zu Rost und drückte die Tür einen Spaltbreit auf. Der Wächter auf der anderen Seite schaute den Gang hinunter. Er sah weder, wie sich die Tür öffnete, noch hörte er den Zauberspruch, der ihn in den Schlaf schickte. Als sein Körper zu Boden sank, trat Valorian hinaus in den Gang.

Nun war die Halle leer; es gab keinerlei Anzeichen von weiteren Wachen. Einige Fackeln flackerten entlang des Steinkorridors und malten tanzende Schatten an die Wände.

Ängstlich, erregt und nervös eilten die Klanleute auf die Vordertür zu. Wegen des Alarms in der Stadt durchstreiften nur die üblichen Wachen das Gebäude und dessen Umgebung. Mit Magie schickte Valorian jeden einzelnen Wächter in den Schlaf und gab ihnen keine Gelegenheit, Alarm zu schlagen. Er war dankbar dafür, dass es nicht allzu viele waren, denn die Schläge in der vergangenen Nacht hatten fast alle Kraft für Magie aus ihm herausgeprügelt. Selbst die einfachen Zaubersprüche für die Schlösser und die Wachen hatten ihn ernsthaft geschwächt.

Sobald er und seine Leute die Vordertür hinter sich gelassen hatten, deutete Valorian auf die Garnisonsställe. »Ein paar von euch holen die Pferde. Spannt sie vor jeden Wagen, den ihr finden könnt. Beeilt euch! Die anderen bleiben hier. Lord Fearral wird jeden Augenblick eintreffen.«

Die jüngeren Männer gehorchten eifrig. Die wenigen chadarianischen Gefangenen nutzten diesen Augenblick, um sich aus dem Staub zu machen. Niemand versuchte sie aufzuhalten.

»Seht!«, rief jemand und deutete auf die Stadtmitte.

Nicht weit entfernt im Süden hob ein rot-goldener Glanz die Umrisse der Stadt vom Nachthimmel ab und enthüllte eine große, sich zu den Sternen erhebende Rauchwolke. Valorian grinste. Aiden und seine Männer hatten geplant, Feuer in der Stadt zu legen, um die tarnische Garnison abzulenken. Nach der Helligkeit des roten Lichts zu urteilen, musste es ein großes Feuer sein.

In diesem Augenblick drang Kampfeslärm von den Ställen herbei. Bevor Valorian jedoch dorthin gelangte, war der Lärm bereits erstorben, und die Klanmänner führten etliche aufgezäumte Pferde aus den Stallungen. Die Männer trugen tarnische Schwerter und sahen zufrieden aus.

»Wir sind auf eine Patrouille gestoßen«, rief einer von ihnen freudig zu Valorian, während sie auf die Wagen neben der Stallwand zuliefen. Rasch waren die Pferde angeschirrt und die ersten Frauen, Kinder und Alten auf die Ladeflächen gehoben. Weitere Pferde wurden herausgeführt und gesattelt, bis die Ställe leer waren. Noch immer war nichts von Tyrranis' Truppen und Lord Fearrals Männern zu sehen.

Valorian wurde immer besorgter. Ihnen blieb nicht mehr viel Zeit, bis die Soldaten bemerkten, dass es um mehr als nur um ein zufälliges Feuer ging. Wenn sie auch nur die leiseste Warnung erhielten, dass die Klanleute einen Ausbruchsversuch machten, würden sie Actigorium wie eine Falle schließen. Dann gab es kein Entkommen mehr.

Plötzlich erstarrte jedermann und lauschte. Der Lärm einer großen, auf den Turm zupreschenden Reitertruppe war zu hören; sie kam vom Nordtor. Valorian rannte vor, um die Reiter abzulenken. Er pfiff dreimal, und zu seiner großen Erleichterung erwiderten sie das Signal. Lord Fearral persönlich führte die Gruppe der Männer, Ersatzpferde, Karren und Wagen in den Vorhof des Turmes.

Die Klanleute freuten sich, einander zu sehen. Ohne weitere Umstände setzten sich die übrigen Gefangenen auf die Karren und Pferde. Innerhalb weniger Minuten war die gesamte Gruppe zur Abreise bereit.

Nun blieb für Valorian nur noch eins zu tun. Er bündelte seine ganze Willenskraft in einem einzigen Ruf: »Hunnul!«

Laut und stark kam der Ruf heraus, und zu jedermanns Überraschung wurde er aus der Ferne beantwortet. Ein triumphierendes und stolzes Wiehern drang auf dem Wind herbei, und schon erhob sich ein fernes, gedämpftes Donnern. Die Klanleute warteten neugierig, wenngleich sie nicht sicher waren, worauf sie warteten.

Dann kam die Antwort zusammen mit den fliegenden Hufen einer großen Pferdeherde. Hunnul trieb den gesamten Bestand der tarnischen Koppeln vor sich her. Die gestohlenen Zuchtstuten waren ebenso darunter wie die Reittiere des Heeres und Arbeitspferde. Sie wieherten wild und rollten mit den

232

Augen, weil sie Angst vor dem mächtigen schwarzen Hengst hinter sich hatten. Ihre Mähnen flatterten im Wind; sie hasteten an den Wartenden in einer wirbelnden Welle aus Braun, Schwarz und Geisterweiß vorbei.

Hunnul hielt vor Valorian an und bäumte sich so hoch auf, dass seine Vorderhufe über dem Kopf des Mannes schwebten. Der Hengst setzte die Beine mit einem dumpfen Geräusch wieder auf und blieb nur so lange reglos stehen, bis Valorian aufsaß.

»Los!«, rief Lord Fearral. Die erregten Pferde eilten hinter der verschwindenden Herde her. Der gesamte Zug aus Pferden, Reitern und Fahrzeugen raste auf der gepflasterten Straße durch die Stadt und dem Nordtor entgegen. Er kam durch ein Gebiet, das hauptsächlich aus Lagerhäusern und Baustellen bestand, doch das laute Donnern erregte auch die Aufmerksamkeit der wenigen Leute, die sich in diesem Stadtteil aufhielten. Rufe erhoben sich hinter den Reitern, und irgendwo in der Nacht stieß ein Signalhorn eine Warnung aus. Die fliehenden Klanleute schenkten ihm nur wenig Beachtung. Sie ritten um ihr Leben und trieben die Pferde zu Höchstleistungen an.

Das Nordtor lag nicht weit vom Garnisonsturm entfernt und war so groß wie das Tor im Süden. Valorian wusste, dass es dennoch einige Zeit kosten würde, die Wagen und Pferde hindurchzubekommen. Er betete zu den Göttern, dass Mordan und seine Männer das Tor noch besetzt hielten und die Tarner zu beschäftigt waren, um einen geordneten Angriff zu führen.

Ein lautes Freudengeschrei ertönte von vorn, als die Stadtmauer sich vor den fliehenden Pferden erhob. Die Tore waren weit offen, und Mordan, Gylden sowie zehn weitere Männer standen bereit. Drei tote tarnische Legionäre lagen im Schatten des Tores.

Valorian trieb Hunnul dorthin, wo seine Freunde ihn erwarteten. Beide Männer grinsten angesichts des Stroms von Pferden, der an ihnen vorbeieilte. Sie erkannten Valorian und winkten ihm erleichtert zu.

»Wir sollten uns beeilen«, rief Mordan mit dem Schwert in

der Hand. »Die Wachen sind zwar tot, aber ich habe Signalhörner aus allen Richtungen gehört. Bald wird es hier vor Tarnern wimmeln.« Er sah Valorian eingehender an und zuckte zusammen. »Gute Götter, was ist denn mit dir geschehen?«

»Tarnische Gastfreundschaft«, erwiderte Valorian im Hufgedonner. Er deutete auf das Blut an Mordans Hemd. »Und was ist mit dir?«

»Das ist nicht meins«, kam Mordans knappe Antwort. »Macht weiter und holt die Wagen hier heraus. Wir treffen uns in Steinhelm. In Ordnung?«

»Ja! Wir alle!«

»Bis dann!«, schrie Mordan, und Hunnul schoss davon.

Obwohl die Klanleute sich geordnet zurückzuziehen versuchten, dauerte es einige Zeit, die Wagen, Karren und Reiter in der Dunkelheit zu trennen und sie in stetigem Fluss durch das Tor zu führen. Bald erschienen tarnische Soldaten auf den Mauerbrüstungen hinter den Fliehenden. Es waren nicht genügend Männer, um einen Ausfall gegen Lord Fearral und seine berittenen Krieger in der Nachhut zu führen; also versteckten sie sich hinter Mauern und Erkern und deckten die Wagen mit Pfeilen ein. Leute kreischten und schrien, als einige Pfeile ihr Ziel trafen, und die verbliebenen Wagen rasten am Rande einer Panik auf das Tor zu.

Valorian ritt zurück und vereinigte sich mit Fearral am Ende des Zuges. Er fühlte sich schrecklich krank und schwach und hatte keine Waffe, aber ein wenig Kraft war ihm noch verblieben. Sobald Lord Fearral auf die verstreuten tarnischen Soldaten deutete, die sich in den Schatten versteckt hielten, zielte Valorian mit einigen Blitzen aus magischer Energie auf die Mauern neben den Köpfen der Feinde. Die Tarner waren vom Anblick der gleißend hellen Blitze und des Funkenfluges so überrascht, dass sie außer Sichtweite hasteten.

Auch die Klanlaute, welche die Blitze gesehen hatten, keuchten vor Entsetzen auf. Alle waren Zeuge von Valorians Magie geworden, als er seine Geschichte erzählt hatte, doch nur wenige hatten ihre wahre Macht begriffen.

In der Zwischenzeit eilten die Klanleute in einem ständigen Strom aus Reitern und Wagenlenkern durch das Tor. Die Nachhut folgte ihnen, und Mordan und seine Männer holten ihre Pferde und gesellten sich zu Lord Fearral. Schließlich sah Valorian, wie die letzten Geiseln durch das Tor eilten, und schickte ein stummes Dankgebet zum Himmel.

Gerade als er und die Nachhut sich ebenfalls davonmachen wollten, kam ein kleiner tarnischer Reitertrupp zur Antwort auf die früheren Signaltöne die Nordstraße heruntergaloppiert. Fackelschein flackerte auf den Spitzen ihrer Speere und dem polierten Metall ihrer leichten Rüstungen. Sie zögerten nicht beim Anblick der größeren Streitmacht, sondern senkten die Speere und stürmten aus der Dunkelheit auf die Klanleute zu. Ihr Angriff kam so plötzlich, dass Valorian nicht einmal Gelegenheit hatte, seine Kraft zu Verteidigungszwecken einzusetzen.

Zwei Klankrieger fielen unter den Speeren, bevor die übrigen sich mit Schwert, Axt und Schild zur Wehr setzen konnten. Der Platz vor dem Tor verwandelte sich in ein wirbelndes Gewoge aus Kämpfern und rasenden Pferden. Da Valorian nicht bewaffnet war, konnte er sich bloß an Hunnul festhalten, während der Hengst Hufe und Zähne einsetzte, um die Feinde von seinem Reiter fern zu halten.

Wütend dachte Valorian über einen Zauberspruch gegen die Tarner nach, doch er wusste, dass der Einsatz von Magie diesmal zu gefährlich war. Tarner und Klanmänner waren für einfache Lichtblitze zu nahe beisammen, und Valorian war zu erschöpft, um einen verwickelteren Spruch zu erschaffen. Es blieb ihm nichts anderes übrig, als sich an Hunnul festzuhalten, während seine Gefährten um ihr Leben kämpften. Er sah Gylden nahebei im Handgemenge mit einem untersetzten Legionär. Mordan befand sich an Fearrals Seite und hielt seinem Lord den Rücken frei.

Plötzlich stieß Lord Fearral einen gewaltigen Schrei aus, und der Anführer der tarnischen Reiter stürzte mit der Axt des Häuptlings im zerschmetterten Schädel vom Pferd. Die Soldaten zögerten.

Valorian spürte den Vorteil und hob die Hand gegen den Nachthimmel. Eine helle, glänzende magische Kugel schoss in die Luft und explodierte hoch droben in einem Schauer als goldenen Funken. Jedermann duckte sich unwillkürlich, und die ausgelaugten und führerlosen Tarner flohen in die Sicherheit der Nacht.

Die Klanmänner stießen müde Freudenrufe aus. Rasch sammelten sie ihre toten Krieger ein und trotteten auf das Tor zu, doch sie hatten die Tarner auf den Zinnen vergessen. Die mit den mächtigen Bogen bewaffneten Wächter rannten zu den Schießscharten, legten auf den gewölbten Durchgang an und schossen jeden verfügbaren Pfeil ab.

Die Pfeile schwärmten auf die Nachhut herab, als diese gerade durch den Torbogen eilen wollte. Die meisten Geschosse fielen harmlos hinter den Pferden zu Boden, und einige blieben zwischen Fearrals Männern im Morast stecken. Nur eines flog geradewegs auf die vier Klanmänner zu, die als Letzte die Stadt verlassen wollten. Der Schaft flog aus der Dunkelheit heran, als würde er von einer unsichtbaren Hand geführt. Mit tödlicher Präzision zischte er an Mordans Kopf vorbei und bohrte sich tief in Lord Fearrals Hals.

Dreizehn

Valorian und Mordan sahen, wie der Häuptling im Sattel seitwärts taumelte. Krank vor Angst trieb der Leibwächter sein Pferd zu Fearral und fing ihn auf. Valorian kam auf der anderen Seite heran und nahm die Zügel aus den reglosen Händen des Häuptlings.

Fearral lebte noch, doch alle drei Männer wussten, dass es mit ihm zu Ende ging. Blut rann aus der Wunde, der Pfeil hatte eine Arterie getroffen. Er steckte fest und dämmte so den Blutfluss ein. Fearral konnte nicht reden. Er streckte die Hand aus und befahl die Männer fort von sich. Die beiden beachteten ihn nicht. Keiner von ihnen wollte seinem Lord von der Seite weichen, solange er noch lebte. Sie ritten durch das Tor und stützten dabei Fearral. Zum Abschied drehte sich Valorian halb im Sattel um, nachdem er die Stadtmauern hinter sich gelassen hatte, und feuerte einen magischen Blitz gegen die Spitze des Tores. Die Steine zerbarsten unter dem mächtigen Schlag und begruben das Tor unter sich. Stille und Staub senkten sich über die Verwüstung. Mordan starrte die Mauer ehrfürchtig an, bis Valorian ihn und den Häuptling fortzerrte.

Fearrals andere Wachen und einige Krieger waren langsamer geworden, weil sie bei ihrem Häuptling sein wollten. Der größte Teil der Klanleute hingegen galoppierte weiter. Wie geplant folgten die Flüchtigen dem Miril einige Meilen weit nach Osten. Dann teilten sie sich in kleinere Gruppen auf und zerstreuten sich über die Berge, um die tarnischen Truppen zu verwirren, die ihnen sicherlich folgen würden. Wenn alles gut ging, würde sich der ganze Klan schließlich in Steinhelm versammeln und dort die nächsten Schritte planen.

Als der letzte Mann der Nachhut den Fluss verlassen hatte und in die Berge ritt, war die Nacht schon weit fortgeschritten. Valorian warf einen Blick zurück auf die ferne Stadt. Noch immer war das schwache Glimmen des Feuers zu sehen, das die Umrisse Actigoriums vom Horizont abhob. Obwohl es unwahrscheinlich war, hoffte er aus ganzem Herzen, dass General Tyrranis in diesen Flammen briet. Ein Zittern durchlief seinen Körper beim Gedanken an jene schreckliche Nacht der Hilflosigkeit in der Kammer des Generals. So etwas würde er nicht noch einmal durchstehen. Er dachte an Aiden und die drei anderen Männer, die als Freiwillige in die Stadt eingedrungen waren, das Feuer gelegt hatten und in der allgemeinen Verwirrung hoffentlich entkommen konnten. Die ersten beiden Teile des Plans hatten sie offenbar erfolgreich hinter sich gebracht, und Valorian betete darum, dass seinem Bruder die Flucht gelang.

Müde und unter Schmerzen kümmerte er sich um Lord Fearral. Der alte Häuptling wurde immer schwächer. Blut floss über seine Seite, und die Haut war leichenfahl. Er konnte sich nicht mehr an seinem Pferd festhalten.

Kurz vor Tagesanbruch fanden die Krieger um Fearral ein Wäldchen in einem engen Tal. Sie führten ihren Häuptling in den Schutz der Bäume, hoben ihn sanft vom Pferd und legten ihn auf seinen Mantel. Valorian, Mordan und die anderen versammelten sich um ihn. Sie versuchten nicht, den Pfeil herauszuziehen, da diese sinnlose Geste Fearral nur noch größere Schmerzen bereitet hätte.

Er lag reglos da, während Blut und Leben langsam aus ihm herausflossen und in den Umhang sickerten. Seine Augen flackerten noch einmal auf, als die Sonne den Morgenhimmel durchstach und die Bäume in goldene und grüne Flammen verwandelte. Fearral streckte die Hand suchend aus, und Valorian ergriff sie und drückte sie fest.

»Die Vorboten werden bald hier sein«, sagte er sanft in Fearrals Ohr. »Fürchtet sie nicht. Geht in Ehren, mein Lord.«

Ein flüchtiges Lächeln huschte über das Gesicht des alten Mannes. Dann war er heimgegangen.

Valorian hielt den Kopf schief. Er glaubte, irgendwo am Rande seiner Wahrnehmungsfähigkeit das schwache Trampeln von Hufen zu hören. Die Vorboten kamen herbei, um Lord Fearral in das Reich der Toten zu geleiten.

Wortlos wickelten die Klankrieger den Leichnam ihres Häuptlings in dessen Mantel und banden ihn auf seinem Pferd fest. Nun gab es einen weiteren Toten, den es heim zum Klan zu bringen galt. Ohne zu überlegen folgten sie Valorian, der sie auf Hunnul zurück zu den Bluteisenbergen führte.

Am Mittag näherte sich der Trauerzug der mächtigen Granitkuppel von Steinhelm. Die Nachricht von Fearrals Tod war offenbar bereits von Wächtern weitergegeben worden, denn die gesamte Bevölkerung kam zusammen und begrüßte die Reiter. Sowohl der Stoßtrupp als auch die befreiten Geiseln waren bereits angekommen. Auch die meisten anderen Klanfamilien hatten sich in Steinhelm versammelt; nur Aiden und seine Männer fehlten. Die Klanmitglieder säumten die Straße. Ihre Gesichter drückten Trauer über den Verlust ihres Häuptlings aus, und sie empfanden Ehrfurcht vor dem Mann mit der ungeheuerlichen Macht, der zwei Familien dabei geholfen hatte, die ganze chadarianische Garnison zu narren und aus der befestigten Stadt zu entkommen.

Beide Töchter Fearrals rannten den Weg herunter. Ihre Gesichter waren weiß vor Angst. Als sie den Leichnam ihres Vaters sahen, brachen sie in Wehklagen aus, in das bald jedermann einstimmte.

Die Krieger geleiteten ihren toten Häuptling an den Trauernden vorbei und durch das Dorf, das er zu errichten versucht hatte, bis zu der Halle, die sein ganzer Stolz gewesen war. Sie legten ihn in seinem Mantel vor dem beschnitzten Thronstuhl auf einen Bocktisch und breiteten seine Waffen neben ihm aus.

Üblicherweise begrub der Klan seine Häuptlinge auf Friedhöfen, doch diesmal trat Fearrals älteste Tochter vor Valorian und schlug etwas anderes vor.

Die Männer in ihrer Nähe sahen erschüttert aus.

»Ihn in der Halle verbrennen?«, fragte Valorian. »Warum?«

Die Frau hob das Kinn. Sie war eine unscheinbare, ehrliche junge Person, die nicht geheiratet hatte, weil sie sich um ihren verwitweten Vater hatte kümmern wollen. Sie war genauso klug wie stolz. »Die Halle war nicht der Wunsch des Klans, sondern der meines Vaters«, sagte sie aufrichtig. »Da wir jetzt Chadar mit dir verlassen müssen, will ich nicht, dass die Halle in andere Hände fällt.«

»Chadar verlassen!«, platzte jemand heraus. »Wer hat denn gesagt, dass wir Chadar verlassen?« Karez bahnte sich einen Weg durch die Versammelten und richtete sich vor der Frau auf, als wollte er sie zur Seite schieben.

Sie starrte ihn an und weigerte sich zu weichen. »Das ist doch sonnenklar, Karez«, meinte sie ungeduldig. »Unsere Zeit hier ist vorbei. Wir müssen fortziehen, bevor die Tarner an uns das beenden, was sie bei unseren Großeltern begonnen haben.«

»Das ist lächerlich, Frau«, bellte er. Die erhobenen Stimmen hatten weitere Klanleute von draußen in die Halle gelockt. Sie waren besorgt, erregt, hatten Angst vor der Zukunft und keinen Häuptling mehr. Karez sah dies als eine ausgezeichnete Möglichkeit für seinen nächsten Schachzug. Er baute sich vor Valorian auf und hob die Hände, um die nervöse Menge zu beruhigen.

»Wir werden Chadar nicht verlassen. Die Tarner sind zwar aufgebracht, aber sie werden sich wieder beruhigen und begreifen, dass es klüger ist, alles beim Alten zu belassen«, sagte er.

»Warum?«, fragte Valorian ruhig. Er stand mit vor der Brust verschränkten Armen da; sein grün und blau geschlagenes Gesicht ließ keine Regung erkennen. Er zitterte beinahe vor Erschöpfung, doch nun sah er sehr deutlich den richtigen Weg vor sich. Aiden hatte Recht gehabt. Um sein Volk in ein neues Land zu führen, musste er Häuptling werden – was wohl bedeutete, sich Karez zu stellen. Er wusste schon seit langem, dass Karez Häuptling werden wollte, doch bisher war ihm dessen Bestreben unwichtig gewesen. Falls sich Karez aber nun selbst zum Häuptling ausriefe, müsste Valorian ihn zum traditionellen Zweikampf herausfordern. Leider war Karez nicht mit nach Ac-

240

tigorium gegangen. Er war mit einer kleinen Kampftruppe zurückgeblieben, um die restlichen Familien zu beschützen. Das bedeutete, dass er ausgeruht, gesund und stark wie ein Bär war. Valorian aber hatte seit mehr als sieben Tagen kaum Ruhe und Nahrung gehabt. Er war böse geschlagen worden, seine Muskeln waren von den Ketten gezerrt, und er war durch die Magie geschwächt, mit deren Hilfe sie aus Actigorium entkommen waren. Er wusste nur allzu gut, dass er nicht in der Lage war, einen Kampf zu überstehen. Doch nichts auf der Welt würde ihn dazu bringen, jetzt aufzugeben.

»Warum?«, wiederholte Karez und machte sich über die Lächerlichkeit dieser Frage lustig. »Wir züchten das Fleisch, das sie ernährt, und die Pferde, die sie brauchen. Wir sind auf unsere eigene Weise für sie wichtig.«

»Ich habe keine Lust mehr, *ihre* Mägen zu füllen«, brüllte ein Mann in der Menge. Die anderen murmelten, und einige stimmten ihm lautstark zu.

»Wir haben von den Tarnern nichts zu befürchten. Über diesen kleinen Zwischenfall wird bald Gras wachsen«, erklärte Karez. »Wir zahlen unsere Abgaben, und sie sind zufrieden.«

»Kleiner Zwischenfall!«, bellte Valorian. Er trat mit wutverzerrtem Gesicht hinter dem großen, untersetzten Klanmann hervor. Aus seinen Augen schossen Blitze. »Du nennst die Morde und die Gefangennahme von zwei Familien einen kleinen Zwischenfall? Wie würdest du denn ein Massaker am ganzen Klan nennen? Einen kleinen Rückschlag etwa? Mach die Augen auf, Karez. Nach dem Überfall auf Actigorium wird uns Tyrranis niemals in Ruhe lassen. Wir haben unsere Nützlichkeit überdauert. Tot sind wir für seinen Ruhm mehr wert!«

»Du bist es, den er in Wirklichkeit haben will«, rief Karez zurück. »Als Lord und Häuptling werde ich dafür sorgen, dass du zusammen mit unseren Tributleistungen an General Tyrranis übergeben wirst – tot oder lebendig. Es gibt keinen Grund dafür, den ganzen Klan für einen einzelnen Mann zu opfern.«

»Was hast du gerade gesagt?«, fragte Valorain mit tödlich kalter Stimme.

241

Karez erwiderte nichts darauf. Er wandte sich an die Leute, zog sein Schwert und hielt es mit dem Griff gegen den Himmel gerichtet. »Vor Surgarts Angesicht beanspruche ich hiermit die Ehre und den Titel des Lords und Häuptlings. Es sollen alle, die mir meinen Anspruch streitig machen wollen, vortreten und dies vor den Göttern bekunden.«

Alle Augen richteten sich auf Valorian. Er enttäuschte die Menge nicht. Mordan überreichte ihm wortlos ein Schwert, und mit gleicher Heftigkeit rammte Valorian es mit der Spitze in den Boden vor Karez' Füßen. »Im Namen Amaras mache ich dir deinen Anspruch streitig«, rief er.

Die Leute waren verblüfft. Männer beriefen sich in solchen Angelegenheiten gewöhnlich nicht auf die Muttergottheit Amara. Kierla und Mutter Willa hingegen waren keineswegs überrascht. Amara hatte Valorian seit dem Tag seines Erlebnisses mit dem Blitz Hilfe geleistet. Sie begriffen, dass seine Herausforderung nur ein weiterer Schritt zur Erfüllung seiner Bestimmung war.

Karez schürzte die Lippen zu einem boshaften Lächeln. Seine Zähne schimmerten weiß inmitten des schwarzen Bartes. »Du besitzt eine seltsame Macht, Valorian. Wie können wir sicher sein, dass du sie nicht gegen mich einsetzt?« Er machte eine wohl überlegte Pause, als ob ihm plötzlich ein Gedanke gekommen wäre. »Wie können wir sicher sein, dass du deine Macht nicht gegen den Klan einsetzt? Was ist, wenn du es schon getan hast?« Er deutete mit großer Geste in das Innere der Halle. »War es tarnisches Glück oder deine Magie, dass dieser Pfeil Fearrals Hals traf?«

Die Zuschauer keuchten. Kierla zog die Luft heftig ein und krallte die Finger ineinander. Valorian regte sich nicht.

Doch Mordan trat neben Valorian. Seine große, muskulöse Gestalt ragte wie ein Bollwerk neben dem Klanmann auf. Er berührte mit den Fingern Karez' Brust. »Du bist nicht dort gewesen, Karez«, sagte er laut und in verächtlichem Tonfall. »Du hast keine Ahnung. Aber wir, die wir dort waren, haben Valorians Magie gesehen. Er hat uns das Leben gerettet, und es ist sein Verdienst, dass unser Plan gelungen ist. Bei Fearrals Tod war nur die Hand der Götter im Spiel. Er ist ehrenhaft gestorben, Karez. Beflecke diese Ehre nicht mit deiner Selbstsüchtigkeit und Dummheit.«

Der Rest der Häuptlingswachen sowie Gylden und einige andere Krieger, die in der Nachhut gewesen waren, stellten sich neben Valorian, um ihre Unterstützung zu verdeutlichen.

Karez' Gesicht wurde rot vor Ärger. Das war kein guter Anfang für eine Führungsrolle. Er hatte nicht erwartet, dass sich die Häuptlingswachen neben Valorian stellen würden.

Valorian hatte es ebenfalls nicht erwartet und war dankbar für ihre Gunstbezeugung. Falls er stürbe und Karez Häuptling würde, konnte dieser sie ohne Schwierigkeiten in Unehren aus ihren geliebten Stellungen entlassen oder sie sogar zum Tode verurteilen. Indem sie Valorian unterstützten, gingen sie ein großes Wagnis ein, zumal er sich in so schlechter Verfassung befand, und nun musste er ihr Wagnis sogar noch vergrößern.

Er hob die Hände zur Sonne, dem Licht der Muttergottheit, und schwor laut und deutlich: »Als ich aus dem Reich der Toten zurückkehrte, schwor ich, dass ich meine Macht niemals gegen mein eigenes Volk einsetzen werde. Heute bekräftige ich diesen Eid vor Amara und allen Göttern und vor euch. Ich gebe euch mein Wort, dass ich keine Magie gegen meinen Widersacher einsetzen werde. Wir werden mit Schwertern kämpfen, wie es die hoch geachtete Überlieferung gebietet. Werdet ihr den Sieger als euren Lord und Häuptling annehmen?«

»Ja!«, antwortete ihm jede einzelne Stimme.

Valorian senkte befriedigt die Arme. Er ging ein schreckliches Risiko ein, indem er nur mit einem Schwert bewaffnet gegen einen Mann wie Karez kämpfte, doch wenn es ihm gelang, seinen Herausforderer zu besiegen, würde er die Achtung und das Vertrauen des gesamten Klans erwerben.

Inzwischen hatten sich fast alle Klanmitglieder auf dem ausgedehnten Platz vor der Halle versammelt. Es waren beinahe sechshundert Männer, Frauen und Kinder aller Altersstufen.

Rasch bildeten sie einen großen Ring, in dem die Herausforderer miteinander kämpfen würden.

Zweikämpfe zur Bestimmung eines neuen Häuptlings waren alte Tradition und in den Augen der Klanleute recht praktisch. Wenn mehrere Männer Häuptling werden wollten, kämpften sie nur mit Schwertern, bis alle außer einem unterlegen waren. Dieser eine wurde dann als von Surgart erwählter Klanhäuptling angesehen, bis er entweder starb oder zu schwach war, um sein Volk weiterhin zu führen. Es gab nur wenige Regeln für den Zweikampf. Die Gegner durften den Kreis nicht verlassen, bis der Kampf vorbei war, und es war ihnen keine Hilfe durch die Zuschauer erlaubt. Sie waren auf sich allein gestellt und hatten nur die Götter als Verbündete.

Mordan zog sein Schwert aus dem Boden, säuberte die Spitze und wollte es gerade Valorian übergeben, als Gylden mit Valorians eigenem Schwert herbeikam. »Aiden hatte es bei seinen Kleidern und Waffen gelassen«, sagte er kurz zu seinem Freund. Seine scharfen, gleichmäßigen Gesichtszüge hatten sich vor Sorge verdunkelt, als er Valorian die Waffe übergab und sich zusammen mit Kierla und Linna in die Menge der Zuschauer stellte.

Valorian wog das Schwert in der Hand. Er war froh, seine eigene Waffe mit der seltsamen, geschwärzten Klinge wiederzuhaben. Sie fühlte sich gut an, und der Griff lag angenehm in der Hand.

Mordan nickte zufrieden. Er ergriff Valorians Arm. »Du musst ihn unbedingt ermüden. Soll er doch das Jagen übernehmen. Achte außerdem darauf, dass du die Sonne immer im Rücken hast.«

Valorian senkte den Kopf. Er erwiderte Mordans Griff und freute sich darüber, diesen Mann zum Freund zu haben. Nach kurzer Überlegung entschied er, sein zerrissenes, schmutziges Hemd auszuziehen und nur in der Hose zu kämpfen, um seinem Gegner weniger Halt zu bieten. Als er das Kleidungsstück abstreifte, hörte er überraschte Ausrufe von den Zuschauern. Er schaute an seinem Oberkörper herab und verstand. Sein

244

Fleisch war eine Masse aus Quetschungen und Schwellungen – purpurfarben, blau und rot. Tyrranis' Signatur des Schmerzes.

Sanfte Finger berührten ihn am Arm. Er sah Mutter Willa mit einem Becher in der Hand neben sich stehen. Sie atmete schwer, als ob sie gelaufen wäre. »Trink das«, befahl sie und drückte ihm den Becher in die Hand. Dankbar trank er die ihm dargebotene Flüssigkeit. Er bemerkte kaum ihren sauren Geschmack. Sie wärmte seinen Magen und breitete sich mit belebender Kraft im ganzen Körper aus.

»Ich werde allmählich ungeduldig, Valorian!«, grölte Karez vom Mittelpunkt des Kreises her. Auch er hatte sich bis auf seine grobe Hose entkleidet; sein massiger Körper glänzte bereits vor Schweiß.

Valorian schlenderte auf ihn zu. Sie schlugen zum Gruß die Schwertklingen gegeneinander; dann begann der Kampf ohne weitere Förmlichkeiten. Valorian sah Karez' Schwert aufsteigen und fallen, noch bevor er selbst eine Verteidigungsposition einnehmen konnte. Es gelang ihm, den hinterhältigen Schlag zu parieren und sich um Haaresbreite aus Karez' Reichweite zu ducken.

Der große Mann schoss an ihm vorbei, drehte sich mit einem Grunzen um und beschrieb mit seinem Schwert einen mörderischen Bogen.

Valorian wich zur Seite aus und sprang zurück. Jeder Muskel in ihm schrie auf. Er bemerkte sofort, dass Karez sein Schwert wie eine Keule benutzte. Er führte hammergleiche Schläge gegen Valorians Kopf und Oberkörper, ohne Wert auf Geschick oder List zu legen. Der Mann verließ sich auf seine Körpermasse, um den schwächeren Valorian zu überwältigen.

Karez schnaubte wie ein mordlustiger Bulle und stampfte hinter seinem Gegner her. Sein Schwert blitzte im Sonnenschein. Valorian wirbelte herum. Die eigene Klinge war sein einziger Schutz vor Karez' heftigen Schlägen.

Valorian konnte die Angriffe nicht parieren; also lockte er den großen Mann hierhin und dorthin und brachte ihn dazu, immer wieder seine gewaltigen Schwünge zu machen, während er selbst sich nicht mehr als unbedingt notwendig bewegte und keinen Gegenangriff unternahm.

Der Zweikampf geriet zu einem gleich bleibenden Rhythmus aus Schlag und Schwung, Ausweichen und Ducken. Immer wieder lief Karez auf Valorian los, und jedes Mal entwischte Valorian im letzten Augenblick. Wenn sich die beiden Klingen tatsächlich einmal trafen, war der Aufprall im ganzen Dorf zu hören. Vor und zurück bewegten sich die beiden Männer innerhalb des Kreises und führten ihren Kampf in tödlichem, angespanntem Schweigen. Die Menge grölte und schrie und erteilte Ratschläge, doch die Kämpfer nahmen kein Wort davon wahr.

Schließlich ging Valorian der Atem aus. Seine Bewegungen wurden mühsamer. Seine Muskeln verwandelten sich in flüssiges Feuer. Er konnte das Schwert nicht mehr ohne stechende Schmerzen im Arm heben und musste es mit beiden Händen halten, um Karez' gewaltige Schläge abzuwehren. Auch seine Beine ermüdeten und verlangsamten seine Reaktionen.

Er versuchte sich in Bewegung zu halten, doch als er einen von Karez' Stichen parieren wollte, stolperte er, und das gegnerische Schwert erwischte ihn an den Rippen. Die Klinge schlitzte die Haut in einer langen, schartigen Linie bis zu den Knochen auf.

Karez grinste boshaft, als Valorian taumelte und beinahe gestürzt wäre. Der große Klanmann sprang vor, um seinen Angriff zu beenden. Unter einem plötzlichen, verzweifelten Aufwallen seiner letzten Kräfte kam Valorian wieder auf die Beine. Anstatt vor Karez zu fliehen, duckte er sich unter dem Schwung des Schwertes hinweg und rammte die eigene Waffe blind in Karez' massigen Körper. Die scharfe Klinge schnitt tief in den fleischigen Oberschenkel seines Gegners.

Karez brüllte vor Schmerz und Wut auf. Beide Männer wichen voreinander zurück. Sie atmeten keuchend und zitterten vor Erschöpfung. Blut vermischte sich mit Schweiß und Schmutz auf ihren Körpern und bildete schlammige Rinnsale auf der Haut.

Valorian lehnte sich kurz vor und stützte sich mit zitternden Händen auf den Knien ab. Der Atem brannte ihm in der Lunge. So erschöpft war er nie zuvor gewesen. Allmählich bezweifelte er, diesen Kampf noch länger durchstehen zu können. Er vermochte Karez mit einem einzigen Zauberspruch zu besiegen, doch der Preis für einen solchen Verrat war zu hoch. Aber so ging es nicht mehr weiter. Er war vollkommen ausgelaugt, und allein seine Willenskraft hielt ihn aufrecht. Mutter Willas Trank hatte ihm für eine Weile geholfen, doch schließlich war die Wirkung verschwunden. Wenn er so weiterkämpfte, wäre der Preis für seine Ehre gewiss Niederlage oder Tod.

Er erkannte, dass der Kampf inzwischen auch Karez arg mitgenommen hatte. Die Bewegungen des Mannes waren beträchtlich langsamer geworden; sein Körper war in Schweiß gebadet, und das Gesicht leuchtete dunkelrot. Doch es reichte noch nicht. Karez war frisch und gesund in den Kampf gegangen; seine Widerstandskraft war keineswegs erloschen.

Dann kam Valorian ein anderer Gedanke, zunächst wie ein winziges Samenkorn, das sich verwurzelt und schließlich zu einer wundervollen Blume erblüht. Es war die Vision der Ebene von Ramtharin, grün im Frühlingsgras und blau unter dem offenen Himmel. Die Vision war so klar und deutlich, dass er die gelben Schmetterlinge auf den Blumen sehen und die Frische des Windes riechen konnte, der von einem fernen Meer herbeiwehte.

Ein plötzliches, mächtiges Verlangen durchfuhr ihn, dieses Land zu sehen und es für seine Söhne zu beanspruchen. Er wollte für immer auf Hunnul über die sanften Hügel reiten und sein Zelt an den klaren Bächen aufschlagen. Er sehnte sich mit jeder Faser seines Körpers nach diesem Land, und das Einzige, was ihm dabei im Weg stand, war der glänzende, hässliche Mann vor ihm.

Valorian richtete sich langsam wieder auf. Sein Gesicht war zu einer Maske der Wildheit geworden. Aus einem entlegenen Ort seines Selbst ergoss sich eine gewaltige Kraftreserve in Arme und Beine. Ein herausforderndes Wutgebrüll quoll von seinen Lippen.

Karez beobachtete verwirrt die Verwandlung seines schon halb toten Gegners. Er hob das Schwert, als Valorian auf ihn zurannte.

Diesmal versuchte Valorian nicht mehr, Karez auszuweichen. Er warf sich wie ein Berserker in den Kampf und setzte seine ganze Geschicklichkeit ein, um die heftigen Schläge abzuwehren. Er wusste, dass er den größeren Mann nicht niederschlagen konnte, doch sein Angriff war so stark, dass Karez ihm keine wesentlichen Verletzungen mehr beibringen konnte und vor ihm zurückweichen musste. Valorian war an Armen und Beinen verletzt, doch auch sein eigenes Schwert forderte nun Blut aus Karez' Armen, Schultern und Brust.

Der stämmige Mann sah verblüfft drein, und unter seinen schweren Augenlidern nisteten sich Schatten der Angst ein.

Valorian verstärkte seine Angriffe. Er konnte Karez' Verteidigung nicht durchbrechen; deshalb versuchte er, den größeren Mann zu überlisten. Schlag für Schlag zwang er ihn durch den Kreis, bis die Sonne in seinem Rücken stand. Er spürte ihre Wärme auf der Haut; es war, als stünde Amara persönlich hinter ihm und sähe ihm gnädig zu.

Das grelle Licht drang Karez direkt in die Augen. Valorian sah, wie er blinzelte und für einen winzigen Augenblick das Schwert senkte. Valorian bleckte die Zähne und stieß zu. Bevor Karez bemerkte, was geschah, hatte Valorian seine Verteidigung überwunden, ihm den Arm aufgeschlitzt und die Waffe aus der Hand geschlagen. Sie fiel klirrend auf den felsigen Boden.

Eine kalte, blutige Schwertspitze stach gegen Karez' Kehle. Zitternd starrte der Krieger in Valorians eiskalte Augen und sah darin das grimmige, gnadenlose Funkeln eines beutegierigen Adlers. Für einen Atemzug verbot ihm sein bärenhafter Stolz, die Niederlage zuzugeben, und er verzog die Lippen zu einem knurrenden Grinsen.

Valorian drückte die Spitze seines schwarzen Schwertes gegen den Hals seines Widersachers, bis Blut herausquoll. »Also?«, brummte er.

Karez' Augen traten hervor. »Ich ergebe mich«, sagte er

schließlich verbittert. Seine Worte troffen vor Enttäuschung und Unterwürfigkeit.

»Wer bin ich?«, zischte Valorian.

Unter Schmerzen kniete Karez auf dem steinigen Boden nieder und entbot Valorian seine Huldigung. »Lord und Häuptling des Klans«, murmelte er.

Valorian hob das Schwert und grüßte die Sonne. Der Klan rief seine Zustimmung laut heraus. Valorian taumelte, denn die Woge der Kraft, die ihn so weit gebracht hatte, verebbte allmählich und hinterließ Benommenheit und Übelkeit. Dann spürte er, wie ein weiches, warmes Maul ihn an der Schulter berührte. Hunnul war durch die Menge getrottet und stand wartend hinter seinem Herrn.

Valorian benötigte seine gesamte Willenskraft, um sich auf den Rücken des schwarzen Hengstes zu schwingen. Dann aber stärkte ihn Hunnuls eigene Wärme und Energie. Der Hengst tänzelte mit hoch erhobenem Kopf den Ring entlang, und seine Muskeln spielten unter dem schwarzen Fell. Valorian richtete sich auf, warf den Kopf zurück und brüllte den alten Kriegsschrei des Klans, bis er durch ganz Steinhelm hallte. Das Volk nahm den Ruf auf, bis er durch die Bluteisenberge flog.

Schließlich lenkte Valorian Hunnul neben Fearrals Töchter und stieg ab. »Wir werden deinem Wunsch entsprechen«, sagte er nur zu der Älteren.

Diese ergriff die Hand ihrer Schwester und ging in die große Halle. Gemeinsam räumten sie einige wichtige Dinge aus: ein paar alte Zeugnisse der Vergangenheit, einige persönliche Gegenstände und die Fahne des Häuptlings. Sorgsam stapelten sie alles vor dem Gebäude. Die Klanleute sahen ihnen schweigend zu, bevor sie, einer nach dem anderen, hervortraten und halfen. Nur Valorian und Karez regten sich nicht, als die Halle leer geräumt und die hölzernen Wände mit Öl getränkt wurden.

Die Klanpriester begannen mit den Totengesängen. Auf Bitten der Angehörigen wurden die in Actigorium gefallenen Krieger neben Fearral gelegt. Seine Töchter breiteten sorgfältig

249

die tarnischen Teppiche über den Körper des einstigen Lords; dann verließen alle die Halle und stellten sich draußen auf.

Fearrals Töchter entzündeten das Begräbnisfeuer, indem sie Fackeln gegen die ölgetränkten Wände hielten. Die Flammen schlugen hoch bis zum Dach, und nach kurzer Zeit war die Halle ein brennendes Inferno.

Während Valorian zusah, wie die Flammen die Halle und die Leichname der verehrten Toten verzehrten, legte ihm Kierla sanft die Hand auf die verwundete Seite. Sie sah in sein geschundenes Gesicht und sagte leise: »Es wird Abend, bevor das Feuer erstirbt. Komm. Ruh dich aus, solange du es noch kannst.«

Valorian spürte die Erschöpfung bis in die Knochen. Ergeben nickte er und suchte zusammen mit seiner Frau nach einem Platz zum Rasten.

Als Valorian erwachte, war es stockdunkel. Er kam langsam zu sich, während er von einer drängenden Hand aus dem Schlaf gerüttelt wurde. Mit ihm erwachten die Erinnerungen, und so verwirrte es ihn weder, das Innere von Mordans Zelt zu sehen, in dem er sich zum Schlafen niedergelegt hatte, noch war er über das seltsame Gefühl der Erschöpfung und Nervosität erstaunt, das sich einstellte, als er über die Ereignisse des letzten Tages nachdachte. Des letzten Tages?

Seine Sinne sagten ihm, dass es tief in der Nacht war, aber welchen Tages? Er fühlte sich, als hätte er Monde lang geschlafen.

»Welcher Tag?«, murmelte er, als die Hand ihn weiter durchschüttelte.

»Es ist kurz vor Anbruch der Morgendämmerung, Lord Valorian. Es tut mir Leid, dass ich Euch wecken muss, aber Ihr müsst Euch das unbedingt ansehen.« Es war Gyldens Stimme; sie klang seltsam erregt.

Valorian lächelte in sich hinein. Selbst in seiner großen Aufregung hatte Gylden ihn wie selbstverständlich Lord genannt. Dieses Wort schenkte ihm unglaubliche Gefühle. Steif und voller Schmerzen rollte er sich aus dem Bett und zog das saubere Hemd an, das Kierla aus den Habseligkeiten gefischt hatte, die vor so vielen Tagen in Steinhelm zurückgelassen worden waren. Seine Frau lag wach neben ihm. Sie packte das schlafende Kind in ihren Tragegurt und stand rasch auf, um sich zu den Männern zu gesellen. Die drei huschten aus Mordans Zelt. Valorian unterdrückte ein weiteres zufriedenes Lächeln, als ihm zwei Häuptlingswachen folgten.

Gylden führte sie zu der Straße, die aus der Stadt und über die sanften Felshänge der Anhöhe hinunter zu den Feldern führte. Die Lager der Klanfamilien lagen verstreut auf dem weiten Weidegrund, und ihre Zelte waren wie dunkle, kauernde Tiere, die sich zum Schlaf zusammengerollt hatten. Im Osten zeichnete sich ein blasser Streifen ab und kündete das Kommen von Amaras Sonne an.

Gylden ging durch das tauschwere Gras zu der Weide, auf welcher die Zuchtstuten von der aus Actigorium geretteten Herde getrennt gehalten wurden.

Überrascht bemerkte Valorian, dass sich viele Leute bei dem sanften Hügel versammelt hatten und auf die Herde hinunterschauten.

»Das werdet Ihr nicht glauben«, sagte Gylden atemlos. »Ich habe sie erst vor kurzem entdeckt.«

»Was hast du entdeckt?«, fragte Kierla. Sie spürte ein Gefühl der Vorfreude im Bauch, denn Gyldens Lächeln verriet ihr, dass etwas Wunderbares geschehen war.

»Es muss die Aufregung der Flucht aus Actigorium gewesen sein. Sie sind ein wenig früh dran«, meinte Gylden, ohne auf ihre Frage einzugehen. Er erreichte die Menge, und die Leute machten sogleich Platz für ihren Häuptling. In der ersten Reihe der Neugierigen stand Mutter Willa und sah wie benommen auf die Herde hinunter.

Die Stuten waren nicht weit entfernt. Die Pferde hatten sich um den Fuß des Hügels verstreut und grasten friedlich. Zuerst erkannte Valorian nicht Bemerkenswertes, doch dann stieß Kierla einen kurzen Schrei der Überraschung aus und deutete hinunter. Dort, im heller werdenden Morgenlicht, sah er sie an der Seite ihrer Mütter. Es waren drei noch ein wenig feuchte Fohlen; sie schienen bloß aus Beinen, Kopf und buschigem Schweif zu bestehen. Eins lag im Gras, während die andern beiden um ihre Mütter herumwankten. Sie waren ganz offensichtlich gesund und wohlgestaltet, doch das Bemerkenswerteste an ihnen war, dass sie ganz schwarz waren – und einen weißen Blitz auf der rechten Schulter trugen.

Valorian biss die Zähne zusammen, um der Freude und Verwunderung Einhalt zu gebieten, die ihn zu überwältigen drohten. Er sah Gylden fragend an, obgleich er die Antwort bereits kannte.

Sein Freund nickte strahlend. »Das sind alles Hunnuls Fohlen.« Er deutete auf die große Herde und fügte hinzu: »So etwas habe ich noch nie gesehen. Drei identische Fohlen vom selben Vater!«

Mutter Willa reckte plötzlich die Arme in den östlichen Himmel, wo die Sonne hinter den Berggipfeln schimmerte. Mit leuchtendem Gesicht sang sie ein Dankgebet: »O Allmutter, in deiner Dankbarkeit und Gnade hast du deinen Auserwählten mit einem großen Geschenk auf die Erde zurückgesandt, damit er sein Volk aus der Tyrannei führt. Durch deinen Segen ist es ihm gelungen, und jetzt hast du auch seinen geliebten Hengst gesegnet. Mit seinem Samen wird dem Klan eine neue Pferderasse geschenkt – eine Rasse, die auf ewig seine Farbe und sein ehrenhaftes Zeichen des Blitzes tragen wird. Mögen diese Tiere für immer im Wind deiner Gnade laufen!«

Die Umstehenden hörten ihre Worte. Ihre Blicke richteten sich nun auf den neuen Häuptling, und sie sprachen leise über die ungeahnten Möglichkeiten, die sich nun auftaten. Eine neue Pferderasse von einem einzigen Hengst!

»Preis sei Amara!«, sagte Kierla und legte die Hand auf ihren Bauch, in dem ihr zweiter Sohn sich regte. Im Tragegurt erwachte Khulinar mit glücklichem Glucksen. Er streckte die Hand nach dem Lederriemen aus und packte das lange, offene Haar seiner Mutter.

Valorian sah von den Fohlen zu seinem Sohn, und sein Herz hallte von Kierlas Dankesworten wider. Trotz seiner magischen Fähigkeiten konnte er nicht in die Zukunft sehen, doch das war auch nicht nötig, um die gemeinsame Bestimmung dieser schwarzen Pferde und seiner Söhne zu begreifen. Durch die Gnade und den Segen der Muttergottheit würden sie auf diesen Pferden reiten, so wie er auf Hunnul ritt, und die zukünftigen Führer des Klans sein.

Er hätte den Fohlen den ganzen Tag lang traumverloren zugesehen, wenn ihn nicht ein scharfer, kalter Wind aus seinen Gedanken gerissen hätte. Er lachte wehmütig über sich selbst. Die Zukunft war fern, und was sie bringen würde, stand noch nicht fest. Wenn er etwas für seine Nachkommen tun wollte, musste er sich um die Gegenwart kümmern.

Er wandte sich an die Leute neben ihm. »Kommt«, sagte er zu ihnen allen. »Bringt eure Familien mit vor die Tore von Steinhelm. Es ist Zeit, dass wir Entscheidungen über unsere Zukunft treffen.«

Vierzehn

Im klaren Licht der Morgendämmerung versammelte sich der Klan vor den Toren seines einzigen Dorfes und lauschte den Worten des Häuptlings. Die meisten erwarteten, dass er ihnen den sofortigen Aufbruch in das neue Land befahl. Doch er überraschte sie.

Er betrachtete die Leute, die sich vor ihm eingefunden hatten – die Priester und Priesterinnen des Klans, die Ältesten und Anführer der Familien in den ersten Reihen, die übrigen Männer, Frauen und Kinder als schweigende Masse dahinter – und sprach: »Den ganzen Sommer, Herbst und Winter hindurch habe ich euch zu überreden versucht, eure Heimat in Chadar zu verlassen und in die Ebene von Ramtharin zu ziehen. Wieder und wieder habt ihr meine Gründe dafür gehört, an die ich noch immer aus ganzem Herzen glaube. Doch jetzt, da ich in der Lage bin, euch zu befehlen, erkenne ich, dass es besser ist, wenn ihr selbst diese Entscheidung trefft. Die Reise kann kein Erfolg werden, wenn ihr nicht alle gemeinsam die Veränderungen gut heißt und sie mittragt.

Sollen wir also gehen oder bleiben? Ihr habt gehört, wie Karez sagte, dass die Zeit und unsere Abgaben die Tarner besänftigen würden. Vielleicht stimmt das, und wir können hier so weiterleben wie bisher. Ich habe allerdings General Tyrranis kennen gelernt. Ich weiß, dass er erbarmungslos und unvorstellbar grausam ist. *Er* wird uns nicht so leicht aufgeben. Auch die Reise selbst wird nicht einfach werden, und ich glaube, dass Tyrranis versuchen wird, uns aufzuhalten. Doch wenn wir den Wolfsohrenpass erreichen, können wir die Tarner und ihre Tributforderungen für immer hinter uns lassen.«

254

Valorian holte tief Luft, bevor er weiterredete. »Ich muss euch darum bitten, jetzt eure Entscheidung zu treffen. Uns bleibt nicht mehr viel Zeit. Redet mit euren Priestern und Ältesten und schickt sie zu mir, wenn ihr zu einem Schluss gekommen seid. Ich verspreche euch, dass ich mein Bestes tun werde, um den Klan zu beschützen und zu verteidigen, wie auch immer eure Entscheidung lauten mag.«

Ohne ein weiteres Wort ging er fort und zog sich zum Warten auf den Platz vor den verkohlten Ruinen von Fearrals Halle zurück.

Die Klanleute sahen sich überrascht an. Das war nicht typisch für einen Klanhäuptling. Die Männer und Frauen wandten sich zunächst zögerlich, doch dann mit wachsender Redseligkeit einander zu. Es war das erste Mal seit vielen Jahren, dass der gesamte verbliebene Klan beisammen war. Es gab viel zu besprechen.

Mutter Willa entfernte sich von den Rednergruppen. Sie hatte niemandem etwas zu sagen, denn ihre Entscheidung war schon vor Monaten gefallen, und nun brauchte jemand anderes sie dringender. Sie ging auf die Suche nach ihrem Enkel und fand ihn auf dem Boden vor der verbrannten Halle, deren geschwärzte Überreste er traurig anstarrte. Er war ganz allein; seine Wachen befanden sich beim Rest des Klans, und Hunnul graste auf einer der Weiden. Ihre verblassten blauen Augen wurden sanft, als sie ihn sah. Er wirkte auf einmal so verletzlich. Er hatte die Hände zusammengefaltet und hielt den sonst so geraden Rücken gekrümmt. Die neue Macht lastete schwer auf seinen Schultern.

Mutter Willa ging über den felsigen Grund, auf dem die beiden Männer am Tag zuvor gekämpft hatten, und setzte sich mit steifen Gelenken neben ihn. Es roch noch nach Rauch und verbranntem Holz. »Amara wird mit ihnen sein«, sagte sie ruhig.

Er hieß ihre Worte mit einem Lächeln willkommen, und sein Rücken schien sich zu strecken. Nur die Augen blieben nachdenklich und in weite Fernen gerichtet. Die beiden saßen in schweigender Gemeinschaft zusammen, während die Morgenluft immer wärmer wurde und das undeutliche Murmeln ferner Stimmen sie umsummte.

Plötzlich rief eine liebe, vertraute Stimme von der Straße aus nach ihnen, und ein staubiges braunes Pferd preschte zwischen den Zelten und Läden hindurch. Aiden war zurückgekehrt. Er trug noch immer seine chadarianische Kleidung, und sein Gesicht strahlte durch eine Maske aus Ruß und Bartstoppeln. Wieder einmal lagen zwei aneinander gebundene Ziegen in einem Sack hinter ihm auf dem Sattel.

Valorian sprang auf die Beine. Diesmal war es Aiden, der beinahe zu Boden geworfen wurde, als er abstieg, um seinen Bruder zu begrüßen.

»Bei allen heiligen Göttern, Valorian«, fragte Aiden ungläubig, »was ist denn hier geschehen?« Seine Blicke schwirrten von Valorians böse zugerichtetem Gesicht zu den verbrannten Überresten der Halle und wieder zurück. »Was ist los? Warum sind alle vor den Toren? Ich habe Linna gesehen, aber sie hat gesagt, ich soll zuerst mit dir reden.«

Valorian beantwortete Aidens Fragen nicht sofort, er hatte zu viele eigene. »Wo bist du gewesen?«, wollte er wissen. Seine Stimme klang scharf vor Freude, Erleichterung und angestauter Wut und Enttäuschung. »Warum warst du so lange fort? Sind die anderen bei dir?«

Die Erregung, die Aiden bei der Beantwortung empfand, lenkte ihn eine Weile ab. Er verzog das Gesicht zu einem hellen, boshaften Grinsen. »Ja, sie sind jetzt bei ihren Familien. Wir hatten keine Verluste. O Götter, Valorian, du hättest dieses Feuer sehen sollen! Es war eindrucksvoll.« Er packte seinen Bruder am Arm. Die klaren grauen Augen leuchteten durch den Schmutz auf seinem Gesicht. Die beiden Männer setzten sich neben ihre Großmutter.

Aiden fuhr hastig fort: »Es war das großartigste Feuer, das ich je gesehen habe! Wir haben ein altes, hölzernes Warenhaus gefunden, das voller Wollballen war. Wir haben bis zum Einbruch der Dunkelheit gewartet und es dann in Brand gesteckt. Wumms!« Er streckte die Hände in die Luft und kicherte bei-

256

fällig. »Es ist in Flammen aufgegangen wie eine ölgetränkte Fackel. Soldaten und Bewohner haben versucht, das Feuer mit Eimern und Schaufeln zu löschen. Sie hätten genauso gut darauf spucken können, denn sie haben nichts erreicht. Das Feuer hat sogar auf einige Gebäude in der Nachbarschaft übergegriffen.«

Valorians Augen verengten sich. »Du warst dort? Du solltest doch gehen, sobald das Feuer gelegt war.«

Aiden lachte. »Ich habe in der Kette der Wasserträger geholfen«, sagte er und zeigte Valorian seine rußbedeckte Kleidung. »Wir konnten nicht sofort flüchten. Die Tore waren fast bis zum Mittag geschlossen, und als sie schließlich geöffnet wurden, hat man jeden, der hindurch wollte, von Kopf bis Fuß durchsucht. Erst gestern Abend haben wir es gewagt. Dadurch hatte ich Zeit, ein paar neue Ziegen für Linna zu suchen. Außerdem wollte ich General Tyrranis' Reaktion sehen.« Nun folgte eine lange Pause, und die Freude schwand aus seinem Blick.

»Ich nehme an, er war wütend«, sagte Valorian, um den jungen Mann wieder zum Reden zu bringen.

»Weit mehr als nur das«, erwiderte Aiden langsam und besorgt. »Ich glaube wirklich, er hat den Bereich der geistigen Gesundheit inzwischen verlassen. Er hat jeden Wächter des Nordtores auf dem Markt aufhängen lassen und den Garnisonskommandanten an die Stadtmauer genagelt. *Einen Tarner!* Zusammen mit einem Mörder und zwei Viehdieben. Vor der ganzen Stadt.« Er schüttelte den Kopf. »Gestern war es unheimlich in der Stadt. Jedermann hielt den Atem an und drückte sich in die Schatten, sobald Tyrranis in der Nähe war. Auf der Suche nach dir und allen, die wie Klanleute aussahen, hat er höchstpersönlich die Stadt auseinander genommen. Einen armen Reisenden, der einen Umhang trug, hat er niedergemetzelt, bevor er erkannt hat, dass es sich bei dem Mann bloß um einen Pilger auf dem Weg nach Sar Nitina handelte.«

»Das bedeutet nichts Gutes für Karez' Hoffnungen«, murmelte Mutter Willa.

Aiden sah sie neugierig an und nahm dann seine Erzählung

wieder auf. »Das ist noch nicht das Schlimmste. Als wir letzte Nacht aufbrachen, ließ er jeden wehrtauglichen Mann zum Turm rufen. Er hat die Bewaffnung der Garnison befohlen und alle verfügbaren Pferde in der Stadt beschlagnahmt. Sobald er genügend Männer hat, wird er auf uns zumarschieren und, wie er sich ausdrückte, ›dieses Gezücht ein für alle Mal auslöschen‹.«

»Uhh!«, schnaubte Mutter Willa unfein. »Gezücht. Und das aus seinem Munde! Das gefällt mir.«

Aiden warf Valorian einen fragenden Blick zu. Sein Bruder saß reglos da. Er hatte die Halsmuskeln angespannt und hielt den Kopf leicht geneigt, als ob er auf etwas weit Entferntes lauschte. Plötzlich begriff Aiden, dass Valorian auf die Stille lauschte. Die fernen Stimmen waren erstorben.

Ein zufriedenes, wissendes Lächeln erhellte Mutter Willas zerfurchtes Gesicht. »Sie haben es getan«, sagte sie sanft zu Valorian.

»Was haben sie getan?«, wollte Aiden wissen. Langsam reizte es ihn, dass man ihm keine Antworten gab. »Was geht hier vor?«

Niemand erwiderte etwas. Valorian richtete sich ein wenig auf und blickte zur Straße, die von der Palisade herführte.

»Sie verstehen es jetzt«, fuhr seine Großmutter fort. Ihre Stimme hatte nun etwas Sanftes und Singendes, und sie wiegte sich leicht; es war, als ob sie die Bilder einer Vision beschrieb. »Die Göttin Amara ist heute unter ihren Gedanken einhergegangen und hat sie an die Gaben erinnert, die sie dir, ihrem Auserwählten, verliehen hat. Endlich glauben sie.«

Aiden starrte sie verwundert an, während Valorian weiterhin die Straße beobachtete. Einen Augenblick lang bewegte sich niemand. Dann sprang Valorian plötzlich auf. Aiden drehte sich um und sah, dass ihnen der gesamte Klan auf der Straße entgegenkam. Mordan, Kierla und Gylden schritten mit glänzenden Gesichtern in der vordersten Reihe. Aber es waren Karez und die Anführer der anderen Familien, die dem großen Klanmann entgegentraten und sich vor ihm verneigten.

»Wir werden gehen, Lord Valorian«, sagte der Älteste.

Aiden klappte der Kiefer herunter. »*Lord* Valorian?«, rief er. »Seit wann? Könnte mir bitte einmal jemand verraten, was hier vor sich geht?« Mutter Willa sagte es ihm mit großer Freude.

Von diesem Augenblick an übernahm Valorian den Oberbefehl. Er berichtete dem versammelten Klan von Aidens Nachrichten über General Tyrranis' Plan, in die Berge einzumarschieren, und machte seinem Volk klar, wie dringend der Aufbruch war.

»Spätestens morgen müssen wir abreisen«, befahl er. »Jede einzelne Familie ist für ihre Zelte, Habseligkeiten und Herden verantwortlich. Wenn einer von euch jemanden kennt, der nicht anwesend ist, sollte er sofort benachrichtigt werden. Wir wollen kein einziges Klanmitglied dem Zorn der Tarner überlassen.« Er gab noch weitere Befehle und beantwortete Fragen, bis jeder mit den vor ihm liegenden Aufgaben einverstanden war.

Und diese Aufgaben waren gewaltig. Obwohl bereits viele Klanfamilien darauf vorbereitet waren, den Sommer auf der Reise zu verbringen, hatten Valorians und Gyldens Familien all ihre Zelte, Ausrüstung und sowie Hab und Gut verloren. Die Leute aus Steinhelm hingegen mussten ein ganzes Dorf einpacken, und die Gruppen waren seit Menschengedenken nicht mehr gemeinsam gereist. Das Zusammenstellen der großen Karawane war mehr, als Valorian allein zustande bringen konnte.

Glücklicherweise musste er das auch nicht. Mordan arbeitete unermüdlich, um Karren, Wagen und Pferde für Gepäck und Verpflegung zu organisieren. Die überzähligen Tiere, die Hunnul aus den tarnischen Koppeln mitgebracht hatte, waren ein Göttergeschenk. Gylden half den Klanleuten dabei, ihre bislang noch nicht gebrandmarkten Pferde und Nutztiere zu kennzeichnen und die Herden zusammenzustellen. Jedermann gab von seinen eigenen mageren Vorräten ab, um den Überlebenden des tarnischen Angriffs zu helfen, und Aiden diente als Valorians Sprecher. Er besänftigte, beruhigte und ermutigte Jung und Alt mit seinem hoffnungsfrohen Lächeln.

Als die Sonne am nächsten Tag ihre Strahlen über die Berggipfel schickte, glaubte Valorian allmählich, dass ihnen die Abreise noch rechtzeitig glücken würde. Jede einzelne Person im Klan war in die Pflicht genommen und half bei den Vorbereitungen zum Aufbruch. In den Feldern unterhalb von Steinhelm nahm die Karawane langsam Gestalt an. Karren und Wagen begaben sich in Stellung, und die Herden warteten in nervöser Spannung. Überall eilten Leute umher; sie suchten nach verloren gegangenen Kindern, sammelten vergessenes Hab und Gut ein und rannten in letzter Minute los, um noch einige Sachen zu holen. Hunde huschten zwischen den Beinen umher, und die Kinder gebärdeten sich vor Aufregung wie wild.

Valorian ritt auf Hunnul vom einen Ende der sich bildenden Karawane zum anderen und half voller Ruhe und Mut überall, wo er nur konnte. Er erleichterte die Herzen seines Volkes und spornte sie zu noch größeren Bemühungen an.

Gegen Mittag blies Mordan am Kopf der langen Karawane mit einem Widderhorn ein tiefes, wogendes Signal, das über die Felder und Wiesen stieg und durch die leeren Gebäude Steinhelms fuhr. Die Priester und Priesterinnen des Klans versammelten sich mit Valorian, um von den Göttern Beistand und Schutz zu erflehen.

Als die Gebete beendet waren, trat Valorian vor, hob die Arme zur Sonne und rief: »Amara, Allmutter, führe uns mit deiner Weisheit und deinem Licht in die Berge. Leite uns auf dem Pfad deiner Bestimmung.«

Jedes Klanmitglied hob unwillkürlich die Augen und suchte Himmel und Horizont nach einem Zeichen dafür ab, dass die Götter lauschten. Alle hielten den Atem an; die einzigen Bewegungen in der Karawane kamen von den ruhelosen Tieren.

Dann erschien das gute Omen auf den Schwingen eines seltenen Goldadlerpärchens – die Vögel Surgarts und die Farbe Amaras. Sie flogen aus dem Westen heran und segelten langsam in den oberen Luftströmungen, bis sie die Wagenreihe hinter sich gelassen hatten. Die beiden Vögel flogen träge Seite an Seite und schienen mit ihren glänzenden Köpfen auf die Leute

260

herunterzuschauen. Im Gleichklang drehten sich die Vögel über dem Zug aus Karren, Wagen, Packpferden und Herden. Als sie Valorian erreicht hatten, schienen sie tiefer zu gleiten. Die Sonne glänzte auf ihren Schwingen und Gesichtern. Schließlich drehten die Adler nach Süden ab, und die Klanleute beobachteten das Pärchen, bis es in der Ferne verschwunden war.

»Die Götter haben uns ein Zeichen geschickt, um uns den Weg zu weisen«, rief einer der Priester in die ehrfürchtige Stille. Ein Aufruhr aus Freudengeschrei, Gepfeife und Rufen erhob sich aus dem ganzen Klan.

Im nächsten Augenblick knallten Peitschen, zuckten Zügel, wieherten Pferde. Allmählich setzte sich der Zug aus Tieren und Fahrzeugen in Bewegung. Sie wandten sich nach Süden, hinter den Adlern her – zuerst langsam, doch dann immer schneller, bis sie eine stetige Reisegeschwindigkeit gefunden hatten.

Valorian hatte sich schon vor langer Zeit entschieden, welchen Weg sie nehmen sollten, falls sich der Klan zur Abreise entschied. Er und eine Gruppe bewaffneter Krieger ritten an die Spitze der Karawane und führten die lange Kette der Herden und Wagen tiefer in das Bluteisengebirge. Er wusste, dass es leichter gewesen wäre, den Klan durch flacheres Gelände zu bewegen und das Vorgebirge zu umgehen, doch genau das würden die Tarner erwarten und dort nach ihnen suchen. Die Karawane würde auf den raueren, unbekannteren Pfaden langsamer vorankommen, doch auf diese Weise hatte sie die Gelegenheit, Tyrranis und seinen Soldaten zu entgehen.

Als ein Wagen nach dem anderen einen Hügelkamm erklomm und Steinhelm außer Sichtweite geriet, drehten sich alle Klanmitglieder um und warfen einen letzten Blick auf das verlassene Dorf und den großen, geschwärzten Fleck in der Mitte, wo Lord Fearral und seine Männer in der Asche ruhten. In der Nachhut hielt auch Aiden an und entbot der Heimat einen letzten stummen Gruß. Wortlos hob er die Hand und salutierte vor seinem toten Häuptling. Ohne Bedauern wandte er dem verlorenen Ort den Rücken zu und folgte seinem neuen Häuptling über den Hügelkamm in eine Zukunft, die nur die Götter kannten.

Ein Schleier aus dichter werdenden Wolken verdeckte zwei Tage später die Sonne, als General Tyrranis seine berittenen Soldaten über die Straße nach Steinhelm führte. Sie machten nicht den Versuch, ihr Kommen zu verbergen, sondern ritten in voll bewaffneter Schlachtordnung den Berg hinauf und auf das Dorf zu. Man erwartete einigen Widerstand von den Klanleuten, doch nicht genug, um die tarnischen Truppen zu beunruhigen, die besser ausgerüstet, besser bewaffnet und in der Überzahl waren.

Was die Soldaten stärker beunruhigte, war ihr Anführer. Nachdem General Tyrranis kurz entschlossen den Garnisonskommandanten wegen dessen vollkommener Unfähigkeit, den Klanüberfall zu verhindern, mit Händen und Füßen an die Stadtmauer genagelt hatte, war er selbst Oberbefehlshaber der Truppen geworden. Vor dem Anwesenheitsappell am vergangenen Tag hatte er den regulären Truppen und den neu Eingezogenen in einer bitterbösen Rede die Pflicht auferlegt, die Berge mit Klanblut zu tränken. Nirgendwo in Chadar sollten Klanangehörige gleich welchen Geschlechts und Alters verschont werden.

Einigen Männer gefiel die Vorstellung nicht, unschuldige Frauen, Kinder und Alte abzuschlachten, doch angesichts der schrecklichen Dunkelheit und Kälte in Tyrranis' Augen wagte niemand einen Widerspruch. Sie wollten lieber einer in die Enge getriebenen Klangruppe oder einem aufgetürmten Leichenhaufen gegenübertreten, als die Aufmerksamkeit des gnadenlosen Generals auf sich ziehen.

Die Truppen ritten schweigend und ungestört in Steinhelm ein. Ihre Blicke flogen nervös von den verlassenen Gebäuden zum Gesicht ihres Anführers. Sie hielten an und warteten atemlos in Reih und Glied auf Tyrranis' Reaktion.

Zuerst sagte Tyrranis nichts. Gereizt betrachtete er die verkohlten Ruinen von Fearrals Halle, die ausgestorbenen Straßen und die leeren Koppeln; dann wendete er sein Pferd. Er ritt zum Tor in der Palisade, nahm den Helm ab und betrachtete die aufgewühlten Wiesen unterhalb des Dorfes. Die Haut schien sich straffer um sein hartes Gesicht zu spannen, während er den Mund im Zorn verzog.

»Aha«, murmelte er gepresst. Es klang wie das Zischen einer Schlange. »Die Beute ist geflohen.« Er folgte mit dem Blick den aus dem Tal führenden Hufabdrücken und Wagenspuren. »Egal. Sie kommen nicht weit.«

Bei dem Gedanken an Valorian und sein Volk durchfuhr ihn plötzlich ein gewaltiges Gefühl von Hass und Wut. In seinem so erfolgreichen und vollkommen geplanten Werdegang war Tyrranis noch nie so getäuscht und erniedrigt worden. Ein wertloser Klanmann hatte ihn genarrt und seinen Ruf in allen Provinzen untergraben. Wenn die Nachricht davon nach Tarnow und an die Ohren des Kaisers drang, konnte sein Ruf unwiederbringlich geschädigt werden. Ihm würde es nie mehr möglich sein, die für seinen Anspruch auf den Thron notwendigen Hilfen und Gelder zu erhalten.

Seine einzige Hoffnung, den Schaden wieder gutzumachen und Rache für die Kränkung seiner Selbstachtung zu nehmen, bestand darin, die Klanleute ohne Ausnahme zu töten. Sie waren sowieso nutzlos. Ihr Tribut war erbärmlich, und ihre Pferde konnten auch ohne sie leben. Allein ihr Tod hatte nun noch einen Wert.

Tyrranis riss unbewusst an den Zügeln, bis sein Pferd vor Schmerz den Kopf schüttelte und zur Seite scheute, um dem grausamen Druck des Zaums zu entgehen. Der General peitschte es wütend, bis es stillstand. Als sich das Pferd beruhigt hatte, brachte Tyrranis seine Gefühle mühsam unter Kontrolle. Wut und Hass führten zu Erschöpfung, wenn man ihnen freien Lauf ließ. Er musste seine Stärke für den Tag aufbewahren, an dem seine Truppe Valorian und dessen Gefolgschaft in die Enge getrieben hatte. Dann würde er seine Wut entfesseln und in Klanblut kühlen. Nur Valorian würde lange genug überleben, um das Rätsel seiner Magie zu enthüllen. Tyrranis wusste nicht, wie es Valorian während der Folternacht gelungen war, seine Magie zu hüten, doch er schwor sich, dass dies nicht noch einmal geschehen würde, selbst wenn er gezwungen wäre, jedes Mitglied von Valorians Familie mit bloßen Händen zu zerreißen, um das Geheimnis der Magie zu erfahren.

»Maxum Lucius!«, schnappte er.

Der stellvertretende Befehlshaber der actigorischen Garnison ritt rasch vor und salutierte.

»Mach dieses erbärmliche Dorf dem Erdboden gleich. Ich will, dass nichts davon übrig bleibt«, befahl der General. »Schicke dann Späher in alle bekannten Klanlager. Stöbert jedes Versteck in den Bergen auf, bis ihr diese Leute findet. Der Rest des Heeres kommt mit mir und folgt den Spuren.« Plötzlich verengten sich seine Augen, und die Adern am Hals traten gefährlich hervor. »Wenn auch nur einer dieser Klanleute entkommt, schicke ich dich persönlich in die Kupferminen von Scartha. Ich dulde keinerlei Unfähigkeit mehr. Ist das klar?«

Mit undurchdringlicher Miene salutierte der tarnische Offizier und machte sich daran, den empfangenen Befehl auszuführen. Nach einigen kurzen Kommandos brachen die Reihen der Legionäre auseinander. Eifrig machten sich die einzelnen Gruppen an die Arbeit. Mit großer Gründlichkeit rissen sie jedes Gebäude nieder, zerstörten jede Koppel, jeden Stall, Laden und Verschlag und schichteten die Trümmer auf die geschwärzten Überreste der verbrannten Halle. Sie streuten Salz über die Aussaat der Felder und kleinen Gärten und töteten jeden herumstreunenden Hund und jedes zurückgelassene Tier. Die Palisaden wurden zerbrochen und auf den wachsenden Schuttberg geworfen. Nichts blieb heil.

Als das Dorf vollständig eingeebnet war, traten die Soldaten zurück, während einige ihrer Gefährten den gewaltigen Haufen mit Öl tränkten und anzündeten. Das Feuer schoss mit einem hungrigen Brüllen hoch und verzehrte die Überreste des Klandorfes in einem versengenden Flammenmeer, aus dem schwarze Rauchwolken hoch über Steinhelm aufstiegen.

Tyrranis sah mit grimmiger Befriedigung zu. Als nichts mehr übrig war außer einigen bloßen Flecken auf dem geschwärzten Fels, wo die Trümmer noch glühten, saßen die Tarner wieder auf und ritten von Steinhelm herunter. Auch sie trabten über den Hügelkamm und verschwanden südwärts auf den Spuren des Klans.

Die letzten Strahlen des Sonnenlichts vergoldeten den Himmel im Westen, als der Klan endlich die Wiesen unter dem Kamm erreichte, wo Valorian vor einem Jahr vom Blitz getroffen worden war. Die Wagen kamen knirschend zum Stillstand, die fußlahmen Tiere grasten sofort, und die Klanleute stießen einen allgemeinen Seufzer der Erleichterung aus. Seit sechs Tagen waren sie unterwegs und der Erschöpfung nahe.

Valorian hatte sie in schwierigem Gelände zu großer Eile angetrieben, denn er wusste, dass Tyrranis' Truppen schneller waren als beladene Wagen und Tierherden, und er wollte so viel Abstand wie möglich zwischen sich und die Tarner bringen.

In dieser Nacht erlaubte er der Karawane jedoch, etwas früher anzuhalten. Vor einigen Tagen hatte er Späher ausgeschickt, welche den Klan an dieser Stelle treffen sollten, die jedermann inzwischen den Blitzkamm nannte. Eigentlich wollte er nicht warten, doch er war auf die Berichte der Späher angewiesen, und außerdem brauchten die müden Klanleute Ruhe.

Im schwindenden Tageslicht versorgten die Leute die Pferde und die übrigen Tiere mit Stroh, bauten Unterkünfte auf und suchten Nahrung, bevor sie auf ihren Decken zusammenbrachen und den dringend benötigten Schlaf fanden.

Valorian überlegte mehrfach, ob er mit Hunnul zur Kammspitze reiten sollte, doch es gab keinen Grund dafür, und im Lager war zu viel zu tun. Die Verantwortung für sechshundert Leute wog schwerer als das Führen einer kleinen Familie von fünfzig Köpfen.

In den letzten Tagen hatte Valorian erstmals die volle Bedeutung der Häuptlingswürde gespürt. Er musste nicht nur eine Karawane durch schwieriges Gelände leiten, sondern auch die

Tarner in die Irre führen, sich um die täglichen Bedürfnisse seines Volkes kümmern, kleinere Streitigkeiten schlichten und zahllose Entscheidungen treffen, wie etwa jemanden auf die Suche nach einer verloren gegangenen Ziege zu schicken, über eine junge Frau zu richten, die Vorräte gestohlen hatte, oder zu bestimmen, welche Männer in der Nachhut ritten. Um seine Kräfte zu erhalten, wandte er seine Magie nur in Notfällen an und gab einige seiner Pflichten an andere Familienoberhäupter sowie an Mordan ab, der immer mehr zum unbezahlbaren Freund und zu seiner rechten Hand wurde. Doch die Hauptlast der Arbeit und die Verantwortlichkeit blieben bei ihm.

Trotzdem wollte Valorian mit niemandem tauschen. Er genoss sein neues Ansehen und schenkte seinem Volk ungeteilte Aufmerksamkeit. Seine offensichtliche Freude an dieser Reise sowie seine unbeugsame Hoffnung steckten alle anderen an. Auf dem langen, harten Weg schenkte er dem Klan Vertrauen und Zuversicht.

Vielleicht lag in dieser Hoffnung und Vorfreude der Grund dafür, dass die Leute schneller vorwärts kamen, als Valorian vermutet hatte. Sie hatten ihre Meinungsverschiedenheiten beiseite geschoben und arbeiteten zusammen, um gemeinsam das gesteckte Ziel zu erreichen. Niemand wusste, ob Tyrranis und die tarnischen Soldaten bereits hinter ihnen her waren. Ihnen war jedoch klar, dass ihre Entscheidung, Chadar zu verlassen, unwiderruflich war. Sie befanden sich auf dem Weg in ihre neue Heimat.

Spät am Abend kehrte der erste Späher zurück, und der Klan erfuhr, was Valorian befürchtet hatte.

»Sie haben unsere Spur gefunden«, sagte der junge Mann ängstlich zu Valorian und den wenigen anderen Männern, die bei seiner Ankunft erwacht waren. »Wir hatten sie für eine Weile verloren, aber jetzt holen sie auf und sind etwa einen Tag hinter uns.«

Valorian nickte; er war kaum überrascht. »Ist Tyrranis bei ihnen?«

»Ja, Lord, aber nicht die ganze Garnison. Ich habe nur etwa zweihundert Mann gezählt.«

»Bemerkenswert«, sagte Mordan und unterdrückte ein Gähnen. »Entweder sind die Tarner unglaublich anmaßend, oder sie haben nicht vor, uns aufzuhalten.«

Der Häuptling kratzte sich nachdenklich am Kinn. Sein Gesichtsausdruck war in der Dunkelheit undeutbar. »Das kann ich nicht glauben …«, sagte er halb laut. Dann hielt er inne und meinte zu den anderen: »Wir wollen sehen, was Ranulf herausgefunden hat. Doch wenn uns die Tarner so dicht auf den Fersen sind, können wir hier nicht auf ihn warten. Wir müssen morgen in aller Frühe aufbrechen.«

Die anderen stimmten ihm zu.

Danach legte sich Valorian nicht mehr hin. Sorgen bedrückten ihn. Anstatt vergeblich den Schlaf zu suchen, sah er nach den Zuchtstuten. Alle wertvollen Stuten des Klans befanden sich zusammen in einer Herde und wurden von Gylden und einem Schwarm begeisterter Jungen gepflegt. In den vergangenen sieben Nächten waren zwanzig weitere schwarze Fohlen geboren worden, die alle das weiße Blitzeszeichen ihres Vaters trugen. Zur allgemeinen Freude wurden Hunnuls Kinder bereits stärker und zeigten Anzeichen größerer Verstandeskraft als die anderen Fohlen, die ebenfalls während der Reise geboren worden waren. Niemand hegte den geringsten Zweifel daran, dass diese Tiere eine weitere Segnung und ein Zeichen der Göttin Amara waren.

Valorian hielt an, wechselte einige Worte mit Gylden, der Wache stand, und schickte ihn danach zu Bett. Der Häuptling ritt den Hang hinauf und begab sich zwischen die friedlichen Pferde. Hunnul fand einen ruhigen Platz in der Nähe der Herde und überwachte seine Stuten. Steif rieb sich Valorian eine heilende Wunde am Arm und lehnte sich gegen den Leib des Hengstes. Die verbleibenden Stunden verbrachte er über der Frage, was Tyrranis wohl vorhaben mochte. Wie lange musste Valorian noch auf Nachricht von Ranulf warten?

Nicht mehr lange, wie sich herausstellte. Der junge Mann, den der Häuptling auf die Suche nach tarnischen Spähtrupps ausgesandt hatte, galoppierte in der Morgendämmerung ins

Lager, als die Klanleute gerade die Pferde zäumten und ihre Sachen zusammenpackten. Zerzaust und besorgt preschte er auf Valorian, Mordan, Karez und einige andere Männer an der Spitze der Karawane zu.

Die Worte strömten ihm aus dem Mund, noch bevor er den Häuptling gegrüßt hatte. »Eine große tarnische Streitmacht, Lord Valorian«, rief er aufgeregt. »Sie sind *vor* uns auf dem Weg um die große Schlucht.«

Der Häuptling presste den Mund zu einem dünnen Strich zusammen. »Wie viele?«, fragte er.

»Wenn ich recht gezählt habe, etwa vierhundert«, erwiderte Ranulf. »Sie sind erst gestern dort angekommen. Offenbar haben sie einen Gewaltmarsch durch die Tiefebene unternommen, um uns den Weg abzuschneiden.«

Mordan verschränkte die Arme. »Vermutlich weiß Tyrranis inzwischen, wohin wir unterwegs sind. Er versucht uns zwischen Schwert und Schild in die Falle zu locken.«

»Dazu hat er sich einen guten Ort ausgesucht«, sagte Valorian mit deutlicher Besorgnis in der Stimme.

Die übrigen Männer waren erschüttert über die ernste Reaktion ihres Häuptlings auf diese Neuigkeiten. Nur wenige Klanleute waren jemals so weit nach Süden gereist. Sie waren mit dem Gelände nicht vertraut. »Warum können wir nicht einfach durch das Gebirge gehen?«, fragte ein Klanpriester.

Valorian hob einen Zweig auf und zeichnete eine grobe Karte des Landes südlich von ihnen in den Staub. »Das Dunkelhorngebirge verläuft in einer ziemlich geraden Linie nördlich und südlich des Blitzkammes – außer an dieser Stelle.« Er deutete mit dem Zweig auf die betreffende Stelle in seiner Zeichnung. »Dort treten gewaltige Klippen aus den Bergen und bilden eine tiefe Schlucht. Wir können die Wagen und Karren nicht durch die Schlucht bringen, und wir können sie nicht im Osten umrunden, weil die Schlucht zu lang ist. Uns bleibt nichts anderes übrig, als in das Vorgebirge im Westen zu ziehen und die Schlucht dort zu umgehen ...«

»Und genau da warten die Tarner auf uns«, beendete einer

der Männer den Satz für ihn. Der Ernst ihrer misslichen Lage wurde nur allzu deutlich.

»Bei Surgarts Schwert«, knurrte Karez plötzlich. Er deutete mit seinem verbundenen Arm auf Valorian. »Du bist doch derjenige mit den magischen Fähigkeiten. Gebrauche sie, um unsere Feinde ein für alle Mal auszulöschen!«

Mordan rollte mit den Augen. »Hörst du niemals zu? Valorian wird seine Kraft nicht dazu einsetzen, um andere Menschen zu töten.«

»Ich sage, das ist lächerlich!«, brüllte Karez zur Antwort. »Was ist mit uns? Sollen wir abgeschlachtet werden, nur weil unser Häuptling zu zimperlich ist, ein paar Tarner zu töten?«

Einige der Zuhörer nickten beifällig und sahen Valorian erwartungsvoll an.

Der neue Häuptling spürte, wie Ärger über den Klanmann in ihm aufwallte. Seit seiner Niederlage hatte sich Karez keineswegs verändert. Er war so überheblich und widerborstig wie immer. Valorian verkniff sich eine scharfe Bemerkung und entschied, jetzt nicht die Geduld zu verlieren. »Ob lächerlich oder nicht, so lautet mein Eid«, sagte er unerbittlich. Für seine übrigen Gefährten fügte er hinzu: »Selbst mit meiner Kraft kann ich nicht im Alleingang eine halbe Legion besiegen. Wir müssen an General Tyrranis' Heer vorbeikommen und den Biegwasserfluss erreichen. Sobald wir ihn durchquert haben, befinden wir uns außerhalb seiner Rechtsgewalt. Er wird es nicht wagen, seine bewaffneten Truppen ohne die Erlaubnis des Statthalters Antonin nach Sarcithia zu führen.«

Karez spuckte aus. »Und wie sollen wir den Tarnern aus dem Weg gehen? Sollen wir etwa wie Vögel fliegen?«

Etwas in Karez' abfälligen Bemerkungen brachte Valorian plötzlich auf eine Idee. »Nein«, sagte er in zufriedenem Tonfall. »Wir gehen unter die Erde wie die Steinzieher.«

Der Häuptling konnte mit den Reaktionen auf diesen Vorschlag zufrieden sein. Karez hatte es vor Überraschung die Sprache verschlagen, und die anderen starrten Valorian an, als wäre er plötzlich verrückt geworden.

»Sagt den Leuten, sie sollen Fackeln anzünden und so viel Feuerholz holen, wie sie tragen können. Füllt auch die Wasserschläuche, Wenn alles gut verläuft, sind wir drei Tage lang unter der Erde.« Er drehte sich um und stieg rasch auf Hunnul, um den Schatten des Zweifels auf seinem Gesicht zu verbergen. »Ich reite zum Höhleneingang und rede mit den Steinziehern. Aiden, du und Ranulf bringt die Karawane so schnell wie möglich dorthin.«

Hunnul preschte los, bevor jemand eine Erwiderung geben konnte, und eilte auf das Tal und die Höhle zu, wo Valorian und seine Freunde im vergangenen Winter aus der Unterwelt der Steinzieher hervorgekrochen waren. Der Häuptling seufzte innerlich auf, als er den Klan verließ. Er hatte seine verschwommene Idee herausposaunt, ohne vorher nachzudenken. Nun gab es kein Zurück mehr. Er hatte keinen Gedanken daran verschwendet, wie er Kontakt mit den Steinziehern aufnehmen sollte oder wie sie das Eindringen von Menschen und Tieren in ihr Reich aufnehmen würden. Was war, wenn sie ihre Zustimmung verweigerten? Was sollte er dann tun?

Wenn aber sein Plan aufging, würde der Klan mehrere Reisetage sparen und südlich von der Position der Tarner wieder an die Oberfläche kommen, nur eine oder zwei Tagesreisen vom Biegwasserfluss entfernt. Das allein war das Wagnis wert, eine so große Karawane durch die unterirdischen Gänge zu führen – aber nur, wenn die Steinzieher ihr Einverständnis gaben. Ohne ihre Duldung wären die Klanleute dort unten bloß in noch größeren Schwierigkeiten.

Hunnul verlangsamte seinen Gang auf dem felsigen Pfad und kam an einer großen alten Kiefer mit einem doppelten Stamm vorbei. Valorian erinnerte sich an diesen Baum und zählte fünf weitere Hügel bis zu dem Tal, in welchem sich die Höhle öffnete. Sie ritten über die sanften Hänge und gerieten schließlich in ein Tal voller Frühlingsblumen und kleiner Bäume. Die Höhlenöffnung befand sich etwa eine halbe Meile entfernt im Tal und wurde von einem kleinen Hain aus verkümmerten Eichen, Zedern und Kiefern verdeckt. Valorian fand den Eingang aus dem Gedächtnis und trieb Hunnul in das kühle, düstere Innere.

Wie willst du die Steinzieher finden, Meister?, fragte Hunnul in Valorians Gedanken. Das Hufgeklapper des Hengstes hallte laut von den Wänden wider.

»Ich glaube nicht, dass ich das kann«, antwortete Valorian. »Sie werden mich finden müssen.«

Sie ritten tiefer in die Höhle hinein, bis der Lichtfleck des Eingangs nur noch so groß wie eine Nadelspitze war und Valorian eine schimmernde Lichtkugel erschaffen musste. In ihrem bleichen Schein hielt er Hunnul an und lauschte in die Stille. Nach einer gedankenvollen Pause sammelte er weitere Magie in sich an, formte einen Zauberspruch und hob die Hände an den Mund. Getragen von der Macht seiner Magie, drang sein Ruf laut und stark in die Tiefen wie eine Glocke, welche die Bewohner des ewigen Steins und der endlosen Nacht heraufbeschwor.

Er wartete lange. Hände und Füße wurden ihm kalt, und seine Zweifel verhärteten sich. Nach einer schier endlosen Zeit rief er abermals und lauschte wieder in die Finsternis. Hunnul entspannte eine Hinterhand und beugte den Hals. Nur die aufgestellten und in die Dunkelheit gerichteten Ohren verrieten seine Wachsamkeit.

Valorian überlegte gerade, ob er tiefer in den Tunnel hineinreiten sollte, als Hunnul den Kopf hob und seine Nüstern einen vertrauten Geruch auffingen. *Sie kommen,* sagte er still zu seinem Herrn.

Irgendwo vor ihm in der Dunkelheit des Tunnels ertönte ein knirschender Laut. Valorian erschauerte und krallte die Hände fester um Hunnuls Mähne. Seine Lichtkugel erhellte nur ein kurzes Stück des Tunnels, doch er spürte, wie sich mehrere große Wesen langsam auf ihn zu bewegten.

Sie hielten knapp außer Sichtweite an. »Uns riefest du, Zauberer. Gekommen sind wir«, sagte eine seltsame, harte Stimme.

Valorian entspannte sich erleichtert. »Vielen Dank!«, rief er. »Ich wollte euch nicht stören, aber ich muss euch um Hilfe bitten.« Rasch erklärte er, in welcher Gefahr der Klan schwebte und dass er gern durch die Höhlen der Steinzieher reisen würde. »Ich würde euch nicht darum ersuchen, wenn ich nicht vollkommen verzweifelt wäre. Wir wollen dieses Land verlassen, und wenn es uns gelingt, werden wir euch nie wieder belästigen.«

Eine andere steinerne Stimme antwortete: »Und wenn Erfolg euch nicht beschieden ist?«

Valorian stieß ein trockenes Lachen aus. »Dann bleibt von uns niemand übrig, über den man sich Sorgen machen müsste.«

Ein langes Schweigen setzte ein. Kein Geräusch, keine Bewegung störte die unterirdische Stille. Schließlich sagte die erste mahlende Stimme: »So komm, Zauberer. Um der Allmutter willen mag dein Volk durch unsere Höhlen ziehen. Aber vorsichtig müsst ihr sein! Weicht weder vom Pfad ab, noch berührt die Werke der Steinzieher. Darauf werden wir achten!«

Wieder ertönte der Lärm von Stein gegen Stein, wurde leiser und ließ den Tunnel leer zurück.

Valorian lehnte sich mit den Armen gegen Hunnuls Hals und stieß die Luft in einem rauen Keuchen aus. Es blieb ihm kaum Zeit, seine Erleichterung zu genießen, als Aiden, Ranulf und eine Vorhut aus bewaffneten Kriegern bereits in die Höhle preschten. Valorian ritt zurück zu ihnen.

Er war überrascht, die Nachmittagssonne in das Tal scheinen zu sehen, denn ihm war nicht bewusst gewesen, dass so viel Zeit vergangen war. Der lange Zug der Wagen, Karren und Reiter wand sich bereits auf den Höhleneingang zu.

»Wir haben die Erlaubnis erhalten«, rief Valorian Aiden zu. Sein triumphierendes Lächeln war beredter als jedes Wort. Valorians jüngerer Bruder hob die Faust zum Siegesgruß.

Rasch gesellte sich der Häuptling zu den Anführern und erläuterte, wie lang der Weg war, was man beachten und erwarten musste und warum er diesen gefährlichen Plan gefasst hatte. »Gebt meine Worte weiter«, befahl er. »Allerdings soll niemand deswegen langsamer werden und allzu eingehend darüber nachdenken. Haltet die Herden und Wagen in Bewe-

272

gung! Und warnt alle davor, vom Weg abzuweichen oder irgendetwas am Wegesrand anzufassen. Wir müssen den Steinziehern gehorchen.«

Eines der Familienoberhäupter starrte in den dunklen Tunnel und rief: »Bei allen Göttern droben! Die Steinzieher gibt es wirklich?«

»Ja«, erwiderte Aiden mit großer Achtung in der Stimme, als er an die letzte Begegnung mit ihnen dachte. »Glaub mir, diese Wesen darf man nicht verärgern.«

Schon rollte der erste der schwer beladenen Wagen in die Höhle. Der Lenker zerrte unwillkürlich an den Zügeln, weil ihn die Vorstellung, durch eine Höhle zu fahren, verwirrte.

»Ich halte sie in Bewegung«, sagte Aiden zu Valorian.

Der Häuptling nickte dankbar. Mit der Vorhut an seiner Seite lächelte er dem Wagenlenker zu, ergriff die Zügel und führte den ersten Wagen eigenhändig in die Höhle und die unterirdische Düsternis.

Fünfzehn

In langer Reihe zogen die Wagen, Karren, Reiter und Herden zögernd durch die Höhle und folgten ihrem Häuptling in das Herz des Gebirges. Er geleitete sie auf derselben breiten Straße, der er und seine Gefährten bereits früher gefolgt waren. Er hatte befürchtet, die Wagen und Herden würden in dem dunklen Tunnel langsamer, doch der Klan verspürte nicht das Bedürfnis zu trödeln.

Es war ein Zeichen für das wachsende Vertrauen der Klanleute in Valorian, dass sie die Höhle überhaupt betreten hatten. Als sie sich im Innern befanden, hielt sie ihre Angst vor den seltsamen, dunklen Schächten in Bewegung. Die Kälte und Feuchtigkeit luden nicht gerade zur Rast ein, und die undeutlich zu spürende Gegenwart der mythischen Steinzieher machte sie nervös.

Selbst zum Essen hielten sie nicht an und legten nur kurze Pausen ein, um die Tiere im eiskalten Bach zu tränken, der neben dem Weg herlief.

Als sie sich ihren Weg durch die nur von Fackelschein und einigen magischen Kugeln erhellten Tunnel bahnten, sahen sie ehrfurchtsvoll die Stalaktiten, das Wächterstandbild und die Kristallwände an, die in dem unnatürlichen Licht glitzerten. Auch befolgten sie die Warnung ihres Häuptlings bedingungslos. Die uralten Geschichten über die sagenhafte Stärke und Unnachgiebigkeit der Steinzieher reichten aus, um jeden Gedanken an Abenteuer oder Jagd nach Mitbringseln im Keim zu ersticken.

Als Ranulf endlich die Reihen entlangritt und die Nachricht verbreitete, der Ausgang befinde sich vor ihnen, seufzte der ganze Klan erleichtert auf und drängte ins Freie. Hinter dem Höhlenmund versank im Westen bereits die Sonne. Valorian erkannte, dass er die Zeit, welche der Klan im Berg verbringen würde, nicht richtig geschätzt hatte – sie waren nicht drei, sondern nur zwei Tage unter der Erde gewesen. Er hatte weder mit der Geschwindigkeit der nervösen Tiere noch mit der Ungeduld der Leute gerechnet, die Hunger und Müdigkeit einfach missachtet hatten.

Sobald er den ersten Wagen hinaus in die kühle Dämmerung geführt und dem Klan befohlen hatte, das Lager auf einer Wiese tiefer im Tal aufzuschlagen, lenkte Valorian Hunnul zurück in die Höhle. Er eilte an den Viehherden und den Pferden vorbei, die freudig wieherten, weil sie frisches Gras rochen. Er passierte die knirschenden Wagen und Karren, die müden Reiter und die verwahrlosten Hunde. Als schließlich die Nachhut über den Hang auf ihm zukam, winkte er sie weiter und wartete, bis der Lärm allmählich erstarb. Schließlich war die Höhle leer und er mit Hunnul allein.

Valorian hörte keinen Laut aus den Schächten vor sich dringen; auch sah er kein Anzeichen von Leben, aber er wusste, dass sie da waren. Er löschte seine Lichtkugel. Nun umspielte ihn die Dunkelheit, nach der sich die Steinzieher sehnten.

»Vielen Dank!«, rief er in die lichtlosen Tiefen. »Möge Amara euer Volk segnen und eure Höhlen auf ewig beschützen!«

Aus der Ferne der unterirdischen Nacht dröhnte eine einzelne tiefe Stimme: »Gehe hin in Frieden, Zauberer.«

Hunnul wieherte leise. Das schwarze Pferd bewegte sich langsam durch die Finsternis, bis es die Höhle hinter sich gelassen hatte und dankbar über den weichen Boden und das grüne Gras schritt.

In jener Nacht lagerte der Klan in der Nähe des Höhleneingangs, wo sich ein Bach in silbernem Sturz in einen klaren See ergoss. Der Biegwasserfluss und die verhältnismäßige Sicherheit Sarcithias waren nur noch ein oder zwei Tagesreisen entfernt, und die Leute hofften, dass sich Tyrranis und seine Soldaten nun hinter ihnen befänden. Erschöpft von der zweitägigen Reise durch die Berge, legten sich die Klanleute zur Nacht nieder.

Von einem scharfkantigen Grat oberhalb des Tales schaute ein tarnischer Späher überrascht auf das Lager hinunter. Es war gerade noch hell genug, um einige Einzelheiten des großen Lagers zu erkennen, bevor die Nacht ihre Schatten über die Berge warf. Erregt stieg der Mann auf sein Pferd und ritt so schnell es ihm möglich war nach Norden.

»General, ich schwöre bei der Ehre der Vierten Legion, dass ich sie in der vergangenen Nacht gesehen habe. Sie befinden sich südlich von uns und sind kaum mehr als zwanzig Meilen vom Fluss entfernt. Der Kommandant ist sich sicher, dass es der Klan ist. Er wartet auf Eure Befehle.« Der Späher berührte das Bild des zunehmenden Mondes auf seinem Hemd zum Zeichen dafür, dass er die Wahrheit sprach.

General Tyrranis bemerkte es kaum. So schnell wie eine Kobra schoss seine Hand vor und packte den Soldaten an der Gurgel. Der Mann bekam keine Luft mehr. Schmerzen stachen ihm in den Kopf. »Das ist unmöglich«, zischte der General. »Sie können uns nicht so schnell umrundet haben, ohne gesehen zu werden.«

»Aber ... ich ... habe sie gesehen«, krächzte der entsetzte Späher zwischen den gnadenlos zupackenden Fingern hindurch. Er wollte die Hand fortzerren, doch genauso gut hätte er versuchen können, eine Stahlklaue auseinander zu reißen. Die anderen Soldaten sahen überall hin, nur nicht in sein rot angelaufenes Gesicht.

Tyrranis lockerte den Griff ein wenig und fragte: »Wo genau? Wie viele? Woher weißt du, dass es der Klan war?«

Der Späher rang nach Atem, bevor er antwortete: »Sie hatten Klankarren und ein paar von unseren Frachtwagen. Es war ein großes Lager von etwa fünf- oder sechshundert Leuten. In einem Tal zwischen den Felsen. Da war ein Mann mit einem Mantel aus Löwenfell und einem großen schwarzen Pferd.«

Plötzlich ließ der General den Späher los. Dieser taumelte zurück und hielt sich den Hals. »So, so«, meinte Tyrranis giftig. »Vielleicht hat er doch einen Weg gefunden, sich an mir vorbeizustehlen.« Er betastete unwillkürlich das Amulett um seinen Hals, das ihn vor aller bösen Magie schützte.

»Sein Zauber muss sehr machtvoll sein«, sagte einer der Offiziere. Sofort bereute er seine Worte, als Tyrranis' eisiger Blick auf ihn fiel.

Der General entschied, diese Bemerkung zu überhören, und sagte wie zu sich selbst: »Trotzdem wird er mir nicht entkommen. Wir erwischen ihn, bevor er den Fluss überquert.« Er wandte sich an seine Offiziere. »Ich sollte alle Späher und Wachen, die versagt haben, umbringen lassen. Aber ich brauche jeden Mann. Steigt auf!«

Ein Offiziersanwärter brachte Tyrranis' großen Braunen und hielt dem General den Steigbügel. Der bösartige Hengst versuchte mit dem Huf nach seinem Herrn zu treten, doch Tyrranis wich rechtzeitig aus und schlug mit der Peitsche auf das weiche Maul des Pferdes. Während der Hengst in Schmerzen den Kopf herumwarf, saß der General geschickt auf und trieb ihn voran. Der Soldat sprang aus dem Weg.

In rasender Hast verließ die kleine Truppe das behelfsmäßige Lager und eilte nach Süden zu dem größeren Lager am Rande der Felsschlucht. Tyrranis donnerte zwischen die Zelte und schüchterte die Soldaten mit seinem Gesicht ein, das dunkler als eine Sturmwolke war. Dann trieb er die Männer gnadenlos an.

»Auf die Pferde«, schrie er. »Ihr könnt die Karawane erreichen, bevor sie an den Fluss kommt. Ich werde euch alle ertränken, wenn ihr es nicht schafft!«

Der Kommandant und seine Offiziere salutierten hastig vor ihrem General und eilten los, um seinen Befehl auszuführen. Rasch machten sich die tarnischen Legionäre und Wehrpflichtigen an die Vorbereitungen zum Aufbruch. Hörnerschall ritt auf dem Morgenwind und rief die Reihen zur Ordnung; Pferde wieherten erregt.

Innerhalb weniger Minuten war das tarnische Lager verlassen; nur einige Köche und Offiziersanwärter waren zurückgeblieben, um die verwaisten Zelte abzuschlagen und die Vorratswagen hinter die Truppen zu bringen. Der Rest des Heeres preschte südwärts den flüchtigen Klanleuten nach.

Allmählich verdunkelte sich die späte Nachmittagssonne hinter den aufkommenden Wolken, als der vorderste Späher der Karawane die Baumreihe und das silbrige Band des Biegwasserflusses in der Ferne erblickte. Er stieß einen Freudenschrei aus und ritt zurück zu Lord Valorian und dem Klan. Die Nachricht verbreitete sich schnell von Wagen zu Wagen. Die Fahrer setzten sich aufrecht und trieben die Pferde mit den Zügeln zu einer schnelleren Gangart an. Die durstigen Herden rochen das Wasser und preschten voran.

Zur gleichen Zeit sah ein einsamer Späher am hintersten Ende der Karawane etwas über den Kamm einer fernen Erhebung kommen, das ihm das Blut gefrieren ließ. Er wartete einige Herzschläge lang, um sicher zu sein, dass er durch den Staub und Dunst richtig gesehen hatte. Seine Augen traten im Schreck des Erkennens aus den Höhlen. Eine große Reiterkolonne rückte mit hoher Geschwindigkeit von Norden an. Blutrote Banner flatterten ihr voraus.

Vor Angst drehte sich ihm der Magen um. Der Klanmann gab seinem Tier die Sporen und galoppierte zur Karawane zurück.

»Tarner!«, brüllte er der Nachhut entgegen. »Tarner hinter uns!« Der anschwellende Klang eines Signalhorns folgte ihm an der Reihe von Wagen und Tieren vorbei bis zu Lord Valorian und der Vorhut. Köpfe drehten sich in seine Richtung, und Blicke voller plötzlich aufkeimender Angst folgten ihm.

Der Späher setzte sein schlitterndes Pferd neben Hunnul und platzte heraus: »General Tyrranis kommt!«

Valorian zögerte keine Sekunde. »Führt den Klan zum Fluss«, befahl er Aiden und Mordan. Dann ermahnte er seine Wachen, bei den Wagen zu bleiben.

»Wohin gehst du?«, rief Aiden beunruhigt, als er merkte, dass Valorian sein Pferd wendete.

»Ich sorge dafür, dass sie langsamer werden!«, entgegnete der Häuptling, während der Schwarze davonsprang. Wie ein Blitz huschte Hunnul an dem Klan vorbei nach Norden, den anrückenden Tarnern entgegen. Blicke voller Furcht folgten ihm, bis die gesamte Karawane in wildem Galopp den langen, sanften und baumlosen Hang hinunter und auf den Fluss zu eilte.

Hunnul rannte über das dichte Gras und streckte Hals und Beine in einem Lauf, dem kein zweites Pferd gleichkommen konnte. Er flog entlang der Klanspur über den Boden und bis zum Gipfel eines lang gestreckten, niedrigen Hügels. Valorian hatte geschworen, seine schreckliche Macht nicht zum Töten von Menschen einzusetzen, aber das bedeutete nicht, dass er sie nicht aufhalten durfte.

Als das schwarze Pferd auf dem Hügelkamm langsamer wurde, betrachtete Valorian das Land im Norden und sah die tarnische Kolonne in vollem Galopp heranrücken. Bei dieser Geschwindigkeit konnten sie die langsamere Karawane einholen, lange bevor diese den Fluss erreicht hatte – es sei denn, das Heer geriet in Schwierigkeiten …

Hunnul kam auf dem felsigen Grat zum Stehen. Valorian holte tief Luft und zwang sich, ruhig zu werden und zu warten. Hier würde er bleiben, bis die Tarner näher gekommen waren. Er warf einen raschen Blick in den Himmel und bemerkte eine grimmige, blaugraue Wolkenlinie, die sich im Westen zu einem weißen Gipfel aus gewaltiger Energie auftürmte. Als der Donner in der Ferne rollte, zuckte Valorian zusammen. Ein Windstoß fegte über die Hänge, spielte in Hunnuls Schweif und fuhr in Valorians Umhang aus Löwenfell.

Der Häuptling benötigte seinen Mantel an diesem warmen Nachmittag eigentlich nicht, doch er trug ihn, um den Mut des Löwen in sich aufzunehmen, der dem Fell innewohnte – und um der Schau willen. Still beobachtete er, wie die Tarner näher kamen. Er sah das Bild des aufgehenden Mondes auf ihren Bannern und die Waffen in ihren Händen. Er erkannte Tyrranis an der Spitze der langen Kolonne. Langsam zog er den Löwenkopf wie ein Helmvisier über die Augen und starrte durch die leeren Augenhöhlen. Offenbar hatten ihn die Tarner erkannt, denn ihre Anführer deuteten auf ihn und wurden schneller. Das Hufgeklapper übertönte das ferne Donner-grollen.

Valorian wartete, bis die Soldaten in Bogenschussweite he-rangekommen waren. Dann hob er die Hand und sammelte die Magie in seiner Umgebung. Er spürte eine unvertraute, sanfte Energiewelle in dieser Magie, doch sein Zauber bildete sich bereits, und er wollte ihn nicht aufs Spiel setzen, um die-sen Umstand zu untersuchen. Stattdessen richtete er all seine Aufmerksamkeit auf die Macht, die sich in ihm formte.

Die Tarner erhoben gerade die Waffen, als vier Bälle aus sen-gender blauer Energie in rascher Folge aus Valorians Hand schossen und in einer Reihe kurz vor den vordersten Reitern auf den Boden prallten. Die nachfolgenden Explosionen schleuder-ten große blaue Funkenfontänen, Staub, Klumpen aus Erde und Stein, abgerissenes Gras und zerfetztes Buschwerk in alle Richtungen. Die vorderste Reiterlinie brach zu einer Masse aus wiehernden, scheuenden, stürzenden Pferden und schreienden Männern zusammen.

Valorian beobachtete, wie Tyrranis' verängstigtes Pferd den General abwarf und entsetzt den Weg zurücklief, auf dem es hergekommen war. Die ganze Kolonne löste sich in Chaos auf.

Valorian befand, dass es Zeit war, sich zurückzuziehen. Als Hunnul wendete, spürte der Häuptling etwas wie ein schwa-ches Kichern, das von dem großen Hengst ausging, bevor er hinter der fliehenden Karawane hergaloppierte.

General Tyrranis stand gerade noch rechtzeitig aus dem Schlamm auf, um den schwarzen Schweif des Pferdes hinter dem Hügel verschwinden zu sehen. »Ergreift ihn!«, rief er dem stell-vertretenden Oberbefehlshaber zu, der soeben sein eigenes Pferd zu besänftigen versuchte. »Oder ich hole mir deinen Kopf!«

Der Mann warf seinem Herrn einen wilden Blick zu und entschied, dass es besser war, den Zauberer zu jagen, als mit dem General zu streiten. Er trieb alle Männer zusammen, die noch im Sattel saßen, ordnete die Truppen zu einer Angriffsfor-mation und führte sie den sanften Hügel hinauf. Von oben sa-hen sie den Flüchtenden und hinter ihm den Klan, der Hals über Kopf auf den Fluss zurannte. Der Trompeter blies zum Angriff. Gemeinsam preschten die berittenen Truppen vor.

Überrascht hörte Valorian die klaren Töne der tarnischen Trompete. Die Kolonne hatte sich schneller gefangen als erwartet. Die Karawane vor ihm war hingegen bereits in Schwierigkeiten geraten. Einige Wagen waren während der wilden Fahrt auseinander gebrochen und lagen im Staub, während die Fahrer sie verzweifelt wieder herzurichten versuchten. Die Herde der Zuchtstuten befand sich abseits der Wagenreihe, doch während die anderen Herden der Pferde und Nutztiere gut vorankamen, waren die trächtigen Stuten und Muttertiere gezwungen, weitaus langsamer zu laufen. Sie waren schon beträchtlich hinter die Karawane zurückgefallen.

Inzwischen hatte der Kopf des langen Zuges den Fluss erreicht und steckte ebenfalls in Schwierigkeiten. Die seichte Furt war so schmal, dass nicht alle gleichzeitig sie durchqueren konnten, und die Wagen wurden langsamer, als sie an das Nadelöhr gelangten.

Hunnul erreichte den ersten der fahruntüchtig gewordenen Wagen und hielt auf Valorians Befehl hin an. Der Fahrer, eine einzelne Frau mit einer Tochter und zwei beinahe erwachsenen Söhnen, schaute dankbar auf, als der Häuptling absaß und ihr half. Erleichtert bemerkte Valorian, dass nur eine Achse gebrochen war. Ein rascher Zauberspruch richtete das Gefährt wieder. Er und Hunnul trieben die Familie schnell zum nächsten liegen gebliebenen Karren.

Dieser war auf einen großen Fels getroffen. Dabei waren ein Rad zerbrochen und Mensch und Material aus dem Wagen geschleudert worden. Die zwei Klanleute waren noch mit ihren Verletzungen beschäftigt, als Valorian eintraf. Erneut reparierte er den Wagen mit Magie, doch gegen den gebrochenen Arm und die Schürfwunden und Prellungen konnte er nichts tun. Die Frau und ihre Kinder halfen dem Fahrer, während der Häuptling die verstreuten Habseligkeiten mit einem Zauberspruch in den Wagen beförderte. Nach wenigen Augenblicken eilten sie wieder hinter der Karawane her.

Noch zweimal hielt Valorian an. Schließlich befanden sich in seiner Gesellschaft vier Karren und Wagen samt Insassen und einige Nachzügler, ein Krieger mit einem hinkenden Pferd, vier Hunde und Gylden mit den Junghirten und der Zuchtstutenherde. Vor ihnen rollte die Karawane ans Flussufer, während hinter ihnen die tarnischen Soldaten gefährlich schnell näher kamen.

Valorian entschied, dass es an der Zeit war, die Tarner erneut aufzuhalten. Er befahl den Wagen mit einer Handbewegung weiterzufahren, wendete Hunnul und stellte sich den heranstürmenden Truppen entgegen. Er musste einen Augenblick innehalten, um tief Luft zu holen und seine Gedanken zu beruhigen. Der andauernde Gebrauch der Magie ermüdete ihn, und er wollte nicht die Kontrolle über seine Macht verlieren, wenn sich die Tarner auf ihn stürzten. Als er so weit war, bildete er einen Spruch, der in das Gras vor den heranstürmenden Pferden schoss. In einem blendenden Blitz verwandelte sich das Gras zu aufzüngelnden Flammen. Die Pferde kreischten vor Entsetzen und wichen zurück; ihre Reiter stießen Angstschreie aus, als sich eine Feuerwand hoch über ihre Häupter erhob und einen großen Kreis um sie bildete. Rauch quoll in mächtigen, die Sicht nehmenden Wolken auf.

Valorian wandte sich mit teilnahmslosem Gesicht um und folgte seiner Karawane. Das Feuer würde die Tarner eine Weile aufhalten. Ein weiterer Donnerschlag aus dem herannahenden Sturm rollte über die Berge. Der Häuptling hoffte sehnlichst, dass das Feuer so lange brannte, bis der Klan in Sarcithia angekommen war.

Mit Freude sah er, wie die reparierten Wagen zum Ende der Karawane aufschlossen. Die Nachhut trieb jedermann an und half den Versprengten so gut wie irgend möglich. Valorian ritt an den restlichen Wagen vorbei zur Furt.

Dort herrschte ein großes Durcheinander. Die schweren Wagen und zahllosen Hufe hatten das Ufer auf beiden Seiten in knietiefen Schlamm verwandelt, der an Füßen und Karrenrädern hängen blieb. Einige Wagen steckten im Morast fest und versperrten allen hinter ihnen den Weg. Mordan versuchte ver-

282

zweifelt, Ordnung in das Chaos aus knallenden Peitschen, kreischenden Tieren und schreienden Leuten zu bringen. Er nickte erleichtert, als sich Valorian zu ihm gesellte.

Noch einmal nutzte der Häuptling seine Macht, um die festgefahrenen Wagen zu befreien. Sobald sie wieder rollten, führten er und Mordan die verängstigten Leute durch den Fluss. Gemeinsam entwirrten sie das Gemenge aus Fahrzeugen und Tieren und leiteten sie durch das Wasser, bis der Zug stetig und ruhig auf den Wald am anderen Ufer zusteuerte. Irgendwo weiter vorn führte Aiden die Wagen tiefer nach Sarcithia hinein.

Gleichzeitig behielt Valorian die Sturmwolken im Auge, die den Himmel im Westen erfüllten, sowie die hoch aufsteigenden schwarzen Rauchsäulen im Norden. Er betete, dass der Wind nicht drehen und die Flammen auf die Karawane zutreiben möge und der Sturm nicht zu früh losbrechen und das Feuer löschen würde. Wie zum Hohn grollte der Donner immer näher, und der Wind rauschte bedrohlich durch die Bäume am Fluss.

Schließlich pflügte sich der letzte Wagen durch das Wasser. Hinter ihm kamen die Zuchtstuten und ihre Fohlen, die bei der Durchquerung des Stromes starke Wellen verursachten. Am Ende der Herde winkte Gylden mit müder Hand und zeigte damit an, dass nun die letzten Tiere kamen. Valorian beobachtete, wie die Stuten das schlammige Ufer auf der sarcithianischen Seite hochtrotteten. Die Erleichterung überkam ihn wie ein plötzlicher Schmerz. Der Klan befand sich in Sicherheit.

Bereits einen Augenblick später vertrieben ein gleißender Blitz und ein gewaltiger Donnerschlag seine Erleichterung. Valorian zuckte zusammen. Erneut spürte er diese seltsame Welle der Energie. Es war, als ob etwas um ihn herum die Magie verstärkte, doch bevor er Zeit zum Nachdenken hatte, öffnete sich der Himmel und schickte sintflutartigen Regen herab.

»Reitet an die andere Seite!«, rief er der Nachhut zu. Die Männer lenkten ihre Pferde ins Wasser, dicht gefolgt von Valorian und Mordan. Sie hatten gerade das sarcithianische Ufer erreicht, als sich lautes Hufgeklapper über das Heulen des Sturmes legte. Valorian drehte sich um und sah, dass sich der Rauch des Feuers rasch auflöste. Der schwere Regen ertränkte die Flammen; offenbar waren die Tarner schon durchgebrochen.

Valorian und Mordan sahen einander in Erschöpfung und Triumph an und trieben ihre Pferde hinter der Karawane her in den Wald.

Als die tarnische Kavallerie endlich den Fluss erreicht hatte, gab es dort kaum noch Anzeichen des Klans. Nur die aufgewühlten Ufer, der leere Fluss und die regennassen Bäume auf der anderen Seite waren zu sehen. Dann zeigte einer der Männer auf den fernen Wald. Nun sahen sie alle den großen, dunklen, im heftigen Regen nur undeutlich erkennbaren Umriss, der in dem windgepeitschten Schatten des Unterholzes stand. Die Gestalt schien sie einen Augenblick lang zu beobachten. Dann bewegte sie sich, und die Tarner erkannten sie als ein schwarzes Pferd und seinen Reiter. Ein Blitz zuckte über ihnen, und der Reiter war verschwunden.

Der Kommandant erblasste. Er sah den Fluss hinauf und hinunter, als ob er eine Antwort suchte. Er wusste genau, dass ihm General Tyrranis dieses Versagen niemals vergeben würde.

»Wir könnten hinüberreiten«, schlug ein junger Offizier vor.

Der Kommandant schüttelte den Kopf in bitterer Enttäuschung. »General Tyrranis hat uns befohlen, sie aufzuhalten, bevor sie den Fluss überqueren. Er hat nichts davon gesagt, nach Sarcithia einzudringen. Ihr wisst, dass wir ohne Erlaubnis des regierenden Statthalters keine fremde Provinz mit Waffen betreten dürfen.«

»Warum huschen wir nicht einfach hinüber und treiben den Klan zurück nach Chadar?«, fragte ein anderer Offizier.

»Nicht ohne General Tyrranis' ausdrücklichen Befehl.«

Ein dritter Mann murmelte mit einem schrägen Lächeln vor sich hin: »Wovor hast du mehr Angst: vor Tyrranis oder vor dem Klanmann mit den Zauberkräften?«

Kommandant Lucius hatte seine Worte gehört, und das Körnchen Wahrheit in der Bemerkung des Mannes traf ihn zutiefst. »Es ist nicht meine Entscheidung, sondern die unseres

Generals, ob wir das kaiserliche Recht brechen!«, sagte er barsch. »Es ist Tyrannis, den der Kaiser bestraft, wenn Statthalter Antonin herausfindet, dass wir dem Klan nach Sarcithia gefolgt sind. Dafür will ich nicht verantwortlich gemacht werden.«

Der jüngere Tarner blickte verdutzt drein, als er den vollen Ernst der Lage erkannte. »Bestimmt wird der General das verstehen.«

Kommandant Lucius sackte im Sattel zusammen. Seine Blicke folgten der schlammigen Spur der Karawane bis zu den Bäumen am gegenüberliegenden Ufer. Er sagte mit hohler Stimme: »Der General hat niemals Verständnis für Versagen.«

General Tyrannis schloss die Finger um den Griff des Schwertes an seiner Seite. Sein Basiliskenblick brannte sich in die Augen des zitternden Kommandanten, der gerade seinen Bericht abzugeben versuchte.

Der Offizier stand im Schlamm mit dem Rücken zum Fluss, während die letzten Regentropfen aus den dünner werdenden Wolken fielen. »Er hat ein Feuer entfacht, Herr, das uns vollkommen eingekesselt hat«, sagte er. »Wir konnten nicht entkommen, ohne bei Mensch und Tier ernsthafte Verletzungen in Kauf zu nehmen, und als wir endlich …«

Bevor Kommandant Lucius den Satz vollenden konnte, hatte Tyrannis sein Schwert gezogen und es dem Mann in den Hals gerammt. Blut spritzte über die Rüstung des Generals, als sich der Kopf des Kommandanten löste und zu Boden fiel. Der Körper blieb noch einen Moment aufrecht stehen, als könnte er nicht begreifen, was soeben geschehen war, doch dann fiel auch er in den Schlamm und lag zuckend vor Tyrannis' Füßen. Im nächsten Augenblick drückte sich die Schwertspitze gegen die Kehle eines weiteren Offiziers.

»Sag mir etwas Vernünftiges, damit ich mit dir nicht dasselbe machen muss!«, knurrte der General.

Der Offizier rührte sich nicht. Verzweiflung lag deutlich auf seinem Gesicht. »General! Herr! Sar Nitina ist nicht weit von hier entfernt. Mit einer kleinen Ehrengarde könntet Ihr in zwei

Tagen dort eintreffen. Ihr könntet Statthalter Antonin aufsuchen und die Erlaubnis zum Einmarsch Eurer Truppen erwirken. Wir könnten noch immer vor dem Klan beim Wolfsohrenpass ankommen.«

»Woher weißt du, dass er dorthin unterwegs ist?«, fragte Tyrranis, während er das blutige Schwert gegen die Kehle des Offiziers presste. Seine Augen leuchteten vor Verschlagenheit auf, als neue Gedanken seinen Zorn allmählich verdrängten.

Der Offizier schluckte schwer und starrte stur geradeaus. Das kurze Zögern des Generals machte ihm Mut. »Sie bewegen sich nach Süden, Herr, und wir haben Gerüchte gehört, dass Valorian in die Ebene von Ramtharin ziehen will. Der Wolfsohrenpass ist der einzige Pass in der Nähe, über den auch Wagen fahren können.«

Tyrranis' Augen verengten sich zu Schlitzen, während er über die Worte des Offiziers nachdachte. Das ergab einen Sinn. Valorian schien den Auszug des Klans befohlen zu haben; daher war es wahrscheinlich, dass er seine Leute aus dem tarnischen Reich hinausführen wollte. Aber das war gleichgültig. Sie würden ihr Ziel niemals erreichen.

Nun konnte Statthalter Antonin sich endlich einmal als nützlich erweisen. Die meisten Provinzstatthalter wurden nervös und gereizt, wenn ein benachbarter Statthalter mit einem großen und schwer bewaffneten Heer in ihr Herrschaftsgebiet eindringen wollte. Antonin aber war ein junger, ungestümer Mann, der durch Reichtum, Beziehungen und Bestechungen an die Macht gekommen war. Er hatte keinerlei Krisenerfahrung; also müsste es möglich sein, von ihm die Erlaubnis zu erhalten, den Klan auf seinem eigenen Gebiet zu jagen.

Der Offizier neben Tyrranis warf einen raschen Blick auf den Leichnam des Kommandanten im Schlamm, bevor er den letzten Versuch machte, sein Leben zu retten. Er räusperte sich. »Es gibt da noch die Zwölfte Legion, Herr. Sie ist nach wie vor in Sar Nitina stationiert. Wie Ihr Euch sicherlich erinnert, hatte sie im vergangenen Winter den Befehl erhalten, dort zu bleiben und bei der Bewachung der neuen Grenzen zu helfen.«

Ein seltsamer Ausdruck verwandelte Tyrranis' blutdürstendes Gesicht; es war eine Mischung aus einem Knurren und einem Lächeln. Mit langsamen Bewegungen übergab er sein Schwert einem der Offiziersanwärter. »Jetzt bist du der Kommandant«, sagte er zu dem Offizier. »Suche fünf Männer aus und reite mit mir nach Sar Nitina.«

Der neue Kommandant salutierte vor Tyrranis' Rücken, als dieser bereits herumgewirbelt war und auf eines der übrigen Pferde zuschritt. Er bemühte sich, Erleichterung oder gar Freude über die Gnadenfrist und die unerwartete Beförderung aufzubringen, doch der Rang eines Kommandanten unter Tyrranis war bestenfalls eine zweifelhafte Stellung und keineswegs eine Garantie für Ehre und langes Leben. Vielleicht war das Unvermeidliche nur aufgeschoben.

General Tyrranis und seine Männer verließen den an den Ufern des Biegwasserflusses lagernden Trupp und ritten bis spät in die Nacht durch Schlamm und Dunkelheit. Sie folgten dem Flusslauf, bis sie vor Müdigkeit beinahe aus dem Sattel kippten. Der General erlaubte ihnen nur eine kurze Rast, bevor er sie bei Anbruch der Morgendämmerung weitertrieb. Zur Mittagszeit hatten sie die frisch gepflasterte Straße namens Tartianweg erreicht; er war eine der Straßen, die Chadar mit Sarcithia verbanden. Der Tartianweg durchquerte den Biegwasserfluss und folgte ihm dann nach Süden und Westen. Die Straße endete schließlich auf dem großen, rechteckigen Hauptplatz in Sar Nitina vor dem Statthalterpalast und den Kasernen der Zwölften Legion.

Sar Nitina war eine Binnenhafenstadt, die beinahe so groß wie Actigorium war. Sie war ein beliebter Rastplatz für Pilger und eine Stadt der Künste. Während Actigorium der Mittelpunkt eines großen ländlichen Gebietes war, zog Sar Nitina viele reiche Erholungssuchende und einen großen Strom von Pilgern an, die aus allen Teilen des Reiches auf dem Weg zu den Tempeln des Südens hier vorbeikamen.

Als der Statthalter von Chadar zwei Tage später am Nachmittag in der Binnenhafenstadt ankam, begrüßte ihn Statthalter

Antonin am Tor seines kleinen, aber eleganten Palastes. Mit Bedenken bemerkte er die Kriegsrüstungen der Soldaten, ihre volle Bewaffnung und den kalt entschlossenen Blick von Tyrranis, doch er setzte eine erfreute Miene auf und bot ihnen seine Gastfreundschaft an. Das Wissen darum, dass er selbst eine ganze Legion auf Abruf bereitstehen hatte, verschaffte ihm ein Gefühl der Sicherheit und machte ihn selbst bei diesem unerwarteten Besuch des berüchtigten Generals großzügig.

Die beiden Oberbefehlshaber zogen sich in den Palast zurück und machten es sich in einem großen, luftigen Gartenzimmer bequem, das Antonin zum Vergnügen seiner zahlreichen Damen hatte einrichten lassen. Diener brachten gekühlten Wein, süße Kuchen und Früchte für die beiden Männer und zogen sich dann diskret zurück. Antonin und Tyrranis setzten sich auf Sofas, redeten miteinander und kosteten von dem ausgezeichneten Wein.

Doch keiner von ihnen war entspannt. Sie hatten sich nie zuvor getroffen und waren einfach zu unterschiedlich, um sich etwas zu sagen zu haben. Die ersten Minuten des Besuches verbrachten sie damit, den jeweils anderen abzuschätzen.

Tyrranis war von Antonin nicht beeindruckt. Der junge Statthalter hatte seine Stellung nicht durch seine Fähigkeiten oder besondere Taten erworben; sie war ihm einfach zugefallen, zusammen mit einem großen Geheimdienst, Helfern und Offizieren, die ihm bei der Führung dieses blühenden, friedlichen Landes halfen. Dass sich Antonin in seinem Leben noch nie hatte anstrengen müssen, zeigte sich in jeder lässigen Bewegung und in den plumpen Rundungen seines Körpers. Auf eine weichliche Art war er ein hübscher Mann: Er hatte welliges blondes Haar, blassblaue Augen, volle Lippen und breite, weiche Hände. Vermutlich gebrauchte er sie weniger, um ein Schwert zu halten, als vielmehr für die Liebkosung schöner Frauen.

Tyrranis ertränkte seine Verachtung in Höflichkeit und nahm gnädig ein weiteres Glas Wein an.

»Es ist eine solche Freude, Euch endlich zu treffen«, sagte Antonin, während er mehrere kleine Kuchenstücke verschlang.

»Aber ich muss gestehen, dass mich Euer Besuch überrascht.«
Er hob fragend eine Augenbraue.

Tyrranis verbarg seine echsenhaften Augen unter halb ge-
schlossenen Lidern. »Habt Ihr von dem Klan gehört?«, fragte er
sanft.

Antonin sah verwirrt aus. »Von dem Klan? Hmmm … Oh,
Ihr meint dieses verrufene Gesindel von Dieben und Viehzüch-
tern, das sich in den Bluteisenbergen versteckt?« Er zuckte die
Achseln. »Sie sind doch wohl kaum der Grund dafür, dass ein
Statthalter seine Hauptstadt und Provinz für einen unangekün-
digten Besuch in Sar Nitina verlässt, oder?«

»Sie haben uns Schwierigkeiten gemacht«, entgegnete Tyrranis. Er gab sich Mühe, sich von Antonins Frage und seinem ge-
langweilten Tonfall nicht reizen zu lassen. »Sie haben sich zusammengerottet und fliehen aus Chadar.«

»Zusammengerottet? Also wirklich! Wie ungewöhnlich!«
Doch plötzlich begriff Antonin die volle Bedeutung von Tyrranis' Worten. Er blinzelte einige Male, bevor er leidlich besorgt
fragte: »Haben sie große Schwierigkeiten gemacht?«

Tyrranis nickte. »Sie sind schwer bewaffnet und sehr gefährlich.« Er entschied, Valorians Zauberkraft erst dann zu erwäh-
nen, wenn es unumgänglich war, denn er wollte Antonin nicht
vor Angst um die Reste seines Verstandes bringen, sondern lediglich das Verantwortungsbewusstsein des jungen Mannes an-
stacheln. »Sie haben sich durch ganz Chadar geplündert und
gebrandschatzt.«

Antonin hatte seinen Kuchen vergessen. Er richtete sich im
Sessel auf und fragte misstrauisch: »Und wo sind diese Abtrünnigen jetzt?«

Der chadarianische General seufzte traurig, legte die Finger
zu einem Dach zusammen und antwortete: »Sie sind vor zwei
Tagen nach Sarcithia eingedrungen.«

»Wie bitte?« Antonin hob das Kinn und setzte sich aufrech-
ter. »Und ihr habt sie nicht aufgehalten?«

Tyrranis bewegte sich nicht. »Ich konnte leider nicht bei
meinen Männern sein, als diese den Klan zum Biegwasserfluss

jagten. Der Kommandant, der sie entkommen ließ, wurde seiner gerechten Bestrafung zugeführt, aber das Gesetz verbietet es mir, meine Truppen durch Euer Land zu schicken.«

»Nein. Nein, natürlich nicht.« Antonin schüttelte erregt den Kopf. »Wohin sind diese Klanleute unterwegs?«

»Zum Wolfsohrenpass und der Ebene von Ramtharin, so vermuten wir.«

Das Gesicht des jungen Mannes hellte sich auf. »Oh! Nun, das ändert alles. Wenn sie auf die andere Seite des Dunkelhorngebirges ziehen und in der öden Ebene verhungern wollen, dann lasst sie doch!« Er lehnte sich erleichtert zurück und nahm sich ein weiteres Stück Kuchen.

General Tyrranis wartete, bis Antonin den Kuchen gegessen hatte. Dann schaute er nachdenklich zur Decke und sagte: »Es sei denn, sie beschließen, in Sarcithia zu bleiben und Eure Dörfer und Gehöfte zu plündern oder Karawanen und Reisende auszurauben.«

Der Statthalter von Sarcithia erbleichte. »Das würden sie nicht wagen, denn die Zwölfte Legion ist hier stationiert«, rief er. »Das wäre sehr unklug.«

»Wer behauptet denn, dass Klanleute klug sind? Es sind Diebe, wie Ihr schon sagtet. Gierige, gewalttätige Diebe.« Tyrranis lehnte sich langsam vor und sah den jüngeren Mann starr an. »Und was ist, wenn sie aus dem tarnischen Reich entwischen? Wollt Ihr derjenige sein, der dem Kaiser erklärt, warum Ihr Euch geweigert habt, mir bei der Ergreifung dieser Ausgestoßenen zu helfen, die den Frieden und die Sicherheit seiner beiden wichtigsten Provinzen gefährden?«

Antonin sackte in seinem Sessel zusammen und schwieg lange, während er über einen Weg nachdachte, sich von dieser drückenden Pflicht zu befreien Er wollte nicht an der Jagd auf eine Bande blutrünstiger Barbaren teilnehmen. Zu seinem Ärger fiel ihm jedoch keine Möglichkeit ein, aus der Angelegenheit herauszukommen und gleichzeitig das Gesicht zu wahren. Tyrranis hatte Recht: Sie mussten diese Leute zur Strecke bringen. Aber Antonin konnte es nicht einfach erlauben, dass der chadarianische General mit einer so großen Streitmacht ungehindert durch Sarcithia zog. Außerdem schwor sich Antonin wütend, dass er Tyrranis niemals erlauben würde, allein über die Zwölfte Legion zu gebieten.

»Vielen Dank dafür, dass Ihr meine Aufmerksamkeit auf diesen Umstand gelenkt habt, General Tyrranis«, sagte er schließlich, wobei er versuchte, nicht allzu grob zu wirken. »Wenn Ihr mich begleiten wollt, können wir die Zwölfte Legion nehmen. *Sie* wird keine Schwierigkeiten haben, mit diesen Banditen fertig zu werden.«

General Tyrranis war zufrieden und überhörte deshalb die Beleidigung. Er kniff den Mund zu einem unangenehmen Lächeln zusammen, und seine Augen funkelten wie die eines Jägers. »Das wird genügen«, murmelte er wie zu sich selbst.

Antonin sah fort und unterdrückte ein Schaudern über die Grausamkeit in Tyrranis' Gesicht. »Habt Ihr schon einen Kriegsplan geschmiedet?«, fragte er höhnisch. Ihm waren taktische Manöver gleichgültig, doch er kannte Tyrranis' Ruf als Kriegsherr und vermutete, dass der General seine Strategie bereits vor der Ankunft in Sar Nitina festgelegt hatte.

»Natürlich«, erwiderte der General kalt. »Wir schicken einen flinken Boten zu meinen Männern, die am Biegwasserfluss warten. Sie werden so rasch wie möglich nach Süden marschieren und sich mit uns am Silberfluss in der Nähe des Wolfsohrenpasses vereinigen. Der Klan reist auf den Bergpfaden. Deshalb sollten wir in der Lage sein, den Pass vor ihnen zu erreichen, und genug Zeit haben, ihnen einen kleinen Willkommensgruß zu entbieten.«

Antonin machte sich nicht die Mühe, den Plan des Generals zu begrüßen oder zu rügen. »So sei es«, sagte er ergeben und schickte nach General Sarjas, dem Kommandanten der Zwölften Legion.

Bereits am frühen Abend marschierte die Legion los.

Sechzehn

Der Klan wollte die gelungene Durchquerung des Biegwasserflusses feiern. Valorian erlaubte seinem Volk einen Tag der Ruhe und Erleichterung. Am späten Abend fanden sie eine ausgedehnte, baumumstandene Wiese und schlugen dort ihr Lager auf. Sie blieben die halbe Nacht lang wach, erzählten sich Geschichten, sangen und waren noch sehr erregt von der wilden Flucht durch den Fluss nach Sarcithia. Das Einzige, was Valorian verbot, waren Feuer. Die Karawane befinde sich noch immer auf tarnischem Gebiet und zu nahe bei Sar Nitina, warnte er die Leute.

Obwohl die chadarianische Garnison den Biegwasserfluss nicht durchquert hatte, hegte der Häuptling den starken Verdacht, dass der General keinesfalls aufgegeben hatte. Tyrranis war zu zäh, zu besessen von seiner Rache und dem Verlangen nach Macht, als dass etwas so Lächerliches wie die Grenze eines Gerichtsbezirks ihn lange aufhalten könnte. Da Sar Nitina in Reichweite lag und Statthalter Antonin ihn vermutlich unterstützen würde, war es für Valorian nur eine Frage der Zeit, bis die Tarner wieder hinter dem Klan her waren – und bis zum Wolfsohrenpass war es noch weit.

Also gab Valorian seinem Volk einen Tag, um sich auszuruhen, auf die Jagd zu gehen, Beeren zu sammeln, Kleidung und Ausrüstung zu trocknen, sich um die Tiere zu kümmern und die Atempause zu genießen. Dann trieb er sie weiter. Sie folgten ihm ohne allzu großes Murren, denn selbst der Dümmste begriff Valorians Beweggründe und hatte Angst vor Tyrranis' Legionären.

Dennoch machte sich Valorian Sorgen um sein Volk, besonders um die Kinder, die Älteren und die Schwangeren. Die Reise war für jedermann hart gewesen, und obwohl sich außer Karez niemand beschwerte, sah Valorian die Erschöpfung in den Gesichtern von Jung und Alt. Er wünschte, es gäbe einen einfacheren Weg, Frieden und Freiheit zu finden; er wünschte, er könnte seinem Volk diese Prüfung ersparen.

Doch als er seine Sorgen Mutter Willa mitteilte, lachte sie nur. »Wir haben uns aus freien Stücken für diese Reise entschieden, wie du genau weißt«, versicherte sie ihm. »Wir werden sie durchstehen. Sieh dir nur deine Frau an. Sieh dir mich an oder Linna. Sehen wir so aus, als wären wir am Ende unserer Kräfte?«

Valorian musste zugeben, dass dem nicht so war. Kierla, Linna und Mutter Willa teilten sich einen Karren, und alle drei Frauen waren gesund. Selbst Kierla mit ihrem Kind und ihrem anschwellenden Bauch glühte vor Wohlergehen.

»Ja«, fuhr Mutter Willa fort, »wir sind müde und hungrig. Einige Leute sind verletzt, und wir haben mehrere Tiere verloren. Aber sieh doch nur, wie weit wir gekommen sind, Valorian!« Sie schenkte ihm ein breites Lächeln, das seine schwindende Zuversicht wiederherstellen sollte. »Mach dir um uns keine Sorgen. Denk lieber nach, wie wir diesem schrecklichen Tyrranis entkommen und über die Berge klettern können. Wir haben noch viel Zeit, um uns zu beschweren, wenn wir in der Ebene von Ramtharin sind.«

Valorian war dankbar für ihre Worte und zog Stärke aus ihrer Weisheit. Tief in seinem Innern wusste er, dass sie Recht hatte, doch manchmal half es ihm, die Meinung einer anderen Person zu hören.

Weitere sieben Tage lang bahnte sich die Karawane einen Weg nach Süden an den Bergflanken vorbei und auf das Tal des Silberflusses und den Aufstieg zum Wolfsohrenpass zu. In den Bergen sahen sie nur wenige Leute. Die meisten Sarcithianer lebten an der Küste oder in den Flusstälern im Osten. In den höheren Gebieten gab es nur einige Schäfer, ein paar Bergbewohner und gelegentlich eine Rotte Ausgestoßener. Eine kleine

Bande folgte der Karawane einen halben Tag lang in der Hoffnung, einige Tiere oder einen von Weg abgekommenen Karren zu erbeuten, bis die Nachhut sie vertrieb. Niemand bedrohte den Klan ernsthaft, und es gab keine Anzeichen von tarnischen Soldaten.

All die Tage blieb es klar und warm und der Weg trocken, sodass die Karawane gut vorankam. Am siebten Tag ihrer Reise durch Sarcithia sahen die Leute zum ersten Mal deutlich den seltsamen Doppelgipfel, von dem sie so viel gehört hatten. Da ist er, sagten sie zueinander. Es gab den Pass wirklich! Er war noch mehrere Tagesreisen entfernt, doch bereits der Anblick der beiden Bergspitzen schenkte jedem Einzelnen Zuversicht.

Zehn Tage nach dem Auszug aus Chadar erreichte der Klan das Tal des Silberflusses, von dem aus sich der Pfad zum Wolfsohrenpass durch die Berge schlängelte. Valorian hatte vergessen, wie schön dieses Tal war. Nun machten es das frische Grün und die sprießenden Frühlingsblumen noch lieblicher.

Der Talboden war breit und grasig, die Hänge steil, felsig und mit Bäumen bewachsen. Der gurgelnde, tosende, schnelle und gischtige Fluss tief im Grund des Tales strömte wie ein Silberband durch Haine mit breitblätterigen Bäumen und an Uferweiden, Binsen, Wiesen und Immergrün entlang. Dahinter erhob sich wie ein allgewaltiger Wächter das Felsmassiv des Wolfsohrenberges.

Die Klanleute hielten an, als sie diesen atemberaubenden Anblick sahen. Sie betrachteten den Berg mit Vorfreude und Erregung und hofften, das Land dahinter sei genauso schön. Zufrieden lenkten sie ihre Wagen hinunter zum Fluss, wandten sich dann nach Osten und hielten auf die Berge zu. Der letzte Aufstieg zum Pass lag vor ihnen.

Der nächste Tag dämmerte klar und mild herauf. Es wehte eine leichte Brise, und die Nachmittagshitze kündigte sich bereits an. Die Klanleute schlugen ihr Lager in aller Frühe ab, weil sie es sehr eilig hatten. Valorian übernahm mit seinen Wachen und den Männern der Vorhut die Führung der Karawane. Beim Klang des Signalhorns ertönten laute Stimmen, Peitschen knallten, Räder knirschten, und der Zug setzte sich wieder in Bewegung.

Den ganzen Morgen hindurch reisten sie ohne Zwischenfall und drangen immer tiefer in das Tal ein. Allmählich verengte es sich, und die Hänge wurden noch steiler und höher. Die Luft erwärmte sich schnell, als die Morgenbrise in einem Flüstern erstarb.

Valorian ritt auf Hunnul vor den Wachen und Kriegern her, als plötzlich ein großer Weißkopfadler von einer hohen Kiefer am rechten Wegrand aufflog. Sein durchdringender Schrei erfüllte das Tal wie eine Warnung. Hunnul blieb sofort stehen. Er reckte den Kopf und blähte die Nüstern. Plötzlich schnaubte er; er hatte Gefahr in der leichten Brise gerochen.

Das wütende Wort *Tarner!* war gerade erst in Valorians Gedanken gedrungen, als ein dichter Pfeilregen aus den Felsen zur Rechten auf die ahnungslose Vorhut niederging. Der stille Morgen verwandelte sich in Verwirrung, Blut und Schreie. Hunnul preschte zurück, als ein weiterer Pfeilregen auf die Klankrieger prasselte, bevor Valorian etwas dagegen unternehmen konnte. Mehrere Pfeile zischten an seinem Kopf vorbei und zwangen ihn, sich zu ducken. Er sah, wie ein Dutzend Männer fielen, durchbohrt von tarnischen Geschossen. Drei weitere Männer hielten sich verwundet an ihren Pferden fest. Den Häuptling durchspülte eine Welle der Wut.

»Ein Hinterhalt!«, schrie jemand. Die Worte liefen die Reihe der Wagen und Karren hinab. Gleichzeitig sprang eine Streitmacht von etwa hundert tarnischen Soldaten aus ihrem Versteck zwischen den Felsen und Bäumen an den steilen Hängen und griff die Vorhut an.

Valorian war einen Augenblick lang reglos und versuchte verzweifelt zu entscheiden, was er nun tun sollte. Die Vorhut war durch den plötzlichen Angriff so durcheinander gebracht, dass sie sich nicht wirksam verteidigen konnte, und es blieb Valorian nicht mehr genug Zeit, um ihnen zu Hilfe zu eilen. Er musste sofort handeln, oder die Tarner würden die zahlenmäßig unterlegenen Klankrieger überwältigen. Dann fiel sein

Blick auf einige große Geröllhaufen an den Hängen oberhalb des Weges.

Er erhob sich auf Hunnuls Rücken zu seiner vollen Größe. Mit schrecklichem Zorn im Blick zog er die Magie aus der Erde selbst, formte seinen Zauberspruch und schickte ihn als Sperrfeuer aus mächtigen Blitzen in den Boden unterhalb der Geröllhaufen. Der Abhang erzitterte unter dem Aufprall dieser Macht; die Felsen gerieten in Bewegung und rutschten bergab. Ihr zunehmender Schwung löste weitere Brocken. Die Lawine wurde zu einem mahlenden Ungeheuer aus Fels, Erde und Kies. Die Soldaten hielten inne und starrten das herabstürzende Geröll entsetzt an. Sie versuchten fortzulaufen, aber es war zu spät.

»Zurück!«, bellte Valorian seine Männer an.

Verängstigt ergriffen die Klanmänner die Verwundeten und hasteten aus dem Weg, als der Erdrutsch in einer großen Staubwolke den Hang hinabdonnerte. Er ergriff die tarnischen Soldaten und zerrte sie in die tosende Steinmasse. Die Lawine ergoss sich bis zum Flussufer. Erst dort wurde sie langsamer, und der entsetzliche Lärm erstarb allmählich.

Valorian beobachtete mit bösem Blick den niedergehenden Staub und den verwüsteten Landstrich. Unter ihm lagen Baumstämme und Leichen zwischen dem Geröll. Einige der Soldaten versuchten, aus dem Schutt des Erdrutsches zu entkommen oder anderen zu helfen, die eingeklemmt und verwundet waren, doch angesichts ihrer langsamen Bewegungen und erschütterten Gesichter bezweifelte er, dass sie dem Klan weitere Schwierigkeiten bereiten würden.

Der Klanhäuptling wandte sich ab, um den Zustand seiner eigenen Leute festzustellen. Er wusste nicht, wer von ihnen getötet oder verwundet worden war, und ihm schlug das Herz bis zum Hals, als er zur Karawane zurückeilte.

Die vordersten Wagen hatten während des fehlgeschlagenen Hinterhalts sofort gebremst und somit die gesamte Karawane zum Stillstand gebracht. Einige der Klanleute halfen den verwundeten Männern, während andere sich zur Vorhut gesellten und die geschlagene tarnische Streitkraft im Auge behielten.

Valorian schenkte den Wagen nur einen oberflächlichen
Blick, bevor er von Hunnul glitt und den Verwundeten half.
Sein Herz hämmerte angstvoll. Als er Aiden lebend und unverletzt sah, lösten sich Furcht und Zorn ein wenig, doch sie kehrten zurück, als er in die toten Gesichter zweier seiner Leibwachen blickte, die schon in Actigorium bei ihm gewesen waren
und bereits vor dem Zweikampf mit Karez an seiner Seite gestanden hatten. Eine andere Leibwache hatte eine Fleischwun-
de erhalten, und fünf weitere Krieger waren verwundet worden. Doch ein bestimmtes Gesicht hatte Valorian noch nicht
gesehen.

Er eilte von Gruppe zu Gruppe, half, wo er konnte, lud die
Verletzten in die Wagen und suchte. Er benutzte seine Kraft
dazu, Pfeile aus den Körpern zu lösen und zerfetzte Hemden in
sauberes Verbandleinen zu verwandeln.

Schließlich rief Valorian seinem Bruder zu: »Wo ist
Mordan?«

Aiden schüttelte den Kopf und deutete auf einen der Wagen
hinter ihm. Mit düsterer Miene hastete Valorian dorthin und
fand seinen Freund auf einigen Decken, die eilig über die La-
dung gebreitet worden waren. Mordan regte sich leicht, als
Valorian neben ihm auf den Wagen kletterte, doch den Häuptling durchfuhr es kalt. Es wurde ihm sofort klar, warum jemand Mordan hier abgelegt hatte, ohne seine Wunde zu verbinden. In Mordans blutverschmierter Brust steckte ein Pfeil.

Valorian fühlte sich elend. Mordans Lider standen offen,
und seine Augen wirkten wie dunkle Teiche in der totenblei-
chen Haut. Er atmete flach und schnell und hatte die Hände
vor Schmerzen zusammengeballt. Als er den Häuptling sah,
versuchte er ein schwaches Lächeln.

Sehr vorsichtig schnitt Valorian mit seinem Dolch einen Teil
von Mordans Hemd ab. Er betastete den Rand der hässlichen
Wunde und sah Mordan ins Gesicht. Gewöhnlich bedeutete
ein Pfeil in der Brust den sicheren Tod. Die Klanleute hatten
nur sehr einfache Operationsmethoden und besaßen nichts außer Kräutermedizin. Wenn man den Schaft mitsamt der Spitze

herauszog, würde ihn das genauso schnell töten, wie wenn man ihn in der Brust stecken ließ.

Doch Valorian fasste ein wenig Hoffnung, als er den muskulösen Krieger untersuchte. Die Spitze schien weder Mordans Lunge noch sein Herz durchbohrt zu haben, denn auf seinen Lippen stand kein Blut, und auf der Haut lag noch nicht das Grau des herannahenden Todes. Vielleicht konnte er seinem Freund mit Magie helfen. Er vermochte nicht zu heilen, sondern nur zu beseitigen, aber vielleicht genügte das, um Mordan einen kleinen Vorteil im Kampf gegen den Tod zu verschaffen.

Sanft berührte Valorian mit dem Finger die rot gefärbte Feder des Pfeils. Mordan sah vertrauensvoll zu ihm hoch. Es entstand eine kurze Pause, als Valorian seine Kräfte sammelte. Dann verwandelte sich der Pfeil unter einem knappen Wort vollständig in Dunst. Zurück blieb nur die Eintrittswunde.

Mordan streckte langsam die Finger aus. »Ihr habt es Euch offenbar angewöhnt, die Vorboten zu enttäuschen«, flüsterte er dankbar.

»Sollen sie doch mit Amara streiten«, sagte Valorian und verbarg seine ungeheuere Erleichterung, indem er sich sofort daranmachte, die blutende Wunde zu verbinden. Er klopfte Mordan auf die Schulter und wollte ihn gerade wieder verlassen, als ihn der Krieger am Arm packte.

»Lord«, sagte Mordan mit einer Stimme, die rau vor Sorgen und Schmerz war. »Das war nur ein kleiner Trupp, der uns aufhalten sollte. Sie wussten, dass wir kommen. Achtet auf das Ende der Karawane!«

Valorian sprang auf die Beine. Mordans Worte ergaben einen Sinn. Die stehende Karawane war gegen einen Angriff ungeschützt und wand sich durch die Wälder und Wiesen des Tales, sodass Valorian das Ende nicht sehen konnte. Wenn der Angriff auf die Vorhut nur das Ziel gehabt hatte, den Wagenzug anzuhalten, war nun auch das hintere Ende in Gefahr. Ein Gefühl höchster Sorge quoll in ihm hoch.

Er pfiff nach Hunnul. »Auf Wiedersehen am Pass«, sagte er zu Mordan und sprang vom Wagen auf Hunnuls Rücken. Seinem Bruder rief er zu: »Aiden, sorg dafür, dass sich die Karawane wieder in Bewegung setzt! Führe sie zum Pass!« Schon war er verschwunden. Eilig ritt er an der Reihe der Wagen vorbei zum hinteren Ende.

»Los! Los!«, brüllte er den Fahrern zu, als Hunnul an ihnen vorbeigaloppierte. »Haltet nicht mehr an! Bleibt in Bewegung!«

Er und der Hengst hatten den halben Weg entlang der Karawane zurückgelegt, als das Signalhorn der Nachhut wild durch das Tal schallte. Beinahe sofort folgten die Angriffsfanfaren der Tarner. Angst brandete über die festsitzenden Wagen hinweg. Die Fahrer waren bereits durch den Hinterhalt an der Spitze verängstigt; sie rempelten gegeneinander und schrien sich an. Die Hirten trieben ihre Herden wieder voran.

Etwa dreißig berittene Männer und Jungen neben den Wagen sahen, wie Valorian zu der Nachhut eilte, und setzten ihm nach. Schreie erhoben sich am Ende des Wagenzuges und vermischten sich mit Waffengeklirr.

Hunnul stürzte sich in ein Wäldchen und kam nach zwei Sprüngen auf der anderen Seite wieder hinaus, gerade noch rechtzeitig, um die Krieger der Nachhut im Handgemenge mit einer tarnischen Kavallerietruppe zu sehen, die den aufgehenden Mond als Zeichen ihrer Legion trug. Die Männer befanden sich so nahe beieinander, dass Valorian seine Magie nicht einsetzen konnte. Er bremste Hunnul gerade so weit ab, dass die übrigen Reiter ihn einholen konnten. Dann zog er sein Schwert und stieß den durchdringenden Kriegsruf aus. Die kleine Streitmacht der Klanmänner warf sich in das Scharmützel.

Hunnul stürzte sich mitten in die tarnische Reiterschaft, schlug mit den Hufen aus und schnappte mit den Zähnen. Valorian kämpfte mit Verzweiflung und kalter Wut. Er schwang sein schwarzes Schwert derart heftig, als wäre jeder Gegner Tyrranis persönlich.

Wutschreie, Schmerzgeheul und das betäubende Klirren von Stahl gegen Stahl klang ihm in den Ohren. Die Klanleute neben ihm kämpften wie Wölfe und gebrauchten jede Waffe, die sie in die Hand bekamen. Sie waren nicht so gut ausgebildet und ausgerüstet wie die Legionäre, aber wenn sie unterlägen, würden sie alles verlieren. Die Klanmänner wussten, dass sie sich nicht ergeben konnten.

Valorian wehrte den heftigen Schlag eines stämmigen tarnischen Offiziers gegen seinen Kopf ab, wich einem zweiten Schlag aus und stach seine Waffe in eine ungeschützte Stelle zwischen dem Kiefer und der Brustplatte des Mannes. Blut schoss aus der Wunde, und der Tarner stürzte von seinem Pferd. Hunnul bahnte sich einen Weg durch die kämpfenden Masse aus Tieren und Menschen.

»Für Surgart und Amara!«, rief Valorian über den Aufruhr hinweg. Seine Männer hörten den Schrei und antworteten mit Gebrüll.

Langsam wichen die Tarner vor der wütenden Verteidigung der Klankrieger zurück. Die Soldaten hatten erwartet, auf schwache, feige Klanmänner zu treffen, die beim ersten heftigen Angriff fliehen würden. Sie waren nicht vorbereitet auf diese grimmigen Männer und Knaben, die mit der Stärke der Verzweiflung fochten.

Plötzlich zögerten die Tarner, und das Handgemenge löste sich auf. »Rückzug!«, rief ein Soldat. Die Tarner wendeten ihre Pferde, galoppierten fort und ließen die vor Erleichterung keuchenden Klanleute allein zurück. Die unter Beschuss geratene Nachhut stieß ein Jubelgeheul aus, als sie die Legionäre das Tal hinab fliehen sahen.

»Lord Valorian, Ihr seid ein willkommener Anblick«, rief einer der Krieger und grinste müde.

Der Häuptling hielt sich an seinem erregt tänzelnden Hengst fest und fragte: »Was ist hier geschehen?«

»Sie sind aus den Wäldern dort oben gekommen«, antwortete der Krieger und deutete auf eine breite Baumreihe am Rande des Tals. »Sie sind auf uns zugestürmt, als wir gerade vorbeiritten. Es müssen beinahe einhundert gewesen sein! Wenn Ihr später gekommen wärt, hätten sie uns bestimmt überrannt.«

»War General Tyrranis bei ihnen?«

Der Mann schüttelte den Kopf. »Nein.«

Valorian sah besorgt das Tal hinab, in dem die Tarner verschwunden waren. Wenn etwa einhundert Soldaten im vorderen Hinterhalt und noch einmal einhundert im hinteren gewesen waren, wo war dann der Rest der Garnison? Wo war Tyrranis? So leicht würde der General den Klan niemals davonkommen lassen!

Der Häuptling trieb seine Männer dazu an, die Toten und Verwundeten aufzulesen und sie in die hinteren Wagen zu laden. Schließlich setzte sich der letzte Teil der Karawane wieder in Bewegung, und die Nachhut folgte ihm. Weitere berittene Männer aus der Karawane gesellten sich zu Valorian, bis sich über einhundert Krieger und Knaben sowie einige Frauen in unregelmäßigen Reihen hinter den Wagen angeordnet hatten.

Um Aiden hatte sich eine starke Vorhut versammelt, und die Nachhut um Valorian war sogar noch schlagkräftiger. Der Häuptling hoffte trotz aller Befürchtungen, dass dies genügte. Er hatte einfach nicht genug Kämpfer, um die ganze Karawane zu schützen. Doch er glaubte nicht, dass er einen Angriff in der Mitte der Wagenlinie zu befürchten hatte. Wenn ein solcher gleichzeitig mit den Hinterhalten an beiden Enden des Zuges geplant gewesen wäre, hätte er inzwischen stattgefunden. Auch das Tal selbst schützte sie, denn mit seinem Fluss war es so schmal, dass eine große Streitmacht nicht ungehindert hindurchreiten und in der Mitte angreifen konnte. Vielleicht hatte Tyrranis im Sinn gehabt, die Karawane anzuhalten, bis der größere Teil der Streitkraft heranstürmte und sie überrannte. Das jedoch war ihm nicht gelungen, denn nun befand sich der Klan wieder in Bewegung.

Valorian warf einen Blick über die Schulter. Der Klan gelangte ohne weitere Schwierigkeiten an der Stelle des ersten Hinterhalts vorbei. Ohne den toten und verwundeten Tarnern Beachtung zu schenken, zogen sie so rasch weiter, wie es das raue Gelände erlaubte. Sie waren allerdings noch nicht weit gekommen, als hinter der Nachhut ein Schrei ertönte und die Reiter herumwirbelten. Einer der Krieger deutete das Tal hinab, und nun sahen alle den gesamten Rest der chadariani-schen Garnison über den Kamm eines sanften Hanges neben dem Fluss reiten. Rote Wimpel flatterten an ihren Speeren, und die Rüstungen glitzerten in der Nachmittagssonne.

Unter den Blicken der Klankrieger nahm die tarnische Ka-vallerie ihre Position ein und bildete sieben weit auseinander liegende Reihen, die sich vom Fluss bis zu den hohen Felswän-den erstreckten. Valorian spürte, wie sein Mut sank. Die Solda-ten versuchten es offenbar mit einer neuen Taktik, um seinen magischen Kräften zu entgehen. Ihre Reihen waren viel dünner und weiter voneinander entfernt als gewöhnlich. Vielleicht wollten sie verhindern, dass er seine Zauberei auf eine einzige Masse richten konnte.

Zu seiner Bestürzung hatten sie genau das Richtige getan. Seine Macht war groß, doch er stand als Einzelner hunderten von Gegnern gegenüber, und seine Stärke und Konzentrations-fähigkeit waren wegen der körperlichen Schwäche begrenzt. Wenn die Tarner entschlossen genug waren und ihn außer Ge-fecht setzen konnten, wäre es ihnen ein Leichtes, den gesamten Klan zu überrennen.

Valorians Mund wurde trocken. Langsam zog er das Schwert aus der Scheide und versuchte sich zu beruhigen, damit er klar denken konnte. Still betete er zu allen vier Gottheiten, dass sie den Klan beschützten. Die Vorboten hatten heute in diesem Tal schon viel Arbeit gehabt; er wollte ihnen nicht noch mehr geben. Er warf einen Blick auf seine Gefährten. Sie waren ge-nauso verängstigt wie er. Überrascht stellte er fest, dass sich Ka-rez mit seinem großen weißen Pferd in der Reihe hinter ihm befand. Der große Klanmann musste sich erst vor wenigen Au-genblicken zu ihnen gesellt haben. Valorian wurde unruhig bei dem Gedanken, dass er möglicherweise auch auf seinen Rü-cken Acht geben musste.

Karez bemerkte, wie der Häuptling ihn ansah, und grinste. Seine Zähne blitzten in dem schwarzen Bart auf. Als ob er erra-ten hätte, was Valorian gerade dachte, schwang er sein Schwert dem Feind entgegen.

In diesem Moment bliesen die tarnischen Trompeten zum Angriff. Die schmetternden Töne flogen durch das Tal und wurden von einem gewaltigen Gebrüll und dem plötzlichen Donnern unzähliger Hufe begleitet.

Die Klanleute strebten nach vorn, doch Valorian rief sie zurück. »Haltet eure Stellungen!« Er verkrallte sich in Hunnuls Mähne, als sich der Hengst aufbäumte und zur vordersten der dünnen Schlachtreihen des Klans stürmte.

Hinter ihnen rumpelte die Karawane immer schneller den Weg hinauf. Die Pferde und Nutztierherden brachen in Panik aus.

Die Angreifer kamen mit schrecklicher Geschwindigkeit näher. Die Reihen rissen auf, als die Pferde über das unebene Gelände galoppierten. Es ertönte ein weiterer lauter Trompetenschall, und die Reiter senkten gleichzeitig ihre Speere und richteten sie auf die wartende Nachhut.

Für einen Augenblick fragte sich Valorian, wo General Tyrranis war, bevor er die Hände hob und seinen ersten Angriff führte. Er feuerte in rascher Folge sechs große Kugeln aus blauer Energie auf die heranpreschenden Pferde ab. Die Geschosse landeten mit furchtbarer Zerstörungskraft zwischen den Reitern. Explosionen erschütterten den Boden, bliesen Felsen und Erde in alle Richtungen, erschreckten einige Pferde und warf andere zu Boden.

Aber es reichte nicht. Die Tarner hatten die magischen Geschütze erwartet und setzten ihren Angriff fort.

Valorian zögerte, während er nach einem anderen Weg suchte. Er wollte keine weiteren Schüsse abfeuern, da die Reihe der Soldaten zu lang war und der Wind aus Osten ins Tal blies. Auch ein Erdrutsch würde in einem so großen Gebiet nichts ausrichten. Er brauchte eine neue Taktik.

Plötzlich kam ihm eine Möglichkeit in den Sinn, die so verrückt war, dass er sie sogleich in die Tat umsetzte. Er konnte kein Leben erschaffen, aber er konnte Abbilder von Leben formen, so wie er es getan hatte, als er über seine Reise nach Gormoth berichtet hatte. Er würde die gleiche Art von Bildern heraufbeschwören, sie jedoch größer machen. Mal sehen, wie tapfer die Tarner wirklich waren.

Er schloss die Augen, erinnerte sich an die kleinen hässlichen Körper der Gorthlinge und bildete in seinen Gedanken den passenden Zauberspruch. Er benutzte Staub, Kies, Schlamm und Blätter, um seinen Bildern Stofflichkeit zu verleihen, und goss seine Magie in eine gewaltige belebte Form. Als er seine eigenen Männer vor Entsetzen aufschreien hörte, wusste er, dass er erfolgreich war.

Der Häuptling öffnete die Augen und war selbst überrascht von der riesigen, lebensechten Gestalt, die nun zwischen den angreifenden Tarnern und dem Klan stand. Sie war erschreckend! Es handelte sich um einen gewaltigen, bestialischen Gorthling, der sich über die Baumspitzen erhob und den Weg durch das Tal blockierte. Die tarnische Kavallerie sah ihn und brachte ihre Pferde zu einem plötzlichen, schlitternden Halt.

Es war kaum zu erkennen, dass das Geschöpf nicht stofflich war und keinen echten Schaden anzurichten vermochte, doch bevor die erschrockenen Tarner dies erkennen konnten, setzte Valorian es in Gang. Es kreischte und tat so, als wollte es die Pferde ergreifen. Die tarnischen Gefechtsreihen lösten sich auf. Pferde schossen in Panik umher und schleiften ihre Reiter mit sich. Andere Soldaten rissen ihre Reittiere herum und flohen vor dem grauenhaften Ungeheuer auf demselben Weg, auf dem sie hergekommen waren.

»Bleibt in Stellung!«, rief Valorian seinen Männern zu. »Das Untier ist nur ein Phantom.«

Die Klanmänner schauten mit großen Augen verwundert von ihm zu der Kreatur, doch sie blieben kampfbereit.

»Jetzt weicht langsam zurück«, befahl er und bedeutete ihnen, der Karawane zu folgen. Sie gehorchten voller Dankbarkeit. Valorian blieb, wo er war, und hielt das Bild des Riesengorthlings so lange wie möglich aufrecht.

Zur gleichen Zeit beobachteten General Tyrranis und Statthalter Antonin von einem Ausguck über dem Tal den Rückzug der chadarianischen Garnison mit höchst unterschiedlichen

Gefühlen. Tyrranis war steif vor Wut über die Mutlosigkeit und Dummheit seiner Männer.

Antonin hingegen war so entsetzt über diesen zweiten Beweis der magischen Kräfte, dass er seine Wut und Angst kaum im Zaum halten konnte. Er wandte sich an Tyrranis. Seine gewaltige Bestürzung war jetzt stärker als sein angstvoller Hass auf den General. »Warum habt Ihr mir nichts von diesem Klanzauberer gesagt?«, kreischte er. »Einen Magier mit solchen Kräften können wir nicht besiegen! Wir hätten sie ziehen lassen sollen. Dieser ganze Aufmarsch war umsonst. Ich werde es nicht erlauben, dass meine Legion ...«

Weiter kam er nicht. Tyrranis hob die Hand und versetzte dem jungen Statthalter einen heftigen Schlag ins Gesicht, der ihn fast aus dem Sattel warf.

»Still, du Narr!«, zischte Tyrranis. »Er ist nicht unbesiegbar.«

Antonin funkelte Tyrranis bösartig an und wischte sich das Blut mit einem parfümierten Taschentuch von der Nase. Er war nicht nur auf den chadarianischen Statthalter wütend, sondern auch auf sich selbst, weil er es Tyrranis nicht mit gleicher Münze heimzahlen konnte. Ein stärkerer Mann hätte eine solche Beleidigung nicht einfach hingenommen. »Nicht unbesiegbar!«, wiederholte er und verbarg seinen Zorn hinter Ungläubigkeit. »Seht Euch doch das Geschöpf an, das er heraufbeschworen hat. Keiner unserer Soldaten wird daran vorbeikommen!«

Tyrranis spottete: »Das ist nur ein Trugbild, eine Täuschung! Magie kann kein Leben erschaffen. Seht es Euch genau an. Das Licht scheint durch es hindurch.«

»Das glaube ich nicht. General Sarjas, Ihr wollt Eure Truppen doch sicherlich nicht gegen eine solche Bestie einsetzen«, wandte sich Antonin an den Kommandanten der Zwölften Legion, der hinter den beiden auf seinem Pferd saß und die Lippen zusammenpresste.

»Das muss er gar nicht«, knurrte Tyrranis, bevor der Kommandant etwas sagen konnte. »Ich führe meine eigene Garnison gegen die Nachhut. Ihr greift den Klan an. Sicherlich wird

Eure Legion mit Frauen und Kindern keine unüberwindlichen Schwierigkeiten haben.«

Unter dieser Beleidigung lief das Gesicht des jungen Statthalters feuerrot an. »Aber was ist, wenn es noch weitere …«

»Es gibt keine weiteren Zauberer!« Tyrranis wies mit dem Finger auf die verschwindende Karawane. »Es gibt nur ihn, und er gehört mir!«

Einen Atemzug lang sah Antonin voll in Tyrranis' dunkle Augen und gewahrte hinter dem eisigen Blick die schäumende Wut des Generals. In jenem kurzen Augenblick glaubte er wachsende Schatten des Wahnsinns zu erkennen. Ein Schauer überrannte ihn, und er riss den Blick von diesem schrecklichen Gesicht los. »In Ordnung, in Ordnung«, sagte er mürrisch. »Wir werden es tun.« Er würde alles tun, um diese schreckliche Aufgabe zu lösen und Tyrranis loszuwerden.

Ohne weitere Worte oder Gesten zog Tyrranis sein Schwert und peitschte sein Pferd im Galopp den Hang hinunter, um den zurückweichenden Truppen den Weg abzuschneiden. Am Fuß des Hügels hielten die Offiziere beschämt und verängstigt vor ihm an. Ihre Pferde waren schweißnass und sie selbst mit Staub bedeckt.

»Feiglinge!«, schrie er sie an. »Ihr habt es nicht verdient, Tarner zu sein! Haltet diese Männer sofort auf und schließt die Reihen wieder, bevor ich euch eigenhändig niedermetzle.«

Keiner der Offiziere wagte ein Wort des Ungehorsams. So schnell wie möglich hielten sie die flüchtigen Legionäre auf, fingen die erschrockenen Pferde ein und brachten die Truppe wieder unter ihre Kontrolle. Während der ganzen Zeit brüllte und heulte das Abbild des Gorthlings mitten auf dem Weg.

Als die einzelnen Abteilungen der Vierten Legion wieder in Reih und Glied standen, ritt der General die Linien der weißgesichtigen Soldaten ab. »Was ist seht, ist ein Trugbild!«, schrie er und schüttelte eine Faust gegen den Gorthling. »Ihr seid vor einem Phantom davongelaufen, ihr Narren! *Die da* sind echt.« Er deutete auf die Nachhut und das Ende der Karawane, die allmählich oben im Tal verschwand. »Vernichtet sie!«, bellte er.

»Vernichtet sie *jetzt*! Beweist, dass ihr keine Hasen, sondern Männer seid!«

Die Truppen stießen ein halbherziges Kampfgeheul aus. Mit der Schnelligkeit und dem Geschick, die in der Schlacht schon immer seine Stärke gewesen waren, stellte Tyrranis seine Männer zu einer neuen Angriffsformation zusammen.

Doch weder sein bester Plan noch seine wüstesten Drohungen hätten die Legionäre davon überzeugen können, auf dieses scheußliche, schreiende Ungetüm loszugehen, wenn nicht Tyrranis selbst den Angriff geführt hätte. Der tarnische General hob das Schwert über den Kopf, rief den Befehl zur Attacke und trieb sein Pferd geradewegs auf den fürchterlichen Gorthling zu. Die Soldaten folgten ihm zunächst zögernd, während sie ihren General nicht aus den Augen ließen, doch sie wurden mutiger, als sie sahen, dass der Gorthling dem Mann nichts anhaben konnte.

Vor den erstaunten Blicken der Tarner zwang Tyrranis sein Pferd, durch die Beine der Bestie zu laufen. Mit donnerndem Geschrei folgten ihm die chadarianischen Streitkräfte.

Valorian beobachtete den General voller Entsetzen. Er musste zugeben, dass Tyrranis Mut besaß, doch der General machte die Lage sehr schwierig. Valorians Stärke schwand unter dem ausgiebigen Gebrauch der Magie, und nun griffen die Tarner erneut an. Sofort löschte er das Bild des Gorthlings, um Kraft zu sparen, und ritt mit Hunnul zurück zur Nachhut der Karawane. Die Klankrieger wandten sich abermals um und traten dem Feind entgegen, während die Karawane so schnell weiterrumpelte, wie es der unebene Boden zuließ.

Diesmal griffen die Tarner nicht in einer geraden Linie an. Sie spalteten sich in drei Gruppen auf, welche die Nachhut aus verschiedenen Richtungen überfielen. Eine Gruppe galoppierte den Hang hinauf und feuerte einen schwarzen Pfeilregen auf die Klankrieger ab. Die anderen beiden Gruppen, von denen Tyrranis eine anführte, ritten auf die Front und die rechte Flanke der Nachhut zu.

Valorian versuchte verzweifelt, sich hinter seinem kleinen

Schild vor den Pfeilen in Sicherheit zu bringen und gleichzeitig die Tarner mit Geschossen aus blauer Energie, Feuerbällen und Rauchschilden in Schach zu halten. Doch die Tarner hielten seinem Sperrfeuer stand und rückten näher. Er spürte, wie ihn die Kraft verließ und sein Zauber schwächer wurde. Trotz all seiner Macht war er nur ein einzelner Mann gegen eine zu allem entschlossene, übermächtige Streitkraft, die aus verschiedenen Richtungen auf ihn einstürmte. Keiner der anderen Klanmänner konnte ihm dabei helfen, die Tarner abzuwehren, bis sie in die Reichweite der Klanpfeile kamen, doch dann war es zu spät.

Die tarnischen Angreifer stoben mitten unter sie und hackten mit ihren Schwertern auf die Schilde der Klanmänner ein. Valorian und die Nachhut versuchten, ihre Verteidigung aufrechtzuerhalten, doch hier handelte es sich nicht um einen Buschkrieg, in dem die Klanleute Meister waren. Sie standen in offenem Gelände und mussten sich verteidigen. Allzu rasch brachen ihre Reihen unter dem überwältigenden Ansturm zusammen. Die Krieger zogen sich um ihren Häuptling in einem letzten Versuch zusammen, die Stellung zu halten. Alles ging in einem blutigen Durcheinander von taumelnden Pferden und kämpfenden, stürzenden Männern unter, und darüber hing der eklige Geruch von Blut und Angst.

Innerhalb weniger Augenblicke hatten die übermächtigen tarnischen Soldaten die Nachhut umzingelt und vom Rest des Klans abgeschnitten. Das hintere Ende der Karawane war dem Feind schutzlos preisgegeben.

Die Fahrer erkannten die Gefahr. Sie trieben die Pferde wie verrückt an und zogen die eigenen Waffen, um ihr Leben und das ihrer Familien zu verteidigen. Seltsamerweise machten die chadarianischen Streitkräfte nicht den Versuch, die Wagen anzugreifen. Stattdessen richteten sie ihre wilde Wut auf die Nachhut.

Valorian sah all das mit erschreckender Klarheit. Er konnte nicht die ganze lang gezogene Karawane und dazu die Krieger in seiner Nähe verteidigen, denn nun kämpfte er um sein Le-

308

ben. Sie waren in einem verzweifelten Kampf Mann gegen Mann gefangen. Wenn Valorian nicht rasch etwas unternahm, würde die ganze Nachhut abgeschlachtet werden und der Klan praktisch schutzlos sein. Er sah, wie sich Tyrranis den Weg zu ihm freikämpfte, und trieb Hunnul auf den General zu.

Dann hörte er etwas, das ihm das Blut in den Adern gefrieren ließ. Eine neue Trompetenfanfare donnerte über das Geschrei, Gewieher und Waffengeklirr hinweg. Der Häuptling warf den Kopf herum und blickte das Tal hinunter. Was er sah, bereitete ihm ein Gefühl vollkommener Verzweiflung.

Dort, in festen Marschreihen von Kavallerie und Infanterie, bewegte sich neben dem Fluss eine ganze Legion heran – tausend der besten Männer des Kaisers – und setzte rasch dem fliehenden Klan nach. Krank vor Angst erkannte Valorian das Symbol des schwarzen Adlers auf ihren Hemden. Es war die Zwölfte Legion aus der Ebene von Ramtharin.

Tyrranis schlug einen Klanmann nieder, der ihm im Weg gestanden hatte, und sah Valorians hoffnungslosen Blick. »Ja, Zauberer«, rief er dem Häuptling entgegen. »Dein Klan stirbt jetzt.«

Und einen endlosen Augenblick lang glaubte Valorian, dass er Recht hatte.

Siebzehn

Wie eine unzerstörbare Kriegsmaschine marschierten die Reihen der Legion in fest gefügter Marschordnung an der umzingelten Nachhut vorbei. Ihre schwarzen Wimpel flatterten wie Rabenflügel im Wind. Das Trampeln ihrer Füße und das Klappern ihrer Rüstungen klangen für Valorian wie eine Totenglocke. Hilflos sah er zu, wie sie ihre Geschwindigkeit erhöhten, um die Karawane einzuholen.

Ermutigt durch den Anblick ihrer Kameraden, zog die chadarianische Garnison den Ring um die verbliebenen Kämpfer unbarmherzig enger. Der Häuptling wagte einen letzten Blick auf die entschwindende Legion, bevor er gezwungen war, einen weiteren Angreifer abzuwehren.

Er knirschte mit den Zähnen. Er schmeckte den Staub und roch das Blut seines Versagens. Wenn er bloß größere Kraft, Zauberfähigkeit und Macht hätte! Es hatte nicht gereicht, um sein Volk zu schützen. Enttäuschung loderte in ihm auf. Wenn er Amaras Günstling war und für sie bei den Gorthlingen alles gewagt hatte, warum hatte sie es dann zugelassen, dass er sein Volk in diese Falle führte? Warum hatte sie sich von ihm abgewendet?

Mit krankem Herzen hob er das Schwert und wollte seine Männer sammeln, als ihm winzige Bruchstücke seiner Erinnerungen mit verwirrender Klarheit wieder in den Sinn kamen. Mehr Macht. Gorthlinge.

Natürlich! Das war es, was er brauchte. Einen Gorthling. Mit einem Gorthling unter seiner Kontrolle konnte er die Tarner fortwischen und sein Volk retten. Aber, bei allen Göttern, wie holte man eine dieser Kreaturen aus Gormoth heraus, da-

310

mit sie im Reich der Sterblichen half? Würde ein Gorthling außerhalb des Ealgoden überhaupt etwas bewirken?

Valorian hatte noch keine Antworten auf seine Fragen und nur sehr wenig Zeit, um sie zu erhalten. Die Reste seiner Kraft wurden allmählich in Stücke geschlagen, und Tyrranis kam ihm immer näher. Nur noch zwei Krieger standen zwischen ihm und dem General, der verbissen darum kämpfte, ihn zu erreichen.

Valorian traf eine Entscheidung. Er hatte nur noch wenig zu verlieren und musste es versuchen, koste es, was es wolle. Er trieb Hunnul vom Rande des Schlachtfeldes fort und zu einem kleinen freien Platz in der Mitte des Belagerungsringes. »Zurück! Zurück!«, rief er seinen Männern zu. »Kommt zu mir!«

Sein Ruf drang rasch durch die Reihen der Nachhut, und die Klanleute gehorchten so schnell wie möglich. Einige waren noch zu Pferd, andere zu Fuß, und wieder andere wurden von ihren Freunden gestützt. Insgesamt lebte höchstens noch die Hälfte der hundert Kämpfer. Gemeinsam bildeten sie einen engen Ring um ihren Häuptling. Die Tarner rückten nach.

Valorian erkannte, dass er nicht mehr genügend Stärke für einen magischen Schild um seine kleine Streitmacht hätte, wenn er gleichzeitig einen Gorthling einzufangen versuchte. Mit letzter Kraft zwang er seinen Zauberbann in den Fels unter der Erdkrume.

Plötzlich erbebte die Erde in einem Kreis um die Klankrieger. Sie hielten mitten in ihrem Kampf inne. Die Tarner sahen sich besorgt um und traten den Rückzug an. Nur Tyrranis bewegte sich nicht. Er griff gerade nach seinem schützenden Amulett, als einige große Felsplatten vor den Hufen seines Pferdes durch den Boden brachen. Das Tier taumelte zurück und wich aus. Es ertönte ein gewaltiges, reißendes Knirschen, und die Platten bildeten um die Krieger und Reittiere einen Kreis, der höher als ein Mann auf einem Pferd war. Eine einzelne, dunkle Platte hob sich höher als die übrigen und schlug mit donnerndem Knall als Dach auf den Ringwall. So schützte sie die Männer im Inneren vor den Pfeilen und Speeren der Tarner.

311

Eine verblüffte Stille senkte sich über den Kampfplatz. Die Tarner starrten die steinerne Festung mit Erstaunen und Verwirrung an.

Nur General Tyrranis war nicht überrascht. Er war außer sich vor Wut. »Du kannst nicht entkommen, Klanmann!«, kreischte er. »Du hast dir gerade dein eigenes Grabmal errichtet!« Dann wandte er sich an seine Männer. »Ihr habt schon größere und stärkere Verteidigungsanlagen erstürmt. Reißt dieses Ding auseinander – mit den Händen, wenn es sein muss!« Die Soldaten zögerten und bewegten sich dann widerstrebend auf das Bauwerk zu.

Innerhalb des runden Steingebäudes betrachteten die Klanmänner die Mauern mit gleicher Sprachlosigkeit. »Was ist das?«, murmelte einer der Krieger.

Valorian hörte ihn, hob den Kopf und sah die um ihn versammelten Männer an. Sie alle waren müde, schweißdurchtränkt und mit Schlamm und Blut bespritzt. Einige waren verwundet und ein Mann starb, während zwei seiner Freunde ihn auf den Boden legten und ihm helfen wollten. Mehrere Reiter stiegen ab und beruhigten ihre verängstigten Pferde.

Das Licht, das durch die Decke schimmerte, hatte einen seltsamen gelblichen Stich, der eine kranke Farbe auf jedes Gesicht malte. Zwischen den Steinplatten war es warm und stickig, und es stank nach Blut und Schweiß, doch ein leichter Luftzug und etwas Licht drangen durch die Spalten.

Eine raue Stimme durchbrach die Stille. »Lord Valorian, was erwartet Ihr jetzt von uns? Sollen wir hier etwa ein Lager aufschlagen?« Es war Karez – höhnisch wie immer.

Valorian beachtete seinen Spott nicht weiter und saß von Hunnul ab. Die Beine gaben unter ihm nach, denn er war schrecklich müde. Er musste sich an Hunnuls Mähne festhalten, um nicht umzufallen. »Ich rufe Hilfe«, sagte er rau, »und dazu brauche ich Zeit.«

»Zeit!«, rief einer der Krieger. »Wir haben keine Zeit. Habt Ihr etwa die Legion nicht gesehen? Sie werden den ganzen Klan abschlachten! Wir müssen sie aufhalten.«

»Wir *werden* sie aufhalten. Aber tot nützen wir unseren Familien nichts.«

»Sie nützen uns ebenfalls nichts, wenn sie tot sind«, sagte Karez streitlustig. »Ihr habt uns mit Eurem Gerede über die Flucht vor den Tarnern in diese schreckliche Lage gebracht. Nun, sie haben uns doch gefangen. Was wollt Ihr jetzt tun?«

Valorian unterdrückte den dringenden Wunsch, Karez' Zunge dauerhaft mit dessen Gaumen zu verschmelzen, und sagte so ruhig wie möglich: »Ich tue das, was ich tun muss. Sei endlich ruhig! Ihr anderen behaltet die Spalten zwischen den Steinplatten im Auge.«

Die Männer und Knaben sahen einander beunruhigt an, aber sie gehorchten. Der Häuptling hatte sie bis hierher geführt – weiter, als viele es für möglich gehalten hätten. Vielleicht gelang es ihm doch noch, sie zu retten.

Valorian trat zu dem Mann, der soeben gestorben war. Seine beiden Freunde waren noch bei ihm. Sie wischten ihm den Schmutz aus dem Gesicht und legten sein Schwert neben ihn. Einer der Männer hatte Tränen in den Augen. Der Häuptling sank zu Boden und setzte sich mit überkreuzten Beinen an die Seite des toten Kriegers. Er hatte den Mann seit vielen Jahren gekannt und verspürte Trauer über seinen Tod. »Die Vorboten werden bald kommen«, sagte er leise.

Bei der Erwähnung der Vorboten sahen die Freunde des Mannes Valorian misstrauisch von der Seite an, aber sie wichen nicht.

Ohne ausdrücklichen Befehl stellte sich Hunnul hinter Valorian. Die langen Beine des Pferdes gaben ihm Halt.

»Ich brauche deine Kraft, mein Freund. Bleibst du bei mir?«, fragte Valorian das Tier still.

Gerne, erwiderte Hunnul und senkte das Maul, bis es sanft auf dem Kopf des Mannes lag. Die Klanmänner beobachteten die beiden neugierig.

Obwohl Valorian noch immer unsicher war, was er tun sollte, hatte er eine undeutliche Vorstellung von seinem nächsten Schritt. Es war das Einzige, das ihm eingefallen war. Er betete,

313

dass es ihnen zum Erfolg verhelfen möge, denn danach würde er nicht mehr die Kraft haben, etwas anderes zu versuchen.

Er nahm seinen goldenen Armreif ab und legte ihn auf sein Knie. Dann lehnte er sich gegen Hunnuls Vorderbeine zurück und schloss die Augen. Er spürte, wie sich die Magie in ihm sammelte. Die Geräusche in seiner Umgebung verstummten allmählich, als sein Geist Fühler ausstreckte und das Innerste des Hengstes berührte. Weil sie sich schon früher einmal verbunden hatten, fanden seine Gedanken die von Hunnul sehr rasch und senkten sich vollkommen in das Bewusstsein des Pferdes.

Valorian spürte, wie Hunnuls gewaltige Stärke so heiß und lebendig wie eine Glutwelle durch ihn schoss. Überrascht stellte er fest, dass in dem Tier noch immer Spuren des Blitzes vorhanden waren. Er hatte es bisher nicht bemerkt, weil er seine ganze Aufmerksamkeit auf den Geist des Pferdes gerichtet hatte, doch als er nun Kraft aus den Muskeln, den Knochen und dem Blut des Hengstes zog, fühlte er die knisternde Berührung des Blitzes in jeder Faser seines Körpers.

Mithilfe von Hunnuls Kraft schickte Valorian sein Bewusstsein auf die Suche nach der Seele des toten Kriegers neben ihm. Er wusste nicht, was er von diesem Versuch erwarten konnte oder ob es überhaupt möglich war, den Geist vom Körper zu trennen. Doch mit Unterstützung der Magie schien es zu gehen. Er wurde schwerelos und verlor jedes Gefühl, als sein Bewusstsein aus den sterblichen Fesseln seines Körpers trat.

Er schlug die Augen auf. Erstaunt sah er, wie sein Körper nicht mehr als zwei Schritte neben dem Pferd saß, und einen Augenblick lang befürchtete er, dass er seinen Zauber zu gut gewirkt und seine Seele vom Körper getrennt hatte. Dann erkannte er, dass sich seine Brust ein wenig hob und senkte und ein kleines Blutrinnsal aus einer Schnittwunde am Arm tröpfelte. Er lebte noch.

Erleichtert suchte er nach der Seele des Toten neben ihm. Die Welt, die er betreten hatte, sah genauso aus wie damals, als er vom Blitz getroffen worden war. Das Reich der Sterblichkeit war verschwommen und erfüllt von unirdischem Streulicht. Doch diesmal verschwand die Welt der Lebenden nicht vor seinen Augen. Bald hatte Valorian die Seele des Verstorbenen gefunden. Sie war ganz in der Nähe und voller Furcht, Zorn und Verwirrung. Der Häuptling kannte diese Gefühle sehr gut. Er streckte sich nach dem Toten aus, um ihn zu beruhigen. Gemeinsam warteten sie.

In der Ewigkeit gibt es kein Zeitgefühl. Während Valorian glaubte, dass er schrecklich lange wartete, waren die Vorboten bereits zur Stelle, noch bevor sein Körper einen weiteren Atemzug getan hatte. Diesmal waren sie zu zweit – genau so leuchtend weiß und rätselhaft, wie Valorian sie in Erinnerung hatte. Sie hatten ein gesatteltes Pferd für die Seele des Toten mitgebracht und forderten ihn auf, es zu besteigen. Falls sie Valorians Gegenwart spürten, schenkten sie ihm keine Beachtung.

Rascher als Adler flogen sie aus der Welt der Sterblichen in einen Dunstschleier, während Valorians Geist ihnen folgte und seine Berührung mit dem toten Krieger ihn führte. Er war froh, dass der Krieger ihn begleitete, denn die Reise durch den dichten grauen Dunst war länger, als er vermutet hatte. Ohne die Vorboten und die Seele als Geleit hätte er die Orientierung verloren und sich auf ewig in dem grenzenlosen Dunst verirrt. Er versuchte nicht daran zu denken, wie er allein den Rückweg finden sollte.

Schließlich traten sie in das segensreiche Licht und setzten im Reich der Toten auf. Mit dem Ealgoden in Sichtweite verabschiedete sich Valorians Geist schweigend und traurig von seinem Gefährten und flog über die grünen Wiesen bis zu dem gewaltigen Berg. Er fragte sich, ob die Götter wussten, dass er hier war. Hoffentlich nicht. Lord Sorh schätzte es bestimmt nicht, dass sich ein Sterblicher einen seiner Diener auslieh. Er verdrängte diesen Gedanken, als der Gipfel über ihm aufragte. Diesmal brauchte er nicht nach dem Eingang zu suchen. Er begab sich unverzüglich zu der Stelle, durch die er bereits beim ersten Mal getreten war, durchquerte den Schwarzen Felsen und warf sich in den kalten, dunklen Schacht.

Eine dichte Aura von Hass und Bösartigkeit aus den kleinen, hinterhältigen Gehirnen der Gorthlinge traf ihn wie ein körperlicher Schlag. Es war ein machtvolles, geistiges Gefühl, das er nicht verspürt hatte, als seine Seele durch Gormoth gereist war, und seine Tiefe und Stärke zerschmetterten ihn beinahe. Mit seiner und Hunnuls ganzer Kraft bekämpfte er die zerstörerische Aura und richtete seine ganze Aufmerksamkeit auf das möglichst rasche Einfangen eines Gorthlings.

Er wusste, dass sie in den Felsen und Spalten der Tunnelwände steckten und auf die verdammten Seelen warteten, doch ihm war nicht klar, wo genau er suchen musste, und er wollte sie nicht warnen, indem er wahllos in möglichen Verstecken herumstöberte. Es gab einen Gorthling, an den er sich lebhaft erinnerte, und er kannte den Ort im Tunnel, wo sich dieses Geschöpf verborgen hatte. Vielleicht war es noch dort. Valorians Geist bohrte sich tiefer und tiefer in die schwarzen Löcher. Diesmal benötigte er kein Licht, um den Weg zu finden, doch er wünschte sich eines, und sei es nur, um die erschreckende, verzehrende Finsternis zu vertreiben. Wie ein Gespenst huschte er den Weg entlang, an dem Lavafluss vorbei und in lange, gewundene Schächte hinein.

Schließlich kam er zu dem Abschnitt, wo der Gorthling seinen Dolch zu ergreifen versucht hatte. Wie er gehofft hatte, versteckte sich die kleine Bestie dort in einer Spalte und wartete darauf, vorbeikommende Seelen zu quälen. Valorian sammelte seine Magie zu einer gewaltigen Macht und bündelte sie. Damit packte er den Gorthling und zerrte ihn aus seinem Versteck, bevor das Geschöpf die Gefahr erkannte. Es stieß einen wilden Alarmschrei aus.

Nun war allen Gorthlingen Valorians Gegenwart bekannt. Sie schwärmten auf ihn zu, um ihn aufzuhalten. Der Häuptling befürchtete, dass sie sein Bewusstsein mit ihren eigenen mächtigen Gedanken fesseln konnten, wenn sie zu ihm aufschlossen. Verzweifelt trieb er seinen Geist durch die Tunnel und zerrte den Gorthling mit sich.

Die übrigen Kreaturen rannten wütend hinter ihm her. Valorian wurde noch schneller und hielt den Gorthling in seinem geistigen Griff. Endlich ließ er seine Verfolger hinter sich und erreichte den Eingang, bevor sie ihn fangen konnten. Er wusste nicht, ob der magische Befehl zum Öffnen der Tür auch von drinnen wirkte, doch er versuchte es und wurde mit einer knirschenden Bewegung belohnt. Die Dunkelheit und die wütenden Schreie der Gorthlinge verschwanden im Licht, als Valorian mit seinem Gefangenen aus Gormoth floh. Bevor die übrigen Gorthlinge entkommen konnten, warf er die Tür wieder zu und hastete zurück durch das Reich der Toten.

Allzu schnell betraten sie die Nebel, welche die Grenze zwischen der Welt der Sterblichen und der Unsterblichen bildeten. Valorian hatte keine Gelegenheit gehabt, sich zurechtzufinden, und diesmal war kein Führer bei ihm. Er war sich nicht sicher, wie tief die Nebel waren oder in welche Richtung er sich wenden sollte. Er sah nichts und spürte nichts. Allmählich kam er zu einem Halt. Er drehte sich in dem leeren Nebel hierhin und dorthin, doch er fand nichts. Panik bemächtigte sich seines Bewusstseins.

Der Gorthling in seinem Griff kicherte vor Schadenfreude über diese missliche Lage. Dann versteifte er sich wütend.

Aus dem fernen Rand des Nebels drang eine männliche, starke und wohlklingende Stimme. *Herr! Wir sind hier! Hier entlang.* Es war Hunnul, der sein innerstes Selbst nach Valorian ausstreckte. Der Häuptling eilte in die Richtung der geliebten Stimme, deren Berührung wie ein sanftes Glimmen in der Dunkelheit war.

Plötzlich befand er sich wieder in dem warmen, düsteren Unterschlupf. Der Lärm der Pferde und Männer bestürmte ihn. Im Rücken spürte er Hunnuls Beine. Verwirrt blinzelte er und spürte etwas in seinen Händen zittern.

Das Armband, Herr!, bedrängte ihn Hunnul.

Valorian ergriff das goldene Armband und drückte es über den Kopf der wild kämpfenden Kreatur zwischen seinen Fingern. Ihr hoher Wutschrei lenkte jedermanns Aufmerksamkeit auf den Häuptling.

»Gute Götter, was ist denn das?«, keuchte Karez. Alle starrten überrascht und entsetzt auf die kleine, verhutzelte Bestie, die wie ein haarloser, ausgetrockneter Affe in Valorians Armen kauerte.

Ein anderer Krieger schrie: »Das ist ein Gorthling! Habt Ihr etwa eines dieser Geschöpfe aus Gormoth hergebracht?«

Rufe voller Ekel und Grauen erhoben sich, und die Krieger wichen gegen die Steinplatten zurück.

Der Häuptling kam auf die Beine; der Gorthling hielt sich noch immer an seinem Arm fest. Zischend kletterte er auf Valorians Schulter und schaute die Klanmänner unheilvoll an. »Ja, er ist aus Gormoth«, antwortete Valorian grimmig. »Und er wird nach Gormoth zurückgehen, wenn wir die Tarner vernichtet haben.«

Plötzlich kicherte der Gorthling und bleckte seine scharfen, spitzen Zähne. »Das glaubst du vielleicht, Mistkopf. Du wirst mich nie wieder los!« Beim Klang der rauen, bösartigen Stimme pressten sich die Männer noch enger gegen die Mauern.

Valorian beachtete das Geschöpf nicht. Er war sich nicht sicher, wie er den Gorthling bannen konnte, doch darum würde er sich erst später kümmern. »Wie lange sitzen wir hier schon fest?«, fragte er, ging zu einem Spalt in der Mauer und schaute hinaus. Die Tarner rannten hin und her und versuchten, Pfeile zwischen die Steinplatten zu schießen.

Die Klanleute sahen ihren Häuptling seltsam an. Einer der Männer zuckte die Schultern und erwiderte: »Noch nicht lange, Lord. Ihr habt bloß ein paar Minuten dort gesessen.«

Der Häuptling sog erleichtert die Luft ein. Ein paar Minuten! Ihm war die Reise unendlich lang vorgekommen. Vielleicht war es noch nicht zu spät.

»Sitzt auf«, sagte er knapp.

»Sitzt auf, ihr dummen Sterblichen. Jetzt ist es für euch Zeit, zu sterben«, wiederholte der Gorthling höhnisch.

»Sei still«, befahl ihm Valorian, »und halte dich zurück, sonst stopfe ich dir diesen Goldring in deinen miesen kleinen Schlund!«

Der Gorthling klappte den Mund zu und hielt sich mürrisch an Valorians Schulter fest, während der Klanmann auf Hunnul stieg. Der Häuptling fuhr mit der Hand zärtllich über den seidigen Hals des Hengstes und sagte sanft: »Vielen Dank, mein Freund.« Zur Antwort bewegte Hunnul den Kopf kurz auf und ab.

Als alle fertig waren, nickte Valorian knapp. »Bedeckt eure Ohren und haltet euch an euren Pferden fest«, warnte er sie. Er schloss die Augen und sammelte seine Gedanken. Im Stillen fragte er sich, ob die zusätzliche Kraft des Gorthlings hier in der Welt der Sterblichen auch wirkte. Hoffentlich war seine Reise nach Gormoth nicht umsonst gewesen! Er rief seine Magie herbei. Die Antwort auf seine bangen Fragen kam sofort mit einem unglaublich machtvollen Energiefluss. Er spürte, wie belebende Kraft durch seinen Körper und Geist wogte – genug Kraft, um Magie aus den Bergen selbst herauszuziehen.

»Amara!«, rief er frohlockend, breitete die Arme in einer heftigen Bewegung aus und begann mit seinem Zauberspruch. Auf seinen Befehl explodierte der steinerne Raum plötzlich mit solcher Gewalt, dass die Felsplatten zerbarsten und Splitter und Bruchstücke wie Sensen durch die tarnischen Soldaten in der Nähe schnitten. Die Macht der Explosion machte den gesamten Steinkreis dem Erdboden gleich. Leichen lagen verstreut zwischen Schlamm und Geröll.

Einen Augenblick lang waren die Klanleute, ihre Pferde, die Tarner und Tyrranis von dem gewaltigen Schlag wie gelähmt. Niemand bewegte sich in dem niedergehenden Staub. Dann sprang Hunnul auf die Straße und die Klankrieger folgten ihm.

»Haltet sie auf!«, gellte Tyrranis wütend. Der General riss sein eigenes blutiges Schwert aus der Scheide und trieb sein Pferd dazu an, Hunnul den Weg abzuschneiden. Die Offiziere und einige andere Männer, die noch auf ihren Pferden saßen, folgten ihm mit gezogenen Waffen.

Valorian sah sie kommen und spürte, wie sein Hass immer stärker wurde und ihn zu ersticken drohte. Mehr als alles andere wollte er Tyrranis in einen rauchenden Leichnam verwandeln, doch wegen eines solchen Mannes durfte er seinen Eid nicht brechen. Er hob das Schwert mit beiden Händen über den Kopf, brach in einen gewaltigen Wutschrei aus und stieß Hunnul die Beine in die Flanken. Der Schwarze legte die Ohren an, setzte zu einem mächtigen Sprung an und stieß mit dem großen Braunen des Generals zusammen.

Der braune Hengst taumelte unter der Macht des Aufpralls und brachte den General aus dem Gleichgewicht. In irrer Wut packte Tyrranis sein Schwert und ergriff den Sattelknauf. Sein Gesicht war zu einer Maske des Zorns verzerrt. Krampfhaft hielt er sich am Sattel fest, während sein Pferd das Gleichgewicht wiederzuerlangen versuchte, und sah in Valorians unversöhnliches Gesicht. Er schürzte die Lippen und knurrte hasserfüllt.

Das schwarze Schwert traf die Schulter des Generals am Rande der polierten Brustplatte. Der Schlag brachte Tyrranis noch mehr aus dem Gleichgewicht. Er rutschte zur Seite und entblößte einen Augenblick lang seinen Nacken. Valorian schlug erneut zu. Sein Schwert durchtrennte Tyrranis' Hals. Der Kopf des Generals rollte zur Seite, und Blut ergoss sich über seine makellose Uniform. Er blieb noch einen oder zwei Herzschläge lang aufrecht im Sattel sitzen, dann sackte der Körper in sich zusammen und fiel zu Boden. Das Pferd schoss davon.

Der Gorthling auf Valorians Schulter leckte sich die Lippen.

Nach kurzer Überlegung setzte Valorian einen Wirbelwind aus Staub, Kies und peitschenden Stürmen in die Mitte der übrigen berittenen Offiziere, der sie von ihren verängstigten Pferden fegte. Die verbliebenen Soldaten der chadarianischen Garnison waren nun vollkommen erschüttert und machten keinen Versuch mehr, der Nachhut zu folgen, als diese durch den Belagerungsring brach und hinter der Karawane hergaloppierte.

Valorian betete, dass er und seine Männer nicht zu spät kamen. Aus der Position der Mittagssonne schloss er, dass sie nur kurz getrennt gewesen waren, doch die Zwölfte Legion würde nicht viel Zeit benötigen, um den Klan einzuholen und abzuschlachten. Er trieb Hunnul über den felsigen Weg tiefer in das Tal hinein. Die Nachhut versuchte verzweifelt mitzuhalten.

320

Noch verdeckten die Wäldchen und Felsvorsprünge die Karawane vor Valorians Blick. Er hörte sie jedoch: ein unverständliches Gedröhn aus schreienden, gellenden, brüllenden Stimmen, vermischt mit dem Wiehern erschrockener Pferde und dem Geklirr von Waffen und Rüstungen. Der Lärm schnitt ihm bis ins Herz.

Valorian duckte sich gegen Hunnuls Hals. Er schloss die Finger um sein Schwert, und sein Körper passte sich Hunnuls kraftvollen Bewegungen an. Die schwarze Mähne peitschte sein Gesicht, und die Klauen des Gorthlings drangen ihm in die Schulter, aber er spürte nichts davon. Er sah nur den Pfad vor sich, der zu der Legion führte, welche er vernichten musste.

Plötzlich öffnete sich das Tal in eine flache, breite Weise aus dichtem Gras, Blumen und Schmetterlingen. Hier hatten die Tarner die Karawane eingeholt und gewaltsam gestellt.

Valorian sah all das wie im Licht eines Blitzes, als Hunnul zwischen den Bäumen hervorkam und auf eine kleine Erhebung stürmte. Eine Streitmacht von etwa zweihundert Soldaten befand sich zwischen ihm und der Karawane. Sie sollten vermutlich die Klanleute davon abhalten, umzudrehen oder in die Wälder und Berge zu fliehen. Für Valorian waren sie sowohl eine schmerzliche Beleidigung als auch eine Herausforderung, zu seiner Familie zu gelangen. Weiter vorn auf dem Weg bildeten die Wagen, Karren und Herden zusammen mit den entsetzten Leuten und Tieren eine chaotische Masse, an deren Rändern Männer und Frauen aus dem Klan in verbitterte Kämpfe mit den Legionären verwickelt waren.

Der Häuptling presste die Lippen zusammen. Erneut verließ er sich auf die Berührung des Gorthlings, um weitere magische Kräfte heraufzubeschwören. Seine lebhaften blauen Augen schienen unter der gewaltigen Macht aufzuleuchten, die er aus Erde, Fluss und Bäumen zog. Der Gorthling auf seiner Schulter zuckte und sprang vor Erregung umher, denn er hatte nie zuvor eine solche Macht gespürt. Die anderen Krieger waren jetzt dicht hinter ihnen. Auf ihren Gesichtern lagen Wut und Verbissenheit.

Gemeinsam stürmten sie über den Hügelkamm und galoppierten den tarnischen Streitkräften entgegen, die geduldig auf ihren Pferden saßen und die Schlacht um die Karawane beobachteten. Die Tarner hatten keinen Angriff aus dem Rücken erwartet, da sie glaubten, die Nachhut des Klans sei von Tyrranis' Männern vernichtet worden. Erst als sie das Hufgeklapper in der Nähe hörten und sich einige Soldaten umdrehten, erkannten sie die Gefahr. Bevor sie ihre Verteidigungsstellung einnehmen konnten, hatte der Klanmann auf dem großen schwarzen Pferd bereits die Hand gegen sie erhoben.

Zischende weiße Energiepfeile schossen aus Valorians Fingern und schlugen vor den Soldaten in den Boden. Für sie wirkten die weißen Strahlen wie Blitze. Die Tarner hatten aus der Ferne ein wenig von Valorians Magie gesehen, aber nichts hatte sie auf die mächtigen Strahlen oder die gewaltigen Explosionen vorbereitet, mit denen die Energie auf den felsigen Boden traf. Männer und Pferde stürzten; diejenigen, die noch auf den Beinen waren, wurden von den Klanmännern hinter Valorian rasch niedergemacht.

Der Häuptling ritt weiter, ohne einen Blick zurückzuwerfen. Seine Männer mussten sich anstrengen, um ihn einzuholen, als Hunnul auf den bedrängten Klan zueilte. Valorian hatte so große Angst vor dem, was er vorfinden mochte, dass er weder nach Kierlas Karren noch nach anderen Wagen Ausschau hielt. Stattdessen richtete er seine ganze Aufmerksamkeit auf die Hemden mit dem schwarzen Adler. Sie waren seine Beute. Es wäre leichter, wenn sie sich von den Klanleuten trennen und eine Schlachtreihe bilden würden, dachte er. Leider hatten sie sich über den ganzen Zug aus überfüllten Wagen und erschrockenen Tieren ausgebreitet und waren mit den Klanleuten in einen rasenden Überlebenskampf verwickelt. Valorian konnte sie nicht mit einem einzigen, gewaltigen Schlag forttreiben. Er musste sie sich der Reihe nach vornehmen.

Dann kam ihm eine Idee. Wenn er sie nicht alle gleichzeitig bekämpfen konnte, war es ihm vielleicht möglich, sie zu einem gemeinsamen Rückzug zu bewegen. Er bremste Hunnul ein wenig ab, damit ihn die anderen Männer einholen konnten, und befahl ihnen, neben ihm Reihen zu bilden. Vor ihren erstaunten Blicken erschuf er Abbilder von berittenen Kriegern. Mit ihren handgewebten Hemden, eisengefassten Helmen und kleinen Rundschilden sahen sie aus wie echte Klanleute. Sie trugen Speere und Schwerter und ritten auf Klanpferden, doch ihre Gesichter waren hinter Visieren versteckt und ihre Bewegungen wirkten seltsam leblos. Reihe für Reihe ritten die geisterhaften Männer hinter Valorian her, bis die Truppe die Größe und den Klang einer ganzen Legion hatte. Banner flatterten über ihren Häuptern und das echt wirkende Getöse von klappernden Rüstungen, knarrendem Zaumzeug und wiehernden Pferden erfüllte die Luft.

Auf Valorians Kommando preschte das Heer mit dem Häuptling voraus in vollem Galopp auf die Karawane zu. Er warf einen raschen Blick zurück auf seine seltsame Truppe und hoffte, sie würde auf die Tarner echt genug wirken. Ihre Geschwindigkeit und der Staub, der von den Pferden aufgewirbelt wurde, verdeckten ein wenig die abgehackten Bewegungen der falschen Krieger.

Die erste Gruppe der Tarner am hinteren Ende der Karawane war zwischen den Wagen verstreut. Einige kämpften mit Klanleuten, andere plünderten den Inhalt der Karren, und wieder andere versuchten die angebundenen Pferde freizulassen. Sie waren so beschäftigt und siegessicher, dass sie die herannahenden Klanleute erst bemerkten, als Valorian ein Widderhorn hervorholte und darauf gewaltige Töne blies, die von den Berggipfeln widerhallten.

Die Tarner erstarrten vor Schreck beim Anblick des heranstürmenden riesigen Klanheeres. Valorian lächelte grimmig, als die Soldaten von ihren Opfern abließen und sich zu einer Verteidigungslinie formierten. Er schuf aus Staub und Kieseln einen weiteren Wirbelwind und schickte ihn mitten unter sie. Die tarnischen Linien brachen auseinander. Kurz bevor seine Krieger die Legionäre erreichten, bannte Valorian den Sturm und zog sein Schwert.

Halb blind von dem wirbelnden Staub und entsetzt über die ungeheure Zahl der heraneilenden Klanmänner, hielten die Soldaten nicht lange stand. Valorian tötete zwei Männer mit seinem Schwert, und seine lebendigen Krieger erwischten ein weiteres Dutzend, bevor die Tarner umkehrten und sich von den Wagen zurückzogen.

Valorian blies einen weiteren lang gezogenen Ton auf seinem Horn, und die Klanleute jubelten ihm zu, als er an ihnen vorbeiritt. Schließlich kam er zu der nächsten tarnischen Streitmacht am Ende der Karawane. Die Soldaten kämpften mit einer kleinen Gruppe von Männern und Knaben, die von einer Herde wütender Pferde umgeben waren. Valorian zuckte zusammen, als er sah, dass es sich bei einem der Männer um Gylden handelte. Er war noch überraschter, als ihm klar wurde, dass die Herde um die kleine Gruppe aus den Zuchtstuten und Hunnuls Fohlen bestand. Die zarten schwarzen Pferde bissen und traten die Tarner, um ihre menschlichen Freunde zu verteidigen. Ihre rasenden Mütter trugen zu der allgemeinen Verwirrung bei, indem sie versuchten, die Kleinen zu beschützen. Die Soldaten waren von dem Angriff der Fohlen überrascht, doch sie drangen weiter auf die Klanleute ein.

Hunnul wieherte eine Warnung, und seine Fohlen zerstreuten sich, als Valorian einen Sturm aus zischenden Pfeilen in die Gruppe der Soldaten sandte. Die Tarner fuhren erstaunt herum und sahen die schreckliche Erscheinung eines Mannes mit Blitzen in den Händen auf einem riesenhaften Pferd, das so schwarz wie die Nacht war, der eine gewaltige Gruppe fürchterlicher Krieger anführte. Auch diese Soldaten suchten nun ihr Heil in der Flucht. Einige Nachzügler wurden von Valorians echten Kriegern niedergemacht, doch niemand schien zu bemerken, dass die Bilder nur Trug waren.

Nun wandte sich das Kriegsglück rasch gegen die Tarner. Der Rückzug der wenigen Soldaten am hinteren Ende der Karawane entfaltete eine Sogwirkung. Valorian und sein Heer ritten an den Wagen vorbei und trieben eine immer größer werdende Gruppe von Tarnern vor sich her. Gestärkt durch den Gorthling, setzte Valorian seine Magie als unablässiges Sperrfeuer ein, um die Tarner aus dem Gleichgewicht zu bringen. Sobald die Legionäre langsamer wurden oder sich zu sammeln versuchten, schleuderte ihnen Valorian glühende Blitze aus weißem oder blauem Feuer vor die Füße und zwang sie vorwärts, während die Krieger hinter ihm jeden Tarner angriffen, der Widerstand leistete.

Die überlebenden Klanleute sahen mit Überraschung zu, die sich rasch in Freude verwandelte, als sie ihren Häuptling erkannten. Einige, die noch reiten und Waffen halten konnten, beteiligten sich an der Hatz und halfen, die Reihen der lebendigen Kämpfer zu vergrößern.

Schließlich näherten sich die Tarner und Legionäre auf dem Rückzug dem vorderen Abschnitt der Karawane, wo einige hundert Soldaten den Weg versperrten und gerade die letzten Überlebenden der Vorhut niedermachen wollten. Selbst aus dieser Entfernung erkannte Valorian, wie verbittert der Kampf war. Zum dritten Mal blies er in sein Horn. Damit kündete er der Vorhut sein Kommen an und wurde mit einem Antwortsignal belohnt.

Die fliehenden Tarner stürmten an den letzten Gefährten vorbei und überrannten die Vorhut und deren Angreifer. Plötzlich verlor Valorian die Klankrieger im allgemeinen Aufruhr aus den Augen. Er suchte verzweifelt nach Aiden, doch er sah bloß eine kämpfende Masse aus Soldaten.

Während sein Blick umherirrte, bemerkte Valorian zum ersten Mal eine kleine Gruppe von tarnischen Offizieren, die das Geschehen auf ihren Pferden von einer kleinen Anhöhe links des Flusses aus beobachteten. An ihren Rüstungen und den Standarten, die über ihren Köpfen matt in der lauen Luft flatterten, erkannte er sie als den kommandierenden General der Zwölften Legion, seine Gehilfen und einen Würdenträger aus der sarcithianischen Regierung. Wenn er diese Männer in seine Gewalt bringen könnte, wäre er in der Lage, die ganze Legion zum Aufgeben zu zwingen.

Er sah, dass sie sehr erregt waren und miteinander zu streiten schienen. Einige der Männer deuteten auf ihn; ein anderer ruderte wütend mit den Armen. Der Häuptling wartete nicht, bis sie zu einem Entschluss gekommen waren. Er brach seinen Angriff auf die wogende Menge der Legionäre ab, lenkte Hunnul nach links und führte seine eigenen Soldaten den gegnerischen Anführern entgegen.

Nur wenige Tarner zwischen dem Fluss und dem Häuptling machten einen ernsthaften Versuch, ihren General und den Statthalter zu beschützen. Valorian fegte sie mit gewaltigen magischen Windstößen fort; jene, die dennoch kämpfen wollten, wurden von den Klankriegern erschlagen.

Die Männer auf dem Hügel erkannten die Gefahr zu spät. Sie versuchten, den Rest der Legion zu erreichen, der sich vor der Karawane zusammengeballt hatte, doch Hunnul schoss an den langsameren Pferden vorbei und schnitt ihnen den Weg ab. Kurz darauf waren die Gegner von einem Kreis wütender Klanleute mit Schwertern in der Hand und Blutlust auf den grimmigen Gesichtern umzingelt.

Valorian hielt seine Kriegerphantome in Schlachtreihen hinter den wirklichen Männern an. Mit ausdrucksloser Miene betrachtete er seine sieben Gefangenen. Sie schwitzten erbärmlich, und ihre Pferde tänzelten und scheuten. Schließlich trat Hunnul in den Kreis. Die Offiziere sahen Valorian mit einer Mischung aus Streitlust, Besorgnis und Zorn an.

Nur einer – der Mann in der kostbarsten Rüstung mit dem sarcithianischen Zeichen darauf – schien außer sich vor Furcht zu sein.

Valorian nickte kurz dem kommandierenden General zu. »General Sarjas?«

Der Mann verneigte rasch das Haupt und hielt die Augen auf den Klanmann gerichtet. Zunächst bemerkte er den Gorthling nicht, der sich unachtsam an Valorians Hals festhielt.

»Ich bin Valorian, Lord und Häuptling des Klans. Ich verlange, dass sich Eure Legion unverzüglich ergibt.« Er beobachtete, wie sich die Muskeln am Hals und Kiefer des Generals spannten und sich höchst unterschiedliche Gefühle in seinem Gesicht widerspiegelten. Er wusste, was der Mann dachte. Die Zwölfte Legion hatte sich in ihrer ganzen Geschichte noch nie ergeben. Es wäre unehrenhaft, wenn sie es jetzt angesichts dieser unterlegenen Streitmacht täte. Der Tod wäre besser als eine solche Schmach.

Doch während der General noch zögerte, hatte sich sein Gefährte bereits entschieden. Antonin wendete sein Pferd, sah Valorian an und warf sein Schwert rasch und voller Angst zu Boden. »Gib auf, General Sarjas. Uns bleibt keine andere Wahl!«, krächzte er.

Sarjas zuckte erkennbar zusammen, als ob ihn der jüngere Mann geschlagen hätte. Dann warf auch er verbittert sein Schwert auf den Boden.

Der Häuptling verneigte sich leicht vor Sarjas und zeigte mit dem Finger auf einen der Gehilfen des Generals, der ein Signalhorn trug. »Blas zur Kapitulation. Ruf sie zurück«, befahl er.

Laut und endgültig brandeten die unvertrauten Töne des Kapitulationssignals wie eine Welle durch das Tal. Die Männer der Zwölften Legion erkannten sie zuerst nicht, doch schließlich hielten die Soldaten zu zweit und zu dritt inne und legten unglücklich ihre Waffen nieder.

Zum ersten Mal in seiner Geschichte hatte der Klan eine Legion des Kaisers in die Knie gezwungen.

Achtzehn

Das scheußliche Hohngekicher des Gorthlings erschreckte jedermann einschließlich Valorian, der die Gegenwart der kleinen Bestie völlig vergessen hatte. Das Geschöpf kroch ihm wieder auf die Schulter und schürzte boshaft die Lippen. Die tarnischen Offiziere starrten die hässliche Kreatur angeekelt an und bedachten den Mann, der einem solchen Geschöpf befahl, mit Blicken wilder Verwunderung.

»Worauf wartest du?«, zischte der Gorthling Valorian ins Ohr. »Vernichte sie! Verbrenne sie zu Asche! Nach all dem, was sie deinem Volk angetan haben, verdienen sie den Tod.«

Die heimtückische Stimme erschütterte Valorians Selbstbeherrschung. Plötzlich *wollte* er die Tarner an Ort und Stelle auslöschen und jeden einzelnen Mann töten, so wie sie es mit seinem Volk vorgehabt hatten. Das war das Wenigste, was sie für achtzig Jahre Elend, Armut und Morden an seinen Leuten verdient hatten – und für diese letzte Abscheulichkeit, den grundlosen Angriff auf eine wehrlose Karawane. All sein so viele Jahre lang im Zaum gehaltener Hass stieg hoch wie Säure, und die schmerzhafte Spannung zeichnete sich auf seinem Gesicht ab.

»Tu es!«, stachelte ihn der Gorthling erneut an. »Es ist so einfach. Du hast die Macht dazu. Töte sie alle!«

Unbewusst hob Valorian die Hand. Die Magie in ihm brodelte. Er sah, wie ihn die Offiziere in wachsender Furcht anstarrten. Er sah, wie sich die Legionäre versammelten und ihre Waffen ablegten. Es wäre so leicht, jeden Einzelnen von ihnen zu töten. Dazu musste er nur …

Der Gorthling kicherte in Vorfreude.

Plötzlich verkrallte sich Valorians Hand in seinem Knie. Er

schob das Schwert zurück in die Scheide, und mit der ganzen Kraft seines Willens zwang er den Hass in die verborgensten Kammern seines Herzens zurück. Wie konnte er nur daran denken, Amaras Geschenk für die Tötung von Männern zu missbrauchen, die sich bereits ergeben hatten? Wie konnte er vor seinem Volk den Schwur brechen? Es wäre einfach abscheulich und höchstens eines Gorthlings würdig.

Er warf der kleinen Bestie auf seiner Schulter einen nachdenklichen Blick zu. Valorian wusste, dass ihn seine Gefühle nicht so leicht überwältigen konnten. Beeinflusste diese Kreatur etwa seine Gedanken? Falls dem so war, sollte er den Gorthling so schnell wie möglich loswerden.

»Sei still«, sagte er harsch zu dem Geschöpf. Es gab erst einmal nach und versteckte sich wieder hinter Valorians Rücken.

Auf einen weiteren Befehl des Häuptlings senkten die Klanmänner um die tarnischen Gefangenen ihre Schwerter. Hunnul ging hinüber zu der kleinen Gruppe, und Valorian erleichterte den Standartenträger der Zwölften Legion um die vergoldete Adlerstandarte. Er wandte sich dem Klan zu und hielt die Standarte hoch, in der sich die Nachmittagssonne spiegelte.

Lauter Jubel erhob sich von dem versammelten Klan. Er wurde noch lauter, als die Leute begriffen, dass von den Tarnern keine Gefahr mehr ausging und die Soldaten nun die Gefangenen des wunderlich siegreichen Klans geworden waren.

General Sarjas sah von der lärmenden Karawane zu den schweigenden Kriegerreihen hinter dem Häuptling. Er zog die Brauen zusammen. »Lord Valorian«, fragte er schließlich verwirrt, »wo hatten sich Eure übrigen Männer versteckt? Vor der Schlacht haben wir kein Anzeichen für eine weitere Kriegertruppe gesehen.« Valorian verzog das Gesicht allmählich zu einem breiten Grinsen. Mit einem theatralischen Fingerschnippen und unter einem gemurmelten Befehl verschwanden die Soldatenphantome. Nur der Häuptling und die geschundenen Krieger der Nachhut blieben übrig. »Welche Männer?«, fragte er.

Die Tarner starrten ungläubig auf das leere Feld. General Sarjas schluckte schwer. Wie sollte er das dem Kaiser erklären?

Valorians Grinsen verschwand, und er wurde schroff. Es war Zeit, zum Klan zurückzukehren. »General, wir gehen in die Ebene von Ramtharin, wie wir es geplant haben. Wenn Ihr Eure Waffen und Pferde hier zurücklasst, dürft Ihr mitsamt Euren Männern in Frieden ziehen. Zu unserer Sicherheit nehmen wir diesen Mann als Geisel.« Er deutete auf Antonin. Noch immer war er nicht sicher, um wen es sich bei dem sanft aussehenden jungen Würdenträger handelte, doch er schien Befehlsgewalt über Sarjas zu besitzen.

Der Kommandant zögerte. Die Waffen und Pferde den Klanleuten zu überlassen war mehr als er ertragen konnte, doch erneut mischte sich Antonin ein. »Tu es, Sarjas! Ich kaufe Euch neue Pferde, wenn wir das hier hinter uns gebracht haben!«

Sarjas' grobes Gesicht gefror zu einer Maske der Selbstbeherrschung. Mit zusammengepressten Lippen stieg er ab und bedeutete seinen Männern, dasselbe zu tun. Ein Klankrieger trat vor und ergriff die Zügel der sieben Pferde.

Valorian war zufrieden. Er wandte sich an Karez neben ihm und sagte: »Sorge dafür, dass sich diese Nachricht verbreitet. Alle sollen ihre Waffen hier zurücklassen und ihre Pferde beim Fluss anbinden. Wenn sie wollen, können sie ihre Toten und Verwundeten mitnehmen.«

Karez nickte. Er war ziemlich überrascht und erfreut darüber, dass Valorian ihm eine so wichtige Aufgabe anvertraute.

Dann wandte sich der Häuptling wieder an den Legionsgeneral und salutierte vor ihm. »Es liegt in Eurer Verantwortung, dass die Legion den Kapitulationsbedingungen zustimmt. Ich wünsche noch einen guten Tag!«

Sarjas gab den Gruß zögernd zurück, doch in seinen knappen Bewegungen lag eine gewisse Achtung.

Auf Valorians Bewegung hin trottete Hunnul über die Wiese zurück zur Karawane. Der Lord ächzte, als er sich die Masse aus Karren, Wagen, Leuten und Tieren genauer ansah. Es war ein wüstes Durcheinander. Es gab so viel zu tun, dass er nicht wusste, wo er anfangen sollte. Wagen waren umgekippt, beschädigt oder ineinander verkeilt, überall liefen Pferde frei herum, und die Nutztierherden waren über die Felder und Hänge verstreut. Ausrüstungen und andere Habseligkeiten bedeckten den Boden. Leute rannten verwirrt umher, und zwischen ihnen tummelten sich überall erschrockene Kinder und Hunde.

Am schlimmsten waren die Toten und Verwundeten entlang des Weges, auf den Wiesen und zwischen den Wagen. Viele von ihnen waren Klanleute, doch sie hatten sich wild gegen die Tarner zur Wehr gesetzt, und so waren auch etliche Soldaten bei den Toten. Man musste sich um sie alle kümmern – die Toten mussten begraben und die Verwundeten gepflegt werden. Valorian erkannte, dass es schwierig und mühselig sein würde, den Klan wieder auf die Beine zu bringen.

Er begann mit der ersten Gruppe, die er erreichte. Hier versuchten die Überlebenden der Vorhut bereits, den Verwundeten zu helfen. Die Tarner auf dem Rückzug hatten sie tatsächlich verschont.

Erleichterung durchzuckte Valorian, als er sah, dass Aiden auf einem Felsen saß und sich einen Stofffetzen um einen bösen Schnitt am Bein band. »Den Göttern sei Dank«, murmelte Valorian inbrünstig. Seine Eltern mussten noch warten, bis sie einen von ihnen im Reich der Toten begrüßen konnten. Er sprang von Hunnul und half seinem Bruder.

Aidens üblicherweise fröhliches Grinsen und sein munterer Blick waren von Schmerz und Erschöpfung getrübt, doch die Flamme in ihm war nicht erloschen. Er zog die Mundwinkel hoch und begrüßte Valorian. Mit festem Griff packte er seinen Bruder am Arm. Er wollte gerade etwas sagen, als er den Gorthling über Valorians Schulter spähen sah, und prallte vor Abscheu zurück.

Das Geschöpf knurrte ihn an.

»Beachte es nicht. Es wird uns bald verlassen«, sagte Valorian.

»Das glaubst du vielleicht«, zischte der Gorthling.

Aiden sah verwirrt und angeekelt aus, doch schließlich legte sich ein Licht des Verstehens über sein Gesicht. »Hast du es auf diese Weise geschafft? Hast du einen Gorthling benutzt, um deine Macht zu vergrößern?« Valorian nickte. »Gute Götter! Du musst mir unbedingt erzählen, wie du ihn eingefangen hast.«

»Ein andermal«, sagte der Häuptling, nahm Aiden die Fetzen aus der Hand, verwandelte sie in saubere Stoffstreifen und wickelte sie vorsichtig um die Wunde. »Du solltest dich jetzt ausruhen.«

Aiden kämpfte sich auf die Beine. »O nein. Es gibt noch viel zu tun. Ich ruhe mich später aus.«

»Du brauchst einen Heiler«, wandte Valorian ein.

»Dann hol einen. Während du nach ihm suchst, bringe ich die Verwundeten dort drüben hin.« Er deutete auf einen halbwegs ebenen Platz unter einer Baumgruppe am Fluss.

Der Häuptling runzelte die Stirn und fügte sich widerwillig. Aiden konnte man nur aufhalten, wenn man ihn festband, und der Klan brauchte jede erdenkliche Hilfe.

»Was machen wir mit den tarnischen Verwundeten?«, fragte Aiden und sah auf die am Boden Liegenden.

Valorian spürte, wie sich der Gorthling auf seiner Schulter rührte und mit seinen spitzen Krallen durch den Stoff des Hemdes stach. Das Wesen zischte ihm leise etwas ins Ohr. Der Hass, den Valorian begraben geglaubt hatte, erhob sich wieder und würgte ihn mit dicken, klebrigen Klumpen. Beinahe hätte er Aiden befohlen, den tarnischen Verwundeten die Kehle durchzuschneiden. Die Eindringlichkeit dieses Gefühls erschütterte Valorian – er war solch machtvolle Empfindungen nicht gewöhnt. War dies wiederum das Werk des Gorthlings? Er kämpfte das Gefühl nieder und sagte stattdessen: »Bring sie zu ihren Offizieren. Sie können sich besser um sie kümmern als wir.«

Bevor er weiterreden konnte, krächzte eine seltsame Stimme hinter ihm verbittert: »Ich hätte dich umbringen sollen, als ich die Gelegenheit dazu hatte.«

Valorian wirbelte herum, zog sein Schwert und betrachtete die Männer in seiner Nähe. Auf den ersten Blick sah er nur Klankrieger, welche die Verletzten untersuchten. Dann regte sich ein tarnischer Soldat im Staub. Unter Schmerzen brachte sich der Mann in eine sitzende Position und starrte die beiden

Klanmänner an. Valorian benötigte nur einen Augenblick, um durch Blut und Schmutz das Gesicht und die Abzeichen des Mannes zu erkennen. Er erinnerte sich an die Nacht vor einem Jahr, in welcher er diesen Mann auf einer feuchten, dunklen Lichtung mit vier anderen hungrigen Tarnern gesehen hatte.

»Sarturian«, sagte er und steckte sein Schwert zurück in die Scheide. »Du hast deine Gelegenheit gehabt, aber ihr alle habt stattdessen lieber das Wildbret genossen.« Er kniete neben dem älteren Mann nieder und betrachtete die blutige Wunde zwischen den Rippen des Soldaten.

Der Sarturian sah ihn hilflos an. Obwohl er von einem Klanpfeil getroffen worden war und weitere Schnittwunden sowie Prellungen davongetragen hatte, schien er nicht in Lebensgefahr zu schweben. Er atmete jedoch schwer und keuchte vor Schmerzen.

Vorsichtig berührte Valorian den Pfeilschaft und verwandelte ihn vor den erstaunten Blicken des Sarturians zu Dunst. »Das ist für die Gnade, die du mir damals gewährt hast.« Er schürzte die Lippen zu einem zaghaften Lächeln. »Und für die Informationen.«

Der Soldat erinnerte sich und grinste. »Wenn ihr immer noch in die Ebene von Ramtharin ziehen wollt, macht ihr einen großen Fehler. Dein Volk wird im Winter dort verhungern.«

»Es kann nicht schlimmer werden als in den Bluteisenbergen«, erwiderte Valorian. Er half dem Sarturian auf die Beine und winkte zwei weitere Tarner heran, die auf den Fluss zuschlurften. »Nehmt ihn mit«, befahl er ihnen.

Aiden drehte den Kopf und beobachtete, wie die Tarner davonhumpelten. »Er wird nie wieder eine Mahlzeit von einem Klanmann annehmen.«

»Dafür werde ich schon sorgen«, sagte Valorian mit aufrichtiger Befriedigung. Er wollte gerade wieder auf Hunnul steigen, als ihm Aiden eine Hand auf die Schulter legte.

»Würdest du bitte Linna sagen, dass es mir gut geht, wenn du sie siehst?«

Die Sorge in seiner Stimme verstand Valorian nur allzu gut.

Als Häuptling war er zunächst seinen Leuten verpflichtet. Doch er konnte ihnen nicht seine ungeteilte Aufmerksamkeit schenken, solange er nicht das Schicksal seiner eigenen Familie kannte. Er gab den Händedruck seines Bruders zurück, sprang auf Hunnul und nahm seine schwierigen Pflichten wieder auf.

Nachdem er Aiden verlassen hatte, half er den Unversehrten dabei, die Verwundeten herbeizubringen, machte die Klanheiler ausfindig und errichtete einen behelfsmäßigen Unterstand. Langsam bahnte er sich einen Weg an dem Wagenzug vorbei, beantwortete unzählige Fragen, holte Leute herbei, die anderen bei ihren größten Schwierigkeiten halfen, suchte nach Knaben zum Hüten der Herden und stand den Verwundeten nach Kräften bei.

Er fand Mordan noch in seinem Wagen, halb begraben unter einem toten Tarner. Er fürchtete um das Leben des Kriegers, bis er den Leichnam fortrollte und sah, dass Mordan seinen blutigen Dolch in der Hand hielt. Der Leibwächter schenkte ihm ein dankbares Lächeln.

»Du bist fleißig gewesen?«, fragte Valorian erleichtert.

Mordan nickte kurz. »Dieser Tarner hat geglaubt, ich wäre eine einfache Beute. Doch selbst verwundet nehme ich es noch mit einem wie ihm auf«, erwiderte er rau.

Valorian winkte zwei Männer herbei, die Mordan aus dem Wagen hoben und zum Hain trugen.

Der Häuptling hastete von einem Notfall zum nächsten und half mit seiner ruhigen Überlegenheit, seiner Hoffnung und verstärkten Magie überall, wo es ihm möglich war. Unter den Klanleuten befanden sich viele Verwundete und weitaus mehr Tote, als ihm lieb war. Kein Alter, keine Volksgruppe war ausgespart worden: Männer, Frauen und selbst Kinder waren dem gnadenlosen Angriff zum Opfer gefallen.

Alle Klanfamilien hatten Verluste zu beklagen, doch erst als Valorian den Abschnitt der Karawane erreichte, in dem seine eigene Familie gereist war, wurde ihm der hohe Blutzoll in aller Deutlichkeit bewusst. Der stille, treue Ranulf würde nie den Pass überqueren, den er entdeckt hatte, denn er war bei der

Verteidigung seiner Schwestern gestorben. Auch andere Verwandte waren tot oder lagen im Sterben, und etliche waren verwundet. Als er sich ihnen näherte, riefen sie nach ihm, und obwohl er helfen wollte, schweifte sein Blick über die Karren, Menschen und Pferde auf der Suche nach den vier Gesichtern, die er am dringendsten zu sehen wünschte.

Dann rief ihm eine Stimme durch den Aufruhr zu: »Valorian! Wir sind hier drüben!«

Beinahe hätte er sich von Hunnul gestürzt, um die Ruferin zu erreichen. Kierla rannte zwischen den Wagen hindurch auf ihn zu. Ihr dunkles, gelöstes Haar flatterte hinter ihr her, ihr Körper war unversehrt. Sie schlang die Arme um ihn, vergrub das Gesicht in seinem Nacken und weinte vor Freude.

Valorian war sprachlos. Er hielt sie nur fest, während sein Herz ein Dankgebet ausstieß.

»Wir haben dich vorbeireiten sehen«, sagte sie in Tränen und Gelächter. »Du hattest eine ziemlich große Reiterschaft bei dir.«

»Nicht schlecht für einen begriffsstutzigen Sterblichen«, meinte der Gorthling höhnisch. »Warte nur, was er zustande bringt, wenn ich ihm eine bessere Ausbildung verschafft habe.«

Kierla sog scharf die Luft ein und wich zurück; sie riss die Augen auf und hob die Brauen. Bisher hatte sie den Gorthling nicht bemerkt.

»Das erzähle ich dir später«, sagte Valorian hastig. »Sind Linna, Mutter Willa und der Kleine in Sicherheit?«

Kierla sah den Gorthling zweifelnd an und sagte dann: »Ja, es geht ihnen gut. Mutter Willa hat uns befohlen, die Zugriemen zu kappen und den Wagen umzukippen. Wir sind unter ihn gekrochen, kurz bevor uns die Soldaten erreichten.«

»Und das ist noch nicht alles«, fügte Mutter Willa hinzu. Valorians Großmutter kam mit Linna, die den Kleinen trug, zu ihnen und fuhr fort: »Kierla hat einem Tarner ins Bein gestochen, als er versucht hat, den Karren wieder aufzurichten.«

Der Häuptling lächelte seine Frau an. »Ihr vier scheint gut zurechtgekommen zu sein.«

»Wir hatten Glück«, sagte sie und strich sich mit einer

schroffen Bewegung die Haare aus den Augen. »Wenn du nicht rechtzeitig gekommen wärst, hätten nicht viele überlebt.«

Linna nickte. Ihr hübsches Gesicht war noch von der Erinnerung an die durchlittene Angst verschattet. Dann fügte sie hinzu: »Ich habe Aiden nicht bei dir gesehen. Ist er …?« Sie konnte den Satz nicht beenden.

»Er lebt. Er hat ein verwundetes Bein, aber es ist nichts Ernstes. Er ist dort drüben bei den Bäumen und hilft den anderen Verletzten.«

»Ich will bei ihm sein«, sagte Linna fest. Sie übergab Khulinar seiner Mutter.

Valorian umarmte sie dankbar. Er wusste, dass sich Aiden nicht überanstrengen würde, wenn Linna in seiner Nähe war. »Nimm Mutter Willa mit. Wir brauchen jeden einzelnen Heiler.« Als Linna gegangen war, küsste Valorian seine Frau fest auf die Lippen und zwang sich dann dazu, einen Schritt zurückzutreten. »Werdet ihr …?«, begann er.

Kierla wusste sofort, was er sagen wollte, und unterbrach ihn. »Uns geht es gut. Geh! Ich helfe hier.« Sie begriff genauso gut wie er die Pflichten eines Klanhäuptlings und gab ihm einen sanften Schubs.

Bei Anbruch der Nacht hatte sich auf der Talwiese so etwas wie eine gewisse Ordnung gebildet. Kurz vor Sonnenuntergang waren die Tarner in mürrischen, schweigenden Reihen das Tal heruntermarschiert. Valorian hatte ihnen erlaubt, ihre Vorratswagen und Gespanne herzubringen und damit die Toten und Verwundeten abzutransportieren, wenn sie die Hälfte ihrer Nahrungsmittel und Arzneien zurückließen. Die Klanleute hielten inne und beobachteten den Rückzug der Legion, denn das war ein Anblick, den niemand je zu sehen erwartet hatte. Als die letzte Marschreihe im Zwielicht verschwand, brachen die Leute in ein Freudengeheul aus, das den Tarnern ein gutes Stück ihres Weges folgte. Zum ersten Mal seit drei Generationen durften sich die Klanleute frei bewegen, und darüber waren sie herzensfroh.

Inzwischen schlugen die Überlebenden ein behelfsmäßiges

Lager am Fluss auf. Gylden und einige der älteren Knaben trieben mit Hunnuls Hilfe die meisten Pferde zusammen und sammelten die verstreuten Nutztiere ein. Die toten Klanleute wurden in zugedeckten Reihen nebeneinander gelegt und für die Beerdigung vorbereitet; eine Ehrenwache schützte sie vor Aasfressern. In dem schattigen Hain kümmerte man sich liebevoll um die Verwundeten; die weniger stark Versehrten erhielten eine Mahlzeit. Einer nach dem anderen legten Jung und Alt ihre Trauer, Freude, Dankbarkeit und Schmerzen ab und fielen in einen tiefen Schlaf der Erschöpfung.

Nur Valorian fand nicht die Ruhe, die er dringend benötigte. Er musste noch ein kleines, hartnäckiges Problem lösen. Als Stille in das behelfsmäßige Lager eingekehrt und der beinahe volle Mond aufgegangen war, ritt er auf Hunnul den steilen Hang eines fernen Hügels hinauf. Die Nacht war warm und schwül, und kein Luftzug regte sich. Weit im Osten, auf der anderen Seite der Berggipfel, verdeckten Wolken die Sterne, und ein schwaches Flackern wie von Wetterleuchten zeichnete die Umrisse der Berge nach.

Valorian schenkte seiner Umgebung nur wenig Aufmerksamkeit. Er starrte lange über die verstreuten Feuerstellen in dem dunklen Lager unter ihm, während der Gorthling besänftigend auf seiner Schulter hin und her schwankte.

Nun, da er die Möglichkeit hatte, den Gorthling zurückzuschicken, überkam ihn ein seltsames Zaudern, das so stark wie der Hass war, der ihn zuvor bedrängt hatte. Er wusste, er durfte dieses böse Geschöpf nicht in der Welt der Sterblichen lassen. Mit jeder Faser seiner Seele glaubte er, dass es schrecklich gefährlich und falsch wäre. Der Gorthling gehörte nach Gormoth.

Doch Valorian hatte keine Ahnung, wie er ihn zurückschicken sollte, und er war einfach zu müde, um darüber nachzudenken. Es wäre so anstrengend. Vielleicht konnte er es zu einem späteren Zeitpunkt tun.

Der Gorthling schaukelte nicht mehr und streichelte nun sanft die Stoppeln auf Valorians Wangen. Der Häuptling spürte es kaum durch den Nebel seiner Gedanken.

Es gab eigentlich nichts, was ihn dazu zwang, sich des Geschöpfes sofort zu erledigen. Damit konnte er bis morgen warten. Oder sogar noch ein paar Tage länger. Die größere Macht, die ihm der Gorthling verlieh, wäre überaus nützlich bei der Instandsetzung der Wagen und der Heilung der Verwundeten. Es gab so vieles, was er mit ein wenig mehr Macht tun könnte.

Müde lehnte er sich vor und stützte den Unterarm auf Hunnuls Mähne ab. Für heute hatte er genug getan. Der Gorthling konnte warten, entschied er. Valorian würde einige Tage lang nach einem geeigneten Zauberspruch suchen. Und später würde er sich vielleicht des Geschöpfes entledigen.

Hunnul stampfte rastlos mit den Hufen auf. Er legte die Ohren an, als er die Zögerlichkeit seines Herrn spürte, und schlug verärgert mit dem Schweif. *Herr.* Seine Stimme brach in Valorians Gedanken ein. *Hast du das Geschöpf gefragt, wie man es zurückschicken kann?*

Der Häuptling zuckte heftig zusammen. Diese plötzliche Bewegung schüttelte den Gorthling durch, und er kratzte Valorian unabsichtlich an der Wange. Gereizt schlug der Häuptling nach ihm und zwang ihn, sich auf die fernste Stelle der Schulter zurückzuziehen.

»Weiß es das denn?«, fragte Valorian. »Wenn ja, warum sollte es mir die Wahrheit verraten?« Er war ungehalten über die Unterbrechung seiner Gedankengänge, auch wenn ein Teil von ihm erkannte, dass Hunnuls Vorschlag gut war.

Der Gorthling ist schlau und weiß mehr über die Welt der Unsterblichen als wir. Er kennt sicherlich einen Weg nach Hause. Befiehl ihm einfach, die Wahrheit zu sagen.

Angesichts eines solch vernünftigen Vorschlags schien Valorians Widerstreben aufzuweichen. Er nahm den Gorthling von seiner Schulter und setzte ihn aufs Knie, wo er ihn im Mondlicht besser sehen konnte. Nun, da der Gorthling nicht mehr in der Nähe seines Kopfes war, wurde das seltsame Zögern, ihn zurückzuschicken, schwächer.

Valorian riss beunruhigt die Augen auf. Nun verstand er. Der Gorthling hatte tatsächlich versucht, seine Gedanken zu beeinflussen. Deshalb hatte Valorian jeden einzelnen Tarner töten und den Gorthling an seiner Seite lassen wollen! Wenn diese Kreatur bereits nach einem halben Tag seine Gefühle so leicht lenken konnte, welche Kontrolle hätte er dann noch über seine eigenen Gedanken gehabt, wenn er einige Tage abgewartet hätte? Diese Erkenntnis wusch die letzten Reste seines Widerwillens fort. Er durfte dem Gorthling nicht einmal erlauben, diese Nacht zu bleiben – zum Besten seiner unsterblichen Seele.

»Wenn du diesen Ring aus Gold nicht fressen willst, musst du mir die Wahrheit auf jede meiner Fragen sagen«, erklärte er der verhutzelten Gestalt auf seinem Knie.

Dem Gorthling blieb keine Wahl, solange er unter der Macht des gleißenden Goldes stand. Er kauerte sich zusammen und schürzte die Lippen zu einem stillen Knurren. »Was willst du denn wissen, Klepperreiter? Die Wahrheit? Du hast sie gesehen. Deine Macht ist weitaus größer, wenn ich bei dir bin. Nichts kann dich anrühren. Nichts kann deiner Familie oder deinem Volk Schaden zuführen, wenn du zu solcher Magie fähig bist. Denk über deine Möglichkeiten nach!«

Valorian beachtete seine verführerischen Worte nicht und fragte: »Bin ich in der Lage, dich mithilfe meines Bewusstseins nach Gormoth auf demselben Weg zurückzubringen, auf dem ich dich geholt habe?«

»Jaaa …«

Valorian hörte deutlich den Vorbehalt in der Stimme des Geschöpfes. »Aber?«, setzte er nach.

»Ja, du kannst zurückgehen. Aber es gibt Gefahren.«

»Welche?«, wollte der Häuptling wissen.

Der Gorthling verzog das Gesicht noch mehr in dem Versuch, nicht zu antworten, doch er konnte nicht gegen die Macht des Goldes um seinen Hals ankämpfen. Er spuckte die Worte förmlich aus. »Wenn du versuchst, das Reich der Toten ohne einen Vorboten als Führer zu betreten, könntest du dich in den Nebeln der Grenze verirren. Dann gäbe es für dich kein Entkommen mehr. Falls du wirklich einen Vorboten findest und durchkommst, erlaubt Lord Sorh dir möglicherweise nicht, das Reich der Toten zu betreten, solange dein Körper noch lebt. Du bist einmal durchgeschlüpft; ein zweites Mal wird dir das nicht gelingen. Und er ist vermutlich nicht sehr erfreut darüber, dass du mich entführt hast!

Außerdem werden dich die anderen Gorthlinge nicht nach Gormoth hereinlassen. Sie haben deinen Geist gespürt und wissen um deine Gegenwart. Sie werden dich in dem Augenblick fangen, in dem du die Tür öffnest.« Der Gorthling verstummte plötzlich und grinste Valorian an. »Weißt du, was sie mit dir machen werden? Sie werden deinen Geist bis in alle Ewigkeit foltern ... oder vielleicht auch nur ein paar Jahre lang. Falls dein Bewusstsein jemals in deinen Körper zurückkehrt, wirst du vollkommen und hoffnungslos verrückt sein!« Der Gorthling kicherte bei dieser Vorstellung.

Vor einer solchen Antwort hatte sich Valorian insgeheim gefürchtet. Den Hass und die Boshaftigkeit, denen er in Gormoth ausgesetzt gewesen war, hatte er bei der Entführung des Gorthlings allzu deutlich gespürt. Er kratzte sich am Hals, wo ihn der getrocknete Schweiß juckte, und dachte über andere Möglichkeiten nach.

»Könnten dich die Vorboten mitnehmen?«, fragte er.

»Nein!«, keuchte der Gorthling. »Diese Botenjungen gehorchen allein Lord Sorh.« Beim Gedanken an den Gott der Toten kroch der Gorthling unterwürfig auf Valorians Knie herum. »Bitte, Herr, lass mich bei dir bleiben. Ich will deinen scheußlichen Goldring tragen und allen deinen Launen nachgeben. Bitte lass mich bleiben«, wimmerte er.

Diesmal gelang es ihm nicht, Valorian zu beeindrucken. Trotz all des Jammerns und Bettelns lag in den Augen der Kreatur ein unklares, schimmerndes Leuchten, das dem Klanmann Schauer über den Rücken jagte.

»Genug!«, bellte er. »Sage mir, auf welche andere Weise du nach Gormoth zurückkehren kannst.«

Der Gorthling zischte seine Enttäuschung laut heraus, doch schließlich musste er antworten. »Es gibt nur einen anderen Weg – den alten Weg, auf dem uns Lord Sorh im Berg einge-

340

sperrt hat.« Plötzlich kicherte er spöttisch. »Nicht, dass dir das helfen könnte. Kein einfacher, schwachköpfiger Sterblicher hat genügend Macht, um mich zurückzubringen!« Unter großem Gekicher tanzte er wie verrückt auf Valorians Knie, als ob er gerade einen Sieg davongetragen hätte.

Der Häuptling hatte genug von den Possen des Gorthlings. Er murmelte eine Verwünschung, packte das Wesen an dem goldenen Armring und schüttelte es durch, bis es seine wilden Bewegungen einstellte und mit aufgerissenen Augen in seinem Griff hing. »Sag mir einfach, wie es geht«, beharrte er wütend.

»Ja, Herr! Netter Herr!«, gurrte der Gorthling strich mit seinen winzigen Händen über Valorians Finger. Der Häuptling setzte ihn angeekelt wieder auf sein Knie. Der Gorthling kicherte böse. »Du musst eine Öffnung in die Grenze zwischen der Welt der Sterblichen und der Welt der Unsterblichen sprengen und mich hindurchschicken. Wenn du das könntest – was du nicht kannst –, würde deine Magie mich bis nach Gormoth schleudern.«

»Welche Kraft brauche ich, um diese Öffnung herzustellen?«

Der Gorthling erwiderte unter wieherndem Gelächter: »Es gibt nur eines in der Welt der Sterblichen, das dies zustande bringt, aber es würde dich rösten und deinen Klepper in ein Festtagsmahl für Geier verwandeln.«

»Was ist es?«

Der Gorthling streckte die Hand nach Osten aus, wo ein schwaches Leuchten die Berggipfel einen Augenblick lang erhellte. »Ein Blitz.«

Valorian gefror. O süße, gnadenreiche Göttin, nicht dies!, dachte er entsetzt. Seine Erfahrung mit Blitzen reichte für ein ganzes Leben und darüber hinaus. Außerdem hatte der Gorthling Recht. Selbst mit seiner verstärkten Magie könnte er niemals der unglaublichen, weiß glühenden Energie eines Blitzes widerstehen.

Herr, drang Hunnuls beruhigende Stimme in seinen Geist ein, *zusammen könnten wir es schaffen.*

Valorian schwieg lange, bevor er meinte: »Sag es mir.« Seine

Stimme schwankte im Gleichklang mit seinen Gefühlen der Angst und Hoffnung.

Als wir schon einmal von dem Blitz getroffen wurden, hat er in uns einiges von seiner Stärke verloren. Ich weiß nicht wie, aber er hat mich unverwundbar gegen ihn gemacht. Wenn du in Berührung mit meinem Körper bleibst, solltest auch du geschützt sein.

»Sollte? Bin ich es nicht mit Gewissheit?«, fragte Valorian zweifelnd.

Der Hengst drehte den Kopf und schaute Valorian mit einem tiefen, samtigen Auge an. *Wir haben es noch nie versucht, deswegen kann ich mir nicht sicher sein.*

Valorian dachte über Hunnuls Worte nach. Der Gebrauch eines Blitzes als Verstärker für einen Zauberspruch lag völlig jenseits seiner Erfahrung und seines Wissens. Er hatte nur das Wort des Pferdes dafür, dass ihn die Energie nicht einäscherte, wenn sie auf ihn träfe. Das war nicht sonderlich beruhigend.

Aber es war ein fesselnder Gedanke. Er hatte die Spuren der versengenden Kraft in Hunnul gespürt, und wenn der Hengst Recht hatte, war es den Versuch wert, einen Zauberspruch zu formen, der den Gorthling über die Grenze warf.

Es gab jedoch noch eine Schwierigkeit: Im Augenblick blitzte es nirgendwo. Selbst mithilfe des Gorthlings besaß er nicht die gewaltige Macht, einen Gewittersturm zu erschaffen. Und aus der Luft allein konnte er erst recht keinen Blitz formen. Feuer, Stöße aus magischer Energie, Erdrutsche oder Kriegerphantome waren für ihn keine Schwierigkeit, doch ein Blitz ging weit über seine augenblicklichen Fähigkeiten und Kenntnisse hinaus. Die einzige Hoffnung bestand in einem echten Blitz, doch es war keiner in der Nähe. Der Sturm war zu weit entfernt und daher nutzlos. Möglicherweise lag er über der Ebene von Ramtharin, und wenn Valorian auf Hunnul dorthin reiten würde, wäre das Unwetter sicherlich längst verschwunden.

Abwechselnd durchfuhren ihn Erleichterung, Enttäuschung und ein Gefühl der Ohnmacht. Was sollten sie jetzt tun? »Es wird nicht gehen«, sagte er verdrießlich zu Hunnul. »Wir haben keinen Blitz zur Verfügung.«

Der Gorthling höhnte: »Keinen Blitz! Natürlich nicht, du Schwachkopf. Die Sterne funkeln. Und warum sprichst du mit diesem Tier? Glaubst du etwa, dass ein wurmzerfressener Graskauer dir helfen kann?«

Hunnul stieß ein Schnauben aus. *Ich glaube in der Tat, dass ich helfen kann.*

Valorian versteifte sich. »Wie?«

Blitze erzeugen Blitze. Ich glaube, wir können unsere Kraft vereinigen und den Sturm nahe genug heranziehen, damit dir seine Energie zur Verfügung steht.

»Wir?«

Meine Fohlen und ich.

»O Götter hoch droben!«, murmelte Valorian schwach.

Es gab keine Entschuldigung und keinen Grund zum Zögern mehr. Er hatte den Gorthling aus seinem Gefängnis hervorgezerrt, und nun war es seine Aufgabe, ihn wieder dorthin zu bringen, selbst wenn dazu ein Blitz vonnöten war. Er schluckte sein Entsetzen herunter und sagte sanft zu Hunnul: »Wir sollten es versuchen.«

Der Gorthling sprang auf. Seine Augen glühten wie Kohlen. »Es versuchen? Was versuchen? Welch hirnlosen Versuch wollt ihr wagen? Antwortet mir!«

Weder Mann noch Pferd beachteten das Geschöpf. Hunnul hob den Kopf und sandte ein langes, durchdringendes Wiehern in die Finsternis.

Zur Antwort auf diesen Ruf kamen die Fohlen aus der Dunkelheit heran. Klein und schwarz wie die Nacht, waren sie geisterhafte Schemen im Mondlicht und sammelten sich in einem Kreis um den Hengst auf der Spitze des Hügels. Nur das weiße in ihren Augen und ihre Blitzzeichnungen fingen das Licht des Mondes und der Sterne ein und warfen es mit gleichem Glanz zurück. Sie regten sich lebhaft wie Kinder beim Spiel, bis Hunnul ihnen gebot, still zu sein.

Inzwischen gab es über siebzig Hunnul-Fohlen, und jedes einzelne bis zu den nur wenige Stunden alten war gekommen, um seinem Vater zu helfen. Sanft sagte er ihnen, was sie tun

343

mussten, und sie erfüllten die Nachtluft mit aufgeregtem Schnauben.

Hunnul beruhigte sie erneut. Gemeinsam hoben Vater, Söhne und Töchter die Mäuler gen Himmel, wo die Sterne im ebenholzschwarzen Himmel glommen, und vereinten ihre Kräfte, um den Sturm herbeizurufen. Tiefes Schweigen senkte sich über die reglosen Gestalten. Die Stille war so undurchdringlich wie die Finsternis.

Valorian atmete flach und war hingerissen von dem Schauspiel der Pferde, von der Nacht und der Magie. Nur der Gorthling zappelte herum, denn er verstand nicht, was nun geschah, und wurde immer misstrauischer.

Lange Zeit hindurch schien sich nichts zu ereignen. Der Kreis der kleinen Pferde und des Hengstes in der Mitte war im Zauber der unsichtbaren Kraft gefangen, während der Mond noch immer leuchtete und der Mann wie der Gorthling den Tieren zusahen.

Zuerst waren die Veränderungen kaum merklich. Ein weit entferntes Grollen störte kaum die Stille der Nacht. Valorian erkannte erst, was es war, als das zweite Grollen etwas lauter und länger ertönte. Donner. Er warf einen Blick hoch zum Himmel und sah die ersten Wolkenfetzen über das Antlitz des Mondes ziehen. Ein sanfter Wind ließ das Gras wallen.

Einen Augenblick lang konnte er es nicht glauben. Kein Pferd war in der Lage, einen Gewittersturm herbeizurufen – nicht einmal ein Hengst, der einen Blitzschlag überlebt hatte. Dann verdeckte ein heller Blitz die Sterne, und drei Herzschläge später rollte der Donner über die Berge. Ob er es glauben wollte oder nicht, das Gewitter kam heran, und er sollte sich nun besser an die nötigen Vorbereitungen machen.

Valorian hatte als Hilfe nur seine Gefühle sowie seine Erinnerungen an das Reich der Toten. Er arbeitete rasch einen Zauberspruch aus, von dem er hoffte, dass er den Gorthling durch die Nebelgrenze und bis in den Berg Ealgoden hineinwerfen würde. Alles, was er brauchte, waren ein Blitz, der eine Öffnung in die Welt der Unsterblichen sprengte, und der Mut, diesen Blitz zu nutzen. Der Himmel war inzwischen beinahe vollständig zugezogen, und die Nacht wurde so schwarz wie verbranntes Pech. Es gab kein Licht mehr außer den blendenden Energiestößen, die vor dem kommenden Sturm hertanzten. Der Wind blies in Böen über die Hänge und brachte den feuchten Geruch von Regen mit.

Valorian spürte, wie sich jeder Muskel in seinem Körper zu bebenden Drähten spannte. Zu seiner Verwunderung bemerkte er, wie sich die Magie um ihn herum immer gewaltiger aufbaute, als ob etwas ihre Macht verstärkte. Er erinnerte sich daran, dass dasselbe geschehen war, als der Klan kurz vor dem Hereinbrechen des Gewitters den Fluss durchquert hatte. Es mussten die ungeheuerlichen Kräfte des Gewittersturms sein, welche diese Auswirkungen besaßen. Es wäre gut, dies in Erinnerung zu behalten.

Dann grinste er. Die stärker werdende Magie war nun sehr hilfreich. Er brauchte den Gorthling nicht mehr, sondern hatte eigene Magie, die wie eine immer gewaltiger ansteigende Flut gegen ihn anbrandete. Rasch stieg er ab und trug den Gorthling zu einem flachen Felsen in einigen Schritten Entfernung.

»Bewege dich nicht. Bleib auf diesem Felsen«, befahl er.

Der Gorthling sah ihn hasserfüllt an. Seine Augen glühten vor Zorn. »Was hast du vor, Sterblicher? Versuchst du dich umzubringen?«

Valorian wandte sich von dem Geschöpf ab, kehrte zu Hunnul zurück und schwang sich wieder auf seinen Rücken. Der Sturm war nun sehr nahe. Wind fegte über das Gras, Blitze zuckten über den Himmel.

Mach dich bereit, Herr, warnte ihn Hunnul.

Valorian presste die Beine eng an sein Reittier. Die zusätzliche Kraft des Gorthlings war wegen der Entfernung zwischen ihnen verschwunden. Nun musste Valorian die sich aufbauende Energie um ihn herum für die Bildung des Zauberspruchs benutzen.

Plötzlich begriff der Gorthling, was der Mann vorhatte. Ein markerschütternder Schrei zerriss die Nacht und legte sich über

Donner und Sturm. »Du Narr! Das kannst du nicht machen! Ich gehöre jetzt hierher! Ich werde niemals nach Gormoth zurückkehren.« Der Gorthling sprang auf dem Felsen auf und ab, doch wegen des Goldreifs um den Hals musste er Valorians Befehl gehorchen. Das Geschöpf wurde immer wütender. Aus vollem Hals schleuderte es Valorian Verwünschungen entgegen. Es verfluchte überdies Hunnul, die Fohlen, den Klan und sogar Lord Sorh. Als ihm niemand Beachtung schenkte, brach es in scheußliche, nicht enden wollende Schreie aus.

Valorian hörte nicht auf den Gorthling. Das Gewitter war ganz nahe, und er spürte seine Kraft im ganzen Körper. Valorians Mund war so trocken, dass er kaum ein Schutzgebet zu Amara flüstern konnte. Ein Regentropfen zerplatzte auf seiner Nase, und ein zischender Blitzstrahl zerriss die Wolken über ihm. Es war beinahe so weit. Langsam hob er die Hand zum Himmel empor.

Der Gorthling sah diese Bewegung und stellte sein Gekreisch ein. »Tu das nicht, Sterblicher! Verdamme mich nicht dazu, in dieses Gefängnis zurückzukehren«, rief er zornig. »Ich werde dich bis in die zehnte Generation verfluchen! Die Göttin des Lebens hat dir und deinen Nachkommen die Fähigkeit der Zauberei verliehen, aber ich werde sie euch wieder wegnehmen! Eines Tages wird man deine Gabe hassen und fürchten, so wie du mich hasst und fürchtest. Andere werden deine Abkömmlinge jagen und vernichten! Hörst du mich, Valorian? Gestern hat Magie deine Familie gerettet, doch wenn du mich fortschickst, werde ich dafür sorgen, dass sie jeden, der dein Blut in sich trägt, vernichten wird!«

Valorian zögerte einen Atemzug lang. Es war ihm nicht bewusst gewesen, dass Amara diese Gabe auch seinen Kindern verliehen hatte. Stimmte das, was der Gorthling sagte? Konnte er Valorians Nachkommen verfluchen?

Dann prickelte es auf seiner Haut und in der Lunge, denn ein neuer Blitz baute sich in den Wolken auf. Jetzt oder nie! Der Häuptling verbannte das Kreischen und Fluchen des Gorthlings aus seinen Gedanken und begann mit dem Zauberspruch. Der Gorthling musste nach Gormoth zurückkehren, wie auch immer die Zukunft aussehen mochte.

Kaum eine Sekunde später hatte sich die Energie innerhalb des wirbelden Sturmes zu einem gleißenden weißen Blitz verdichtet, der heißer als die Sonne und schneller als jedes Auge war. Er schoss durch den schwarzen Himmel wie ein Speer aus der Hand Surgarts und wurde von der Magie des Klanmannes eingefangen. Mit einer raschen, gleitenden Bewegung nahm er den Blitz in die rechte Hand. Er spürte, wie die versengende Kraft durch ihn in Hunnul und von dem Hengst aus in den Boden fuhr. Erst jetzt wusste er, dass Hunnul Recht gehabt hatte.

Triumphierend leitete er seinen Zauberspruch in die gewaltige Energie des Blitzes und warf ihn mit aller Macht auf den kauernden Gorthling. Es folgte eine ungeheuerliche Explosion aus Funken und Licht. Ein Geheul der Wut und Verzweiflung erklang, und ein betäubender Donnerschlag erschütterte die Berge. Beinahe gleichzeitig fuhr der Rückschlag in Hunnul und die Fohlen. Die Tiere taumelten. Valorian flog zur Seite, und bevor er sich fangen konnte, war er bereits vom Rücken des Hengstes gefallen. Er schlug mit dem Kopf gegen einen Felsen. Nacht, Pferde und Sturm gingen unter in schwarzem Vergessen.

Gylden fand ihn am nächsten Morgen im nassen Gras mit Blut am Kopf. Hunnul stand über ihm. Sanft richtete der Freund den Häuptling auf und stützte ihm den Kopf, damit er ihm einen Schluck von Mutter Willas Kräutertrunk aus einem Wasserschlauch einflößen konnte.

Valorian trank dankbar. Ächzend setzte er sich auf und stützte den hämmernden Kopf mit den Händen. Er wusste unzweifelhaft, dass der Gorthling fort war; er fühlte dessen Abwesenheit in jeder Faser seines Körpers. Da der Gorthling nun nicht mehr seine magischen Fähigkeiten befeuerte, forderte der übermäßige Gebrach von Zauberei seinen Tribut. Jeder Muskel schmerzte, die Glieder waren lahm, und er fühlte sich vollkommen erschöpft. Der Kopf schmerzte ihm bei jedem Herzschlag, und er war völlig durchnässt. Er war so müde, dass er nicht einmal wusste, ob er gehen konnte.

Ein weiches Maul berührte ihn am Arm. Er blickte zur Seite und bemerkte, dass ihn eines der älteren Fohlen mit offenkundiger Besorgnis ansah.

Gylden streichelte das kleine Tier zärtlich. »Ich weiß nicht, was Ihr hier macht«, sagte er zu Valorian, »aber die Fohlen haben sich sehr um Euch gesorgt. Sie haben mich zu Euch geführt.« Als Valorian nicht antwortete, setzte sich Gylden neben seinen Freund und wartete auf die Wirkung des Kräutertrunks.

Es war ein wunderbarer Morgen: frisch und kühl, mit einer leichten Brise und einem Himmel aus vollkommenem Blau. Bald stärkten der Sonnenschein, der Trunk und die Erkenntnis seines Sieges Geist und Körper des Häuptlings.

Es war vorbei: der Kampf um die Einheit des Klans, die lange Reise durch Chadar und Sarcithia, die Schlacht gegen die Tarner und die Verbannung des Gorthlings. Es war alles vorbei. Der Gorthling war gebannt. Valorian hatte zwar dabei seinen Armreif verloren, doch sicherlich würde Kierla das verstehen. Die Tarner waren besiegt. Nun stand der Klan vor einem neuen Anfang. Valorian war nicht dumm genug zu glauben, dass es einfach werden würde, doch von diesem Tag an tat der Klan alles nur für sich selbst. Dieser Gedanke verschaffte Valorian ein großes Glücksgefühl.

Er kämpfte sich auf die Beine, ergriff dankbar Gyldens Hand und ging langsam mit dem schwarzen Hengst an seiner Seite den Hügel hinunter.

Es war Neumond, und der Sommer war angebrochen, als der Klan die Wiese verließ und sich auf das letzte Stück der Reise zum Wolfsohrenpass machte. Die Leute ließen einen großen, mit Speeren und Blumen bekrönten Grabhügel zurück, in dem fast zweihundert ihrer Angehörigen lagen. Einige Wagenladungen mit Verletzten, die noch nicht reiten konnten, eine beinahe verdoppelte Pferdeherde und fast einhundert schwarze Hunnul-Fohlen zogen mit dem Klan. Sicher geborgen in den dunklen, warmen Bäuchen der Stuten wuchsen einhundert weitere heran. Die Dynastie des schwarzen Hengstes begann gut.

Ein Licht der Freude, das ein wenig von Trauer getrübt war, leuchtete auf den Gesichtern der Klanleute, als sie tiefer ins Gebirge drangen. Die schneebedeckten Gipfel erhoben sich über ihnen, und ein scharfer Gebirgsduft fuhr ihnen in die Nase. An einem Spätnachmittag überquerten sie den Pass, und jedermann, von den Jüngsten bis zu den Ältesten, starrte auf das dunstverschleierte, purpurfarbene Land im Osten, wo sie ihre neue Heimat finden würden.

Valorian zog freiwillig als Letzter über den Pass. Er hielt Hunnul am höchsten Punkt des steinigen Weges an und beobachtete, wie der letzte Wagen, einige Reiter und die Krieger der Nachhut an ihm vorbeizogen und den Weg hinab zu einer breiten, flachen Hochebene nahmen, wo der Klan bereits das Nachtlager errichtete.

Valorian hätte niemandem die Gefühle beschreiben können, die er nun empfand. Er war erfüllt von Träumen, Erinnerungen und unzähligen Empfindungen, die in einer wirbelnden Flut durch ihn brandeten. Doch die stärkste dieser Empfindungen war Dankbarkeit gegenüber der Muttergottheit. Ohne Amara würden sie noch immer in Chadar um ihr tägliches Überleben kämpfen.

Die Erinnerung an die Entdeckung des Steintempels auf dem Berggipfel hoch im Norden erleuchtete ihn, und er entschied, dass der Klan hier und jetzt sein eigenes Vermächtnis hinterlassen würde. Sie würden Amara ein Monument errichten, ein Symbol für ihre Reise und ihre Dankbarkeit, das viele Generationen überdauern würde. Die Hochebene war ein guter Ort dafür.

In diesem Augenblick umspielte ihn ein sanfter Wind, der Hunnuls Mähne hob und an Valorians Kleidern zupfte. Er brachte einen unglaublich zarten und süßen Duft mit sich, den Valorian in seinem ganzen Leben bisher nur ein einziges Mal gerochen hatte. Die Blume, die den Stein aufsprengte. Die Kraft des Lebens.

»Amara«, keuchte er.

Der Wind fuhr an ihm vorbei und prickelte auf seinem Gesicht. Er verspürte das gleiche Gefühl des Friedens und der Vertrautheit, das er schon einmal in Amaras Gegenwart gehabt hatte, und er sah sich um und suchte sie.

Hunnul warf den Kopf hoch und wieherte einen Willkommensgruß.

Du hast es gut gemacht, mein Sohn, flüsterte ihm der Wind ins Ohr.

»Nur durch deine Hilfe«, erwiderte Valorian.

Die Stimme lachte; es klang wie eine tanzende Brise in den Blättern. *Ich habe dir die Mittel gegeben, doch du warst es, der sie eingesetzt hat.*

Der Mann spürte, wie das Lob der Göttin ihn wärmte, doch es gab noch etwas, das er wissen wollte. »Stimmt es«, fragte er, »dass du auch meinem Sohn die Gabe verliehen hast?«

All deinen Kindern. Und ihren Kindern.

Unvertraute Tränen quollen in Valorians Augen hoch. Die Göttin hatte ihn mit einem großen Geschenk bedacht, und er hatte es durch seine Schwäche und Dummheit vernichtet. »Dann hatte der Gorthling Recht«, murmelte er.

Ja, mein Sohn, und nichts kann diesen Fluch zurücknehmen, denn er stammt von einem Unsterblichen. Doch ich gebe dir mein Versprechen: Nicht alle deines Blutes werden vernichtet werden. Einige kann ich retten, und wenn die Zeit gekommen ist, werden sie deine Gabe zurück in den Klan bringen.

Er senkte den Kopf und flüsterte: »Hab Dank.«

Der Wind stob in einem plötzlichen Stoß davon. Er nahm all seinen Duft und seinen Frieden mit sich. Nun waren Valorian und Hunnul allein auf dem Pass.

Der Häuptling hob die Faust zum Abschiedsgruß; dann ließen er und der schwarze Hengst das tarnische Reich für immer hinter sich und stiegen den Pfad hinunter, um sich zu dem Klan zu gesellen.

Epilog

Das letzte Wort von Gabrias Geschichte fiel sanft in das allgemeine Schweigen. Sie berührte zärtlich die Wange der goldenen Maske in ihrem Schoß und sah die Zuhörerschaft an. Die Geschichte hatte mehrere Stunden gedauert, doch jedermann sah Gabria aufmerksam und hingerissen an. Der Zauber ihrer Geschichte klang in den Vorstellungen der Anwesenden nach. Einige Leute reckten und streckten sich. Sie blinzelten, und endlich brachen leise Stimmen das Schweigen.

Doch ein Mann starrte sie an, als ob er nun eine Wahrheit erkannt hätte, die er schon immer gewusst, aber nie geglaubt hatte.

Sie sah freundlich zu ihm nieder. »Was ist, Savaron?«, fragte sie ihn leise.

Der junge Mann setzte sich auf. Er schaute von Gabria zu seinem Vater und wieder zurück zu ihr. »Das bist du, nicht wahr?«, fragte er mit einer Spur Ehrfurcht in der Stimme. »Diese Geschichte handelt auch von dir.«

Gabria sah Athlone an, und ihre Blicke trafen sich in vollem Verständnis. Derselbe Gedanke war ihnen in der Vergangenheit schon oft gekommen, doch sie waren nicht anmaßend genug gewesen, um es zu glauben. Der Wille der Götter war für Sterbliche oft unverständlich.

Doch Savaron war von dieser Möglichkeit überwältigt. »Es passt alles zusammen«, rief er und sprang auf die Beine. »Mutter, du und Vater seid Abkömmlinge Valorians. Das ist der Grund, warum ihr die Gabe der Magie habt. Und ihr beiden wart es, die die Zauberei in die Klans zurückgebracht haben. Amaras Versprechen hat sich erfüllt!«

Gabria neigte den Kopf, um die Röte auf ihren Wangen zu verbergen. »Vielleicht«, sagte sie und hob die Totenmaske Valorians, sodass Savaron sie betrachten konnte. »Wenn dem so ist, dann wird Valorians Vermächtnis an dich weitergegeben, mein Sohn.« Sie blickte ihn an. Ihre grünen Augen leuchteten so hell wie Edelsteine. »Behandle deine Gabe mit Vorsicht und Achtung, denn sie ist ein Geschenk der Götter.«

Savaron konnte sich nicht länger beherrschen. Mit einem Freudenschrei schoss er durch die Halle, riss die Türen auf und begrüßte den Abend. Frische Luft drang herein, und die Lampen und Fackeln flackerten. Draußen wieherte ein schwarzes Hunnuli und trottete auf den jungen Mann zu. Savaron winkte seinen Eltern zu und sprang auf den Rücken des Pferdes.

Einen Augenblick lang redete sich Gabria ein, dass er wie Valorian aussah, als dieser den Berghang in die Ebene von Ramtharin hinunterritt. Dann lächelte sie und legte die Totenmaske des verehrten Kriegshelden zur Seite.